叙事性诠释与文学认知
——A.S.拜厄特创作思想研究

姚成贺 ◎ 著

南京大学出版社

目 录

导 言 ………………………………………………… 1

第一章　艺术观 ……………………………………… 11
  一　艺术与真理 ………………………………… 11
  二　《园中处女》与《静物》:艺术经验的文学呈现………… 20
  三　《艺术作品》:视觉性文本的诠释……………… 38
  四　《孩子们的书》:自然语境中的制造…………… 47

第二章　历史观 ……………………………………… 60
  一　经典与传统 ………………………………… 60
  二　《论历史与故事》之一:历史小说与事实……… 70
  三　《论历史与故事》之二:历史小说与理解……… 88
  四　《占有》:历史小说与自我认知………………… 98

第三章　语言观 ……………………………………… 111
  一　语言与文本 ………………………………… 111
  二　《巴别塔》:语言意识与自觉现实主义………… 124
  三　《园中处女》:事实与虚构…………………… 141
  四　《静物》:隐喻的自然构成 …………………… 151

第四章　自然观 …… 171
一　自然与语言 …… 171
二　《孩子们的书》:田园传统与生态乌托邦 …… 183
三　《蝴蝶尤金尼亚》:丛林与花园 …… 196
四　《传记家的故事》:环境与身份 …… 205

第五章　文学观 …… 211
一　文学、阅读与批评 …… 211
二　《游戏》:文学与存在 …… 228
三　《吹口哨的女人》:文学与知识 …… 244
四　《传记家的故事》与《静物》:文学与道德 …… 257

结　语 …… 276

参考文献 …… 283

后　记 …… 308

导　言

　　A. S. 拜厄特(A. S. Byatt，1936—2023)，英国当代小说家、文学批评家。1936年8月24日，她出生于英国谢菲尔德市，曾就读于谢菲尔德中学(Sheffield high school)和约克郡蒙特(Mount school，York)学校，20世纪50年代就读于剑桥大学纽纳姆学院(Newnham College，Cambridge)，在利维斯(F. R. Leavis)的指导下学习英国文学。1957年她以优异的成绩从剑桥大学毕业，翌年进入牛津大学萨默维尔(Somerville)学院，开始撰写关于17世纪诗歌宗教意象的博士论文，直至1959年为婚姻放弃学业。拜厄特曾在伦敦大学(London University，1962—1971)和中央艺术设计学院(Central School of Art and Design，1965—1969)任教，1972年成为伦敦大学学院(University College London)英美文学全职讲师，1981年晋升为高级讲师。她在任教的同时进行文学创作与文学批评，于1983年放弃教职专事写作。2023年11月16日，拜厄特逝于伦敦家中。

　　对拜厄特来说，写作更像一种充满智性愉悦的内心滋养。自1964年第一部小说《太阳的影子》(The Shadow of the Sun)问世开始，拜厄特出版了《游戏》(The Game，1967)、《占有》(Possession：A Romance，1990)、《传记家的故事》(The Biographer's Tale，2000)、《孩子们的书》(The Children's Book，2009)以及四部曲——《园中处女》(The Virgin in the Garden，1978)、《静物》(Still Life，1985)、《巴别塔》(Babel Tower，1996)、《吹口哨的女人》(A Whistling Woman，2002)和《诸神的黄昏》(Ragnarok：The End of the Gods，2011)共10部小说；《糖与其他故事》(Sugar and Other Stories，1987)、《天使与昆虫》(Angles and Insects，1992)、《马蒂斯故事》(The Matisse Stories，1993)、《元素：冰火同融》(Elementals: Stories of Fire and Ice，1998)、《夜莺之眼》(The Djinn in the Nightingale's Eye，1994)、《黑色小书故事集》(Little Black Book of Stories，2003)和《美杜莎的脚踝》(Medusa's Ankles，2021)7部中、短篇小说集。繁忙的教学研究工作、理论热潮冲击下的学术环境所耗费的心血和精力,都在她的小说创作中得到补偿。1990年,《占有》获得布克奖,一举改变了拜厄特的文坛地位和世界声望;《占有》和《蝴蝶尤金尼亚》被分别改编为电影剧本并搬上银幕,愈加提升了她的国际知名度。

不仅如此,拜厄特还以文学批评的形式抒发对于文学作品的思考。在文学批评领域,她出版了《自由的程度:默多克的早期小说》(Degrees of Freedom: The Early Novels of Iris Murdoch，1965)、《不羁的时代:历史上的华兹华斯与柯勒律治》(Unruly Times: Wordsworth and Coleridge in Their Time，1970)、《艾丽斯·默多克》(Iris Murdoch: A Critical Study，1976)、《心灵的激情》(Passions of the Mind: Selected Writings，1991)、《论历史与故事》(On Histories and Stories: Selected Essays，2000)、《小说中的肖像》(Portraits in Fiction，2001)、《孔雀与藤蔓》(Peacock & Vine: On William Morris and Mariano Fortuny，2016)7部批评作品或论文集,以及与精神分析学家索德雷(Ignés Sodré)合著的评论集《想象人物:关于女作家的六段对话》(Imagining Characters: Six Conversations about Women Writers，1994)。与同代的学院派小说家洛奇(David Lodge)不同,拜厄特并未对她的小说创作和艺术批评划定严格的界限,她的小说经常成为其批评理性化思维的具体案例,其批评也经常将文学作品作为其澄明艺术理论的场所。

拜厄特的小说创作涵盖了不同的解释方法、思维模式、表现风格,通过再创造或再现展现语言的多元性,以及作者对于艺术、历史、语言、自然的关注,最终走向对于文学何为这一根本问题的思考。拜厄特对艺术的热爱既深沉又严肃,她的小说作品以虚构的形式讲述人们对于艺术、历史、语言、自然的理解;批评作品更加清晰地指向了关于艺术本质的创作理念。从第一部小说《太阳的影子》开始,拜厄特就将目光聚焦于艺术家形象,这种人物类型的设定贯穿了她的创作始终——《传记家的故事》《游戏》《占有》中的维多利亚诗人与当代学者形象,《孩子们的书》中的维多利亚童书作家与陶艺家,四部曲中的诗人、剧作家、文学教师。通过对这类人物的挖掘,拜厄特不仅越来越广泛地思考艺术与现实、自我与世界之间的关系,也越来越深刻地求索艺术的本质及对真理的阐释。正如德国哲学家伽达默尔(Hans-Georg Gadamer)所言,语言和文字最具有精神的理解性,文字和语言是纯粹的精神踪迹,最终指向精神的理解。文学保持并传承的是精神,希冀实现的是历史与当下的对话。在对文字和语言的理解和解释中,那些陌生的、僵化的内容被转化成亲近和熟悉之物,在这方面,没有哪种往昔的传承物能与文字和语言相媲美。[①]

文学是什么?文学经验何为?在《文学理论》(*Theory of Literature*,1985)中,韦勒克(René Wellek)总结了文学的三大特征,即虚构性、想象性、创造性。相对于明显作为知识或学问的更接近于科学的文学研究而言,文学作品属于一种艺术形式,"批评的目的是理智上的认知,它并不像音乐或诗歌那样创造一个虚构的想象世界。批评是概念上的认识,或以这样的认识为目的。它的终极目的,必然是有关文学的系统知识,是文学理论。"换言之,韦勒克认为文学作品属于艺术范畴,不必承担传递知识或学问的任务;文学研究属于阐释性工作,对具体的文学作品与文学现象作出总结、定义、分析。他在此基础上提出了著名的"内部研究"与

[①] 伽达默尔:《诠释学I:真理与方法》,洪汉鼎译,北京:商务印书馆,2007年,第229—230页。

"外部研究"说（the Intrinsic / Extrinsic Approach to the Study of Literature），试图将文学作品视为独立自在的对象，批评者的注意力应集中在作品的审美结构上，而不是将其作为其他学科研究的附属之物，由此赋予文学作品一种本体性的存在模式。[1]

与此相反，当代英国马克思主义文学批评家伊格尔顿（Terry Eagleton）在《批评与意识形态》（*Criticism and Ideology*，1976）中，梳理了西方文学批评的演变脉络，指出当代西方大部分文学批评，即便是自诩客观中立的结构主义批评，都无法摆脱强烈的意识形态性。这些批评理论在为文学文本的和谐、一致、深层结构寻找依据和方法时，压抑或掩盖了文本结构之中无可避免的矛盾与分裂。这与批评的任务背道而驰，因为批评本应"揭示文本无力了解自己的地方，显明文本生产（铭刻在文字中）的种种条件"，因此，"也许文学的定义并不在于它的虚构性或想象性，而是它以特殊的方式运用语言"[2]，语言与创造同为文学作品的特征。在这个意义上，文学批评的终极目的不一定如韦勒克所言，只通向文学理论，还通向艺术，通向一种创造力。伊格尔顿认为，自美学诞生以来，审美话语之所以在人类文化思想的演进中作用如此突出，关键是审美话语对它置身的意识形态语境提出了异常有力的挑战，提供了人类探索意义和价值本原的话语方式。因此，审美话语始终都镌刻着意识形态斗争的痕迹，呈现出某种二重性，一面将社会统治深深烙印于被征服者的身体，在最大程度上发挥政治主导作用；一面又显示出真正的解放力量，扮演着统一主体的角色，这些主体是通过感觉冲动和同情而不是法律联系在一起的。

伊格尔顿将文学视为一个历史概念，详细阐述了文学的意识形态性及其产生、发展的历史条件。尽管文学作品开始出现的时

---

[1] Irena R. Makaryk ed., *Encyclopedia of Contemporary Literary Theory* (Toronto: University of Toronto Press, 1993), p. 485.

[2] Terry Eagleton, *Criticism and Ideology: A Study in Marxist Literary Theory* (London: NLB, 1976), p. 43.

间较早,但文学观念的诞生还要从浪漫主义诗人对文学的人文主义塑造开始。从 18 世纪资产阶级兴起之时,文学中的象征、审美、体验、和谐等诸多特征逐渐得到人们的重视。与其说文学是一个纯粹的客体,不如说它是一系列价值观念的载体。此时的文学不仅是一种写作形式,更是一项有意义的社会活动。基督教衰落后,人类的精神世界需要新的替代物,需要一种有机观念拯救被异化的人性,而摆脱恩主制的艺术家也需要自立门户,这些历史因素促成了这一价值体系的形成。"文学不是传达观念的媒介,不是社会现实的反映,也不是某种超越性真理的体现;它是一种物质事实,我们可以像检查一部机器一样分析它的活动。文学不是由事物或感情生成而是由词语制造的,故将其视为作者心灵的表现乃是一个错误。"[1]文学观念是社会的产物,是人们对某种价值体系的认可,因此文学观念与意识形态从一开始就紧密交织,对文学的批评自然也离不开意识形态考察和批评家敏锐的政治意识。

在《理论之后》(*After Theory*,2003)中,伊格尔顿再次深入西方文化理论研究的整体格局,揭开后现代理论引导下文化理论的致命弱点,呼唤文化理论回归对道德、价值、真理、死亡等重大问题的思考,汲取马克思主义的理论资源,寻求理解蕴含其中的宏大叙事。这部专著开篇就宣告理论的黄金时代已经过去,"拉康、施特劳斯、阿尔都塞、罗兰·巴特和福柯的开拓性著作也已经过去了几十年"[2]。他进而描述了自 20 世纪 60 年代以来文化理论的发展轨迹。

在《文学事件》(*The Event of Literature*,2013)中,通过考察文学定义的基本问题,伊格尔顿又提供了一种关于文学意义的新视角。他首先区分了文学理论(Literary Theory)与文学哲学

---

[1] Terry Eagleton, *Literary Theory: An Introduction* (Minneapolis: University of Minnesota Press, 2008), p. 1.

[2] Terry Eagleton, *After Theory* (New York: Basic Books, 2003), p. 1.

(Philosophy of Literature)。作为一个宏大的文学世界整体,总能够在千变万化中显现出稳定不变的特性。伊格尔顿选择正面处理反思与批判的问题,重申贯穿于 20 世纪理论流派的主导观念是将文学作为反思的武器,质疑和批判常常被认为理所当然,这种批判精神滥觞于马克思主义,在诠释学、形式主义和接受美学中发扬光大。伽达默尔关于艺术本质、历史、语言的探讨,加之利科(Paul Ricoeur)从文学哲学立场出发的文本理论,同伊格尔顿的努力方向具有一致性。哲学诠释学既是理解、解释意义的科学,也是历史和语言的科学,尤以艺术作品为重,而通过一部艺术作品所经验的真理是用任何其他方式无法达到的,这一点构成了艺术维护自身而反对任何推理的哲学意义。

通过文学作品去经验世界整体,去经验真理何以可能?卡尔维诺(Italo Calvino)在《未来千年文学备忘录》(*Six Memos for the Next Millennium*, 1988)中写道,福楼拜(Gustave Flaubert)一生的最后十年,全部用来创作最具百科全书性质的小说《布瓦尔与佩居谢》(*Bouvard and Pecuchet*, 1881)。在与小说同名的两位主人公背后端坐着福楼拜本人,为了人物在每一章节的丰富奇遇能够令人信服,他不得不学习一切学科的知识,阅读农学、园艺、化学、解剖学、医学、地质学的教科书,从而构筑起一座科学知识的大厦,以满足这两位主人公不断拆解、分析的欲望。然而在小说结尾,布瓦尔与佩居谢放弃了构建理解世界的愿望,甘愿重返代写的角色,决心献身万象图书馆中手抄图书的辛苦工作。二人的归宿不啻为作者思考人类、认识世界之企图的莫大嘲讽。

卡尔维诺继续写道,布鲁门伯格(Hans BluMenberg)在《世界的可读性》(*Die Lesbarkeit der Welt*, 1981)一书的最后几章中,略述了这种百科全书式文学创作理想的历史。他提到德国浪漫主义诗人、哲学家诺瓦利斯(Novalis)想要写一本"终极的书",即一部准百科全书与圣经文本的结合体。他将在书中验证宗教与人性、艺术、自然的相互吻合,继而提出相应的关于人类认识的问题。

布鲁门伯格还提到,当洪堡(Alexander von Humboldt)想要撰写一部著作来重现整个物质世界时,他追求的并不是事实与知识的简单集合,而是其中的深刻关联。《宇宙》(*Kosmos*)一书实现了作家"描写物理宇宙"的写作目的,他应用古希腊井然有序的宇宙视界反观地球,以宇宙的混沌揭示地球世界的本质。洪堡超凡的想象力包罗万象:从遥远的星云到苔藓的分布,从风景画、人类不同种族的迁徙到诗歌,这样一部"关于自然的书,应该让人在阅读过程中想到自然本身"。相形之下,描写马拉美(Stéphane Mallarmé)和福楼拜的章节,则被冠以"世界是一本空洞无物的书"之题。福楼拜在1852年给科莱(Louise Colet)的信中也曾写道:"我想要写的是一部关于虚无的书。"[1]

那么问题来了,读者是否可以依据布瓦尔和佩居谢的经验将"虚无"作为"百科全书"的最终结果呢?福楼拜亲手把自己改编成一部宇宙的百科全书,带着与他笔下人物相似的激情,汲取他们欲求掌握的各种知识,以及关于混沌宇宙和地球世界的一切,却始终无法真正进入。如此长时间地不辞劳苦,难道仅仅为了将求索知识与身陷虚无画上等号吗?

在卡尔维诺看来,福楼拜对千百年来人类所积累的知识拥有无限兴趣,这种兴趣加上怀疑主义,正是20世纪最伟大的作家所具有的品质。中世纪文学倾向于"产生"的作品,以具有稳定严谨的秩序和形式表现人类知识的总体,例如在《神曲》中,形式丰富多样的语言和系统化分条缕析的思维模式合二为一。与此形成对照,深受读者喜爱的现代作品则是各种解释方法、思维模式和表现风格的繁复性汇合与碰撞的结果。此时,重要的不是将作品包容在一个和谐的文学形式之中,而是这个形式所产生的离心力:语言的多元性不仅仅在于某种程度上呈现的真实,更在于依托语言的

---

[1] Italo Calvino, *Six Memos for the Next Millennium* (Boston and New York: Mariner Books, 2016), pp. 123 - 152.

作品所包含的阐释空间与独特风格。关注中世纪伟大作家的艾略特(T. S. Eliot)和乔伊斯(James Joyce)也证实了这一点。艾略特将神学模型分解为轻快的讽刺和眼花缭乱的文学魔术；乔伊斯的《尤利西斯》(Ulysses)的各章与人体器官、艺术、色彩、象征之间的对应关系甚至可以画出科学图表，构建了一部可以依据中世纪诠释学解释的、系统的、百科全书式的作品。尽管二者的意图大不相同，但都具有深刻的神学意识。难怪纳博科夫(Vladimir Nabokov)认为伟大的作家集三者于一身：讲故事的人、教育家和魔法师。[①] 其中他最为看重的是魔法师身份，闪烁着迷人光晕的文字不过是虚空的"纸牌城堡"，重要的不是文字，而是文字之下隐藏的思想。

在卡尔维诺想要传递给未来的价值观中，首要的一条是，文学吸收了思维条理化和准确性的趣味、诗性智慧、科学和哲学智慧——像撰写论文和散文的瓦莱里(Paul Valery)那般的智慧。"知识作为一种繁复的现象，是一条把所谓的现代主义和被定名为后现代的主要作品连贯起来的线索；这条线索高超于贴于其上的一切标签；我希望这条线索不断地展延到未来千秋中去。"[②]卡尔维诺意识到，自从科学不再信任一般的解释，即非专业、非专门的解释以来，文学面临的最大挑战便是能否把各种知识与规则网罗在一起，反映外部世界多层次、多样性的面貌。现代小说本身就是一部百科全书，一种求知方法。

迄今，新千年已经走过二十余年的历程，不仅文学创作依然面临卡尔维诺所说的网罗知识与规则、反映外部世界多样面貌的挑战，文学批评与文学理论也亟待当代文学研究者在"理论之后"当代文学批评与文化理论的语境下，做出深刻的反思。在拜厄特的叙事与诠释中，既有对艺术与真理的关注，对历史与故事的回望，也有对语言与现实的反思，对自然与环境的忧思。贯穿拜厄特虚

[①] 纳博科夫：《文学讲稿》，申慧辉等译，上海：上海译文出版社，2005年，第5页。
[②] Italo Calvino, *Six Memos for the Next Millennium*, pp. 123-152.

构、非虚构作品始终的,是实践回归传统、历史、语言、艺术本质的努力,以及对后现代主义理论持有的保留态度。尽管拜厄特相信,事实与虚构能够结合以达到另外一种真实,但小说在叙事的同时,更加关注作为艺术形式的文学作品产生的、超出科学方法论的真理经验。文学作品的真正存在只在于被展现的过程,即作品只有通过再创造或再现而使自身达到表现;文学作品同样也能够被理解为一种存在论事件,即通过再现来到存在的过程。从文学文本作为历史范例和阅读作为再创造过程这两方面,伽达默尔得出结论,文学作品既不属于作者,也不属于读者,而是"属于世界"。[①]文学中介诸世界,属于一个世界的文学,永远按照现在去表现过去和过去的意义,始终是过去与现在的中介。

肖瓦尔特(Elaine Showalter)在《她们自己的文学》(*A Literature of Their Own: British Women Novelists from Brontë to Lessing*)首版时的20世纪70年代,激赏当时文学界出现的优秀新人拜厄特。30年后该作再版时,更宣称拜厄特的小说已经突破了文学和小说的范畴。拜厄特不仅是一位小说家,而且是出色的文学批评家,她对文学作品进行评论、对文学理论进行批判的能力,不仅表现在虚构作品中的百科全书倾向,也更为直接地体现在她的批评作品中。拜厄特以叙事的形式呈现日常性、个性化和生动化人物的思考过程;与此同时,她以批评家理性的方式讨论艺术应该承载的伦理规则和政治取向,以及艺术的本体意义对创作的导引,因此被称为"批评性故事讲述者"(critical storyteller),"没有将文学与批判性想象分裂开来,而是有意识地将这两种看待和描述世界的方式巧妙地融合在一起"[②]。诚如阿尔夫(Alexa Alfer)所评价,"拜厄特不仅是我们时代重要且杰出的故事讲述

[①] 伽达默尔:《诠释学I:真理与方法》,洪汉鼎译,北京:商务印书馆,2007年,第227页。

[②] Alexa Alfer & Amy Edwards de Campos, *A. S. Byatt: Critical Storytelling* (Manchester and New York: Manchester University Press, 2010), pp. 3-4.

者,而且是富有洞见的批评家和公共知识分子"。[1] 她不仅通过文学创作,更通过批评作品,表达对真理、历史、语言问题的忧虑与思考,是展现文学作品如何与文学批评一道,通过诠释努力回归道德、价值、真理等传统问题思考的典范。

---

[1] Alexa Alfer & Amy Edwards de Campos, *A. S. Byatt: Critical Storytelling*, pp. 3 - 4.

第一章　艺术观

一　艺术与真理

艺术的历史源远流长,可以追溯至古老的人类起源,与哲学的历史同样悠久。但直到德国哲学家谢林(Friedrich Schelling)在哲学史上第一次提出艺术哲学(philosophy of art)的概念,建立起完备的艺术哲学体系时,真正关于艺术的哲学才出现。因为在传统西方观点中,哲学家的目的是认识永恒的真理,而艺术是对真理的模仿,甚至是模仿的模仿,无法同哲学相提并论。艺术常常被当作服务于道德教化和宗教信仰的工具,带给人的仅仅是感官的刺激。谢林针对这种观点提出"更神圣的艺术"概念:"这种艺术是诸神的一个工具,它把神性的奥秘颁布出来,把理念、把无遮蔽的美揭示出来,而美仅仅在纯粹灵魂的内部放射出纯洁无瑕的光芒,它的形态和真理的形态一样,都是肉眼不可企及的、隐蔽起来的。"[①]以此来赞颂艺术的崇高。他还强调,同哲学比较而言,艺术更具有普世性,因为哲学家的思考常常仅存在于哲学思考之中,艰深晦涩令普通读者望而却步;艺术则积极显现自身,赋予普通人与艺术家、哲学家相同的进入艺术作品、体味艺术崇高的通路。"哲学家虽然可以企及最崇高的事物,但仿佛仅仅是引导少部分人达到这一点;而艺术则是按照人的本来面貌引导全部的人到达这一境地,即认识最崇高的事物。"[②]同时,哲学追求的目标是一种普遍

---

① 谢林:《学术研究方法论》,先刚译,北京:北京大学出版社,2019年,第246页。
② 谢林:《先验唯心论体系》,梁志学、石泉译,北京:商务印书馆,1976年,第278页。

有效的真理,"艺术是哲学唯一真实而永恒的工具和证书,……艺术对于哲学家来说是最崇高的东西。"①为了呈现客观的、普遍有效的真理,从而达成真理的实现,哲学无法脱离艺术。哲学与艺术一个是面向少数精英的真理,另一个是面向大众的真理;一个是呈现于主观层面的真理,另一个是呈现于客观层面的真理。②

哲学与艺术作为真理的不同呈现方式,可以相互转化。海德格尔(Martin Heidegger)所思的"真理",并非传统的知识论的真理,不是"物"与"知"的"符合一致"。他所谓"存在之真理",是一种非人力所为的明澈境界。人需先进入此境界,才能获得知识论上的真理或者科学的真理。这种"境界""存在之真理",海德格尔称之为"敞开域"(das Offene)或"存在之澄明"(Lichtung des Seins)。③要抵达存在之澄明,则必经历遮蔽——解蔽——无蔽的过程。按照海德格尔的说法,真理是存在者之真理,是大地与世界的争执。

真理如何发生?在希腊神庙的例证中,建筑物承受猛烈的风暴,由此风暴的强大力量才得以证明;神庙岿然不动方能显示风暴的凶猛。由于神庙的泰然,树木和草地等自然界之物才来到它们的形象,显示为它们所是之物。古希腊人将这种露面、涌现和整体称为涌现或自然(Aufgehen),它们照亮了人在其上和其中赖以居住的东西,海德格尔称之为大地(Erde)。大地不是土地,也不是自然,而是"一切涌现者的返身隐匿之所,并且是作为这样一种把一切涌现者反身隐匿起来的涌现。"④作品的存在是真理发生的方式之一,作品的存在是建立一个世界。不仅如此,作品也置造大地,因此作品就是这种争执的诱因。作品建立了一个世界并置造大地,同时也就完成了这种争执。作品之存在就在于世界与大地的争执的实现过程中,存在者进入存在之无蔽之中。海德格尔在

---

① 谢林:《先验唯心论体系》,梁志学、石泉译,北京:商务印书馆,1976年,第276页。
② 谢林:《艺术哲学》,先刚译,北京:北京大学出版社,2021年,第5页。
③ 海德格尔:《林中路》,孙周兴译,上海:上海译文出版社,2016年,第43页。
④ 同上书,第30页。

"真理"名下讨论艺术与"美","美是作为无蔽的真理的一种现身方式。"①例如在鞋具的器具存在的敞开中,存在者整体,亦即在冲突中的世界和大地,进入无蔽状态之中。

在现代科学方法论图景中,艺术经验属于一种非科学的经验,即便艺术真的产生真理,也属于一种特殊的非科学的真理。然而,伽达默尔指出,这是现代科学方法论的一种偏见。科学的认识不过是人类认识世界的众多方式之一,不应以近代自然科学的认识和真理概念作为衡量人们一切其他认识方式的标准。他的《真理与方法》(*Truth and Method*, 1960)正是以"在现代科学范围内抵制对科学方法的普遍要求"为出发点所展开的一种对抗。他要"在经验所及并且可以追问其合法性的一切地方",去探寻"那种超出科学方法论控制范围的对真理的经验"。这样,"精神科学就与那些处于科学之外的种种经验方式接近了,即与哲学的经验、艺术的经验和历史本身的经验接近了,所有这些都是那些不能用科学方法论手段加以证实的真理借以显示自身的经验方式"。② 包括文学作品在内的艺术作品,带给人类的正是这种超出科学方法论的"真理经验"。

康德(Immanuel Kant)的美学思想产生于 18 世纪,是针对古典主义艺术创作诸多艺术现象的理论阐释。康德认为,艺术作品与一般制作物或工艺品不同,后者具有一种实用性,满足了规定给它们的目的后,制作活动就画上了句号,制作物也已完成。反之,艺术作品作为完美的出色物和典范的标志,在于它为享受和观赏提供了一个源源不尽的逗留和解释的对象。艺术作品是天才创作的作品。瓦莱里持有同样的观点,认为艺术可以无止境地加以解释,在提出诗歌语言的"音乐化"的同时,他也十分重视抽象思维与理性,因为唯有理性可以赋予诗歌象征意义与哲理内涵。他认为

---

① 海德格尔:《林中路》,孙周兴译,上海:上海译文出版社,2016 年,第 46 页。
② 伽达默尔:《诠释学I:真理与方法》,洪汉鼎译,北京:商务印书馆,2007 年,第 4 页。

一切文学作品都是片段的，需要读者的理解方可完成，否则就是不完整的片段状态。按照伽达默尔的看法，理解的天才并不优越于创造的天才，"天才说"美学承认，"并不存在任何合适性标准，这不仅是指诗人本身不具有这样一种标准——实际上，对作品的每一次接触都有新创造的地位和权利——我认为这是一种站不住脚的诠释学虚无主义。"①伽达默尔在此处提醒读者，首先，艺术作品要求我们正确地解释它们；其次，解释是可能的，但这一事实先于多种解释的问题。如果每一种解释都必须作为一种新的创造，那么这只是因为没有出现解释或可能出现。

卢卡契（Georg Lukács）在《叙述与描写》（"Narration versus Description", 1937）一文中提出，"描写"打开的不过是消极而琐碎的偶然空间，艺术作品只是一种空间形式，其内容是由审美体验赋予的，因而它是由多种多样可能的审美体验汇聚而成的。卢卡契看到，经验一部艺术作品如同一场冒险，是进入一个包含自我世界的过程。然而，由于强调审美体验的例外性质，他将审美时间分解为一系列孤立点，意即从时间上看，作品只是瞬间的存在。因此，艺术作品要么是本质上不完全的（瓦莱里），要么是瞬间的存在（卢卡契）。

伽达默尔分析了虚无主义的困境，即不能解释"解释的可能性"。他首先从伦理学角度回顾克尔凯郭尔（Soren Kierkegaard）的美学批判，以说明卢卡契等学者声称的这种分裂主义。克尔凯郭尔反对的正是空洞的经院主义，他在1835年的专栏中写道：

> 发现这么多所谓的客观真理，提出所有这些哲学体系，在需要的时候能够做出评价并显示每个体系的不一致之处……但是，所有这些有什么用呢？如果真理冷冰

---

① 伽达默尔：《诠释学I：真理与方法》，洪汉鼎译，北京：商务印书馆，2007年，第134页。

冰、赤裸裸地站在我的面前,根本不在乎我是否能认出她,在我的心里不是引起充满信任的爱恋而是一阵恐惧,她对我又有什么好处呢?①

克尔凯郭尔想要表达的是,我们撰写关于文学、知识、艺术的论文,却无力探讨问题本身的重要性,而是从存在的问题降格为逻辑的问题,变成为一种技术性的演练,这有何意义呢? 人们陷入存在的两个模式或两个"空间":"美学"世界是当下的世界,是此时此地;"伦理学"世界是超验的、永恒的世界。我们不可能同时生活在这两个世界,但任何一个世界都无法满足我们的需要,因为"自我是由无限和有限构成的",或者说,我们的存在跨越了时间,却不可避免地落入当下的陷阱;我们难以相信超验、永生,所以转向"美学"的世界。如此,当下才是我们拥有的一切,我们能做的只是追求转瞬即逝的欢愉,试图抓住瞬间的体验。克尔凯郭尔将人类生存的难题定义为:如何以既能满足审美本性要求又能满足伦理本性要求的方式生活。他在1846年写道,"我们的时代基本上是理解和反思的时代,完美却没有激情,瞬间爆发的热情很快就陷入长眠的状态"。② 在克尔凯郭尔的笔下,"审美"是一种个体的生存方式、状态或境界,他提倡的是审美的直接性带来的切实的生活体验。

审美存在于克尔凯郭尔的论述中,是个体生存的一种方式,是通向宗教生存的途径,也是自我认知的起点。我们在审美中表现自己,不是完成,只是刚开始。"艺术现象向存在提出这样一个任务,即面对个别审美印象应有动人表现的要求去获得自我理解的

---

① Julian Baggini, *I Still Love Kierkegaard*. May 16, 2013. http://www.aeonmagazine.com/world-views/julian-baggini-i-love-kierkegaard/.

② Julian Baggini, *I Still Love Kierkegaard*.

连续性,因为只有这种连续性才可能支持人类的此在。"[1]对于伽达默尔,正如对于克尔凯郭尔,瞬间性不仅消除了艺术家自身的同一性、理解者或欣赏者的同一性,而且摒弃了艺术作品的同一性。我们正是从审美存在和审美体验的不连续性中去获取那种构成人类此在的连续性,即从非连续性中创造连续性:

> 艺术的万神庙并非一种把自身呈现给纯粹审美意识的无时间的现实性,而是历史地实现自身的人类精神的集体业绩,所以审美经验也是一种自我理解方式。但是,所有自我理解都是在某个于此被理解的他物上实现的,并且包含这个他物的统一性和同一性。[2]

伽达默尔一方面肯定艺术作品与艺术作品的非连续性是真实的,另一方面又肯定艺术带给人类比纯粹艺术更多的东西。艺术是修辞和比喻,心灵作品从历史中和在历史内收集并同化自己;艺术是历史解释,它既是历史的,又是需要解释的。艺术的经验比纯粹审美经验更多,是一种自我理解的方式。当我们在理解艺术时,我们就是在解释我们自己;反之,为了解释我们自己,我们必须解释艺术。伽达默尔采用了海德格尔的哲学问题:"什么是自我理解的存在,由于这个问题,哲学也就从根本上超越这种自我理解的视域。"[3]伽达默尔对这个问题的表述是:"我们对待艺术经验,不是追问它自身认为是什么,而是追问这种艺术经验真正是什么,以及什么是它的真理,即使它不知道它是什么和不能说它知道什么……我们在艺术经验中看到了一种对作品的真正的经验,这种经验并不使制作它的人有所改变,并且我们可以探问以这种方式

---

[1] 伽达默尔:《诠释学 I:真理与方法》,洪汉鼎译,北京:商务印书馆,2007 年,第 135—136 页。

[2] 同上书,第 137 页。

[3] 同上书,第 140 页。

被经验的事物的存在方式。"①艺术经验的真正性是由这一事实指明的,即它改变了经验它的人,它改变了理解主体。

　　艺术还提供了自我理解所必需的另一个他者,"只要我们在世界中与艺术作品接触,并在个别艺术作品中与世界接触,那么艺术作品就不会始终是一个我们刹那间陶醉其中的陌生的宇宙。我们其实是在艺术作品中学会理解我们自己,这就是说,我们是在我们此在的连续性中消除体验的非连续性和瞬间性"。②因此,对于美和艺术,我们必须采取一个立足点,并不乞求直接性而是与人类的历史性实在相适应。最终,"艺术就是认识,并且艺术作品的经验就是分享这种认识"。③伽达默尔希望我们面对艺术作品时,可以理解在其中找到的真理。真理不是拥有意识,艺术真理并不属于意识,而是意识属于艺术真理。"如果它可以是一种理解性的东西,它就是艺术真理:关于艺术的真理乃是它是真的,艺术真理就是关于真理的真理。"④

　　姚斯(Hans Robert Jauss)将审美经验作为接受美学研究的核心问题,他在《审美经验与文学解释学》(*Aesthetic Experience and Literary Hermeneutics*,1982)中以克利弗的贝尔纳抱怨修士们喜欢阅读"大理石像"而不是阅读"法典"为例——"他们宁愿成天对着无数动物形象和神奇的野兽赞叹不已,而不愿意对上帝的手谕《圣经》沉思冥想",⑤认为贝尔纳反对的是一种不合法规的好奇心,说明审美兴趣不同于一般的好奇心,不仅是对新鲜事物的惊诧,而且是一种类似发现新大陆似的新的观察方式。"审美经验总是而且必定会被怀疑有一种难以驾驭的性质,只要它被用来使人

---

① 伽达默尔:《诠释学 I:真理与方法》,洪汉鼎译,北京:商务印书馆,2007 年,第 141 页。
② 同上书,第 137 页。
③ 同上书,第 137 页。
④ 洪汉鼎:《真理与方法解读》,北京:商务印书馆,2018 年,第 104—105 页。
⑤ 姚斯:《审美经验与文学解释学》,顾建光、顾静宇、张乐天译,上海:上海译文出版社,2006 年,第 1 页。

们忆起超感觉的意义,同时也会引发美感的外观臻于完善,并产生一种即刻满足的快感。……与模仿的或现实主义美学相反,前反思的审美态度的期待并不指向与日常世界相似的东西,而是指向日常经验之外的东西。"①姚斯否定阿多诺(Theodor Adorno)"艺术不能带来审美愉悦"的理论主张,即支持较高层次的审美反思,忽略或者压制审美经验的诸类初级形式,尤其是审美经验的交流功能。他认为"艺术创造出来,使之成为可能的欣赏态度是地道的审美经验,它既是自主前的艺术的基础,亦是自主的艺术之基础。……在我们这个时代,一种持生产的、接受的和交流的态度的审美实践,必将带来新的意义"。② 他认为这正是审美经验的实质,包含三重意义,即诗的、审美的和净化的意义——诗是审美经验的生产活动,审美是审美经验的接受,净化是审美经验的交流功能。"诗人自觉的审美活动能够消除现实的异化并使世界返璞归真,从而把被遗忘被压抑了的现实归还给我们的意识。"③

关于审美经验,姚斯批判了巴特在《文本的快感》(The Pleasure of the Text,1973)中对单独阅读的"孤立特性"以及审美"极乐"的无政府状态,这无视阅读的交流情景的宏观结构,把"阅读"简化为对微观结构的认知。如此一来,留给读者的只有被动的、纯粹接受的角色,想象力、试验和创造意义的活动则从不被看作快感的根源。"巴特的辩解就顺理成章地把审美快感还原为与语言打交道的快感。"④相反,"审美距离不可能是单向的,……在对审美对象的享受中,主体和客体之间发生着相互作用,我们'从自己的无功利性中获得了一种兴趣'",姚斯探讨的是在与美的交往中得到的实践经验,"在无功利的思考和试验性的参与之间的平

---

① 姚斯:《审美经验与文学解释学》,顾建光、顾静宇、张乐天译,上海:上海译文出版社,2006年,第2—3页。
② 同上书,第23页。
③ 同上书,第12页。
④ 同上书,第33页。

衡状态中出现的审美享受,就是一种把自己假设为他人以经验自身的模式,审美态度打开了这种经验的大门"①。正是这种经验,而不是对美的形而上学定义,能够使读者在理解艺术作品的同时也理解自己。

姚斯十分推崇伽达默尔关于文学阐释的问答模式,他指出,"伽达默尔的诠释学经验理论以及在人本主义中心概念上的历史说明,他的在效果历史中去认识所有历史理解的入口这一原则,他对'视域融合'的控制性过程所作的阐述,无疑都是我的方法上的前提,没有这一前提,我的研究便不可设想了。"但姚斯在两个问题上与伽达默尔存在差异,他认为,首先,伽达默尔的批判尽管针对的是19世纪审美教育的衰落形式,但仍然没有阐明文化(审美的无差异)与想象的博物馆(审美的区分)这历史性两极之间的审美经验的功效。其次,"问与答这种反抗功能既隐藏在小说文学的秘密路径中,也行进在文学过程的康庄大道——神话接受上;正如安菲特律翁故事所讲的那样,神话接受能把一切'原始材料的优越性'远远抛在后面,能作为解放的车轮与哲学思辨相竞争"②。这说明,尽管十分看重神话,姚斯对后现代主义的文化和艺术的看法仍然是冷静的,对问答的抽象性和审美经验展示的特殊抽象性并非一味反对。

最终,"艺术作品以自己的方式开启存在者之存在。在作品中发生着这样一种开启,也即解蔽,也就是存在者之真理。在艺术作品中,存在者之真理自行设置入作品中了。艺术就是真理自行设置入作品中。"③真理最终是一种无蔽状态,一种澄明。海德格尔将艺术比作一条通往意义圣地的"林中路","作为存在者之澄明和

---

① 姚斯:《审美经验与文学解释学》,顾建光、顾静宇、张乐天译,上海:上海译文出版社,2006年,第35—36页。
② 张首映:《姚斯及其〈审美经验与文学阐释学〉》,《文艺研究》1987年第1期,第141页。
③ 海德格尔:《林中路》,孙周兴译,上海:上海译文出版社,2016年,第27页。

遮蔽，真理乃是通过诗意创造而发生的。……一切艺术本质上都是诗（Dichtung）。"①诗的本质正是真理之创建：赠予、建基和开端。一切艺术本质上都是诗，真理通过诗意创造而发生。

二 《园中处女》与《静物》：艺术经验的文学呈现

拜厄特出身于贵格会的家庭环境。她认为人人都拥有"内心灵光"（Inner Light），它是"种子"（Seed），也是基督的灵（Spirit），人们可以借此识别真理、接近上帝。早期的贵格会成员抵制一切艺术形式，认为那些所谓的创造不过是人类的幻觉，将使人偏离道德美德和灵光，甚至"艺术家与登山者一样，不实用且相当自我"②。好在贵格会强调理性思考的能力，且十分重视儿童的教育问题。童年的拜厄特就已显现出对虚构作品的钟爱，童话、史诗、17世纪文学，历史、传记、自传这类虚构作品尤其令她兴奋不已，日后旺盛的创作欲望初见端倪。拜厄特成长于利维斯时代的剑桥，将文学与艺术视为"对生活的批评"，与表面上更精准的传记和历史相比，她更青睐文学虚构的审视方式。真实（truth）、谎言（lies）与虚构（fiction）的关系问题是拜厄特毕生思考的问题。③ 她的作品展现了开阔的知识视野与广博的学术兴趣，从文学、哲学、艺术的视角探析思想、意象、立场。作为艺术家、学者，拜厄特拥有追求思想、发现新知、找寻联结的天赋，作品充满了权威、智慧、幽默，以及关于艺术与生活的思考。拜厄特的小说中充盈着的"思想与观点"，实际上仍是她思考叙事与真理关系问题的延续。她相信勃朗宁（Robert Browning）所说的，真理就产生于这些思想与观点之中。

---

① 海德格尔：《林中路》，孙周兴译，上海：上海译文出版社，2016年，第64页。
② A. S. Byatt, *Passions of the Mind* (New York: Turtle Bay Books, 1992), p. 15.
③ A. S. Byatt, *Passions of the Mind*, p. 14.

伽达默尔把经验艺术和解释艺术称为"照面"(Begegnung),即来到它的对面,与它见面,艺术在我们对面发生或者我们发生于艺术之中。"所有与艺术语言的照面就是与某种未完成的事件的照面,而且这种照面本身就是这种事件的一部分。"[1]在艺术作品中,我们面对的是语言或话语;"未完成的事件"是对我们正在发生的事件,一场与历史和命运相关的发生着的事件。在与艺术语言的照面中,这个对我们发生的未完成的事件是开放的、揭示的、未终止的、不确定的。这场与艺术作品的照面属于语言事件,在语言事件中被把握,却不会终止、保持开放。拜厄特笔下,《园中处女》中的诗剧《阿斯特莱娅》(*Astraea*)的创作与欣赏表现了这样一种"照面"。这部诗剧颂扬了伊丽莎白一世这位英国黄金时代园中处女的生活与统治,并将作为1953年伊丽莎白二世加冕庆祝活动的一部分。诗剧作者亚历山大强调作品"不是道德说教,而是艺术作品"[2],并一再重申对诗剧的构想与期待,并以自己脑海中的意象创造了伊丽莎白的形象。作品在本质上是艺术品,是艺术家与众不同的观察方式经艺术创造而得到的成果。

面对《阿斯特莱娅》,亚历山大与观众面对的是一个语言事件。观看这部诗剧所获得的艺术经验虽然属于真理经验,但这并不是人们能够实实在在拥有的事物,也无法通过某种逻辑方法论去证明。我们没有办法控制这种经验,它也不属于我们,而是我们正处于它的发生之中。也就是说,艺术作品的真理虽被主体获取,却并不隶属于主体对象,而是主体所隶属的事物,是事件、真理事件。"谁拥有语言,谁就'拥有'世界。"[3]任何艺术作品的再现,无论是

---

[1] 伽达默尔:《诠释学 I:真理与方法》,洪汉鼎译,北京:商务印书馆,2007年,第139—140页。

[2] A. S. Byatt, *The Virgin in the Garden*. 1978 (London: Vintage, 2003), p. 20.

[3] 伽达默尔:《诠释学 I:真理与方法》,洪汉鼎译,北京:商务印书馆,2007年,第611页。

阅读一首诗、观看一幅画、演奏一曲音乐、演出一场戏剧,都是艺术作品本身的继续存在方式,因此艺术作品的真理性既不孤立地在作品中,也不孤立地在作为审美意识的主体中,艺术的真理和意义只存在于对它的理解和解释的无限过程中。

《静物》这部小说的标题暗指亚历山大剧作的主人公、创作了一系列静物作品的画家梵高（Vincent van Gogh）。亚历山大在完成《阿斯特莱娅》之后开始创作关于画家的剧作《黄椅子》,并努力寻觅能够恰当描述绘画作品的词汇。出现在小说中的作品《静物：圣经》("Still Life with Open Bible")作于梵高的父亲去世后不久,处于黑色宗教主题与光明艳丽主题之间。桌子上的两本书互成倾斜角度而置,一本厚重巨大,是梵高父亲留给他的《圣经》,通过画面可以看出《圣经》翻到《以赛亚书》第53章。另一本相对轻薄,是一本篇幅较短的当代小说,封面上可以看到这是左拉（Emile Zola）的《生命的喜悦》(*La Joie de vivre*, 1884)。有趣的是画面中出现在《圣经》书页中的"绘画文字"自然而然地植入画面之中。[①] 绘画文字通常以书本为主题,其中包括清晰可读的书写或印刷的标语、评论、解释文字或是字词以模糊的形式出现,观赏者无法辨认文字,只能得到一个大概的印象。《静物：圣经》结合了这两种方式：标题清晰醒目,内容却无法辨认。圣经中的具体内容以色调（tonal）方式画成,文本主体变形为粗糙、稠密、模糊的绘画图块,观赏者只能得到关于章节与字词的模糊意识。这种方式超越了简单的明暗对比,也因此表现出文字与绘画之间的微妙关系。观赏者永远无法通过梵高的绘画知道《以赛亚书》的内容,所见之图与其意义之间存在着无法逾越的裂痕。但是,毕竟观赏者能够确知圣经翻开的那一页,能够看出左拉的小说。《圣经》象征磨难,小说象征生命,充满遗憾的人与喜悦的生命,两本主题迥异作品的并置在外观与内容上都产生了期望中的戏剧效果。

[①] Tom Wolfe, *The Painted Word*, p. 1.

梵高的创作技巧、对现实的态度、表现现实的方法都吸引了拜厄特的关注。在论文《梵高、死亡与夏天》("Van Gogh, Death and Summer")中,拜厄特将画家置于勃朗宁与史蒂文斯(Wallace Stevens)之间,认为三者构成一个连续体,都在努力追求精确表现失去神话与宗教联想的世界,饱含对光线色彩的兴趣以及对太阳和土地的热情:

> 我们知道自己生活在光线的流动之中,正如生活在空气与声音的流动之中,我们领会其中的一部分,尽己所能寻找其意义。梵高调色板上的颜料像树木与多变的天空一样,就是这种流动的一部分。……对我来说,在他作品激情的高度上,梵高能够掌控所有这些元素(人类与非人类,视觉与技巧),创造一种诗性的平衡。①

这段话形象生动地说明了我们与艺术经验的关系。光线的流动、颜料调和的色彩是我们无法实在拥有的事物,我们也无法控制光线的流动、色彩的变化,但我们每时每刻都处在这光线的发生之中,得到光线的照射,却无法拥有它们。一切都在流动之中,正如我们之所以能够得到真理,并不是因为我们控制或占有它,而是因为我们属于它。艺术家的伟大之处就在于,将我们无法拥有之物,以创造性或诗性的平衡状态,展现于艺术作品之中。如塞尚所说"自然就在内心中""性质、光线、颜色、深度,它们都当着我们的面在那儿,它们之所以在那儿,只是因为它们在我们的身体里引起了共鸣,只是因为我们的身体欢迎它们"。②

梵高以其选择的色彩与主题揭示了现实的本质要义,拜厄特

---

① A. S. Byatt, *Passions of the Mind*, p. 300.
② 梅洛·庞蒂:《眼与心·世界的散文》,杨大春译,北京:商务印书馆,2019年,第36页。

也以擅长运用的文字显示着超越绘画作品、引领观赏者领悟的权威。她指出"梵高的向日葵作为完形(Gestalts)、符号,其模仿性超越了任何语言符号"①。画家对于现实的意识在于表现事物的本来面貌,但是这并非意味着盲目的现实主义或简单的复制。亚里士多德将模仿看作人类的基本才能之一,是对现实的复杂的中介处理,表现于广泛的艺术领域。拜厄特曾经区分真正的模仿或再现与简单的复制之间的区别,指出"艺术家必须模仿事物内在的东西,即通过形式、形象,以及象征向我们言说的东西,那就是自然精神,……只有这样,艺术家才可能在客体中创造真正自然的东西,最终创造真正人性的东西"②。梵高对色彩的夸张运用缘于他强调不带体系与推理的直接再现。色彩领悟与语言再现的能力一样,是人类所独有的能力。拜厄特曾强调视觉性文本的运用有助于小说的想象性建构,"在激发了思维意象之后,语言会催生出隐喻与关联"③。正如文字对肖像的再现,文学作品,包括文学艺术作品及其他文字作品,都具有一种深层的共通性,即语言是使内容意义得以发挥之物,正是一切语言性内容的可书写性才使得文学具有最宽广的意义范围。艺术家、作家将不同元素联结起来,达到创造性的或诗性的平衡。

拜厄特笔下的画家通常都着迷于对光与色的运用,尽管这种对现实的遮蔽态度常常造成追求艺术作品的完美和现实中与他者建立重要关系之间的紧张局面。亚历山大的第二部剧作《黄椅子》围绕高更(Paul Gauguin)与梵高在阿里黄房子中的争吵展开,这是一场关于艺术的"火花四射"的争吵。小说详细描述了亚历山大阅读梵高《书信集》(Letters)时的所思所想,尤其是两位画家画作中光线的变化影射出来的生活态度。梵高性格内向,却多以明亮

---

① A. S. Byatt, *Passions of the Mind*, p. 9.
② Ibid., p. 21.
③ A. S. Byatt, *Portraits in Fiction* (London: Chatto & Windus Random House, 2001), p. 31.

的黄橙色彩绘制法国南方的强烈阳光和阳光照耀下的市镇、田野、花朵、河流、农舍和教堂,尽情地表露自己的情绪。"他的用色就像一问一答那样轮廓鲜明,而语言则在他的画布间进进出出、流淌自由"[1],更多的绘画,更多的色彩,是为了揭示敏感性与新生活。而高更天性好乐,作画时却像一个温婉女子,只在画布上留下薄薄一层鲜明纯粹的颜色。在《夜间咖啡馆》里,梵高以红色与绿色的对比表现"人性中可怕的情欲"[2],黄椅子则是清晰与直接的蓝色与黄色的对比。他画笔下的阳光和阳光下的土地不带有任何人为加工的痕迹,这种原始状态及其表现形式印证了画家对于现实的现代理解。法国戏剧理论家尔托(Antonin Artaud)指出,"高更认为艺术家必须寻找符号、寻找神话,必须将生活中的事物扩展到神话的维度;梵高则认为艺术家必须明白怎样从生活琐事之中推理出神话"。在他看来,梵高是对的,因为"现实高于一切虚构、寓言、神性与超现实。你需要的是知道如何阐释它们的天资"[3]。

海德格尔在《林中路》之《艺术作品的本源》("The Origin of the Work of Art")一节中,也以梵高所绘的鞋具为例,说明艺术作品何以存在。人人都见过农鞋,梵高为何多次画这种鞋具呢?器具的存在就在于它的有用性,农妇穿着鞋在田间劳作、站立或者行走,这是鞋的器具因素。但在梵高的画作中,这双农鞋可能的用处和归属却毫无透露,它只存在于一个不确定的空间中,甚至无法确定存放的位置,甚至连暗示性的田地里或田野小路上的泥浆也没有一丁点儿粘带。这只是一双农鞋,此外无他。然而,海德格尔写道:

---

[1] 朱利叶斯·迈耶—格雷夫:《文森特·凡·高的一生》,张春颖译,北京:北京大学出版社,2010年,第109页。

[2] 布拉德利·柯林斯:《凡·高与高更:电流般的争执与乌托邦梦想》,陈慧娟译,桂林:广西师范大学出版社,2006年,第183页。

[3] Antonin Artaud, "Van Gogh, the Man Suicided by Society" (1947). *Antonin Astaud: Selected Writings*. Ed. Susan Sontag (Berkeley: University of California Press, 1988), p. 491.

"从鞋具磨损的内部那黑洞洞的敞口中,凝聚着劳动步履的艰辛。这硬邦邦、沉甸甸的破旧农鞋里,聚积着那寒风料峭中迈动在一望无际的永远单调的田垄上的步履的坚韧和滞缓。鞋皮上粘着湿润而肥沃的泥土。暮色降临,这双鞋底在田野小径上踽踽而行。在这鞋具里,回响着大地无声的召唤,显示着大地对成熟谷物的宁静馈赠,表征着大地在冬闲的荒芜田野里朦胧的冬眠。这器具浸透着对面包的稳靠性无怨无艾的焦虑,以及那战胜了贫困的无言喜悦,隐含着分娩阵痛时的哆嗦,死亡逼近时的战栗。"[1]

我们也许只有在这个画出来的鞋具上才能看到所有这一切。相反,农妇无需打量而是径直穿起这双鞋,海德格尔将这种器具的有用性称为可靠性。借助这种可靠性,农妇通过器具而被置入大地的无声召唤之中;借助器具的可靠性,农妇才可能把握自己的世界。世界和大地为她而在此,也为与她相随以她的方式存在的人们而在此,只是这样在场。可靠性按照物的不同方式和范围将一切物聚集于一体,器具的存在也会随着可靠性的消失而逐渐萎缩。但对于与梵高画作"照面"的观赏者而言,我们不是通过对制鞋工序的讲述,也不是通过对农妇实际使用鞋具过程的观察,而只是通过对梵高画作的观赏,通过对一个真实摆在那里的作为物的鞋具的描绘和解释来获得这种可靠性。走近这个作品,我们突然进入了另一个天地,其况味全然不同于我们惯常的存在。因此,艺术作品使我们懂得了鞋具的本质为何。

梵高的画作揭开了作为器具的一双农鞋实际上是什么,也可以说,这个存在者进入它的存在之"无蔽"之中。希腊人将存在者之无蔽状态命名为"真理","在作品中,要是存在者是什么和存在

---

[1] 海德格尔:《林中路》,孙周兴译,上海:上海译文出版社,2016年,第18—19页。

者是如何被开启出来,也就有了作品中真理的发生。在艺术作品中,存在者之真理已经自行设置入作品中了"。[1] 海德格尔将存在者真理在作品中的自行设置定义为艺术的本质。然而,人们常常认为艺术指向美的或与美相关的事物,与真理则毫不相干。产生这类作品的艺术,由于产生美而被称为美的艺术,以区别于生产器具的手工艺。"真理归于逻辑,而美留给了美学。"长期以来,与存在者的符合一致被视为真理的本质。梵高的画作提供了反证,艺术品不是对那些时时现存手边的个别存在者的再现,即鞋具并非因为描绘得惟妙惟肖才成为一件艺术品,恰恰相反,由于它是对物的普遍本质的再现才具有艺术品的属性。艺术作品是一种特殊的存在,它的存在是存在者之存在意义上的真理的发生。对一个实物鞋具的科学观察和研究,我们无法拥有对人生在世之意义的体验,而通过梵高的画作,我们却能体会一个天地之间的生活世界。可以说,人的世界就是通过艺术建立起来的。

因为艺术经验属于艺术本身,是艺术的组成部分,因此真理事件在艺术语言中不会停止,艺术会源源不断地产生意义。伽达默尔在这里强调的是一种关于艺术、真理和解释的思考方式,这种方式肯定了解释本身的多种多样,且各种解释对于作品而言都具有一定的真切性。艺术作品经过多种多样的解释之后,不会被拆解为彼此分离的片段或无意义的形式。因为解释和理解从艺术作品的存在方式出发,理解最终归属于与艺术作品本身的照面,而非解释的形式。因此,对艺术作品的经验从根本上说总是超越了任何主观的解释视域,不管是在艺术家的视域还是在接受者的视域,作者的思想绝不是衡量一部艺术作品的意义的可能尺度。艺术的真理和意义是一种过去和现在的沟通,永远无法穷尽,只存在于过去和现在的无限中介过程。

文学作品可以被不断阅读,戏剧可以经常上演,音乐作品可以

---

[1] 海德格尔:《林中路》,孙周兴译,上海:上海译文出版社,2016年,第21页。

重新演奏，伽达默尔将这些艺术形式称为"流动性的艺术"，即可以再现或表演的作品，一种可不断再现的表演型艺术。文学作品的真正存在只在于被展现的过程，即作品只有通过再创造或再现使自身表现。伽达默尔通过绘画的概念阐明这一点，通过游戏来描述审美特性的本质规定，对于探讨绘画的本质拥有同样的效果。

伽达默尔关于绘画存在方式的探讨或对绘画概念的分析以柏拉图的原型与摹本的关系为主线。柏拉图认为，原型优于摹本，模仿距离真理很远，因为它只涉及一小部分且这一小部分还只是幻影，因此它能够制造所有事物。举例说明，画家可以给我们画个皮匠、木匠或其他任何一位工匠，尽管画家对这些工匠的技艺一无所知。这幅画像足以骗过儿童与一部分成年人，使他们确信自己看到的是一位真实的木匠。模仿者对他所模仿的事物并不具备值得一提的知识，模仿只是一种游戏形式，不必认真对待。以此类推，悲剧诗人不管是用长短格，还是用英雄格，都是模仿者。柏拉图因此将艺术模仿自然贬低为照镜子，艺术的模仿只是客观事物的外观复现，不能模仿事物的"实体"。在《理想国》卷十中，他以床为例，将画家与木工做比较，木工把心灵中的床的理念转化为现实摹本的实际的床，而画家又把木工做成的床再现于一幅画中，称之为理念的床的摹本外形。柏拉图认为，理念的床是最基本的存在，摹本的床已经是虚幻的，画作或雕刻中的床则更远了一层，形成艺术理论中的"三重再现理论"。

但伽达默尔认为，绘画与原型的关系完全不同于摹本与原型的关系。因为绘画也是一种表现，原型只有通过绘画才能达到表现，最终在表现中达到自我表现。表现对于原型而言不是附属物，而是属于原型自身的存在。原型正是通过表现才经历了一种"在的扩充"。"绘画把我们所有的范畴，诸如本质与实存，想象的与实在的,可见的与不可见的都混淆在一起了。"①按照现象学观点,摹本与原型之间存在一种本源的关系:摹本是原型的开启,对存在的描述是存在自身的开启。因此,原型透过摹本得以展示,存在透过描摹得以表现。如此,伽达默尔的现象学方法颠覆了以往形而上学关于本质和现象、实体和属性、原型和摹本的主从关系,从前是附属之物现在变为主导。

在具体的绘画概念分析中,涉及两个问题,其一是绘画在哪些方面不同于摹本,即原型的问题;其二是绘画与其世界的关系是如何从这里得出的。伽达默尔从"表现"概念出发,阐明绘画与一般摹本(Abbild)的区别。因为表现概念不仅属于流动性艺术(再现型、表演型),也属于非流动性艺术(非再现型、非表演型)。不过在流动性艺术中,表现呈现双重性,不仅艺术作品的创作是表现,它们的再现也是,如舞台上的演出;而在非流动性艺术中,表现仅指艺术作品的创作,即它表现了某物。"表现显然不同于摹本,摹本只是原型的抄本,本身不是独立存在和自为存在的,真实性只是在原型,而原型具有一种不依赖其摹本的真实存在。反之,表现则不是这样,表现所表现的事物绝不是处于表现之外,而是与表现相统一的事物,或者说,事物正是通过表现才成为真实的事物。离开了表现,所表现的事物就成了非真实的事物。"②

此外,摹本具有自我消失的本质规定性,如镜中之像只是一种假象,即没有任何真实的存在,只有短暂的影像。在其短暂的存在中只被理解为某种依赖于其所反映的东西,而绘画却具有某种自身特有的存在。"绘画的这种作为表现的存在,因而也就是在其中它与所摹绘物不相同的东西与单纯的摹本不同,给予绘画以成为一幅绘画的积极标志。……这样,一种绘画就不是一种摹本,因为

---

① 梅洛·庞蒂:《眼与心·世界的散文》,杨大春译,北京:商务印书馆,2019年,第44页。
② 洪汉鼎:《真理与方法解读》,北京:商务印书馆,2018年,第137页。

它表现了那种如果没有它就不是如此表现的东西。"[1]因此绘画绝不属于摹本。绘画作为艺术是存在的表现,是艺术与存在的统一。艺术作品不是由于与某种理念的关系而被规定为一种需要被模仿的、再次给出的存在,而是应规定为理念本身的显现。

因此,作为表现的绘画与原型的关系不同于一般摹本与原型的关系,绘画中所表现的东西就是原型本身;如果绘画中所表现的东西不存在于别处而只存在于绘画中,那么这意味着原型同样不存在于别处而只存在于它的绘画中。原型不能与它的表现或绘画相分离,因为表现在本质上和本源上属于原型。"无区别乃是所有绘画经验的一种本质特征。"[2]正如游戏的主体是游戏自身,绘画也是原型自身的显现,原型的自我表现。

拜厄特对绘画艺术情有独钟,这在前文关于梵高的论述中可见一斑。她曾在作品中对多幅艺术作品进行了详细的描写,这种描写形式被称为绘画诗(ekphrasis),即"对视觉再现的文字再现"[3]。顾名思义,这种方式曾经多用于诗歌中,诗人在诗歌中将一部视觉艺术作品整合为诗句形式,与诗作融为一体。考察绘画诗在虚构作品中运用的理论家史密斯(Mack Smith)提出,进行自我调整以适应现实主义传统的小说可以运用"艺术创造的方式与理论……以此与创造可能虚构世界的方法形成对比"[4]。因此,与诗歌中绘画诗的运用不同,小说作品为更加复杂的绘画诗体系提供了延展的空间。在拜厄特的创作中,绘画诗也成为一种再现的形式,尤其是当这些文字描述的画作均为世人皆知的名作之时。当然,将完全不同的两种艺术形式整合在一部文字作品中的确会

---

[1] 伽达默尔:《诠释学 I:真理与方法》,洪汉鼎译,北京:商务印书馆,2007 年,第 196 页。

[2] 同上书,第 195 页。

[3] James Heffernan, *Museum of Words: The Poetics of Ekphrasis from Homer to Ashbery* (Chicago: University of Chicago Press, 1993), p. 3.

[4] Mack Smith, *Literary Realism and the Ekphrastic Tradition* (Pennsylvania State University Press, 1995), p. 20.

面临一些困难,因为这中间要经历一场不同意指符号之间的转换过程。然而,一旦完成了这种转换,小说中的绘画描写也将成为作家展现艺术观与现实观的有力支撑。除了梵高、莫奈(Claude Monet)、马蒂斯(Henri Matisse)、委拉斯开兹(Diego Velazquez)的画作都曾以绘画诗的形式出现在拜厄特的作品中,形成了一种独立的话语形式。例如《马蒂斯故事》中的马蒂斯、短篇小说《玛莎和玛丽房子里的基督》("Christ in the House of Martha and Mary")中的西班牙画家委拉斯开兹。

拜厄特在《园中处女》中对毕加索(Pablo Picasso)《拿烟斗的男孩》(*The Boy with a Pipe*)进行了细致的描绘,这幅名作被评论家誉为"具有达芬奇《蒙娜丽莎》似的神秘、梵高《加歇医生》似的忧郁唯美之作":

> 男孩头戴模糊不清且有些颓败的橙色玫瑰制成的花冠。他倚着一面烧土墙而坐,上面画着盛开的苍白、系着白带子的花束。他的脸严厉、冷峻、颓败、整洁、果断。他身穿蓝色紧身夹克衫和裤子,两膝分开而坐。两腿之间的折缝暗示着完全模糊的性别身份,深深的褶皱,坚硬的凸起。他可能是任何一种性别,更可能是两者兼有。一只手放在两腿之间,另一只手握着一根整洁的短粗的烟斗,笨拙地指向自己的身体。[1]

亚历山大视男孩为性别模糊的对象,把画像作为知识的一种形式挂在墙上。少年身穿代表忧郁和寂寞的蓝色工作服,表情忧郁且倔强。男孩的忧郁气质使之与亚历山大的艺术家气质产生某种微妙的关联。稚嫩的脸庞和背景花的设计,仿佛预示着希望。作画时孤独寂寞的画家相信,自己有朝一日终将出人头地,也诉说着彼

---

[1] A. S. Byatt, *The Virgin in the Garden*, p. 136.

时正在从事艺术创作的亚历山大的心事。亚历山大个人对于罗丹（Auguste Rodin）与毕加索作品中孤独与神秘的想法从未完整地展现给小说中的其他人物，仅仅展示给了读者。其后读者还会看到亚历山大如何着迷于梵高，如何与一个他不爱的女人拥有一个以梵高的名字文森特命名的孩子。艺术作品强调了亚历山大独具魅力的一面，也揭示了他性格中的缺失，以帮助作者塑造艺术家的人物形象。

艺术家本人的文化与社会语境影响了他看待事物的方式。画家遇到一个哲学上的最大困难："现象"与"实在"的区别，即事物好像是什么和它究竟是什么这两者之间的区别。关注小说虚构身份与创作过程的小说被称为元小说（meta-fiction），而文学作品中讨论小说创作语言的方式并非仅限于元小说，小说家与画家一样，必须选择表现自然或现实世界的方式。实际上，没有哪一位艺术家能够绘制事物的本来面貌，是油彩、水彩或水墨等绘画的媒介改变了事物的本来面貌。同样，语言作为小说创作的媒介改变了它所要表达的内容。当画家或小说家将这种再现现实的困难融入作品创作时，作品便从"单纯的"现实主义转向一种具有"自我意识的"后现代视野。沃顿（Michael Worton）在论文《关于棱镜与散文》（"Of Prisms and Prose: Reading Paintings in A. S. Byatt's Work"）一文中论述了拜厄特作品中的视觉再现形式，指出拜厄特在梵高的画作中发现了凝聚的力量，即她一直努力追求的平衡模式。绘画作品作为一种艺术再现的形式，在小说作品中表现了词语形式与视觉形式之间的"动态平衡"[①]。

伽达默尔认为，要理解绘画的存在方式，最好通过宗教律法的概念，即"代表"（representation）一词来阐明。该词原意是指表

[①] Michael Worton, "Of Prisms and Prose: Reading Paintings in A. S. Byatt's Work". *Essays on the Fiction of A. S. Byatt: Imagining the Real*. Eds. Alexa Alfer & Michael J. Nobel. Westport (Connecticut and London: Greenwood Press, 2001), p. 23.

现、再现,但在基督教道成肉身学说中经历了一场新的意义转变。representation 指使某某在场、让某某展现。伽达默尔认为,如果现在我们用 representation 的这一内涵来理解绘画,那么"绘画就必然有一种本质的变形,一种几乎可以说是原型与摹本的本体论关系的倒转。因此绘画就具有一种对原型也有影响的独立性"。①这一点可以通过肖像画,又称表象绘画证明。在这一类画作中,我们可以看出君主、政治家、英雄是如何展示和表现自身的。当然,这并不是说画中的人物会通过绘画获得某种新的更真实的显现方式,而是君主、政治家、英雄必须展现自身、必须进行表现,因此绘画才获得其自身的实在性。但当他们展现自身时,他们自身也必须满足绘画向他们提出的期望,因为他们是这样在展现自身中具有存在,所以才在绘画中专门得以表现;他们不能避免在绘画中被表现出来,而且由于这种表现规定了我们这些观看者对于他们的形象的认识,所以他们最终必须像他们的画像规定的那样来展现自身。"统治者是被他的形象所统治,他是他的形象的创造物。"②

为了说明肖像的文本化更好地展现人物的性格与行为,拜厄特在《小说中的肖像》一书中广泛讨论了文学作品中的肖像描写,包括普鲁斯特(Marcel Proust)、福特(Ford Madox Ford)、王尔德(Oscar Wilde)、左拉、默多克(Iris Murdoch)等。这本书基于她 2000 年在伦敦国家肖像馆举办的海伍德·希尔年度演讲写就。她指出,"文字的肖像与绘画的肖像是相互对立的,而非彼此的隐喻"③,二者传递的信息与承载的想象都无法相提并论,"它们属于物质,书写物质性意味着评论隐喻的双重性,既是模仿,也是对身份与差异之间关系的探索"④。计划创作《园中处女》时,拜厄特开

---

① 伽达默尔:《诠释学 I:真理与方法》,洪汉鼎译,北京:商务印书馆,2007 年,第 199 页。
② 洪汉鼎:《真理与方法解读》,北京:商务印书馆,2018 年,第 142 页。
③ A. S. Byatt, *Portraits in Fiction*, p. 1.
④ A. S. Byatt, *Passions of the Mind*, p. 9.

始流连于国家肖像馆,因为该小说涉及伊丽莎白一世与伊丽莎白二世时期艺术与文学之间的差异。肖像馆里的伊丽莎白一世达恩利肖像(Darnley Portrait)令拜厄特目眩并深深为之吸引,而后她用文字描写了女王的肖像。但是,这些文字似乎也是具有想象力的观察者所能够注意到的,它指出了富有想象力的观众可能会注意到的事情:风扇"悬挂或抓握";颜色暗示着激情;伊丽莎白具有"年轻女孩的镇静与活力"。另一方面,文字和绘画都以不同的方式限制了富有想象力的观众。拜厄特对自己笔下虚构人物的文字描述可能会像达恩利肖像对伊丽莎白一世一样,指示或陈述相关内容。她对人物的表现与艺术家对伊丽莎白的表现一样主观,读者或观众仍将按照自己的意愿建构这些来源的图像。

伊丽莎白一世本人是一位博学多识的女王,她翻译宗教与经典文本、在访问大学时发表拉丁文演讲、作诗、掌握多门外语,令外国使节刮目相看。现代学者长久以来对伊丽莎白的智慧大加颂扬,试图说明女王将学识转化为政治力量的方式,将读者对于女王的印象扩展为知识分子。[1] 在《园中处女》中,拜厄特以伊丽莎白一世的肖像以及符号意象的运用开篇,对女王的画像做了精心描绘,描述了看到这幅画作所能带来的一切可能的主观感受与想象的画面。她认为小说中的肖像包括对不可见事物的描绘:思维过程,吸引,憎恶,人生微妙或剧烈的变化。作家依赖不同读者对于人物形象视觉意象的无止境变化,这也是拜厄特因出版商在小说封面展示人物肖像而沮丧的原因。她认为这种行为不仅限制了读者的想象,也表现出一种傲慢与不敬。[2]

小说中感受与想象女王肖像的主体是亚历山大,一个被称为文字建构的人。他同想象与真实女人的关系都不完整,"与女王的

---

[1] Linda Shenk, *Learned Queen: The Image of Elizabeth I in Politics and Poetry* (New York: Palgrave Macmillan, 2010), p. 2.

[2] A. S. Byatt, *Portraits in Fiction*, pp. 1-2.

达恩利画像同在的此刻,仿佛面对这样一个女人——由于曾经对其有过伤害的企图而失去发展其他关系的可能"①。这在他对《妲奈德》(Danaïde)雕塑欣赏的描写中也有所彰显,"他的食指划过躺着的脊骨优美的曲线,沿着理石光滑的皮肤,从压低的颈部到浑圆的臀部的半月形,闪烁着消失在黑暗的背景里"。这带给弗莱德丽卡不小的震惊:"一个男人会选择一个理石女人以及另一个男人,或另一个女人,会倾向于站在那里欣赏石像,而不是……做些其他的事情。"②亚历山大对妲奈德脊骨雕塑的喜爱是美学意义上的,也是智性的。与他的情人珍妮所见的"女人苍白的绝望"不同,亚历山大在作品中发现了不同层面上的智性含义。这种欣赏方式也带给弗莱德丽卡全新的感受:从前欣赏一幅图片或油画时她总是迫不及待地以语言进行说明或阐释,此时她在亚历山大语言的引领下以自己从未有过的目光审视这幅视觉艺术品,唤起无声的感官沉思。

拜厄特认为自己可以"利用心理意象进行思考""我把任何一部计划撰写的作品视为几何图形:各种色彩与模式。我能够看到别人的隐喻。"③她将文字与视觉材料置于同一个虚构世界,由读者自己去体味它们的互动。与言语文字不同,视觉文字在她笔下智性色彩稍逊,但美学色彩更浓。弗莱德丽卡的剑桥校友、出演《阿斯特莱娅》的威尔奇在大学专门研究视觉意象的问题,他向读者概括介绍了这一主题:

(我研究的是)视觉意象与语言的关系,以此探讨人们形成概念的方式。是否真的如一些心理学家认为的那样,视觉意象比词语更为原始、更为基础,或者离开了精

---

① A. S. Byatt, *The Virgin in the Garden*, p. 15.
② Ibid., p. 135.
③ A. S. Byatt, *Passions of the Mind*, p. 7.

确的符号语言人们便无法思考。我要研究逼真的现象,
即那些仅仅以视觉进行思考的人……人们可以研究视觉
记忆、概念记忆、分析思想之间有趣的联系。①

同威尔奇一样,拜厄特也在创作中探索视觉意象与语言的关系,将人物的视觉经历和语言表现细致入微地展示在读者面前。例如,亚历山大在视觉意象问题上遭遇的挫折。在创作《阿斯特莱娅》初期,他看到自己的观点"轮廓鲜明,如同立体投影仪或内暗箱一般,充满色彩与特写"②。但是由于常常受限于伊丽莎白时代的意象与累赘的隐喻,亚历山大逐渐放弃了在语言中的视觉表现,放弃了最初的视觉技艺,转而投向单纯的语言书写。

语言描写的绘画将两种不同的艺术形式整合在一部文字作品中,经历一场不同意指符号之间的转换过程,小说中的绘画描写也将成为作家展现艺术观与现实观的有力支撑,形成了一种独立的话语形式。文学作品及其解读是一种知识的形式,绘画艺术及其赏析是另外一种知识的形式。如果说文学作品帮助作家反映现实,那么绘画作品则以一种不同的方式进行着同样的努力。康拉德(Joseph Conrad)在《"水仙号"上的黑家伙》(*The Nigger of the "Narcissus"*, 1897)的"序言"中曾经阐述自己的艺术主张,他认为:

艺术家就像思想家及科学家一样,寻求真理并作出呼吁,……小说——如果要成为艺术——就要呼唤人们的情绪。……它必须努力追求雕塑的造型线条、绘画的色彩运用和音乐的联想魔力才能放出光芒,……作家所要竭力完成的任务是用文字的力量让你们听到,让你们感觉到——尤其是让你们看见!(作家需要)去显示它的

---

① A. S. Byatt, *The Virgin in the Garden*, pp. 134 - 35.
② Ibid., p. 315.

振动、它的色彩继而和它的形式,并通过它的活动、它的形式和它的色彩揭示它的真谛——揭露它鼓舞人心的秘密:在每一个真切的时刻中的紧张和激情。①

作家的良知体现在艺术创作之中,画家与小说家都以自己的创作践行着这种"良知",通过声、光、色、影、形的运用来唤起读者的感觉,由此激发读者的联想。康拉德将艺术定义为一种"专注的努力",目的是发现"人类经验中具有恒久和本质价值的东西",因此不像科学和哲学那样具备直接的、实用的价值。与专注观念形态的思想家与看重事实根据的科学家不同,艺术家"深入自身"去发现真理,在充满紧张与冲突的孤独领域寻找与读者沟通的渠道。他在作品中大量使用黑白明暗对照等视觉形象作用于读者的感官,以表达各种象征意义。拜厄特也将绘画的过程与文学作品的创作过程相比拟,认为绘画同样是一种再现的方式,"一种不比任何其他人更有优势的看问题的方式"②。她因而在写作实践中注入了强烈的视觉意识,对绘画艺术持续关注。按照沃顿的说法,画作吸引拜厄特的是它的不可言说性,它超越语言存在的特性。③拜厄特不断提醒她自己及读者追求精准的语言,不要忘记事物的本来面貌,她认为"画家天生知道艺术家应该表现的第三元素,作家则不然"④。绘画作品不是镜中之像,而是表现的方式。作为表现的绘画不是一般的摹本,而是原型本身的表现。原型不能与它的表现分离,也就不能与以它为原型的绘画相分离,因为表现在本质上和本源上属于原型。正如游戏是其自身的游戏,绘画也是原

---

① Joseph Conrad, *The Nigger of the "Narcissus"* (1897). (Penguin Books, 1988), p. xlix.

② Kathleen Kelly, *A. S. Byatt* (New York: Twayne Publishers, 1996), p. vii.

③ Michael Worton, "Of Prisms and Prose: Reading Paintings in A. S. Byatt's Work", p. 24.

④ Jane Campbell, *A. S. Byatt and the Heliotropic Imagination* (Waterloo: Wilfrid Laurier University Press, 2004), p. 7.

型自身的显现，原型的自我表现。

三 《艺术作品》：视觉性文本的诠释

语言的创造力与超验性真实的关系是拜厄特批评和创作的核心问题之一。拜厄特曾多次强调，她的"自觉现实主义"（self-conscious realism）创作风格在保留写实传统的同时，表现出作家对于写作过程及其理论观照的自我意识。这种自我意识的表现形式之一在于对艺术作品创作过程及艺术理论的反思。短篇小说《艺术作品》收录于《马蒂斯故事》中，其中大量关于艺术作品与色彩理论的书写被珀蒂（Laurence Petit）冠以"文本的视觉性"（textual visuality）或"视觉的文本性"（visual textuality）[1]。这些视觉性文本书写展现了拜厄特如何以语言的创造力，以补偿小说中马蒂斯画作中色彩的缺失，以色彩理论为代表的艺术游戏规则的缺失，以及以艺术创作者为代表的人与人之间联结的缺失。拜厄特将艺术作品编织进叙事之中，强调小说文本与马蒂斯画作及其色彩观的互文关系，以及艺术作品与文化、身份的交织杂糅，进而以叙事为载体，思考文学文本中的视觉性文本诠释艺术作品色彩、规则、联结缺失的可能性。小说人物跨越种族、性别、阶级、艺术观点的差异，艺术创作者成为艺术作品的"表现者"与现代社会的"联结者"。

对于"艺术作品"的关注贯穿拜厄特批评与创作的始终。故事中的丹尼森一家被称为"艺术家庭"——丈夫罗宾是热爱马蒂斯风格的画家；妻子黛比原本热衷于版画创作，眼下为了家庭生计供职于商业杂志《妇女场所》；两个孩子成长于父母营造的艺术氛围和相对优渥的生活环境中。家中的清洁工布朗太太看似与全家的艺

---

[1] Laurence Petit, "Inscribing Colors and Coloring Words: A. S. Byatt's 'Art Work' as a 'Verbal Still Life'". *Critique: Studies in Contemporary Fiction*, Vol. 49, No. 4, Routledge, July 2008, pp. 395–412.

术环境以及马蒂斯的色彩风格大相径庭,最终却以软性雕塑作品《多种材料的创作》打败了罗宾的画作,登上后者梦寐以求的艺术展台。小说题目本身就给诠释与理解出了一道难题:"艺术作品"何所指?是罗宾的基于马蒂斯色彩理论的绘画创作,还是布朗太太最终参加艺术展的软性雕塑作品?是花哨的布朗太太本人作为一件行走的艺术品,还是拜厄特书写的这篇小说本身?

《艺术作品》开篇色彩的缺失与想象是展现语言创造力的初次尝试。小说开篇描写的是马蒂斯创作于 1947 年的《宁静居所》(*Le Silence habité des maisons*),不过是印制在高文爵士(Sir Lawrence Gowing)《马蒂斯》一书中的黑白版本。画面上,或许是母亲的人物手托着沉思的下巴,支撑在桌子上;或许是孩子的人物在翻动一本厚厚的白纸书,面前是一个花瓶。人物上方、画布的左上角是一幅粉笔画就的模糊图形。拜厄特在故事中引用了高文爵士的评价:"画作具有不同寻常的阳刚之气""马蒂斯终于能平和地驾驭强烈的冲动了",画面达到了"只有垂暮的伟大画家才能企及的和谐之美"。①《艺术作品》的诠释与理解始于缺失色彩的《宁静居所》的诠释与理解。

首先,黑白画作的视觉性文本核心问题是色彩的缺失。黑白版本向试图视觉化文本的作家提出了挑战:对于马蒂斯而言,色彩就是他的语言;反过来,作家能否以语言为缺失色彩的画作填色?在马蒂斯之前的西方艺术史中,绘画一直重形轻色,即将创作的重心放在画面中的物形、轮廓和素描的关系上,色彩仅按物体原本的颜色填涂即可,不过是"形"的辅助,可参考光照和环境色做出修正。现代主义画家马蒂斯打破了传统的观赏期待,只设计色彩鲜明的平面形状与组合,目的是创造超越时间的天真人物。画家所追求的不再是记录的功用,而是表现另一种"真实"。色彩或许暗

---

① A. S. Byatt, "Art Work". *The Matisse Stories* (1993). (London: Vintage, 1996), p. 36.

示着激情,但马蒂斯的画作缺失了色彩,人脸变成"两个完全空洞的椭圆,没有特性",则是对20世纪90年代伦敦社会生活状况的描摹。小说中丹尼森一家人同样缺少清晰的外貌描写,他们只拥有毫无个性可言的模糊脸庞,正如丧失个性化特征的普罗大众。一笔带过的娜塔莎的脸"具有一种空洞而祥和的聪慧"。[1] 电视播放着大家都看的动画片,杰米玩着大家都玩的电动火车,娜塔莎听着大家都听的塞满节拍和重击的音乐。在后现代文化语境中缺少原创的概念,只有充满反讽的互文性文本或多声部的杂糅,"洗衣机发出嗡嗡的滚动声,伴随着水流溅泼的机械的咯咯笑声,穿插着吱吱嘎嘎的音符",甚至"女妖般的尖叫和洗衣机底座摩擦瓷砖地面而产生的隆隆声"。电视机里"嘟嘟囔囔、唧唧呱呱、嘶声尖叫",女主持"喋喋不休",突暴的音乐声"鼓声隆隆,……嗒嗒嗒嗒……"[2] 人物模糊的面孔与尖厉的噪声形成了强烈的反差,更突出了后现代文化语境中的社会生活之喧哗、完满意义之缺失。

其次,色彩的缺失暗示着人与人之间冲突的核心,罗宾与布朗太太的冲突正是起源于对于色彩的不同认知。马蒂斯钟情于艺术中色彩的表现力——色彩必须经过沉思、梦想和想象的锤炼。他抛弃了内容,野兽派画家自身的情感在艺术作品中以最具爆发力的形式表达出来;他也抛弃了现代人的经验和理性,将色彩发挥到极致,让色彩在绘画中表达自身。小说中的罗宾崇尚马蒂斯的色彩观,属于学院派色彩理论的代表人物,强调创作中遵循色彩理论和宗教式的崇高体验。他向布朗太太解释自己的色彩理论、有关色调和互补色的常识,在纯绿色与红色之间出现的神奇黄色,还让后者明白了物神的价值。像马蒂斯与梵高一样,罗宾继承了对于纯色的宗教式激情与兴趣,在空白的空间内绘制相互独立的现实

---

[1] A. S. Byatt, "Art Work", *The Matisse Stories* (1993). (London: Vintage, 1996), pp. 36 – 38.

[2] Ibid., pp. 37 – 38.

之物,成为新现实主义者,"用幻觉技巧加逼真画出他所看到的世界"①,这是他对庸俗作品的另一种诠释。

然而,正如拜厄特"没有把艺术当作宗教——只是碰巧最喜欢而已",②布朗太太强调自然、直觉的力量,回到原始状态和异域风情中找寻灵感。她向黛比阐述个人的色彩理论:"什么橙色和粉红色太刺眼,蓝色和绿色不能并用,紫色和大红色也不可以同时出现。要我说,这些色彩都是上帝创造的,上帝又把它们糅合进他所创造的万物中,存在就是合理的。"③在她看来,自然创造并混合形成了世界上的一切色彩,因此色彩可以随意搭配。她的原创且看似浮夸风格的艺术作品纯粹是为了展现生活的愉悦而作,而不是供专业的艺术家消遣之用,"做一件东西只不过是表现你的激动或兴奋再自然不过的方式而已"。连黛比都不得不承认她那"用之不竭、恣意潇洒的色彩创造力"。④ 布朗太太成了自由派色彩理论的代表人物,也是拜厄特对于学院派色彩理论反思的代言。

《艺术作品》中的学院派艺术家罗宾对色彩理论侃侃而谈,对学院派艺术规则熟稔于胸,他眼中的布朗太太则对艺术规则一窍不通。秩序对于青睐单一色彩的罗宾而言是理论知识,是其在艺术学院学习的包括马蒂斯色彩理论在内的全部;而对于品味花哨的布朗太太而言,自由并不意味着缺失规则,秩序是自然之秩序。她钟爱彩虹色,把罗宾的各色"物神"按照彩虹的顺序排列,从红到紫,体现了她的自然秩序意识。她的服装布满了藤蔓植物、飞禽鸟兽的装饰,被看作一件行走的艺术品、一个蜘蛛般人物,一个来自

---

① A. S. Byatt, "Art Work", *The Matisse Stories* (1993). (London: Vintage, 1996), p. 56.

② 徐蕾,拜厄特:《神话·历史·语言·现实:A. S. 拜厄特访谈录》,《当代外国文学》2013 第 1 期,第 162 页。

③ A. S. Byatt, "Art Work", *The Matisse Stories* (1993). (London: Vintage, 1996), p. 65.

④ Ibid., pp. 93,89.

自然世界的"彩色蛛网的编织者"。① 来自自然世界的布朗太太并未刻意学习、找寻色彩理论或创作原则，而是"盲目遵守"，她不需要关于色彩知识的教育，在制造新的有冲击力的视觉效果和排列方面具有惊人的本能。这更接近维特根斯坦（Ludwig Josef Johann Wittgenstein）在谈论语言游戏时的观点：我们在进行语言游戏时并不知道游戏的规则，我们是在"盲目地遵守规则"——或者它是游戏本身的一种工具。——或者规则既不用于教人，也不用于游戏自身；而且也不列在一张规则表上"②。遵守规则与秩序是游戏顺利进行的前提，盲目遵守意味着对于游戏规则的自然习得，正如人们在以母语对话交流时不会刻意关注话语是否符合语法规则。艺术作品不是规则手册，而是它的游戏，游戏必然包含在有限之内无限变化的自由。

正如游戏是为观众而进行的再现，艺术也是为观赏者呈现的再现；游戏需要观众，艺术表现也需要观赏者，艺术只有作为观赏者的再现之内容时才具有意义。《艺术作品》开篇，拜厄特描写的马蒂斯画作并没有小说人物作为观赏者，他的画作、色彩理论、现代主义风格尽管是贯穿故事始终的元素，却因缺失这种"照面"而未能面对罗宾和黛比发生，罗宾和黛比也未能发生于艺术作品之中。罗宾奉行马蒂斯的色彩理论，但实际上读者并未看到他将其作为再现之内容，小说也没有提及他与马蒂斯画作的直接"照面"。罗宾试图向马蒂斯和梵高那样，在画布上肆意泼洒色彩强烈的颜料，以表达色彩带来的敬畏之感，然而"画作却显得稀薄、无力、荒诞"。③ 他的画作始终处于未完成的状态，被前来访问画廊的休娜评价为"现代的凡尼斯塔"——虚幻的静物画。

---

① A. S. Byatt, "Art Work", *The Matisse Stories* (1993). (London: Vintage, 1996), p. 97.
② 维特根斯坦,《哲学研究》,陈嘉映译,北京:商务印书馆,2016年,第30页。
③ A. S. Byatt, "Art Work", *The Matisse Stories* (1993). (London: Vintage, 1996), p. 61.

与之相对,布朗太太的软性雕塑作品则在众人的参与中完成了自身的存在。小说详述了观赏者黛比与作品的"照面",她看到了布朗太太的出人意料和缤纷亮丽,那用之不竭、恣意潇洒的色彩创造力,还感到"一种受到压抑的嫉妒、一种刺激人的叮咛感"。①黛比供职的杂志《妇女场所》艺术评论员写道,布朗太太"具有创造力的智慧使一切显得荒谬却又惊人地美丽"。②黛比未能跨越阶级的界线,与来自贫民区的清洁女工成为真正的朋友,并不是对于身份的偏见,而是缺乏对他者命运与生活的想象力。杰米透过电视与作品照面,看到那些"木偶一样"奇特的东西都有一张呆呆傻傻的脸;而罗宾看到的只有那条围在被锁囚女人脖子上被他扔掉的领带,"那条吸尘器模样的龙和那个被锁住的女人在屏幕上扫过"。全家人都将去亲眼看看布朗太太的雕塑作品,不过只是"出于礼节"。③

　　艺术作品的存在方式是游戏,意味着"在它成为改变经验者的经验中才获得它真正的存在"④。也就是说,艺术作品与自为存在的主体之间的关系不再是相互对峙,主体已在艺术经验中改变了自身。艺术作品的存在方式也是描述自我理解的方式,历史、经验、表象、语言和真理,都是这种自我理解的形式。人类从审美存在和审美体验的不连续性中去获取那种构成人类此在的连续性,"只要我们在世界中与艺术作品接触,并在个别艺术作品中与世界接触,那么这个他物就不会始终是一个我们刹那间陶醉于其中的陌生的宇宙"。⑤我们其实是在他物中学会理解自身,从非连续性中创造连续性。在这里,伽达默尔一方面肯定艺术作品与艺术作

---

① A. S. Byatt, "Art Work", *The Matisse Stories* (1993). (London: Vintage, 1996), p. 89

② Ibid., p. 90.

③ Ibid., pp. 92-94.

④ 伽达默尔:《诠释学 I:真理与方法》,洪汉鼎译,北京:商务印书馆,2007年,第145页。

⑤ 同上书,第137页。

品的非连续性是真实的,另一方面又肯定艺术带给人类比纯粹艺术审美经验更多的东西。艺术不仅是修辞和比喻,也不仅是历史解释,艺术也是一种自我理解的方式。在与布朗太太的艺术作品"照面",以及与"行走的艺术作品"布朗太太本人"照面"过后,黛比想到"刻刀下木头的感觉",重拾自己钟爱的版画创作,创作赢得赞誉的《坏仙子故事集》和《好仙子故事集》插图。在那些童话故事原型中,好仙子貌似顶替布朗太太的辛普森太太,而坏仙子则貌似布朗太太本人。尽管罗宾与艺术作品的"照面"被拜厄特一笔带过,但他也最终拥有了全新的创作风格,画作中的破坏女神迦梨看上去神似布朗太太,画作中透出新型的色彩运用和一股"野性的力量",展现出独特的艺术风格。当我们在理解艺术时,我们就是在解释我们自己;反之,为了解释我们自己,我们也必须诠释艺术。艺术经验改变了经验它的人,改变了理解的主体。

通讯科技空前发达的时代,找寻共同意义价值的艰难却导致人与人交流愈发困难。《艺术作品》中,丹尼森一家人共居一处,却被隔离在不同楼层各自的空间内。《艺术作品》开篇的无色画作描写突出了一股静谧的气息,艺术家庭的居所也"透出一种有人居住的静谧"。与之呼应,小说中不断出现对于马蒂斯画作《奢华、宁静与愉悦》("Luxury, Calm and Pleasure", 1904—1905)的指涉,这幅画作描绘了碧海蓝天下、阳光沙滩上,海边的裸体浴者享受着海滨休闲的惬意。马蒂斯尝试的是一种崭新的绘画技巧——仔细的审视无助于欣赏画作的精髓,远观时线条才会在观赏者的脑海中混合起来,形成一种更易理解的形式。罗宾讲述了这幅画作的纯感官性如何以矛盾的方式成为事物本质的宗教性体验,展现平和的力量。谢林说,"只有在宁静状态中,整体人体形态和面孔才是灵魂的镜子"。[①] 这面镜子更接近于摹本之意,镜中之像的摹本具有自我消失的本质规定性,只是作为表现某物的工具,而表现并不

---

① 谢林:《艺术哲学》,先刚译,北京:北京大学出版社,2021年,第234页。

是达到目的的手段。正如罗斯金(John Ruskin)所批判的英国18世纪晚期和19世纪初兴起的"克劳德镜",和谐悦目的"如画"效果不过是对自然的虚假描绘,"没有希望触摸到万事万物所遵循的自然法则"[①]。与之不同,绘画作为一种表现,并不像摹本那样通过自我消失来展现所表现之物,而是通过自我存在来肯定所表现之物。绘画的本质特征是"绘画的不可替代性,它的不可损害性,它的'神圣性'"[②]。从存在论的立场看,绘画表现了图像与所表现事物的不可分割性,图像并不要求自己为了所摹绘物的存在而扬弃自身,相反,图像是为了让所摹绘物存在而肯定其自身的存在。因此绘画不属于摹本,绘画作为艺术是存在的表现,是艺术与存在的统一。艺术成为拜厄特破解技术时代困境的密钥,布朗太太最终成为艺术作品的表现者和交流的联结者。

从表现概念出发,伽达默尔阐明了绘画与一般摹本的区别。布朗太太最终的艺术作品属于雕塑而不是绘画,绘画与雕塑的"表现"有何不同呢?按照谢林的说法,"雕塑是通过实在的物体对象呈现出自己的理念,……绘画仅仅呈现出纯粹的有机体本身以及对象的本质和纯粹观念。"[③]与绘画相比,雕塑具有实实在在的形式,同时又呈现出事物的本质和观念,进而呈现出本质和形式的最高无差别。"如果说音乐在整体上是反思或自我意识的艺术,绘画是统摄或感受的艺术,那么雕塑主要是理性或直观的表现。"[④]雕塑呈现的是一个实体和偶性、原因和作用、可能性和现实性的结合体,表现出关联的各种形式。雕塑与绘画相比更具有象征性意义,其呈现的是形式和本质合为一体的艺术形式。同时,雕塑还将其他艺术形式包揽在自身之内,即雕塑自身内的艺术形式是相互独

[①] 萧莎:《西方文论关键词——如画》,《外国文学》2019第5期,第81页。

[②] 伽达默尔:《诠释学I:真理与方法》,洪汉鼎译,北京:商务印书馆,2007年,第195页。

[③] 谢林:《艺术哲学》,先刚译,北京:北京大学出版社,2021年,第247页。

[④] 同上书,第247页。

立的。"雕塑尤其适合表现崇高",即表现"那个在实在宇宙里被直观到的真正宇宙"。"雕塑艺术呈现出生与死的最高程度的结合。"①因为无限者是一切生命的本源,本身就是活生生的;但形式或有限者却是僵死的。

布朗太太的软性雕塑作品《多种材料的创作》由一条龙和一个被锁囚的女子构成,是一个不同材料的结合体。那条龙模样怪异地盘卧着,"令人联想到长着无数黑色闪亮尖足的百脚虫",下巴昂起,垂挂着"毛料的胡须和用蓬乱的毛发和折断的发夹做成的牙齿"。那个女子"有一种立体派的外貌,掺和进了以弗所的黛安娜的某些特征",甚至还带着一个隐藏在岩石缝隙里的男性人物。②雕塑作品形成了一个统一体,生与死、动与静、男性与女性相逢于其中。与遵循几何规则的绘画相较而言,雕塑的目标是一种全方位的、从而无限的真相。无论怎样的形与色,绘画已经被限定在有限的视角内;反之,如同人类的身体,雕塑以各种形式的结合更似一个有机体的结合,每一件雕塑作品都是一个自足的世界,并非由有限的合法性所规定的。绘画以呈现理念为目标,雕塑则将理念呈现为既是整个理念又是整个事物的。绘画希望人们将其对象看作观念的东西,比如罗宾的色彩理论,比如马蒂斯的野兽派风格;雕塑虽然把它的对象呈现为理念,但同时也把它当作事物,比如布朗太太那些五花八门的材料。"雕塑由此返回到全部艺术和全部理念的源头、全部真理和美的源头,即神性。"③

最终,布朗太太的作品《多种材料的创作》出现在艺术展台上,构成了联结的最终隐喻。这暗示了布朗太太更重要的角色——一家人生活的平衡者,或者说是平衡生活的维系者。布朗太太代表了伦敦贫困的移民群体,她的混血身份——圭亚那和爱尔兰血统

---

① 谢林:《艺术哲学》,先刚译,北京:北京大学出版社,2021年,第294—295页。

② A. S. Byatt, "Art Work", *The Matisse Stories* (1993). (London: Vintage, 1996), pp. 85-87.

③ 谢林:《艺术哲学》,先刚译,北京:北京大学出版社,2021年,第298页。

身份的杂糅预示着其联结者的作用。其形象"介于蒙娜丽莎和贝宁的铜雕",有一种"制造的欲望"。[①] 对于拜厄特而言,这件艺术作品更似一个联结、采集的隐喻。那条龙"既是一条龙,但更像是一台吸尘器:毫无生气,令人窒息"[②],而吸尘器正是她在艺术之家里联结分布在不同楼层空间内家庭成员的象征。她操控着伴有尖厉轰鸣和碾磨声的吸尘器,联结整个三层楼,联结家庭所有成员。经由雕塑作品,布朗太太成为一位联结绘画与雕塑的艺术家,联结流动性艺术与非流动性艺术的表现者。

尽管拜厄特承认色彩的语言性特征,但她并不似马蒂斯那般,依靠色彩的并置形成强烈的对比,而是将色彩编织进作为艺术作品的故事之中。"彩色蛛网编织者"布朗太太与"在语言之网下"的拜厄特都将自己与人物命运编织进各自的艺术作品。布朗太太雕塑作品的构成原则——和谐、平衡、同一——也是拜厄特小说创作的原则。对她而言,艺术与语言同等重要,也同为当代作家创作所面临的挑战。这场与艺术作品的照面最终归属于一场语言事件,在语言事件中的把握不会终止、没有封闭。正如开放的现实主义接受多重的、变化的阐释,以及对生活无止境的创造性建构;艺术经验属于艺术本身,因此真理事件在艺术语言中不会停止,艺术会源源不断地产生意义。艺术作品的诠释与理解具有多样性,拜厄特以语言的形式创造艺术作品,去触碰隐秘的真理与存在。

四 《孩子们的书》:自然语境中的制造

拜厄特早期的小说创作关注虚构的危险性,认为叙事中强行加入想象的力量会令故事混杂失真,虚构毗邻谎言并侵蚀现实,令后者面目全非、无从辨认。她曾书写艺术作品吞噬现实与生命的

[①] A. S. Byatt, "Art Work", *The Matisse Stories* (1993). (London: Vintage, 1996), p. 91.

[②] Ibid., p. 86.

主题，例如在《太阳的影子》中，安娜指责父亲亨利以真实人物作为小说的素材，自己却没有能力真正参与其中；《游戏》中朱莉娅的女儿黛博拉也指责母亲将生活中发生的一切都用作小说的素材，而没有考虑她笔下人物所对应的真实人物的情感。在《孩子们的书》中，拜厄特更为直接地刻画了艺术作品与生命的紧密关联。这部颇具维多利亚特色的小说包含了以童书作家内斯比特（E. Nesbit）为原型的奥丽芙领衔的威尔伍德家、以陶艺师本尼迪克特为首的艺术家庭、以单亲父亲凯恩上校管理的伦敦博物馆之家为核心的一系列艺术活动，与之相伴的是关于人与自然、艺术与生命关系的反思。斯特罗克（June Sturrock）将《孩子们的书》与默多克的《好徒弟》（*The Good Apprentice*，1986）进行互文解读，认为本尼迪克特与其他父母一样滥用了自己的职权，家庭与社会环境危险重重。[①] 哈德利（Louisa Hadley）则回应认为拜厄特在小说中强调了艺术家的性别差异，延续了早期作品中对于女性艺术家身份困境的关注。[②] 实际上，拜厄特将艺术与生命置于自然的语境之中，自然既是拜厄特书写关于"制造"故事的语境，也为读者提供解读人物命运、思考艺术与死亡伦理问题的新视角。

"制造"（manufacture）一词包括两方面含义：机器制造与虚构捏造。在机器的帮助下，19世纪晚期的英国社会大量开采煤矿，为以伦敦为首的工业城市的繁华提供动力。拜厄特曾表示：制造等同于杀戮。[③] 一方面，源源不断的动力以被埋葬的矿工为代价，这个层面的"制造"无异于杀人机器；另一方面，制造又意指艺术作品的塑造，尤其是"手工"形式的塑形或写作，包括小说中维多利亚

[①] June Sturrock, "Artists as Parents in A. S. Byatt's *The Children's Book* and Iris Murdoch's *The Good Apprentice*". *Connotations*, Vol. 20. 1 (2010), p. 113.

[②] Louisa Hadley, "Artists as Mothers: A Response to June Sturrock". *Connotations*, Vol. 22. 1 (2012), p. 148.

[③] Margaret D Stetz, "Enrobed and Encased: Dying for Art in A. S. Byatt's *The Children's Book*". *Journal of Victorian Culture*, 2012 (3), p. 90.

风格的服饰设计、陶艺家制作瓷器、童书作家撰写故事、战争亲历者写就诗篇。拜厄特将"制造"的两方面含义相结合,讲述艺术创作不惜牺牲一切生命,踏着死者的尸体铸就价值的过程。艺术越精致,就越明显地取决于创作过程中死者的身体或灵魂的存在。小说围绕"制造"的隐喻展开,除了延续早期创作虚构侵蚀现实的主题以及由此造成的身份困境,拜厄特还描述了师法自然的服饰设计对动植物的杀戮;陶艺家利用土地与尸体结合而成的原料塑造出非凡的艺术作品。自然为拜厄特提供了重新审视艺术与死亡伦理问题的语境,她以批评家理性的方式讨论艺术"制造"性的本体意义,在自然语境中探讨艺术作品的制造与生命的交织。

《孩子们的书》故事发生在 1895—1910 年,正是欧洲"新艺术运动"(L'Art Nouveau)如火如荼之时。艺术家们试图将包括绘画、雕塑、建筑、平面设计及手工艺等视觉艺术的各个方面与自然形式融为一体,逐渐形成一种"整体艺术"的哲学思潮。[1] 新艺术运动还强调手工艺,反对工业化;同时肯定机器在艺术创作中的作用,鼓励艺术和工业技术的结合。这些理念都延续了莫里斯(William Morris)倡导的"工艺美术运动"(Arts and Crafts Movement)之风气。"新艺术"本是巴黎一家画廊的名称,由出版商齐格弗里德·宾(Siegfried Bing)于 1895 年 12 月创立,主要展示当时最富影响力的设计师的彩绘玻璃、艺术玻璃、招贴画和珠宝首饰等设计作品,这正是在仿效莫里斯设计事务所的基础上开设的。齐格弗里德写道,"创造新艺术运动这个词的时候,并没有想把它变成一个概括性的术语。而只是一个房子的名称,代表充满热情的年轻设计师们的聚集地,一个他们时代现代性的代名词"。

---

[1] Jack Stewart, "Art Nouveau and Interarts in A. S. Byatt's *The Children's Book*". Ed. Rüdiger Ahrens, Florian Kläger & Klaus Stierstorfer. *Symbolism 2019*. Berlin, Boston: De Gruyter, 2019, pp. 265 - 292.

(1902)[①]艺术与建筑界向自由和开放迈出重要一步。

莫里斯的艺术设计、对工业化生产的批判、社会主义演讲、对英国田园自然的热爱贯穿《孩子们的书》整部小说。拜厄特于2016年出版了《孔雀与藤蔓》,讲述了莫里斯的自然情结。促成莫里斯对自然关注的除了幼时对"树林、溪水、野花以及石头和水流外形"的兴趣之外[②],拉斐尔前派与唯美主义的理念更激发了莫里斯选择自然作为艺术的表现形式——有文学作品中的自然主义形象,还包括墙纸的图案设计。拉斐尔前派成员们始终认为,他们"归属自然,并准确地采用自然的文字形式"[③]。自然之美超越一切人类艺术家的表现力,拥有无法复制的美,罗斯金的这一观点深深影响了莫里斯对美的定义。在莫里斯心中,美与自然存在必然的联系,"美"的标准来自自然,自然规律即美的规律,"人们所制造的一切东西都拥有一种形式,要么是美丽的,要么是丑陋的;如果它依循自然,就是美丽的,而且促进自然的发展,如果它违背自然,就是丑陋的,而且阻碍自然的发展。"[④]可见,莫里斯关于美的观念充满强烈的自然主义意味,以及对于自然环境的崇敬态度。在这样的传统影响之下,从自然界寻求灵感成为"新艺术"风格最为突出的特点。新艺术运动多以花卉和昆虫为题材,造型夸张、色彩艳丽,突出表现曲线和有机形态。除了平面图案,珠宝设计和服饰设计也常常以蝴蝶、飞蛾、蜻蜓等昆虫为主题,以展示自然之美。

莫里斯关于自然与美的理念和"新艺术"的自然风格深深影响了拜厄特。她也曾深入思考过拉斐尔前派的艺术特征,注意"欠缺

[①] Gabriel Weisberg, "Siegfried Bing and Industry: The Hidden Side of l'Art Nouveau," *Apollo* 78 (November 1988), pp. 326-329.

[②] A. S. Byatt, *Peacock & Vine: On William Morris and Mariano Fortuny* (New York: Alfred A. Knopf, 2016), p. 102.

[③] Bradley Macdonald, "William Morris and the Vision of Ecosocialism". *Contemporary Justice Review*, Vol. 7, No. 3 (2004), p. 294.

[④] William Morris, "The Lesser Arts." (1877) *The Collected Works of William Morris* (vol. 22). Ed. M. Morris (London: Basil Blackwell, 1910), pp. 3-27.

阴影和欠缺明暗对照法,特别着墨于细节描画"[1];讲求每一片花瓣、每一根发丝都栩栩如生,如罗斯金所言,"即使最微小的细节也来源于自然,并且只来源于自然"[2]。在小说创作中,她将这种特征转化为"作者内心深处时断时续地,迷宫般复杂地显明",同时"堆积精确的视觉细节"。[3] 19世纪女性昆虫般的着装常常出现在她的作品中,从女佣到黑蚂蚁和穿制服的工蜂,从穿着晚礼服的女士到色彩艳丽的蝴蝶,都曾作为她笔下的重要角色。《孩子们的书》女主人公、童书作家奥丽芙的服饰描写也代表了新艺术运动的风格:"帽子边缘缀满黑色的羽毛和繁复的鲜红色丝绸罂粟花";"薄纱般的披风,上面的纹路如昆虫的翅膀。头发上装饰着忍冬花和玫瑰";[4]茶会上,奥丽芙穿着自由牌细麻布茶会裙,乳白的底色上布满野花、矢车菊、罂粟和雏菊。[5] 蜿蜒流动的线条、鲜活华美的纹彩使得服装获得了奇异的生命力,既热情又奔放。自然形式的有机情调与颇具动感的线条纹路令奥丽芙呈现出自然蓬勃的生命力,展现了一位自然女神的形象。

然而,对于自然风格的崇尚、基于自然世界的设计也隐含着死神的降临。为了达到特定的艺术效果与创作风格,"新艺术"作品的"制造"无法避免攫取他者的生命。小说中另一位童书作家梅斯利在关于女性解放的公众演讲中,对女性充满自然装饰物的流行服饰大发感慨,代表了自然风格的对立观点。他认为连衣裙是现代女性腐败的象征,指出女士们周身香气袭人、身戴娇艳的花朵、华贵的羽毛和皮毛,都是攫取其他生物生命的结果。穿戴华服的女性像孔雀或雄性天堂鸟般艳丽,却成了被逝去的生命萦绕的死亡女神。女性身陷自己亲手制作的棺材里,造成了自身的异化和

---

[1] A. S. Byatt, *Portraits in Fiction*, p. 17.
[2] Ibid., p. 18.
[3] Ibid., p. 11.
[4] 拜厄特:《孩子们的书》,杨向荣译,海口:南海出版公司,2014年,第12页。
[5] 同上书,第87页。

被奴役状态。讽刺的是,他本人却将一条制作精美、设计时尚的红色皮质腰带作为诱惑女孩的礼物。皮质面料同样是以攫取动物生命为前提而制造,影射了后文中他本人的卑劣行径。梅斯利的作品《自然母亲睡前童谣精选集》中更收录了大量与动物相关的带有"邪恶本质"的短诗,例如活生生咬碎自己配偶四肢的蜘蛛和螳螂;布谷鸟的后代长成巨型怪物,把小柳莺排挤出窝;姬蜂把蛆虫当作自己后代的移动食品柜,慢慢吸干。梅斯利"写出了世界的真面目",残酷无情却遵循着自然之法则。奥丽芙与梅斯利仿佛自然中光明与黑暗的正反面,相互对立却又同生共息。梅斯利理解写作被打断时那种"血液凝滞般的不快",令奥丽芙感动不已,因为"几乎没有人能理解那种句子的墨水细线被掐断之后何等痛苦"[①]。二人的惺惺相惜暗示了奥丽芙对孩子们生命的攫取,以及艺术创作与生命杀戮的难分难解。

艺术设计与死亡的关联更为直接地体现在琥珀饰品的"制造"上。琥珀源于质感软黏的树脂,将动植物的尸体包裹其中,它的美和价值来自瞬间消逝的生命。奥丽芙的童话作品被搬上舞台,丈夫汉弗莱送来一串琥珀珠子作为首演之夜的礼物。珠子由昆虫的尸体装饰,"一个是带花边翅膀的苍蝇,好像存在了几百万年之久,坚硬、透明的珠子上留下挣扎着逃脱树脂的痕迹",[②]将观赏者带回到这件首饰最初杀戮昆虫的时刻,包裹着昆虫尸体的树脂长久之后具有了美感与价值。汉弗莱自认为这个礼物很得体:"我总不能送你一只煤球吧。"煤球来自地下也来自久远年代有生命的树木,琥珀与煤球都是以有机物的死亡为前提,汉弗莱的打趣更强化了琥珀首饰的杀戮性。新艺术风格的设计往往将动植物的动态形象凝固为静物,攫取它们的精神乃至生命,而这正是故事发生时的时代风尚。

---

① 拜厄特:《孩子们的书》,杨向荣译,海口:南海出版公司,2014年,第223页。
② 同上书,第630页。

来自自然世界的设计要么像琥珀一样包裹着尸体,要么直接踏着死尸的坟墓勾勒出艺术的轮廓。陶瓷艺术作品也"制造"于生命之上。小说开篇,当奥丽芙参观凯恩少校的客厅,欣赏16世纪陶艺大师伯纳德·帕里西(Bernard Palissy)的陶瓷浅盘时,看到里面绘制的蟾蜍、蛇、甲虫、龙虾以及青苔和蕨类植物全都栩栩如生,甚至据说"这些陶瓷动物里面包裹着真实的动物——真实的蟾蜍、泥鳅和甲虫",①两人推测该作品无与伦比的美之起源正是死亡。同样,小说中的陶艺家本尼迪克特的两只瓷盘作品上都有"盘绕纠缠的云灰色图案,一个小动物正透过这如烟雾一般的网抬头张望。……面目狰狞,作咆哮状,散发着勃勃生气"②。瓷器艺术也力争将动态形象凝固为静物,其生命力首先来自作品的原材料。初次面对本尼迪克特的作品时,年轻助手菲利普看到前所未见、裹挟着丰富物质的红色。陶瓷的制作原料来自墓地泥土与尸体的结合,这使原本普通的黏土拥有了美学特质,呈现出一种麻袋状的、微红的状态。在陶艺家手中,由凡人遗骸构成的黏土被塑造为非凡的新形式。帕里西与本尼迪克特的艺术作品在形式上都体现了"新艺术"运动的自然风格,却令艺术家为死亡的意象和制造物所团团包围,双手沾满血腥。

1900年前后,死亡是德语文学中的核心主题之一,"德国人爱死亡,您看看他们的文学,其实他们只爱死亡",小说刻意强化了这一背景。③ 故事中的戏剧导演奥古斯特斯·思坦宁对德国新戏剧、民间传说和奇幻故事颇感兴趣,由他编导的德国版童话木偶剧《灰姑娘》始于葬礼,第一幕就是一列送葬队伍和着缓慢的鼓点穿过舞台:身穿黑色的送葬者抬着一口棺材,鳏夫伤心欲绝,女儿穿着黑衣,在忧伤的鼓点中是棺材、绿色土包和墓碑等构成的充满死

---

① 拜厄特:《孩子们的书》,杨向荣译,海口:南海出版公司,2014年,第14页。
② 同上书,第130页。
③ 方维规:《"病是精神"或"精神是病"——托马斯·曼论艺术与疾病和死亡的关系》,《北京大学学报》(哲学社会科学版)2015年第2期,第64页。

亡意味的情境。① 不仅如此,木偶剧还直接再现了大量血腥场面:鲜血从金色的鞋子里溢出;傲慢的姐妹眼珠已然不见,只剩下血淋淋的窟窿。② 残忍的场面毫无含蓄保留可言,令孩子们胆战心惊。欣赏油画《木偶们》时思坦宁指出,"你可以把这位艺术家当作吸血鬼,他从那个可怜的女孩身上吸掉生命力,又转移给木制的胳膊腿和涂画过的脸蛋";画作"描绘的是真实与想象世界之间的边界。想象世界比真实世界拥有更多生命力,正是艺术家赋予这些人物以生命",③道出艺术作品生命力的来源。正是为了获得灵感、赋予艺术作品以生命,本尼迪克特走向大海深处,也走向生命的终结。他相信只有走进海洋深处才能获得灵感,可以说他践行的是一种为了艺术主动献祭型的死亡,在看见自己死亡的过程中死去。他的尸体失踪不见,确定死亡结果的替代品是一只用黏土裹住的单鞋,颇似一张沾满黏土的面孔。正如被埋葬在坟墓中的尸体,又像被裹在树脂里的苍蝇,作为艺术家的本尼迪克特本人成了那只为琥珀献祭的昆虫。

与此同时,世纪之交的另一大思潮是生命哲学,宣扬"生命即最高存在原则"④,体现在人物对于自然的态度上。小说在描写德语文学充满死亡气息的血腥文字同时强调德国人对自然的热爱,他们喜欢回归自然,经常徒步旅行去找寻自然,在高山上、森林中放歌。小说高度颂扬了白银时代亲近自然的精神风貌:人们热爱大地,企盼回归大地,回到湍急的河流旁边,回到莫里斯描绘的遍是田野、农舍花园,缠绕着金银花的乌有乡。⑤ 那些描写英国大地的杰出大师们,如理查德·杰弗里斯和 W.H.哈德逊,也写下自然

---

① 拜厄特:《孩子们的书》,杨向荣译,海口:南海出版公司,2014 年,第 61 页。
② 同上书,第 61—64 页。
③ 同上书,第 295 页。
④ 方维规:《"病是精神"或"精神是病"——托马斯·曼论艺术与疾病和死亡的关系》,《北京大学学报》(哲学社会科学版)2015 年第 2 期,第 64 页。
⑤ 拜厄特:《孩子们的书》,杨向荣译,海口:南海出版公司,2014 年,第 469 页。

世界里各种美妙景观。然而,"大自然不会在绚丽的织锦上表现大地,……她的世界是黄铜色的,而诗人只会传达一种金黄色"。①如果说艺术家通过"制造"赋予想象世界以生命,那么自然则超越于艺术之上。对死亡的偏爱和对生命的颂扬正如自然这个"矛盾女神",但与自然神秘广博、生机勃勃之美相比,人类艺术家的"制造"无疑要逊色一筹。

　　成长为新一代陶艺家的菲利普也来自充满死亡阴影的世界——最初被人们发现时,他住在地下幽暗的"墓穴"或称"神龛"里;儿时曾同家中另外五个孩子并排睡在一张死过同胞的席子上。尽管如此,菲利普却更接近于"自然之子"。他厌恶城市里的滚滚浓烟,伦敦令他肺部紧张且过度膨胀,感觉到渗透进内脏里的肮脏。他喜欢的是与大地、泥土融为一体,"躺在那股难闻又迷人的气味中,让自己的肌肉一点点放松,地面托着他柔软的身体,他能感觉到所有那些粗糙不平的东西:东倒西歪的植物茎秆、树木带瘤结的根须、石子以及身下冰凉的土壤"。② 夺走本尼迪克特生命的大海,在菲利普面前则平静地涌动,一波接一波地浸泡着沙地。他从内心深处感受着浩瀚的水域,感受着身心无法言说的剧变。菲利普还期望通过观赏赋予石头某种形式的生命,把人类与看似没有人性的石头联系起来,这种本能正是来自与土地的联结。对自然的亲近与接近本能让菲利普在后来的陶艺创作中,对基于自然形状的几何结构和几何形式的设计原理兴趣渐浓,也成为一战战场上的幸存者。他使用同伴留下来的沾满血腥的红色土壤作为艺术创造的原材料,那些已故之人的尸骸有机会被粉碎、重塑,回归泥土、大地,得到重生。拜厄特化身为陶艺家,用一种红色的泥糊掩盖了他们,浓密、吮吸、搅动的泥土与骨头、血肉混合在一起,成为制作陶瓷艺术品的理想材料。在艺术家的"制造"中,死亡孕育

---

① 拜厄特:《孩子们的书》,杨向荣译,海口:南海出版公司,2014年,第495页。
② 同上书,第35页。

着新的生命形式,呼应着世纪之交艺术的死亡主题与生命哲学。

受到父亲去世的影响,拜厄特重新思考生存、死亡、家庭、时间的问题。她未能找到理解父亲死亡的合适方式,而是利用了亲人的死,醉心于想象世界,讲述自己的故事,以思考真实与写作的本质问题。想象本是人类追忆形象的心理机制,但包括哲学家在内的一般人,只能把这种追忆的内容按一定程序有规律地组合起来;只有艺术家,才能让这种理智的追忆过程获得某种明显的形象表现。[①]《孩子们的书》中的奥丽芙正是这样一位将事实从回忆发展为形象的童书作家。她以孩子们的真实经历为蓝本,分别探索不同想象世界的脉络,为每个孩子写下一本特别的故事书。以书写的形式,奥丽芙将孩子们的精神或灵魂注入故事,语言模糊了虚构世界与真实世界的界线,成为自己身份建构的路径。写给汤姆的故事以及据此改编的舞台剧将汤姆的秘密公之于众,虚构与现实界线的模糊造成汤姆身份认知的困境;自然世界的崩塌又导致环境身份被破坏,汤姆最终走向生命的终结。

写给汤姆的故事题为《汤姆地下世界历险记》,故事主线是主人公在黑暗世界中寻找儿时被偷走的影子。随着情节的不断丰富,汤姆已然沉浸在虚构的故事中难以自拔。阅读自己故事时的汤姆才是真实的;在寄宿学校里躲避同学目光的汤姆则成为上了发条的玩偶。正如史蒂文斯(Benjamin Stevens)所指出,小说中人物的生命如同行尸走肉,描述了一场走向地下世界(underground)的旅程。[②] 汤姆是这个故事的生命,或者说故事占有了他的生命,令他不得不走向地下世界。最终,奥丽芙将汤姆视为生命的个人故事搬上舞台,给了他致命一击。奥丽芙并非为了孩子们的乐趣而创作,而是为了自己可以随意翻阅书中内容以获取自己作品的

---

① 拉曼·塞尔登:《文学批评理论:从柏拉图到现在》(第二版),刘象愚、陈永国等译,北京:北京大学出版社,2003年,第4页。

② Benjamin Stevens, "Virgilian Underworlds in A. S. Byatt's *The Children's Book*". *Classical Receptions Journal*, Vol. 8, No. 4 (2016), p.529.

原材料,她所期待的读者也绝不仅仅是汤姆或任何一个孩子。自然女神此时化身为吸血鬼式的巫婆形象——姐姐维奥莉特的猝死令奥丽芙只遗憾这个事件不能写成一部小说;初次见到艾尔西,奥丽芙也琢磨是否可以拿这件事写个好故事。奥丽芙"身上流露出某种巫婆的怪异",[1]随时准备牺牲或利用周围人的生命。

有学者据此认为拜厄特的兴趣在于"杀死他人作为艺术活动根源的必要性,以及这种残酷的必要性给艺术家和观众带来的道德困境"。[2] 这其实也是一直困扰拜厄特的难题:"我不明白为什么写作总是危险的行为,为什么作家最后都成了破坏者。"[3]奥丽芙的写作触碰了危险的界线,但她才是真正不断面对死亡恐惧的人。在她的内心深处,激荡着逃离北方贫困生活的记忆。父亲、兄弟为了开采煤矿给伦敦提供动力而先后丧命,以至于后来她那枝繁叶茂的大家庭、幻想中的文字世界似乎都在反对和怨恨从前的日子,那些生活在灰坑、煤渣、黑尘的恐怖地下世界的日子。奥丽芙疲惫至极,即便处于孕育着新生命的阶段,她在很多时候却会想到苍白的死胎和无知无觉的脸蛋。在战争中,身边最亲近的人接连逝去,悲剧变得如此常见,她不得不时刻面对死亡突然降临的恐惧。战争更像一把切碎世界的刀,"世界就像一块奶酪。或者屠夫的肉"[4]。朱利安感慨,"诗歌是人们被死亡、死亡的存在,对死亡的恐惧,或者他人的死亡逼出来的东西"[5]。所谓的文明、进步带来地下世界的阴晦无光,带来摧毁一切的战争,奥丽芙只得完全沉浸于虚构的世界中,在那里塞满各种角色和物品,从人类想象和长久历史积累起来的财富中汲取能量。故事是能量的来源,维系了

---

[1] 拜厄特:《孩子们的书》,杨向荣译,海口:南海出版公司,2014年,第194页。

[2] Margaret Stetz, "Enrobed and Encased: Dying for Art in A. S. Byatt's *The Children's Book*". *Journal of Victorian Culture*, 2012 (3), p. 89.

[3] June Sturrock, "Artists as Parents in A. S. Byatt's *The Children's Book* and Iris Murdoch's *The Good Apprentice*". *Connotations*, Vol. 20. 1 (2010), p. 113.

[4] 拜厄特:《孩子们的书》,杨向荣译,海口:南海出版公司,2014年,第705页。

[5] 同上书,第649页。

一切，却令奥丽芙陷入复杂的虚构世界里难以脱身。不仅是汤姆的秘密，奥丽芙也把自己隐秘的自我公之于众。

汤姆的死同样源于文明、进步造成的自然世界的崩塌，及其导致的环境身份缺失。基于利科（Paul Ricoeur）"叙事身份"的"环境身份"（environmental identity）概念指出，身份的基本方面也即人们理想中的生活，而环境提供给人类主体得以认识自身的语境，扮演着建设性与批判性的角色。① 贝尔（Nathan Bell）进一步将环境身份定义为个人对与环境理解辩证相关的自我认识，包括对于人类与非人类的环境以及整个自然环境的理解。② 这意味着对自然环境的理解同主体的自我认知密切相关。每个人都拥有环境身份，无论是关怀、冷漠或对抗自然世界。汤姆喜爱与自然的亲密接触，可以光着脚在林子里漫游数日，像个野生动物一样捕捉到野兔和獾子的气味，花上几个小时去揣摩各种昆虫动物身体的需求和局限。③ 他喜欢"那些声音，那些树木，那些动物，那些吱吱声，来来往往的风声"④。除了与自然世界的直接接触，阅读是汤姆认知自然的另一条途径。他贪婪地阅读莫里斯的浪漫传奇：《世界尽头的水井》（*The Well at the World's End*，1896）、《世界之外的树林》（*The Wood Beyond the World*，1895），以及《乌有乡消息》（*News from Nowhere*，1890），住在小石屋里理想化的快乐工匠，蔬菜、鲜花、藤蔓和蜂蜜的绚丽多彩是他心之向往。⑤ 博物学家对英国大地的神秘主义、达尔文有关自然选择的观点，都像树屋一样构成了汤姆的主体身份。当象征美好童年的树屋被砍伐时，汤姆

---

① Nathan Bell, "Environmental Hermeneutics with and for Others: Ricoeur's Ethics and the Ecological Self," *Interpreting Nature: An Emerging Field of Environmental Hermeneutics*. Eds. F. Clingerman et al. (New York: Fordham University Press, 2014), pp. 141–142.
② Ibid., p.141.
③ 拜厄特：《孩子们的书》，杨向荣译，海口：南海出版公司，2014年，第282页。
④ 同上书，第567页。
⑤ 同上书，第282页。

像个在坟墓边肃然伫立的人,亲眼见证曾经是自己身体和身份一部分的树屋变成废墟。

对自然毫无保留的热爱、与自然的过度融合暗含着危机。卡尔维诺在《树上的男爵》中礼赞人与自然关系的同时,就曾表达对于二者过度融合的担忧。[①] 正如他笔下终身与树相伴的柯西莫,与自然相融的汤姆在工业车轮的碾压下不可避免地走向悲剧结局。汤姆与奥丽芙的身份困境追根溯源,都与工业进程以及自然环境的破坏相关。奥丽芙对书写地下世界的执念源于夺取亲人生命的矿山;树屋的倒塌让汤姆看到自己生命的消逝。人类无法生存于缺失自然的环境,环境身份是主体性不可或缺的属性。奥丽芙在童话创作的虚构世界里汲取能量,而失去自然保护伞,又不得不将生命注入虚构故事中的汤姆则失去了所有的庇护。

艺术作品的构建必须以有机材料为基础,因此,它常常在他者死亡时生机勃勃。这既是艺术家无法绕过的真理,也是他们焦虑的来源。艺术家似乎偏爱病患与死亡,实际上,对于死亡的兴趣正是出于对生命的热爱与熟知、对自然的亲近与崇敬。一切对疾病和死亡的兴趣,不过是对自然与生命之兴趣的一种表现方式。拜厄特将艺术与死亡置于自然世界的广阔领域中,死亡为了"制造",从死亡到艺术发生的是生命形式的转化。按照伽达默尔的看法,转化所形成的构成物才具有真实的存在,这时某物完全地变成了另外一物,这另外一物作为被转化成的东西则代替了原来的某物而成为真正的存在,"这种转化是向真实事物的转化"。[②] 而生命的消逝正是这样一种抛弃原有存在、产生新存在的转化过程,它在一瞬间发生了整体突变,在艺术作品的"制造"中回转为真实的存在。

[①] 王芳实:《人与自然的距离:〈树上的男爵〉中的生态意识》,《当代外国文学》2021年第1期,第67页。

[②] 伽达默尔:《诠释学 I:真理与方法》,洪汉鼎译,北京:商务印书馆,2007年,第145页。

第二章 历史观

一 经典与传统

20世纪60年代,在拜厄特求学时代的剑桥,文学批评主要仍然以实践作家的批评为主,展示的是批评家对自己的文字以及前辈技艺的喜爱,"这是读者和作者之间进行文雅对话与交流的形式"。然而到了她写作的时代,大多数批评文本跳出它们的研究对象,不再大段引用来自诗歌或小说的文本,而是充斥着来自文学批评权威、理论家的观点,弗洛伊德(Sigmund Freud)、马克思(Karl Marx)、德里达(Jacques Derrida)、福柯(Michel Foucault),频繁出现在文学批评文本中。这常常导致文学批评家将作家置于理论引语之网,冒着将文学批评引入歧途的危险。在当代理论充斥的学术世界,对作家的研究与学术界各种强烈的政治化热情不谋而合。想要被列入大学文学课的书单,"只要小说看起来似乎对关于'女性写作'或者'女性主义''后殖民研究''后现代主义'的政治论辩提供素材,它们就很可能入选"。[①] 在拜厄特看来,理论的蓬勃发展令文本解读生动刺激、充满乐趣;同时也令批评家对研究当代作家感觉有些为难,因为他们无法避免与学术圈林林总总的颇具政治色彩的批评相遇。她深谙怀特(Hayden White)的历史叙事、巴特(Roland Barthes)的文本愉悦、福柯的话语权力理论,但面对它们时却谨小慎微。在这样的背景之下,"作家们写作历史小说,

---

① A. S. Byatt, *On Histories and Stories* (Cambridge: Harvard University Press, 2002), p. 2.

但是关于'他们为什么这么做'的讨论常常局限在关于帝国或女性的讨论之中,或者局限于'逃避主义'和'相关性'的争论中"。拜厄特认为,不应简单地将回顾历史的创作主题归入"逃避主义",并希望自己能够描绘出"一幅近期英文写作的新地图"①。进入历史小说,首先需要对何谓"过去"做一番了解,过去意味着经典作品、权威和传统。

伽达默尔在《诠释学与历史主义》一文中曾言,"我深信,我们确能向古典作家学到某种东西"②。这一断言包含着三层深意,首先,从他者身上学到某种东西意味着无论关于世界还是关于自身,知识都是有限的,需要学习正是因为当下所具备的知识总是无法满足需要;其次,向古典作家学习的主体是生活在当下的我们,这意味着为了应对现在的问题,我们必须要返回过去,从古典作品中寻求解决问题的途径,方可迈向未来;最后,我们必须通过古典作家的作品才能实现面向过去,这些过去的作品中所包含的知识在过去是真理,在现在、未来仍然具有真理性,古典作家的作品中所包含的是真理性的知识。因此,过去,首先指向过去的作品。伽达默尔所称的古典是指经典的古代,施泰纳(George Steiner)针对大学文学课的书单问题指出,制定课程表与制定经典不同。经典是其他作家想要保持其生机、后辈不断阅读的作品。拜厄特认同这一点,在她看来,"流动的经典是其他作家希望其保持生命力,希望一直读下去的作品"③。对现代作品的评论也应让讨论保持开放、流畅并且拥有广泛的基础。

这种经典的作品不是客观主义的历史意识所使用的描述性风格概念,而是一种历史存在,历史意识本身则隶属并服从于这种历史存在。伽达默尔对"古典型"的定义充分说明了这一点:"我们所

---

① A. S. Byatt, *On Histories and Stories*, p. 3.
② 伽达默尔:《诠释学 II:真理与方法》,洪汉鼎译,北京:商务印书馆,2007 年,第 513 页。
③ A. S. Byatt, *On Histories and Stories*, p. 2.

谓古典型,乃是某种从交替变迁时代及其变迁的趣味的差别中取回的东西——它可以以一种直接的方式被我们接触,但不是以那种仿佛触电的方式,后一种方式我们有时用来刻画当代艺术作品特征……古典型其实乃是对某种持续存在东西的意识,对某种不能被丧失并独立于一切时间条件的意义的意识,正是在这种意义上我们称某物为'古典型'的——一种无时间性的当下存在,这种当下存在对于每一个当代都意味着同时性。"也就是说,经典不仅是过去,而是与现代作品具有同时性的当下的存在,是"无时间性的"。但这种无时间性实际上是历史的一种存在方式。借用黑格尔的定义,即古典型是"那种自身有意蕴并因此也解释其自身的东西"[1]。黑格尔并不是说,这种自身的意蕴是艺术作品的本质特征,以致它在无历史的永恒中始终不渝地陈述其自身;而是指,它是对一部作品或一位大师得以经历所有历史变迁的那种取之不竭的力道所作的判断。对于每一个时代而言,荷马(Homer)、索福克勒斯(Sophocles)、但丁(Dante Alighieri)、莎士比亚(William Shakespeare)、歌德(Johann Wolfgang Von Goethe)对当代读者所诉说的,都包含一种普遍人性,这些让我们觉得是人性的东西,是由我们搜集并保留在意识中的这些伟大人性作家的话语来规定的。我们自己同时将它们自其现象的历史单一性与消逝性中加以纯化,直到我们将其纯粹的本质看作我们自己的本质、人性的本质。[2] 因此,经典并非一成不变,而是不断地给我们赢得最新的当代的滋养。伽达默尔由此得出结论,"古典型之所以是被保存的东西,正是因为它意指自身并解释自身,也就是以这种方式所说的东西。即它不是关于某个过去东西的陈述,不是某种单纯的、本身仍需要解释证明的东西,而是那种对某个现代这样说的东西,好像它

---

[1] 伽达默尔:《诠释学Ⅰ:真理与方法》,洪汉鼎译,北京:商务印书馆,2007年,第393页。

[2] 洪汉鼎:《真理与方法解读》,北京:商务印书馆,2018年,第252页。

是特别说给它的东西。我们所谓'古典型'的东西首先并不需要克服历史距离——因为它在其经常不断地中介中就实现了这种克服。因此,古典型的东西确实是'无时间性的'"。① 因此古典型首先是历史的,存在于它的历史表现之中。

就时间性而言,在试图界定现代性概念时,文学批评家卡林内斯库(Matei Calinescu)指出,只有在特定的历史时期,即"线性而无可逆转,流动而无法阻挡的时间"框架里,才能拥有定义现代性的可能。现代与古代的对立,在文艺复兴时期呈现出戏剧性的面貌。中古时代,人们缺乏精准测量时间的方法,只能根据神学思想理解时间,时间成为关于死亡与死后世界之永恒性的概念。中世纪的人们以一种悠闲的时间态度生活,并不十分在意时间的流逝。直到文艺复兴时期,情况发生剧变,此时的人们需要与实际的、行动的、创造的、发现的和改革的时间意识共存,人类与时间的关系日趋紧张。卡林内斯库进一步指出,文艺复兴初期,西方的历史被明确划分为三个时代,即古代、中世纪和现代。古代意味着绚烂的文明,中世纪是混沌的黑暗时期,现代则从黑暗中破茧而出,复兴人类文明。②

现代主义者相信,"现在"与"过去"都是时间连续体的一部分,这种认识与柏格森(Henri Bergson)称之为"绵延"(la durée)的心理时间说十分吻合,即"不可分割的时间"或"互相包含的时刻"。现代主义小说常常通过意识流手法,把"过去"拉进"现在"的生活,或把"现在"的状况推上"过去"的基座。柏格森在《创造进化论》(*Creative Evolution*, 1907)中以项链和珠子比喻时间——时间由一系列"差异的、稳定的颜色构成,如同项链上的珠子排列整齐有

---

① 伽达默尔:《诠释学 I:真理与方法》,洪汉鼎译,北京:商务印书馆,2007 年,第 394 页。

② Matei Calinescu, *Five Faces of Modernity* (Durham: Duke University Press, 1987), p. 13.

序;那么必然会存在一条线,将这些珠子牢牢地穿在一起"。[1] 他认为,时间是生命创造、流动的过程和方式。生命冲动源源不断、绵延不绝,不可测量、不由钟表限定,没有停顿、不可分割。柏格森称这个过程为"绵延",意为延续、持久。由于被牢牢地穿在一起,绵延没有间断,过去、现在和未来根本就是同一个过程,而非三个独立分开的阶段。生命冲动是一种本能,它绵延不绝,永远变化着。过去和现在、时间和空间已不再作为实际的存在物出现,而是作为想象力的表现形式而出现。柏格森认为,过去并不是已经不存在,而是自在存在着,它是人类流逝了的物象的"存活"方式。他称艺术家为"天生的独立者",认为与常人相比,他们对于现实拥有更加直接的认识。艺术家的"才智"必须在"行将成为"之中捕捉其"直觉"所感知的内容,"我们的意识……的主要功能是在日常生活中去想象状态与事物。……它以连贯替代断裂,以稳定替代运动。……这样的替代对于常识、语言、生活都是不可或缺的"。[2] 柏格森把人类的心灵比作一台摄像机,它在胶片上把运动分解为有限数目的静止图像,然后再重新组合,"静止仅仅是一幅由我们的心灵摄取的图画",[3] 语言只有凝固现实的流动才能够把握生活。

当现代评论家对经典作品作出解释时,古典型的内容就从过去的世界对当下的我们进行言说,言说的媒介正是文字构筑的作品本身。尽管我们所理解的内容创造于过去,但那个过去的世界却经由作品,同时属于我们现在的世界。这些古典型的著作向历史意识提出了历史性的认识任务,历史意识即对历史距离之发展的意识,其目的不再是像古典主义者那样以直接的方式要求古典的范例,而是把古典范例认作为一种只可从其自身时代去理解的

---

[1] 柏格森,《创作进化论》,肖聿译,北京:华夏出版社,1999年,第10页.
[2] Henri Bergson, *The Creative Mind*. Trans. Mabelle L. Andison (New York: The Philosophical Library, 1946), p. 222.
[3] 拉·科拉柯夫斯基:《柏格森》,牟斌译,北京:中国社会科学出版社,1991年,第20页.

历史现象,但在这种理解中总是涉及比单纯历史地构造作品所属于的过去世界更多的东西。"一切历史解释中所发生的东西,不只是在对古典东西的解释中发生的东西,而是一种原先世界和现在时代的中介。"①这些经典作品,成为联结过去世界与当下世界的纽带。

拜厄特对经典作品的热情印证了这一点。熟读经典的她感到"自己的身份与过去不可分离,与我读过的书,与我基因里和文学祖先们在他们那个时代读过的书捆绑在一起"②。作为作家和批评家,拜厄特个人的身份建构就是过去的经典作品与当代理论语境相结合的结果,已经成为历史中的一个片段,"年纪越大,越是习惯于将自己的生命视为漫长故事中短促的片段,它也是漫长故事中的一部分"③。这种结合尤其体现在她的文学创作中,她相信,假如读的书足够多、足够仔细,自己"将对于词语在过去的含义,以及它们和过去的其他词汇之间的关系形成一种感觉,并且可以在现代文本中进行应用,而且不丢失它们在自己互相联结的词汇网络中与其他词的关系"④。任何经典都不可能具有永远不变的固定意蕴,它的意蕴都是通过不断的解释而展现。正是"经典型或古典型"的这种无时间性的当下存在,体现了历史存在的一种普遍的本质,即历史通过变化而形成自身,它不可避免的既是他者又是自身。规范性与历史性、普遍性与特殊性、本质性与变异性辩证地统一在一起,不存在没有历史性的规范性、没有特殊性的普遍性或没有变异性的本质性,我们找到的只是在历史性里展现的规范性,在特殊性里展现的普遍性或在变异性里展现的本质性。经典的这种本质,在不同的国家,各自形成了一个互有区别的漫长的精神传

---

① 洪汉鼎:《真理与方法解读》,北京:商务印书馆,2018年,第251页。
② A. S. Byatt, *On Histories and Stories*, p. 93.
③ Ibid., p. 94.
④ Ibid., p. 94.

统,我们可以称之为民族文化特征或文化传统。① 除了经典作品,过去也意味着权威和传统。

英国文学向来崇尚传统,而传统模式又来自两个源头:其一是19世纪小说的现实主义美学,其二是21世纪初的现代主义美学。② 拜厄特指出,英国小说的两种传统中,第一种传统以贝内特(Arnold Bennett)、高尔斯华绥(John Galsworthy)和 H. G. 威尔斯(H. G. Wells)为代表,他们尊重18、19世纪现实主义小说传统;第二种传统以詹姆斯(Henry James)、D. H. 劳伦斯(D. H. Lawrence)、伍尔夫(Virginia Woolf)、乔伊斯为代表,他们企图突破或扬弃18、19世纪现实主义传统,对小说的形式结构和表现手段做各种各样的探索实验,从而开创一种新的格局。③ 这正是长久以来英国文学创作存在双重倾向性的缘由,"小说一方面倾向于写实,倾向于像社会文献那般表现历史事件和运动;另一方面,它又注重形式,天生带有虚构性和反观自身的倾向。"④

在"伟大的传统"中写作,作家无法规避由此带来的"传统的依附"或"影响的焦虑"。艾略特在1917年发表的《传统与个人才能》(*Tradition and the Individual Talent*)中宣称,诗人必须"发展或促使"对于过去的意识。"如果我们现代人确实比死去的作家了解更多,那正是他们——死去的作家——构成了我们所知道的"。艾略特认为,创新固然重要,但是,"任何诗人最好并且最个人的东西也许就是先辈诗人最有力地表现他们不朽之处"。因此,诗人必须具备历史感,不仅要能看到"过去中之过去",还要看到"过去中之现在"。要做到这一点,诗人必须作出某种牺牲,即放弃自己个人

---

① 洪汉鼎:《真理与方法解读》,北京:商务印书馆,2018年,第253—254页。
② Malcolm Bradbury, *The Novel Today: Contemporary Writers on Modern Fiction* (Manchester: Manchester University Press, 1977), p. 14.
③ A. S. Byatt, *Passions of the Mind*, pp. 147 - 168.
④ Malcolm Bradbury, *The Novel Today* (Harper Collins Publishers, 1990), p. 8.

的情感，融入伟大的民族传统中去，在传统的衬托下显现个人的特征。因此，"艺术家创作的过程就是不停地自我牺牲，持续的个性泯灭"，这就是艾略特著名的"个性泯灭论"（extinction of personality）或"非个性化"（depersonalization）理论，即个人是文学发展中不可或缺的因素，却并不是文学本质中最关键的因素。他借用一个化学反应来说明其中的关系：在氧气和二氧化硫发生化学反应生成硫酸的过程中，白金作为催化剂，本身既不可或缺又不受任何外界影响。诗人创作时的思想犹如白金，既是创作的源泉又不介入作品中去，"艺术家越高明，他个人的情感和创作的大脑之间就分离得越彻底"。浪漫主义的个人消失之后，艾略特的艺术中只剩下艺术表达的媒介（medium），文学作品的媒介就是文本，即语言本身："诗人要表达的不是什么'个性'，而是某种特别的媒介，只是媒介而不是个性，在这个媒介里种种个人感觉和亲身经历以特别出人意料的方式组合在一起"①。这里，既然诗人的存在可以忽略不计，个人情感（emotions）已经消失，作家已经"死"了，而作家情感的这种奇妙组合（fusion）却代代流传。艾略特的"传统"实际上是这种文学媒介的传统，他试图通过构建传统观把握此在，从而为时代提供恢复秩序的确定性，使欧洲文明得以发展和延续。

艾略特的诗学本体论反对浪漫主义，提倡诗人在写作的时候应该消除个性，依附于比个人有价值的伟大传统。就此而言，20世纪另一位批评家布鲁姆（Harold Bloom）则恰恰相反，他推崇浪漫主义，认为后来诗人的写作都是出于对前辈诗人影响的焦虑。在晚年的采访中，布鲁姆曾反复提及自己发动的四次"战争"，其中第一次"战争"，便是这一阶段他与"新批评"的针锋相对，而这主要指向了艾略特在《传统与个人才能》中提出的"非个人化"观点，强

---

① T. S. Eliot, "Tradition and Individual Talent". *Selected Prose of T. S. Eliot*. Ed. Frank Kermode (New York: HBJ Publishers, 1975), pp. 37-44.

调个人才能的一面。

于布鲁姆而言,任何诗歌都是对其亲本诗的误释,因而是"三位一体"的:它自身作为一个文本存在,其中设定了一个亲本存在以及不可避免的解读环节,且解读有着双重所指——既是行为,又是结果。文本是一个文学语言建构起来的世界,"任何一首诗都是与其他诗歌的互文……诗歌不是写作,而是再写作;就算强势诗(a strong poem)是一个新的开端,亦只是再次开始"[1]。针对"新批评"者把诗歌当作超脱尘世一切事物、偏安一隅、独立自在的审美一元体的观念,布鲁姆一再强调"我们应该放弃那种试图把一首诗作为一个独立个体去'理解'的做法"[2]。通过描述文本的性质,分析文学史主体的心理,布鲁姆从俄狄浦斯情结的视角重新审视传统与后起作者之间的影响关系,以误读理论观照文学史,建立起以影响、焦虑和误读为主题的文艺复兴以来"现代"西方文学发展史模式。他指出:"诗的影响——当它涉及两位强势诗人、两位真正的诗人时,总是以对先驱诗人的误读进行的。这种误读是一种创造性的纠正行为,实际上必然是误释。"[3]

布鲁姆借鉴了弗洛伊德对"家庭罗曼司"和焦虑的阐释,并对他的人格结构模式作出必要的修正,以描述诗人的人格结构。弗洛伊德的超我在布鲁姆这里成为作为前驱作者的"本我","自我"成为诗人自身,"超我"则意味着死亡,即无权成为一个真正的独立的诗人。前驱诗人已经写尽了一切,后起诗人清楚地意识到自己的"姗姗来迟"(belatedness),只能接受前人的影响,于是意识中产生负债的焦虑和关于诗人身份的焦虑。强势诗人"自我"的形成是一个无意识过程,前驱诗人潜藏在诗人的"本我"之中,"本我"与

---

[1] Harold Bloom, *Poetry and Repression: Revisionism from Blake to Stevens* (New Haven: Yale University Press, 1976), p. 3.

[2] Harold Bloom, *The Anxiety of Influence: A Theory of Poetry* (Oxford: Oxford University Press, 1973), p. 43.

[3] Ibid., p. 30.

"自我"之间的张力构成了诗人的焦虑。为了避免末日来临,开辟出自己的诗歌领地、成为独立的诗人,强势诗人就要像撒旦一样集结力量与上帝般的创始者进行殊死搏斗,诗歌领域的父子孝道于是让位于"家庭罗曼司"——以爱开始,以弑父结局。因此,在诗歌创作中,后起诗人要想真正崛起就要对前驱诗人的诗歌进行修正,从而在文学史上获得一席之地。没有这种焦虑和不断修正的历史,现代诗歌也就不可能存在。

在20世纪六七十年代形式实验呼声高涨的年代里,拜厄特清楚地看到布鲁姆所谓"影响的焦虑"带给当代作家的影响,她在《纸屋子里的人们:对英国二战后小说中"现实主义"和"实验"的态度》("People in Paper Houses")一文中指出,"现在在英国小说中,这种焦虑似乎以一种奇怪的方式运作……生产出时而死气沉沉,时而突破创新,时而充满悖论,偶尔获得成功,时而又莫名其妙的繁杂形式"。[1] 在竞争的意义上,"传统"演变为一种后世作家为前辈大师施加给他们的"影响"深感"焦虑"的过程。"误读"则是后世作家选择的策略,唯有如此,他们的原创性才能从"焦虑"以及前辈投下的阴影中脱颖而出。

影响焦虑与历史情结时常闪现在拜厄特的作品中。《园中处女》中的剧作家亚历山大在创作之初便受限于莎士比亚——一位令其身后作家无望创作出更为出色诗剧的大师。剧作家只能要么为了创新而忽视作品主题,要么会不自觉地模仿莎士比亚。前辈的影响无时不在妨碍着当代学者与作家发挥自己的独创能力,亚历山大应对这种焦虑的方式是以现代诗文创作一部历史剧,其中包括特定的时间、地点、人物。不过这份灵感又来自于叶茨(Dr. Frances Yates),是她将伊丽莎白一世女王的形象描绘成处女座的阿斯特莱娅。在前辈诗人的影响下,作家经受着"迟到"意识的折磨,他无法否认与前辈之间的继承关系。他作品中最优秀、最具

---

[1] A. S. Byatt, *Passions of the Mind*, p. 149.

件、人物有关"的广为人知的小说。编史元小说融合了文学、历史和理论三个领域,它"在理论层面上自觉意识到了历史与小说都是人类建构之物,为其重审和改造过去的艺术形式和内容奠定了基础",并且明确承认"后现代主义运行于一个由精英、官方、大众、通俗文化编织成的错综复杂的制度、话语网络"。①

哈钦在分析编史元小说的文化定位时指出,"如果精英文化真的已经裂变成专门学科,那么,这样一些杂交小说努力的方向便是通过借助历史、社会学、神学、政治科学、经济学、哲学、符号学、文学、文学评论等多方话语去探讨、颠覆这种裂变",因为"后现代的一个基本行为是再次开启了艺术的疆域与社会科学甚至自然科学的关系有多近的问题"。② 拜厄特在创作中践行着这种努力与尝试,她并未远离传统现实主义的精髓,也未迷失在后现代纷繁的理论浪潮之中,而是在作品中将二者有机地结合。现实主义与现代主义的传统方式,结合对于后现代元小说技巧、结构、思想的意识,令她的"后现代现实主义"小说拥有广阔的视野,探索艺术的疆域。

但注重传统是否意味着我们会被束缚于某种"前见"之中?笛卡尔(René Descartes)曾区分两类前见,即由轻率而产生的前见和依赖于权威而产生的前见。轻率是指在运用理性时产生错误,而权威是指完全没有运用理性。对权威的信仰并不意味着误导我们的理性,而是完全摒弃了理性的运用。伽达默尔认为,这种对权威的服从不同于盲目的无理性地服从命令。虽然同属一种前见的源泉,但权威"最终不是基于某种服从或抛弃理性的行动,而是基于某种承认和认识的行动,即意识到他人在判断和见解方面超越自己,因而他的判断领先"。③ 权威依赖承认他人的优越之处,

---

① 琳达·哈钦:《后现代主义诗学:历史·理论·小说》,李杨、李锋译,南京:南京大学出版社,2009年,第6,28页。

② 同上书,第27,53页。

③ 伽达默尔:《诠释学 I:真理与方法》,洪汉鼎译,北京:商务印书馆,2007年,第380页。

因而依赖一种理性本身的行动,即意识到权威拥有更加完善的认识并认可这种权威。

笛卡尔对前见的定义将道德性从以理性重构的全部真理中排除。道德的真理依赖权威,但这是一种无名称的权威,而不是任何人或群体的权威,这种"无名称的权威"即传统。伽达默尔认为可以在浪漫主义对启蒙运动的批判中找到支持。"因为存在一种浪漫主义特别要加以保护的权威形式,即传统。由于传统和风俗习惯而奉为神圣的东西具有一种无名称的权威,而且我们有限的历史存在是这样被规定的,即因袭的权威——不仅是有根据的见解——总是具有超过我们活动和行为的力量。"传统最终不能与自由或理性相对立。"在我们经常采取的对过去的态度中,真正的要求无论如何不是使我们远离和摆脱传统。""我们其实是经常地处于传统之中,而且这种处于绝对不是什么对象化的行为,它一直是我们自己的东西,一种范例和借鉴,一种对自身的重新认识。在这种自我认识里,我们以后的历史判断几乎不被看作为认识,而被当作对传统的最单纯的吸收或融化。"[①]也就是说,看似前见是理解的障碍,实则却是历史实在本身和理解的条件。我们不必惧怕被束缚于前见之中,因为一旦摒除前见,就将摒除历史。

现代作家以历史叙事讲述过去与传统。新历史主义理论家怀特从结构主义立场拆除了历史与文学之间的界限。针对历史编纂和历史阐释,怀特提出了一套"元历史"理论,其基本思想是:无论人们在主观上会如何想要忠实于客观历史事实,逝去的历史永远不可重现和复原,不可能真正"找到";人们所能发现的,只能是关于历史的叙述、记忆、复述、阐释,即对于历史事件的主观重构。也就是说,人们最后得到的,仅仅是被重新串联起来的一系列历史事件和对这些事件的说明,是一段经过编辑或者"编织"过的"历史"。

[①] 伽达默尔:《诠释学 I:真理与方法》,洪汉鼎译,北京:商务印书馆,2007年,第383页。

不管这样的历史如何"真实",背后总隐藏着编写者的目的,处于更大的意识形态语境之中。怀特将历史事实、历史意识和历史阐释相互串联起来,予之以等同的地位,使过去常说的"客观事实"不可避免地带上了诗意的想象和虚构成分。

拜厄特对关于书写历史本身的复杂自我意识有着清楚的认识,看到"怀特对于当代历史学家拒绝叙事的特点十分感兴趣,这些历史学家对于叙事者创造出的选择性和理想化的形象,以及叙事者的设计和信念十分敏感"。怀特认为"后现代主义将历史问题化",并指出历史的叙事性,即无论是描写一个环境,分析一个历史进程,还是讲一个故事,都是一种话语形式,都具有叙事性:

> 作为叙事,历史与文学和神话一样都具有"虚构性",因此必须接受"真实性"标准的检验,即赋予"真实事件"以意义的能力。作为叙事,历史并不排除关于过去、人生和社会性质等问题的虚假意识和信仰,这是文学通过"想象"向意识展示的内容,因此,历史和文学都不同程度地参与了对意识形态问题的"想象的"解决。作为叙事,历史使用了"想象"话语中常见的结构和过程,只不过它讲述的是"真实事件",而不是想象的、发明的事件或建构的事件,这意味着历史与神话、史诗、罗曼司、悲剧、喜剧等虚构形式采取了完全相同的形式结构。①

在这段论述中,历史被赋予了与文学、神话相似的虚构特征,并采取了相同的形式结构。怀特还在《形式的内容:叙事话语与历史再现》(*The Content of the Form: Narrative Discourse and Historical Representation*, 1987)中指出,历史故事与小说故事彼此相似,因为"不论他们的直接内容有何区别,他们的最终内容都是相同的:

---

① A. S. Byatt, *On Histories and Stories*, p. 10.

即人类时间的结构"①。

怀特以语言理论为基础建立起来的历史理论,首先以"语言构成体"来界定历史的性质。他关注的不是关于过去事件的历史(history),而是以叙事文本状态存在的历史书写(historiography)。人无法回归到原生态的历史现实中去,我们所接触的历史其实是史学家、历史学者以语言为工具,按照一定的阐释视角和叙事结构编织起来的、以文本形式出现的历史诠释和历史叙事。在历史文本背后潜藏着一个深层结构,这个深层结构在本质上是诗性的,而且具有与其他语言构成物相同的性质——也就是说,历史文本不可避免也是想象、虚构的产物。历史事件只是叙述的素材,是历史叙事的潜在成分,从价值判断上来说是中性的(value-neutral),而其最终表现形式取决于历史学家按照何种方式安排情节(emplotment),如何把具体的情节结构和他所希望赋予某种历史意义的历史事件相结合。《元历史》集中分析了黑格尔(G. W. F. Hegel)、米什莱(Jules Michelet)、兰柯(Leopold von Ranke)、托奎维尔(Alexis de Tocqueville)、勃克哈特(Jacob Burkhardt)、马克思(Karl Marx)、尼采(Friedrieh Nietzsche)、克罗奇(Benedetto Croce)等八位19世纪西欧历史学家与历史哲学家,归纳出历史叙事话语中常见的四种情节安排模式:罗曼司、悲剧、喜剧和讽刺。不仅如此,每种情节安排模式都与某种意识形态模式相对应,分别对应无政府主义、激进主义、保守主义和自由主义;情节安排模式和意识形态模式进而又与某些特定的形式论证模式相关联,包括形式主义、机械论、有机论和语境决定论等。上述三套模式共同组成了历史文本的审美、道德和认识层面,体现了历史写作风格的特征。在《话语的转义》(*Tropics of Discourse: Essays in Cultural*

---

① Hayden White, *The Content of the Form: Narrative Discourse and Historical Representation* (Baltimore: Johns Hopkins University Press, 1987), pp. 179–180.

Criticism, 1978)中,怀特进一步以"话语虚构"为基础将历史与文学等量齐观:一方面,历史话语自身不具备描述其研究对象的正规术语系统,只能借助比喻性的语言;另一方面,历史学家排斥、贬低历史事件中的某些因素而突出、重视另外的因素,加上个性塑造、主题重复、视角变化和描述策略的选择等。通过我们一般在小说或戏剧中常见的技巧,历史的语言虚构同文学的语言虚构合二为一。

怀特还揭示了历史文本的自我阐释功能。历史学家在编史过程中,总会依据需要对历史材料作出相应的选择与安排,从而生成一定的历史"情节"。在他看来,这一生成过程带有特别的阐释功能,阐释至少从三个方面进入历史编纂活动:体现于叙事策略选择的审美层面、解释模式选择的认知层面以及理解当前社会问题之策略选择的道德层面。并且,"除非那种极其教条主义式的历史编纂,否则要为上述三个层面判出孰先孰后,几乎是不可能的"[1]。历史叙事不仅是关于过去事件和过程的叙事模式,也是元叙事,是象征符号的复合体(a complex of symbols)——一切历史文本在追溯过去的同时在上述三个层面进行自我解释,这也就意味着一切历史都是元历史。他指出:"尽管专业历史学家声称可以将历史与元历史区分开来,这种区分没有充分的理论依据。任何历史都预设了元历史的存在,该元历史不过是历史学家在对前面所划分的审美、认知和道德三个层面解释过程中做出的承诺之网络。"[2] 怀特道出了历史话语产生的方式、历史诠释学对转义的依赖,以及历史话语本质上的诠释性。

伽达默尔同样认为,"后来"的史学家不可能也没有必要逃避由时空差异造成的历史主体性,以及由此而产生的文化上的局限

---

[1] Hayden White, *Tropics of Discourse: Essays in Cultural Criticism* (Baltimore: Johns Hopkins University Press, 1978), pp. 69 – 70.
[2] Ibid., p. 71.

性。但与怀特从历史的叙事性出发点不同,伽达默尔的出发点是:历史是否展现真理。传统可能会产生错误前见;但如果传统也会产生正确的前见,那么摆脱全部前见必然意味着这些真理也将消失了。如果传统是可产生正确的前见,那么它也就可产生真实的知识。因此"传统和历史学之间的抽象对立,历史和历史知识之间的抽象对立就必须被消除"。①

按照伽达默尔的说法,我们向过去的学习包含了沉思的三部分:过去与现在是被真的东西所中介和综合。首先,这表明没有任何对过去的接近不预先假定过去的真理要求,但这并不是说真理存在于过去,因为过去的真理要求就是过去人所要说的东西与现在相关,并对现在人诉说;其次,如果过去的真理不存在于过去,那么历史学家就没有必要将历史重构为原本的形态,但同样,这并非意味着过去的真理能够脱离现在,过去的真理即使处于现在的语境中,也同样会被我们认为是真理。因此,我们必定需要向过去学习的真理,必然也是某种关涉现在的东西。伽达默尔的结论是,只有当被过去的真理要求所中介,我们才能接近过去,并且因为这种要求是一种对我们的要求,所以我们接近过去的唯一途径就是,现在与过去分享或能够分享的东西。我们的现在、我们与过去之人的差别不是理解过去真理的障碍,而是根本条件。②

拜厄特的观点与此相似:"如果我们不理解先于现在并且塑造了现在的过去,那么我们同样也无法理解现在。"③包括她在内的许多当代作家所创作的历史小说,背景要么直接设定在维多利亚时期,要么是部分维多利亚时期和部分现代的穿越式结构。1979年5月,撒切尔夫人成为英国历史上第一位女首相,延续了始自上一任首相的保守主义政策,决心明确之前迷茫的政治方向、改善经

---

① 伽达默尔:《诠释学 I:真理与方法》,洪汉鼎译,北京:商务印书馆,2007年,第384页。
② 洪汉鼎:《真理与方法解读》,北京:商务印书馆,2018年,第176页。
③ A. S. Byatt, *On Histories and Stories*, p. 11.

济增长的疲弱态势。金钱至上的社会观念成为时代文化的主旋律,支配了经济和政治运作,文化艺术面临着前所未有的被商品化的危险。新的保守主义价值观强调个人主义,盛行的社会风气是国富民强必须基于充分发挥个人的潜力、充分尊重个人的利益。由于撒切尔时代与维多利亚时代的诸多相似之处,回到维多利亚时代的回顾式小说变得十分流行。艺术家菲利普斯(Tom Phillips)于1970年出版的《人类印记》(*A Humument*)将一本早已被人们遗忘的维多利亚小说制成了一件后现代艺术品,足见当时维多利亚风气的盛行。

在影响维多利亚社会文化的科学著作中,最重要的莫过于达尔文的《物种起源》(*On the Origin of Species*, 1859)。它的出版使一些作家看到宗教解释世界的孱弱,转而投向科学的怀抱。其代表人物艾略特(George Eliot)既是作家,又是以博学多思著称的女学者,着迷于达尔文思想中有关起源的探讨。自那时起,"起源"思想不仅是科学关注的对象,也逐渐成为文学作品中常见的主题。在拜厄特的心目中,博学多识的艾略特是19世纪作家的典范。她欣赏艾略特作品中清晰的思路与丰富的信息,称其为英国"伟大的思想小说家"。拜厄特对达尔文主义也情有独钟,她意识到,"我们对于时间的性质以及人类关系的认识不断地发生深刻的变化,这将不可避免地带来小说形式与题材的变化"[1],继而分析达尔文主义思想对新式历史小说形式与主题的影响,指出在当代英国历史小说中,达尔文"或是以人物形象出现,或是以在场声音的形式出现"[2]。

拜厄特的短篇小说集《天使与昆虫》便聚焦于维多利亚时代两大具有争议的文化思潮——达尔文主义和唯灵论,表现了以进化论为代表的自然科学思想对传统基督教观念的巨大挑战所带来的

---

[1] A. S. Byatt, *On Histories and Stories*, pp. 65-66.
[2] Ibid., p. 72.

信仰危机,以及由此引发的关于精神和物质、灵魂和肉体关系的讨论。其中的短篇小说《蝴蝶尤金尼亚》将故事设定在《物种起源》发表后不久,以当代视角重构了一个19世纪达尔文主义科学家精神成长的心路历程。故事中,亚当森告诉尤金尼亚雄性蝴蝶的色彩比雌性蝴蝶更为艳丽,这也是自然界普遍存在的现象:孔雀、狮子概莫能外。这表现了进化过程中自然选择的一种特殊形式:性选择,即同一性别的生物个体(主要是雄性)之间为争取同异性交配而发生竞争。在《巴别塔》中,杰奎琳以蜗牛为研究对象撰写博士论文,她对两个蜗牛种群进行观察实验,通过对它们外壳的各类带状花纹的探究从而研究其中的基因变化,进而提出对达尔文进化论的质疑。这是小说人物与达尔文理论的对话,也是拜厄特与维多利亚时代的对话。此时,写作在观念上作为一种技巧,在这些描写中被吸纳入进化论、食物链、繁殖、基因等进化论话语,而生物活动投射出时代的众多科学事实对达尔文主义的质疑。

这些有关达尔文进化理论的描写,成为我们接近过去的中介。正如伽达默尔所说,"我们必定需向过去学习的真理必然也是某种关涉现在的东西",我们接近过去的唯一途径就是通过现在与过去所分享或所能分享的东西。我们现在对进化论的理解、我们与达尔文自然选择理论认识的差别不是理解过去真理的障碍,而是一种获得真理性认识的根本条件,因为我们原本就隶属过去。在《论历史与故事》中,拜厄特总结了数位小说家从美学的角度出发对"为什么写历史小说"这一问题的回答:"他们想以更烦琐、更复杂的方式写作,用更长的句子,更形象的语言。"其目的是获得一种叙事能量的全新可能性,小说家们总是试图为当前的形式寻找一种具有突破性的历史范式。作为艺术形式的需要,小说中的历史在某种程度上是出于"复杂的审美和智识"的原因。拜厄特也把自己对小说"可望而不可即的真实性的执着,与现代学术对艺术技巧和态度越来越多的应用"联系在一起。一度受到颇多诟病和苛责的历史小说在拜厄特看来,展现出比许多直面当下现实的小说更强劲的生命力。① 在战争的阴影中书写现实的小说家们或记录战争即时感受、战时故事,或继承喜剧编年史传统,或书写重磅历史,或思考艺术与死亡。战争历史和"这些往往好辩的修正主义故事"带给英国作家"在历史时代和地理上拓宽题材的冲动",②从而摆脱了战后时期社会现实主义作家视野的局限。

如何与历史展开对话? 当现代的评论家对经典作品作出解释时,古典型的内容就从过去的世界对当下的我们进行言说,言说的媒介正是作品本身。尽管我们所理解的内容创造于过去,但那个过去的世界却经由作品,同时属于我们现在的世界,不断地给我们赢得最新的当代的滋养。实际上,艺术性与小说的语言一直是小说家关注的对象,写实性与实验性始终在竞争与合作之间交错发展,赋予了小说本身多种多样的形式。"很长一段时间以来,意识流和随之而来的碎片式、非线性的'新小说'(nouveau roman)和实验小说主宰着小说界,而现在小说家们重新意识到了讲故事的必要性,以及他们对于讲故事的兴趣。"③当代小说中的讲故事已经无法避免形式的革新,拜厄特以福尔斯(John Fowles)、温特森(Jeanette Winterson)、阿克罗伊德(Peter Ackroyd)等作家为例,详述了当代历史小说的多种形式,包括戏仿和模仿形式,真假档案文本交杂,过去和现在交织,幽灵故事和口吻模仿(ventriloquism),以及类型小说的历史版本。

故事是真实的,因为它们可以平实地反复重申人类的真相——美与丑的命运,恐惧和希望,偶然和灾难。卡特(Angela Carter)和拉什迪(Salman Rushdie)在20世纪70年代说过,自己的能量更多来自阅读故事,而非阅读小说,并且运用古老的、编造的和再创造的故事轮流去吸引、诱惑、激发读者们。④ 这验证了本

---

① A. S. Byatt, *On Histories and Stories*, p. 9.
② Ibid., p. 12.
③ Ibid., p. 38.
④ Ibid., p. 124.

雅明（Walter Benjamin）的论断，即故事是最古老的交流形式之一。故事的目的不是传递一个完整的存在，那是信息的目的。相反，它将信息潜藏在讲述者的生活中，作为经历传递给听众。

按照拜厄特的说法，当代小说将背景设定在过去，在某种程度上是出于"复杂的审美和智识"的原因。历史小说在20世纪50年代却"受到颇多诟病和苛责"，没有得到学术批评家或文学评论者的青睐。然而在拜厄特看来，历史小说展现出"比许多与时俱进直面当下现实的小说"更强劲的生命力，"历史小说在英国的突然繁荣、它丰富的形式和主题、它自身所蕴含的文学能量和真正的创造性，都是值得关注的"。① 但她同时承认，在某种程度上，我们会觉得思考历史是一种禁忌，这也是许多小说家对历史主题抱有兴趣的原因之一。为了更充分地理解现在，我们需要理解塑造了现在的过去；但同时，我们也有审美需求，在历史小说中，"历史被追本溯源为一个整体，就像战争，就像爱"②，将写作与阅读结合起来。贾尼克（Del Ivan Janik）曾将巴恩斯（Julian Barnes）、石黑一雄（Kazuo Ishiguro）、斯威夫特（Graham Swift）视为二战后出生的最为重要的小说家，指出他们将传统的历史小说、现代主义认识论的强调以及后现代主义对本体论的兴趣相结合。小说中的新一代主人公多数都是出于职业需要或个人爱好的历史探索者。由此，这些小说将传统历史小说与后现代对于叙述过去之可能性的自我意识结合在一起。③

拜厄特以战争小说为例，说明书写历史小说的强大动因之一，是书写被边缘化的、被遗忘的、未被留下记录的历史的政治欲望。对战争叙事感兴趣，"部分原因是我对个人历史和社会或国家的历

---

① A. S. Byatt, *On Histories and Stories*, p. 9.
② Ibid., p. 15.
③ Del Ivan Janik, "No End of History: Evidence from the Contemporary English Novel". *Twentieth Century Literature* 41. 2 1995, p. 161.

史之间的滑动(slippage)感兴趣"①。美国的战争意味着士兵们前往遥远的地方参加战斗和面对死亡;欧洲的战争是许多国家被践踏蹂躏以及大量绝望人口的迁移;英国的战争是社会动荡、岛屿联合以及空袭的特殊混合体。拜厄特在《父辈》("Forefathers")中探讨了战争小说,以独到的眼光选择以战争为背景的作品组合,以现今似乎被人们遗忘了的方式将故事背后的历史娓娓道来。

第二次世界大战无疑是涤荡人类灵魂的灾难,令世人瞠目于同类间的相互残杀,成为战后文学一支重要的力量源泉。拜厄特本人经历过战争与战后的疮痍,尽管早已经印象模糊,但这段经历显然对她日后的文学批评与创作不无影响。用伽达默尔的话来说,在理解中,不管是否被意识到,这种效果历史的影响总是在起作用。"一种真正的历史思维必须同时想到它自己的历史性。只有这样,它才不会追求某个历史对象的幽灵,而将学会在对象中认识它自己的他者,并因而认识自己和他者。"这也是一战、二战、"9·11"成为激发文坛创作新的思维方式与范式之历史事件的原因。历史永远且必然超越主体对历史的理解,因为理解臣服和隶属于正在进行的历史过程。伽达默尔称这种意识为效果历史意识,即主体意识到意识是受历史影响的。真正的历史对象根本就不是对象,而是自己和他者的统一体,或一种关系,"在这种关系中同时存在着历史的实在以及历史理解的实在。一种名副其实的诠释学必须在理解本身中显示历史的实在性。因此我就把所需要的这样一种东西称之为'效果历史'。理解按其本性乃是一种效果历史事件"。②

效果的含义接近作用或影响,涉及实现、实在。效果历史是实现的历史,也就是历史实在。也就是说,当我们研究一部文学作品

---

① A. S. Byatt, *On Histories and Stories*, p. 12.
② 伽达默尔:《诠释学Ⅰ:真理与方法》,洪汉鼎译,北京:商务印书馆,2007年,第407—408页。

时,不仅要关注被文本表现出来的内容,同时也要关注那种转变为过去和将来的时间视域。亦即,效果历史意识并不是去探究一部作品所具有的效果历史,即不是探究一种似乎是作品遗留下来的痕迹,相反,效果历史意识其实是作品本身的一种意识,是它本身产生的效果。① 效果历史意识就包含在效果本身之内,它不是一种历史学家和语文学家可有可无的意识,而是无法摆脱的意识。仅有效果历史,并不足以解释我们如何可能理解那些历史学家并未参与的传统;效果历史意识必定存在,不仅由于对历史对象的意识,而且也是由于自我意识和自我理解,才能达到这种意识。这一概念不仅表示意识受到历史影响这一事实,而且也是对这一事实的意识。

拜厄特"对于在结果未知的历史大灾难中写作的叙事很感兴趣",因为它们是没有预兆的历史。在她看来,现代主义晚期的作家,如格林(Henry Green)和伊丽莎白·鲍恩(Elizabeth Bowen)最为生动形象地记录了战争的即时感受。格林的小说《着火》(*Caught*, 1943)的主人公理查德·罗同作者一样,是在模拟战争(phoney war)中参加辅助消防队的上流社会志愿者。他的儿子被站长的疯妹妹引诱,他人却假装对她的疯狂视而不见。罗深陷于一种不稳定的社会环境之中,在其中辅助消防队队员奉承专业人员,阶级出身则变得毫无意义。那"弥尔顿式雄伟壮烈的火焰"同"无聊的描述"之间的鸿沟成为作品中反复出现的模式之一。这在鲍恩的故事《神秘的柯尔》("Mysterious Kôr")中也能看到。月光下的伦敦看上去就像"月亮的首都——肤浅,坑坑洼洼,荒无人烟",并且怪诞,因为"光滑的天空中没有云朵飘浮,只有半透明的气球,天空平滑而沉寂。满月的时候德国人没有再来,某种更无形

---

① 伽达默尔:《诠释学 I:真理与方法》,洪汉鼎译,北京:商务印书馆,2007 年,第 463 页。

的东西似乎在威胁着这里"。① 在《炎炎日正午》(*The Heat of the Day*, 1948)中,鲍恩描述的伦敦充满了有机力量和"变幻不定","从这个源头中,沉重的运动蒸腾、洋溢、永不落入枯竭的诅咒,为自己寻求新的突破渠道"。小说情节围绕一出影子游戏展开,以充满暴力元素的场面收尾。有趣的是,当女主人公史黛拉和恋人罗伯特独处时,鲍恩将历史作为与他们同在的第三者:

> 但他们并非只有两个人,从最初开始,从恋情萌芽时就是如此。他们的时代在他们的桌前占据了另一个位置。他们是历史的产物,他们相会的本质在其他时代都是不可能的——这一天是该种本质中固有的。人与人的关系从属于每个人与时代、与当时世事的关系……当我们沉浸在永恒中寻找安全感时,我们忘记了身处历史中的情侣对于他们的时代来说是极度现代的恋人。当前的战争使得此与彼之间的隔阂变薄,这是显而易见的——但是除此之外爱又是什么呢?②

他们都是历史的产物。历史是效果历史,这在于它对某物起作用:它发生影响并具有效果。某物如何产生的历史,或进行实现它自身活动的历史,就是效果历史,可指一种转换意义上的活动。历史的效果——它的实现、它的实在——就是历史本身。正因如此,历史本身总是存在于关系之中:与它的效果的关系,因而也是与后来的历史、事件过程的关系。一个事件的后果和效果的历史不是某种不同于事件的历史,而是事件本身的历史。因为历史是一种实现过程,只有当一个事件的结果被理解了,它才真正存在。战争塑造了恋人们以及作者的时代观,把他们变成了决定论者。历史被

---

① A. S. Byatt, *On Histories and Stories*, p. 14.
② Ibid., p. 15.

溯源为一个整体。

拜厄特关注斯威夫特(Jonathan Swift)、巴恩斯、麦克尤恩(Ian McEwan)、马丁·艾米斯(Martin Amis)的历史小说创作,尤其是那些战争主题的作品。二战后的一些小说家依据自己的战争经历写作,伊夫林·沃(Evelyn Waugh)和鲍威尔(Anthony Powell)都曾做过士兵,有亲身经历战争的经验。伊夫林·沃的创作继承了斯威夫特与斯特恩式的讽刺喜剧传统,使英国现代小说始终维系着一条讽刺喜剧的线索。[①] 他的创作开始于20年代末,早期社会讽刺小说相继将英国教育制度、一战后英国社会的腐败和荒诞现象作为嘲讽的对象。二战后,他更加关注弥漫于整个英国社会的信仰危机和战争对现代人心灵的摧残,在发展早期讽刺艺术的同时,呈现出愈来愈浓厚的现实主义色彩,以讽刺的笔触描述了一个正在走向衰亡的世界。伊夫林·沃对战后社会的衰败采用一种幽默的好战立场,《故地重游》(*Brideshead Revisited*,1945)以严肃的讽刺标志着他战后创作的开端,其后的《司各特·金的现代欧洲》(*Scott-King's Modern Europe*,1947)对独裁者与革命领导人抒发了辛辣的讽刺。黑色幽默小说《被爱之人——盎格鲁美国的悲剧》(*The Loved One: An Anglo-American Tragedy*,1948)以洛杉矶丧葬业、旅居好莱坞的英国人为内容,描写了美式天真与英式经验之间的较量。这些作品展示了作家对于喧闹社会的回应与反思。

伊夫林·沃的战争三部曲"荣誉之剑"(*The Sword of Honour*)基于他的英国皇家海军服役经历写就,拥有可靠的现实基础,包括《军人》(*Men at Arms*,1952)、《军官与绅士》(*Officers and Gentlemen*,1955)、《无条件投降》(*Unconditional Surrender*,1961)。不少评论家认为,三部曲不仅是一部描写二战的小说,也是一幅反映英国社会现实的令人捧腹又耐人寻味的讽刺画。读者

---

① A. S. Byatt, *On Histories and Stories*, p. 17.

在其中很难窥见人物的内心世界,或参与他们的思想。对人物内心世界的隐藏表现了伊夫林·沃对于现代主义作家注重心理描写的厌恶,表明了自己对现代性的反对态度。从《军人》到《无条件投降》,伊夫林·沃的创作从强调讽刺逐渐过渡到平实的现实主义笔法,描绘了二战前后英国社会的精神危机和虚无主义气氛。三部曲中主人公盖伊的战争经历与伊夫林·沃的经历存在许多平行之处。对盖伊而言,荣誉之剑是屈辱的象征,是协约国对东欧和天主教子民背叛的标志。伊夫林·沃对英国战时政策颇有微词,在波兰与芬兰被纳粹和俄国吞并而英国坐视不理之后,更产生不满情绪和批评的声音。他对自己熟悉的英国军队上层作出辛辣的讽刺,描绘了一个个毫无英雄气概的"反英雄"角色以及一幕幕由色厉内荏、虚张声势的军官们所上演的闹剧。

鲍威尔的《随时间之乐起舞》("Dance to the Music of Time",1951—1960)是迎合 20 世纪 50 年代需要的世家小说。拜厄特认为,鲍威尔的《随时间之乐起舞》或许可以与《农夫皮尔斯》(Piers Plowman)这样的中世纪形式相对照,市集中人来人往,相遇、告别,每个人都被置于整个时代的社会和道德画卷上观照。鲍威尔和伊夫林·沃都以喜剧式的欢乐观察着芸芸众生、军队生活以及市民社会中的动荡,展现他们如何颠覆旧的社会秩序及确定性,又如何提供了将被展示和玩味的无止境的"新类型"。这些新类型中混杂着的漫画式的夸张和精确在英国小说中屡见不鲜,从乔叟到狄更斯从未中断过。拜厄特认为,两位作家那种让人气馁的戏仿英雄史诗的笔调,让他们与陈旧而被贬低的荣耀和勇气、民族和忠诚的观念相对立。[1]

从审美上来说,拜厄特认为鲍威尔对于十二册编年史的处理非常细腻柔和,他在开始叙述第二次世界大战之前,用一个长长的段落讲述叙事者第一次世界大战爆发前夕的童年生活。那时他住

---

[1] A. S. Byatt, *On Histories and Stories*, p. 17.

在一座充满鬼魂的房子里,这些鬼魂导致了一个裸体女仆的喜剧化出现,同时带有欧墨尼德斯(Eumenides)、复仇女神(the Furies)和善心女神(the Kindly Ones)的身影,他们"通过把一系列战争、瘟疫和纠纷施加给大地来完成他们的复仇;还有良心不安带来的折磨"[①]。鲍威尔的作品将历史时间与阵容庞大的虚构人物群舞穿插交织在一起,这些人是一个个的个体,典型地代表了他们各自的阶级、性别和教育程度。看似平铺直叙地讲故事,由长长的对话构成,但它们之间穿插着一系列迅速发生的事件,像记忆一样会在时间中前后跳跃。

传统的历史小说因历史的厚重也令作家选择了系列小说的形式。伯吉斯(Anthony Burgess)于1957年结束马来亚三年的教师职业生涯回到英国,于1956年至1959年出版了"马来三部曲"("A Malayan Trilogy"),包括《啤酒时间》(*Time for a Tiger*,1956)、《毯子里的敌人》(*The Enemy in the Blanket*,1958)、《东方的床》(*Beds in the East*,1959)。在细致描绘马来亚的同时,作者表现出异常敏感的对非欧洲人群的种族情结。小说以喜剧的形式揭示了政治、国家、帝国意识形态的荒诞,思考为帝国彻底崩溃负责的白种人的模糊身份。小说中的英国性本身似乎面临着分崩离析的命运,仅仅在利姆先生那遥远殖民国度的模仿中苟延残喘。20世纪80年代伯吉斯回忆起创作目的时谈到,小说是"在一个白人从大英帝国的最后一个角落被驱逐出去之前,记录下他的马来亚经历以示纪念"[②],表达了对殖民帝国日落西山境况的感慨。

拜厄特分析了伯吉斯的长篇巨著《世俗权力》(*Earthly Powers*,1980)。这部小说涵盖两次世界大战,包含大量政治的、宗教的和文学的历史书写,其形式从表面上看可以概括为类似伊

[①] A. S. Byatt, *On Histories and Stories*, p. 18.
[②] Richard Gilmour and Bill Schwarz, eds. *End of Empire and the English Novel since* 1945 (Manchester and New York: Manchester University Press, 2011), pp. 1 - 37.

夫林·沃和鲍威尔的喜剧编年史，但事实上却截然不同。伯吉斯说过，他的小说是对类似《教父》的重磅作品、电影史诗的模仿，"后现代小说的一个有趣之处是，它可以朝三暮四地出于几乎任何目的模仿几乎任何东西。"①这些仿作并不一定出于讽刺的目的，更多时候它们同时具有简单喜剧的一面和严肃分析的一面。例如将虚构的叙事者插入到历史场景中，把杜撰的圣徒传、音乐厅歌曲、新闻报道和文献写入扼要的讽刺史诗中。同时，强烈宗教色彩潜藏着现代政治和宗教的庸俗作品的邪恶方面，以及关于艺术的探讨，使之成为一个关于善、恶和含混性的严肃寓言，与一个单薄闹剧的结合体。②

三 《论历史与故事》之二：历史小说与理解

走出后现代自我困境的一条途径是将自我置于历史中进行考察，对拜厄特来说，艺术正是将自我置于历史之中的方式，是一条发现世界的途径。"自我建构……是现代主义小说的一个绝佳主题。我相信后现代作家们回归历史小说是因为写作自我的想法已经一劳永逸地得到了解决，或者不稳固，或者因为作家们被这个观点吸引，认为我们或许并没有一个有机的、可被发现的单一自我。我们或许不过是一系列分离的感官印象，记忆中的事件，一些变动不居的知识，观点、意识的片段和回复所构成。我们喜欢历史人物是因为他们不可确知，只有一部分可供想象，而且我们发现这种封闭的特质很诱人。"③如果不能想象他者的自我，作家便不能道德地写作。在不朽的灵魂消失之后，是发展完善而连贯的自我的消失。普鲁斯特、乔伊斯和曼都以与整合自我同样迅速地瓦解了自

---

① A. S. Byatt, *On Histories and Stories*, p. 21.
② Ibid., p. 22.
③ Ibid., p. 31.

己的庞大意识。①

　　在作为传承物的历史小说中,我们与过去照面,照面的同时也是我们视域形成的过程。以小说的形式,作家与历史对话,完成对于传统的传承和创造性的占有;读者则在文本解读的行为中,试图理解过去,最终理解自我。理解,是历史的理解,也是自我的理解。这种理解通过作者与读者之视域的融合得以实现,在视域融合中读者获得自我理解。在伽达默尔的文本概念中,文本不仅是文字形式的记录,还包括一切非语言性的对象。

　　无论读者在解释的过程中运用怎样的理论方法,都始终居于精神科学的知识领域之内。狄尔泰(Wilhelm Dilthey)曾用"我们说明自然,我们理解心灵"来说明自然科学与精神科学的方法论区别。其后,海德格尔在《存在与时间》(*Being and Time*, 1927)中指出,理解作为此在的存在方式,就是此在"向着可能性筹划它的存在",理解的筹划活动具有造就自身的特有可能性,而解释就是指理解的这种造就自身的活动。于是,解释不再仅指向对于客观存在物的理解过程,而是发生了本体论的转向,指向解释如何造就自身。伽达默尔继续这种转向,提出"我的探究目的决不是提供一种关于解释的一般理论和一种关于解释方法的独特学说,……而是要探寻一切理解方式的共同点,并要表明理解从来就不是一种对于某个被给定的对象的主观行为,而是属于效果历史,这就是说,理解是属于被理解东西的存在"②。精神科学中的解释不同于现代科学解释概念,伽达默尔指出,"'解释'一词原本指一种中介关系,指操不同语言的讲话者之间的中间人的作用,也即翻译者的作用,由此出发,这一词才进一步被赋予对难以理解的文本的解释

---

① A. S. Byatt, *On Histories and Stories*, p. 31.
② 伽达默尔:《诠释学 I:真理与方法》,洪汉鼎译,北京:商务印书馆,2007 年,第 461 页。

之意"。① 解释这一概念在近代哲学的发迹始于尼采,他曾说,与其说存在道德现象,毋宁说存在对现象的道德解释。

拜厄特以两部关于虚假永恒、自我和灵魂、时间概念的小说为例说明,即戈尔丁(William Golding)的《品彻·马丁》(*Pincher Martin*,1956)和马丁·艾米斯的《时间箭》(*Time's Arrow*,1991),两部小说以巧妙的比喻为线性时间的破灭提供了一种意象。拜厄特认为,戈尔丁的作品是一个现代主义隐喻,根源来自比现实主义小说古老得多的文学作品,如《天路历程》(*The Pilgrim's Progress*)这样的精神寓言或《约伯记》;艾米斯则采用了后现代主义的架构,刻意带有人工痕迹的狡黠手法,两者都涉及灵魂、自我、意识、心理或生物的毁灭主题。②《品彻·马丁》详述了闷闷不乐的同名主人公为生存而斗争的经历,在战舰被鱼雷击沉之后,他被困在大西洋中的一块岩石上。小说描述了他为生存所做的努力,包括吃下令人作呕的水母、把石头摆成求救信号,其间穿插着他的记忆、欲望与反叛。马丁是拥有一系列角色的演员,"我曾经是个随身携带二十多张照片的人——我自己扮成这个,扮成那个,右下角的签名就像是个印章或封印。即使在加入海军之后,我的身份卡上也有一张照片,时不时可以看看我是谁"。③马丁的分崩离析并不是后现代个体的分崩离析,而是混合了演员身份的不断瓦解和不安全感,在一个灵魂和自我仍然拥有价值的世界上,很难说主人公是一个完整的人。

在这种解释过程之中,自我理解被包含在内。正如伽达默尔强调的,"所有理解最终都是自我理解……在任何情况下都是——

---

① 伽达默尔:《诠释学 I:真理与方法》,洪汉鼎译,北京:商务印书馆,2007 年,第 454 页。

② A. S. Byatt, *On Histories and Stories*, p. 32.

③ William Golding, *Pincher Martin* (London: Faber and Faber, 1956), p. 14.

谁理解,谁就理解他自己,谁就知道按照他自身的可能性去筹划自身"[1]。理解包含筹划自身,我们所理解的东西最终就是我们自身。这是我们去解读历史、文本的最终目标。《时间箭》这一题目来自线性时间概念以及时间循环往复的概念,拜厄特看到,艾米斯创造了颠倒时间之箭的形而上学的奇妙隐喻,指向与常规线性时间相反的方向,以倒置的方式讲述了一个纳粹战犯的故事,而读者也可以选择从前往后读或从后往前读,获取不同的意义。主人公对读者说:"你无法了解自己。不是在这里。我对自杀的概念很熟悉。但是当生命开始奔跑,你就无法结束它。你没有这么做的自由。我们在这里都是为了延续。生命会结束。我清楚地知道自己还有多少时间。它看起来就像是永远。我感到自己与众不同,永生不死。永恒消耗我——只有我。"[2]

一切理解都是自我理解,这实际来自海德格尔诠释学循环的观点。伽达默尔引证并指出,"在这种循环中包藏着最原始认识的一种积极的可能性。这种可能性只有在如下状况才能得到真实理解,……从事情本身出发处理这些前有、前见和前把握,从而确保论题的科学性"[3]。在古典诠释学家看来,解释总是处于文本和语句的循环之中,"19世纪的诠释学理论涉及的理解的循环结构,始终是在部分与整体的一种形式关系的框架中,即总是从预知推知整体,其后在部分中解释整体这种主观的反思中来理解循环结构。于是,理解的循环运动就是意义沿着文本来回往复,当文本完全被理解时,这种循环就消失"[4]。这种关于理解的理论在施莱尔马赫(Friedrich Schleiermacher)的预感行为学说中达到顶峰,即

---

[1] 伽达默尔:《诠释学 I:真理与方法》,洪汉鼎译,北京:商务印书馆,2007年,第346页。
[2] A. S. Byatt, *On Histories and Stories*, p. 34.
[3] 伽达默尔:《诠释学 I:真理与方法》,洪汉鼎译,北京:商务印书馆,2007年,第363页。
[4] 同上书,第398页。

完全置身于作者的精神中,从而消除了关于文本的一切陌生和诧异的东西。

与之不同的是,海德格尔阐述了一种本质上的转变,即循环不仅是指研究对象中的语词与语句、语句与文本之间的循环,而且也指理解主体与理解对象之间的循环,也就是说,理解是理解主体的一些前结构与理解对象的内容的一种相互对话和交融的结果。海德格尔认为,对文本的理解一直受到前理解的前把握活动所支配。"对文本的理解永远都被前理解的前把握活动所规定。在我们的理解中,整体和部分的循环不是被消除,而是相反地得到最真正实现。"①于是,循环在本质上不是形式的,而是传承物的运动同解释者的运动之间的内在相互作用。

"正如我们不能继续误解某个用语,否则会使整体的意义遭到破坏一样,我们也不能盲目地坚持自己对于事情的前见解,假如我们想理解他人见解的话。"当然,这并不意味着,当我们倾听某人讲话或阅读某部作品时,必须忘掉所有关于内容的前见解,以及我们自己的见解;我们只是要对他人和文本的见解保持一种开放的态度,"这种开放性总是包含着我们要把他人的见解放入与我们自己整个见解的关系中,或者把我们自己的见解放入他人整个见解的关系中。"②这正是带着前见走向视域融合的前提。理解本身也是历史性的,它不能使自己完全摆脱前见、传统,以及由于它不能脱离历史而必须具有的具体条件。历史先于个体经验并对个体经验产生一种预先规定的影响。"个体的自我思考只是历史生命封闭电路中的一次闪光。因此个人的前见比起个人的判断来说,更是个人存在的历史实在。"③那么文本理解的标准并不是恢复作者的意义,而是解释者们共同分享的意义。

---

① 伽达默尔:《诠释学 I:真理与方法》,洪汉鼎译,北京:商务印书馆,2007 年,第 399 页。
② 同上书,第 366 页。
③ 同上书,第 376—377 页。

从解释的循环开始,意义的循环就开始了从客观方面的循环到主观与客观之间循环的转化。诠释学循环在施莱尔马赫那里,只存在于理解对象方面,即文本或作者方面,不涉及理解者或解释者,只是一种客观方面的循环。而在海德格尔那里,诠释学循环则指理解对象与理解者之间的循环,是一种主观与客观之间的循环。于是,对文本的理解永远都是被前理解的先把握活动所规定的。前见不是来自私有的下意识,而是来自共同的传统。[1] 理解也不是对作者意图的理解,而是一种对共同真理的分有。理解是达到相互理解的试图,在一切理解中被预期的整体,是当理解对象与理解者这两部分在所与论题上达成一致时所创造的整体,是这两部分的统一。"试图去理解某物的人与在传承物中得以语言表达的东西是联系在一起的,并且与传承物得以讲述的传统具有或获得某种联系。"[2]历史理解就是努力在过去和现在这两个传统之间达到有意义的一致、实质上的一致。

按照伽达默尔的看法,文本理解的标准不是恢复作者的意义,而是发现共同的意义,即与解释者一起分享的意义。这种意义从不唯一地依赖作者,当然也不唯一地依赖解释者。"文本的意义超越它的作者,……理解不只是一种复制的行为,而始终是一种创造性的行为。"[3]我们之所以不想去复制作者的观念,是因为我们试图把他所说的理解为真理,而不理解为他的意见的表达,因为真理总是同时关涉我们的。理解的真理不等同于作者的意义,但这并不表示解释者拥有比作者更好的理解,"既不是由于有更清楚的概念因而对事物有更完善的知识,也不是由于有意识的东西对于创造的无意识性所具有的基本优越性。我们只能说,如果我们一般

---

[1] 洪汉鼎:《真理与方法解读》,北京:商务印书馆,2018年,第256页。
[2] 伽达默尔:《诠释学 I:真理与方法》,洪汉鼎译,北京:商务印书馆,2007年,第401页。
[3] 同上书,第403页。

有所理解,那么我们总是以不同的方式在理解。"①对于伽达默尔来说,不同的理解比更好的理解更能表现理解的真理。

此前与现在之间存在着时间距离。时间距离不是空洞的虚空,而是充满了习俗和传统的连续,充满我们筹划和前见的基础。拜厄特十分重视时间距离的问题,正如她所分析的博尔赫斯《小径分岔的花园》(*The Garden of Forking Paths*, 1941)中所写:"我把我的岔路花园留给几种未来(而非所有)。"《小径分岔的花园》的主人公是一位执着于"时间的深晦问题"的哲学家,他的书从来没有用过"时间"一词,因为这正是他提出的花园谜语的答案。"时间永远分岔,通向无数未来",博尔赫斯的故事不在空间中展开,而在时间中延续,他将这些关于时间的、支离破碎的梦境编织成一个个庞大的谜语。在这些背离的、汇合的和平行的时间里,当下无法确定,过去与未来也并不真实。"在大部分时间里,我们并不存在;在某些时间,有你而没有我;在另一些时间,有我而没有你;再有一些时间,你我都存在。目前这个时刻,偶然的机会使你光临舍间;在另一个时刻,你穿过花园,发现我已死去;再在另一个时刻,我说着目前所说的话,不过我是个错误,是个幽灵。"②他认为世界有无数系列,背离的、汇合的和平行的时间织成一张不断增长、错综复杂的网。由互相靠拢、分歧、交错或者永远互不干扰的时间织成的网络包含了所有的可能性。关于时间的流逝、停止的问题,回到拜厄特关于《时间箭》的论述,如果时间会倒流,一切都将不同。时间行进虽如迷宫,而命运的安排也冥冥注定,但注定的命运来自每一个人本身的选择,一旦选择,才一切注定。正如博尔赫斯在小说开头的戏言:"做穷凶极恶的事情的人应当假想那件事情已经完成,应当把将来当成过去那样无法挽回。"《小径分岔的花园》本身就是无

---

① 伽达默尔:《诠释学 I:真理与方法》,洪汉鼎译,北京:商务印书馆,2007 年,第 403 页。

② Jorge Luis Borges, *The Garden of Forking Paths* (1941). *Collected Fictions*. Trans. Andrew Hurley (London: Allen Lane, 1999), p. 97.

限,而在无限时空中,必然存在一个无限的循环。

时间距离不是我们要克服的障碍,因为它是理解创造性的基础。理解创造的东西就是知识,而时间距离以积极或消极的方式支持认识。"现在,时间不再是一种主要由于其分开和远离而必须被沟通的鸿沟,时间其实乃是现在根植于其中的事件的根本基础。……重要的问题在于把时间距离看作理解的一种积极的创造性的可能性。时间距离不是一个张着大口的鸿沟,而是由习俗和传统的连续性所填满,正是由于这种连续性,一切传承物才向我们呈现出来。"[1]时间距离还具有重新阐明作品意义的积极作用。伽达默尔说,"时间距离不仅使那些具有特殊性的前见消失,而且也使那些促成真实理解的前见浮现出来"。时间距离并不消除一切前见,而是把真的前见从假的前见中分离出来,这种分离工作不是解释者使用某种方法能做到的,而是时间和时间距离做出这种分离,是一种无止境的过程。"对一个文本或一部艺术作品里的真正意义的汲舀是永无止境的,它实际上是一种无限的过程。新的理解源泉不断产生,使得意想不到的意义关系展现出来。"[2]

阿克罗伊德的《霍克斯莫尔》(*Hawksmoor*, 1985)同样表达了对线性时间观念的反对。小说讲述了18世纪的教堂建造者与20世纪80年代在同一教堂内谋杀案侦探的故事。开启了环形的或者说永恒循环的时间的谜样意象,它们像镜子一样无限地自我封闭。[3] 阿克罗伊德强调,《霍克斯莫尔》并不是严格意义上的历史小说,"在写作时我搜集了大量关于教堂的材料,但小说中的历史完全是我个人杜撰的"。[4] 然而,小说中18世纪的建筑师确以真实的历史人物为原型,六座教堂都来自那位建筑师的建筑,来自真

---

[1] 伽达默尔:《诠释学 I:真理与方法》,洪汉鼎译,北京:商务印书馆,2007年,第404页。

[2] 同上书,第406页。

[3] A. S. Byatt, *On Histories and Stories*, pp. 44–45.

[4] Peter Ackroyd, *Hawksmoor* (London: Hamish Hamilton, 2010), p. 271.

实的历史,仅有一座教堂是作者虚构的。小说还涉及17世纪伦敦大瘟疫与伦敦大火的历史背景,"阿克罗伊德的目的是揭示时间的线性特征,并将其推进到具有完全时间同步性的区域。"①这是通过并行处理18世纪和20世纪80年代伦敦发生的许多事件来实现的,从而表明18世纪和20世纪的两个主人公所经历的不仅仅是他们自己的时间。通过质疑支配时间的科学定律以及建构西方现实概念的时间观念,作者使与社会、文化背景相关的现实成为问题的核心。"对于18世纪和20世纪之间的时间流逝,没有理性的解释,在某些方面,这本小说是对寻求因果关系和线性的理性思维的质疑。"②为了理解小说的意义,读者必须接受阿克罗伊德的时间观念。时间成了一个巨大的恐惧,"就像一条绕圈的蛇,一边旋转一边将自己吞噬"③。阿克罗伊德本人称他在《霍克斯莫尔》中过去与现在的混杂所表现的是"过去的永恒在场",它"以最不可能的方式重新出现"。④

关于小说与时代的关系,卡尔维诺曾写道:"今天,写长篇小说也许有些逆历史潮流,因为现在的时间已被分割成许多片段,它们按照各不相同的轨道行驶与消逝。时间的连续性,我们只能在历史上那样一个时期的小说中才能看到,那时的时间既非静止不动亦非四分五裂,可惜那个时代仅仅持续了百年左右,后来时间的连续性就不复存在了。"卡尔维诺告诉我们,"片断"已成为当代时间的基本形态,小说自然也被"片段化",无法保持之前的"连续性",否则便会与时代脱节。《寒冬夜行人》(*If on a Winters Night a Traveller*)在形式上由一个大故事与十个小故事的大小"片段"构

---

① Will Self, "Introduction". *Hawksmoor*, Peter Ackroyed (London: Hamish Hamilton, 2010), p. vi.

② Ana Sentov, "The Postmodern Perspective of Time in Peter Ackroyd's *Hawksmoor*". *Linguistics and Literature* Vol. 7, 2009 (1), pp. 123 – 134.

③ Peter Ackroyd, *Hawksmoor*, p. 75.

④ Anke Schütze, "An Interview with Peter Ackroyd," EESE 8/1995, p. 176. http://webdoc.gwdg.de/edoc/ia/eese/articles/schuetze/8_95.html.

成,看似零碎的表面实则蕴含着新的哲学世界观。小说以第二人称展开叙述,又像与读者"你"在做一个简单而充满智慧的文字游戏。以读者"你"的经历和"你"读过的这些故事为两条平行主线,一实一虚,在同读者"你"在一起阅读、一起探险的过程中穿梭跳跃。正如《一千零一夜》的结构,大故事与小故事的头尾相系,联结为一体;与后者不同的是,《寒冬夜行人》的每个故事只有开头,而十个故事标题又在结尾处组合成为另一个故事的起始,呈现出一种完全开放式的结构,用无穷无尽的新的开始抚慰我们对结局的恐惧。卡尔维诺的叙事者兼读者不停地陷入对完整版本的找寻中,却总是失望而归。这种对读者和作者关系的精彩思考和探索,是一系列对于类型、风格和主题的模仿,所有这些元素都是同一幅帷毯上的不同部分。[1] 正是在这些具有连续性的循环之中,作为传承物的历史故事向读者展现出来。

拜厄特指出,卡尔维诺非常刻意地回归18世纪末和19世纪初的哲学故事。在他笔下,成熟文学故事的叙事动力和幻想的运用促生出新的形式。然而,对于大量重写女性主义童话故事、随心所欲地改变情节和形式传达女权讯号的做法,拜厄特无法认同。在她看来,哲学故事是一回事,对读者施加寓言或政治企图是另一回事,"假如一个小说家创作了一个角色,从自己和人物的阅读出发,编织出这个人物,那么这个角色在这部小说写作期间就是活的,在小说被阅读的时候又活了一次,也随着小说的结束而死去"[2]。为了包含永恒、遥远未来或循环时间的意象,我们需要不断重复过去的历史意象。因此可以说,历史小说中人物的复活、死去,实际上昭示了循环时间的意象,这种不断地重现、消逝构成了历史的演进。理解就是理解主体的前见,是与理解对象的内容之间相互对话和交融的结果。

---

[1] A. S. Byatt, *On Histories and Stories*, p. 170.
[2] Ibid., p. 62.

四 《占有》:历史小说与自我认知

历史小说曾将历史视为文本,使之参与写作与阅读的过程中,例如巴恩斯(Julian Barnes)的《十卷半世界史》(*A History of the World in Ten and a Half Chapters*, 1989)以诺亚方舟的传说为主线,十章故事和一章"插曲"或戏说《圣经》,或品评名画,或演义历史,或虚构未来,以文本的形式揭示了历史的虚构以及虚构的历史变身为"真实"的方式。其中第一个故事由诺亚方舟上偷渡的木蛀虫讲述,表明尽管历史元小说不一定试图精确地再现过去的画卷,但一定会质疑小说在讲述谁的真相?莱夫利(Penelope Lively)的《月亮老虎》(*Moon Tiger*, 1987)中的通信员兼编写世界史选集的历史学家认为,一切历史都是主观的,是"对过去的重构……是公共财产,但是也极为隐私。我的维多利亚人不是你的维多利亚人。我的 17 世纪不是你的 17 世纪……有些自我?或许是的。我们不都是这样吗?"[①]这些作品表明后现代小说已经给予历史、叙事越来越多的主观性与视角性,并努力探索再现历史真实的新形式。

作家们在历史小说中探究的是丰富多样的历史建构形式。福尔斯坚持认为,作者和读者从他的空想中获得的乐趣并不是"一部历史小说",而是对这个遥远的 18 世纪过往的感觉和口吻的再创造。谈到《蛹》(*A Maggot*, 1985)的创作时,他说道:"蛹是蝶和蛾破茧之前的形态,就像本文中所描绘的,至少作者期望中是如此。"但在词典中,蛹(maggot)同时也有"古怪的空想"之意,或者如福尔斯所说的作为小说背景的 18 世纪音乐幻想,是"因为对某一主题的执迷而写成"。[②] 因此《蛹》这一书名本身是个双关语,既可以理解为"苍蝇的幼虫",又可理解为"狂想";既令人恶心,又令人忍

[①] Penelope Lively, *Moon Tiger* (1987). (New York: Grove Press, 1997), p. 2.

[②] A. S. Byatt, *On Histories and Stories*, p. 39.

不住想入非非。

《蛹》反映了18世纪中期英国的社会变化，却迥异于传统历史小说的形式。书中内容结构多样，既有报刊新闻，也有口供证词，与往日作品的宗教式诠释及现代读者对科学、科幻题材的理解均大异其趣。当这些独立的、互不相融的文本汇聚一处，不可避免地对话、争辩，甚至相互抵制直至瓦解，其间渗透着处于变革之际的英国不同信仰、不同阶层民众的思想和诉求，在众声喧哗中实现对18世纪英国社会图景的立体呈现。小说以一个空想的景象结尾，在一个洞穴中，这只蛹显然是某种来自未知世界的物种，其中承载着某种新人类的种子。从某种意义上来说，尽管空想奇妙地创造和再创造了过去的句法规则和过去的事件，却颠覆了自身的隐喻，该隐喻被福尔斯描述为"所有宗教的创立阶段或时刻，无论它们后来变得多么盲目，多么因循守旧和褊狭，它也看到，被取代的骷髅必须被毁弃，或者至少加以改造以适应新世界"。"或许，它之所以动人，是因为它成为我们唤起过去的欲望的缩影，与此同时也象征着任何这样做的尝试所具有的困难和碎片化特质。"[①]这部小说的整体格式与结构在维多利亚时代晚期的神秘及哥特风格的作品中十分常见，在故事情节与人物之间留下模糊不明的诠释空间，使福尔斯得以营造更深沉的意境及含意。读者必须直接通过人物对话理解内容，加上前述的结构形式，使读者做出暧昧不明、互相矛盾，甚至无法构成一致目的或意义的诠释。对话性是福尔斯小说一以贯之的鲜明特征，表现了作者对他者的包容与尊重。

通过复活历史人物使其"发声"这种写作策略，拜厄特称之为"腹语术"（ventriloquism）（或译"口吻模仿"）。腹语术最初作为宗教实践，字面意思是"从腹部发声"，最早出现于古希腊的占卜和预言中，之后泛指木偶戏表演中演员通过声音塑造人物的表演方式。到了现代，腹语术的含义发展为："用人声发出似乎来自其他

[①] A. S. Byatt, *On Histories and Stories*, pp. 39–40.

地方，而非真实源头的声音。"[1]在包含腹语术的故事中，"危险的死者塑造着生者的生活"。这一类型常常被用以象征读者和作者之间的关系，象征死去的人们留下的活着的文字和现代灵魂召唤者之间的关系，因为"话语确实比躯体更耐久"。[2]腹语术十分形象地比拟了当代作家对于历史的理解与对话。拜厄特在分析自己的小说《占有》时指出，这部小说与腹语术、对死者的爱、文学文本作为持久的幽灵或灵魂的声音出现有关。"勃朗宁自己那些作为复活情节的历史诗歌形象一直在我脑海挥之不去——在《指环与书》一书中，他将自己同时比作浮士德和以利沙，因为他们能让死尸复活。"[3]拜厄特通过汲取维多利亚时代历史和文学的知识，融合自身广博的文学素养和对历史文献的研读，构建并重现了维多利亚时代文字和思想。

《占有》以维多利亚的文风，仿写了大量19世纪书信、诗歌和日记，构建了一个虚拟的维多利亚时代。正如艾什在给学术收藏家库珀祖母的信中所言，作家的职责是"与死者交流"，赋予过去新的声音。"我曾经用腹语术说话。我将我的声音借予过去已逝的声音和生命，将我自身的生活融于其中，它们如此这般在我们的生活中复苏，让我们见到与我们自身生活紧紧相扣的过去，犹如一种警惕，成为一种前车之鉴，而这也正是每个具有思考能力的男男女女该做的事情。"[4]拜厄特通过模仿勃朗宁的戏剧性独白，从而塑造艾什这个虚拟的维多利亚时代人物。同时，这也可以理解为拜厄特在创作艾什这个角色时的真实目的，即通过艾什之口构建她所理解的维多利亚时代。艾什所表达的腹语术为过去的历史发声，他不仅要继承前辈诗人的思想，还要使其融入自己

---

[1] C. B. Davis, "Distant Ventriloquism: Vocal Mimesis, Agency and Identity in Ancient Greek Performance". *Theatre Journal*, 2003(3), pp. 45–65.

[2] A. S. Byatt, *On Histories and Stories*, p. 42.

[3] Ibid., p. 45.

[4] A. S. Byatt, *Possession*, p. 134.

的想法,并能够反过来为其"发声"。艾什的观点也为现代学者罗兰努力实现对其历史知识的"占有"提供了互文的启发。勃朗宁与前辈诗人、拜厄特与勃朗宁,这种文学上的传承与创新通过腹语术的写作手法立体地展现在读者面前。与此同时,拜厄特也以"维多利亚方式"创作"维多利亚作品"。《占有》的第11章、第16章分别留给艾什与拉莫特,实则拜厄特写就;艾什的《冥后普罗塞比娜的花园》《北欧众神之浴火重生》,拉莫特的《水晶棺材》《黎之城》,以及艾伦·艾什、布兰奇·格洛弗、拉莫特甥女莎宾的日记,人物之间的往来通信等等散落在小说各处,整部作品仿佛由一片片创作粘贴串联而成。

《占有》并非纯粹唤起当时的语境,并非只是为了重现令我们着迷的维多利亚韵律的纯然乐趣,严肃地玩味叙述过去的各种可能形式。它有着自己的心机——写这本书是为了符合对于想象诗歌的女性主义解读。"正是词汇和令我愉悦的词语的感觉之间的鸿沟,使得写这首诗成为必要。维多利亚人不仅仅是纯粹的维多利亚人,他们也读先于他们时代的作品,拉莫特读的已故作家的作品,有法国修道士让·达拉斯、济慈和弥尔顿,他们的蛇和女妖丰富了她的写作,并且将其复活。"①在研究艾什与拉莫特这段尘封已久爱情往事的过程中,罗兰逐渐认识到自己一直以来的玩偶身份,在追逐艾什信件的过程中,"接近了艾什的生活,却和他疏远了起来",努力摆脱艾什的控制。这种疏远反而让罗兰更为客观地了解艾什,"觉得自己在某些方面能和艾什平起平坐",②进而获得一种新的与历史交流的方式。"他听到了艾什的声音,他那准确无误的声音。他听到语言在周围流动,不受任何人、任何作者或读者之限,组合成自我的范式。"③这正是拜厄特对传统与历史之间对话

---

① A. S. Byatt, *On Histories and Stories*, p. 47.
② A. S. Byatt, *Possession*, p. 592.
③ Ibid., p. 472.

的态度,我们既可以聆听艾什的声音,也可以独立于他的声音,最重要的是对于自我的认知与理解。艾略特在《四个四重奏》中写道,现在和过去,也许都存在于将来,而时间的将来会被包容于时间的过去。不仅前辈学者对后继者存在难以割舍的影响,后辈学者实际上也非仅仅活在此时此地,或许还生活在过去的某一时刻。"腹语术"实现了历史与现实的对话,展现诠释的循环。正如海德格尔阐述的那样,诠释的循环不仅是指研究对象中的语词与语句、语句与文本之间的循环,而且也指理解主体与理解对象之间的循环。在对语境的重构、与历史的对话中,理解主体的前结构与理解对象的内容相互对话、交融、理解。

现代批评常常将文本视为理论阐释和建构的原材料,将自己的叙事和重点,加诸被它视为原材料、来源或出发点的作品。它或许对女性主义、拉康主义、马克思主义或后殖民的叙事和语汇感兴趣,又或许强有力地玩弄作者的措辞,插入自己的双关含义。[1] 拜厄特认为这种"二流的小聪明"让读者和作者都深受其扰。"作为一个纯然的读者,我学会了一次又一次地倾听文本,直到它们显露出完整的形状,它们的发音,它们思想和情感的节奏。"这正是她运用"腹语术"手法的初衷,也是她模仿创作维多利亚诗歌的原因。"作为作家,我很清楚一个文本即其中包含的所有词语,不仅仅是这些词语,还有其他先于它的词语,围绕着它的词语以及在其中得到呼应的词语。"[2]我们作为读者,读以前的作品,读现代的作品中的以前的作品,在理解中复活历史。福尔斯说过,19世纪的叙事者看似拥有上帝般的全知全能视角,但事实恰恰相反,这种虚构叙事者可以比现代小说中的那些第一人称模仿,更深地潜入角色的情感和内在生活,同时提供一种类似古希腊合唱队的作用。在《占有》中,拜厄特在历史叙事中刻意地运用了这种叙事者,正是为了

---

[1] A. S. Byatt, *On Histories and Stories*, p. 45.
[2] Ibid., p. 46.

说出小说中那些历史学家和传记作家们从未发现的事实,从而提高读者进入文中世界的想象能力。

在《现象学和辩证法之间》中,伽达默尔谈到柏拉图对话,真正的讲话所有模式开始于对话。从"伟大的对话家"柏拉图所撰写的苏格拉底对话中,我们学习到,"科学意识的独白结构永远不可能使哲学思想达到它的目的"。"形而上学的语言总是并永远是一种对话,即使这种对话已经经历了数百年数千年之久的历史距离。正是出于这种理由,所以哲学文本并不是真正的文本或作品,而是进行了诸多时代的一场谈话的记录。"[①]这种共同概念被形成的连续过程是在对话语言内产生的,达到对共同对象的相互理解的前提,既不是共同的本性也不是特殊的同情能力,而只是语言。伽达默尔把理解中所发生的视域交融看作语言的真正成就,相互的理解在谈话过程本身中达成。"这种对事物的理解必然通过语言的形式而产生,但这不是说理解是事后被嵌入语言中的,而是说理解的实现方式……就是事物本身得以语言表达。"使某物得以表述的语言绝不是某一个谈话者可以任意支配的财产,"每一次谈话都预先假定了某种共同的语言,或者更正确地说,谈话创造了某种共同的语言"[②],对于某物达成相互理解,意味着在谈话中有某种共同语言被构造出来了。达到共同理解和共同意义,依赖参与者能交流的共同语言的完成。

对话在伽达默尔看来是一个我们并不能控制也不知道结果的无休止的游戏,唯有不断对话,我们才能达到不断丰富的理解。"一个对话就是我们陷入其中,我们卷入其中,我们无法事先就知道其'结果'会如何,我们也不能随便就中止它,除非使用强力,因

---

① 伽达默尔:《诠释学 II:真理与方法》,洪汉鼎译,北京,商务印书馆,2007 年,第 15 页。
② 同上书,第 513 页。

为它总是有话要说。这是一个真正的对话的标准。"①一部历史小说,是一个传承下来的文本,当我们面对它时,我们面对的是一个需要解释的对象,为了回答这个问题,我们这些被提问的人就必须提出问题,从而开启与文本的对话,理解文本就是去回答这样一个开放的问题。理解这个文本意味着理解这个问题,以问答的方式使该文本与理解者发生关系,找到对该问题的回答。"某个传承下来的文本成为要解释的对象,已经就意味着该文本对解释者提出了一个问题。所以,解释经常包含与提出给我们的问题的本质关联。理解一个文本,就是理解这个问题。"②

对一个回答的期待已经预先假定了,提问的人从属于传统并接受传统的呼唤。另一方面,想要寻求理解,就必须反过来追问文本所说的话语的意义,也就是必须对文本向他提出的问题提出问题。"理解一个问题,就是对这问题提出问题。理解一个意见,就是把它理解为对某个问题的回答"。③ 只有通过取得问题视域,我们才能理解文本的意义:将这个文本视为对某个问题的回答。对问题的回答并不是指去重构传承物,"如果我们在提问上没有超出传承物所呈现给我们的历史视域,我们就根本不能这样做。重构文本应是其回答的问题,这一做法本身是在某种提问过程中进行的,通过这种提问我们寻求对传承物向我们提出的问题的回答"。因为一个被重构的问题不能继续处于它原本的视域之中,在重构中被描述的历史视域不是真正包容一切的视域,"它本身还被那种包括我们这些提问,并对传承物文字作出反应的人在内的视域所包围"。④

---

① 伽达默尔,杜特,《解释学、美学、实践哲学——伽达默尔与杜特对话录》,金惠敏译,北京:商务印书馆,2005年,第38页。
② 伽达默尔:《诠释学 I:真理与方法》,洪汉鼎译,北京:商务印书馆,2007年,第501页。
③ 同上书,第509页。
④ 同上书,第506—507页。

最终,对历史小说的理解由这种问答发展为一种对话。在伽达默尔看来,理解与其说是把握一个内容,一种抽象的意义,毋宁说是参与一种对话,一种"我们成为所是的对话"。任何理解,不论是自我理解、人与人之间的理解,或者我们与文本、传统及历史传承物之间的理解,都是一场无休止的对话。解释者最好把他自己理解为一个继续不断谈话的参与者,使自己的概念开放,而不是独断论地灌输自己的概念。因为他知道它们已经具有而且那将具有历史,谈话是概念形成的过程,是来到相互理解和达到共同意义的过程。对话的成功正是表现为一种共同理解的获得,这种共同理解反映了所有讨论的伙伴先前立场的转变,真正的理解并非产生于把我们自己的前见或需要强加于要被理解的对象,也不产生于卑贱地接受那个对象的观点,而是产生于来自所有参与对话者对所说主题的理解的光亮,真正的理解在于从对话者身上找到照耀我们得以理解主题的光亮。这种光亮并不是原来对话者自身的亮度,而是在发挥他们力量的过程中形成的一种共同之光。

在历史小说中,我们可以看到这种对话;同时为了理解历史小说,我们也在与文本进行对话。从小说创作的形式层面上看,历史小说经历了从传统记录、镜像般反映人们熟知的历史事件转向以历史为戏仿对象的历史元小说的转变。正如巴特所言,"历史话语就其本质而言是意识形态的阐述形式"。[1] 任何形式的历史叙事都不可避免地体现某种不容忽视的世界观和主题。怀特同意以上观点,认为"叙事在展现真实事件时的价值体现在,以真实的历史事件表现想象中生活的连贯、整体、丰富、结局"。[2] 在他看来,任何叙事形式都努力创造意义、认同、结局。历史、文化叙事与小说叙事的距离并不遥远,因为历史包含与小说相同的主体性、选择

---

[1] Roland Barthes, "The Discourse of History" (1967). *Comparative Criticism: A Year Book* (Vol. 3). Ed. E. S. Schaffer, Trans. Stephen Bann (Cambridge: Cambridge University Press, 1981), p. 16.

[2] Hayden White, *The Content of the Form*, p. 24.

性、叙事性以及修辞传统。

拜厄特不只是简单地回归历史，更是在尝试一种重构历史的技巧。维多利亚书写与后现代主义之间的关系逐渐成为作家关注的焦点。在《占有》中，拜厄特结合了对后结构主义理论的嘲讽、学院派小说、侦探小说、维多利亚晚期的罗曼司，以及文学传记，成功融合了现实主义小说的社会视角与具有后现代特征的历史、身份、语言的剖析。她以高超的讲故事技巧将深邃的思想、广博的知识、复杂的人物、多样的文本融合起来，编织成一个引人入胜的故事，描画出一幅学院风情图。小说讲述了一段有关19世纪维多利亚时代诗人艾什与女诗人克丽斯贝尔·拉莫特之间充满神秘色彩的浪漫爱情故事。通过当代两位青年学者锲而不舍的研究以及对残存史料的收集分析，一段尘封已久、感人肺腑的爱情故事被层层演绎。两位诗人对待生活、情感、道德、责任的认真态度令人肃然起敬。拜厄特在小说中以学者的严谨态度搜集、整理了这对恋人的书信、诗作以及寓言、传说，使作品极富史料真实感。实际上，作者描写这段历史的真正用意并不在于再现历史本身，而是将其置于与当代现实社会的对话关系之中，充满浪漫情调的罗曼司如同一个现实社会的象征，与之对应的是20世纪80年代的现实，一个由雅皮士、女权主义者、学究等组成的当代英国文化圈，以及圈内形形色色的人物。小说的副标题"罗曼司""不仅仅指异域情结，更是真实与虚构之间的特定关系。……罗曼司提出了情感与社会现实之间全新的或者说不同的关系"。[1] 历史与现实并行发展，互为参照，历史解答了现实中存在的问题，现实又弥补了些许历史中的某些缺憾。正如巴克斯顿（Jackie Buxton）所说，"尽管《占有》摆出了它后现代的百般姿态，它首先是一种'直接'叙述，一部现实主义

---

[1] Malcolm Bradbury, *The Modern British Novel* (London and New York: Penguin Books Ltd, 2001), p.524.

的小说"。①

　　小说中生活在现实中的人物多是校园内外的学者,他们展示出由女权主义者、学究和收藏家等组成的学术众生相。学者们分别代表不同的理论流派,传递出作者对当代文学批评的反思。罗兰和莫德同样是站在批评理论风口浪尖之上的学者——罗兰受过后结构主义理论的训练,莫德是谙熟拉康理论的女性主义批评家。然而罗兰热衷的却是传统的文本细读,主张从对文本细微精到的解析中提炼出社会历史的实在。他的研究方法不是阅读理论或其他二手资料,而是对一手文本进行深入挖掘,从而解码文本线索,其博士论文标题就是《艾什诗歌中历史"证据"之考证》。他和莫德通过对残存史料的精到分析,借助诗行中的蛛丝马迹,将两位诗人悠远的恋情层层演绎。当然,这并非意味着罗兰生活在真空之中,他受过的后结构主义理论训练在当代学者与维多利亚诗人的对比中闪露端倪。小说多次提到当代学者的"自我"观念如何使得他们与维多利亚诗人渐行渐远——维多利亚诗人们相信意义的终结,相信信念、自我,后结构主义语境下的当代学者却相信"离心的自我",一个成为"幻象"的自我。在生活中,罗兰懂得将"自我"这个概念当作幻象,他不希望竭力作出浪漫的自我主张,也不渴望知道莫德本质上是何许人也。② 但是罗兰从不把这种理论思考运用在艾什及拉莫特的作品分析中,他心知自己与那遥远时代作家的距离,但真实存在的信念给了他重走艾什之路的勇气和决心。罗兰与莫德一道,尽量捕捉书信中的激情闪现,理解那个时代背景下的浪漫与爱意,而不是如当下流行的那样解构文本,以今人视角重新解读。

---

① Jackie Buxton, "'What's love got to do with it?': Postmodernism and *Possession*". *Essays on the Fiction of A. S. Byatt: Imaging the Real*. Eds. Alexa Alfer & Michael J. Noble (Westport, Connecticut and London: Greenwood Press, 2001), p. 102.

② A. S. Byatt, *Possession*, p. 459.

叙事尾声，罗兰重读《金苹果》，意识到这是由艾什的声音、维柯的观点、拉莫特的影响共同交织出的一部气势磅礴的美学与智性诗篇。"仿佛文字都是活生生的生物或宝石，"他看到诗歌中的意象，听到艾什，听到维柯，"他也发现了最初找寻的线索，一切都抛开了……"①此番精神顿悟不由得再次提醒读者重新审视历史与批评。罗兰与其导师、艾什研究权威布莱德的关系紧张。布莱德思想僵化，在大英博物馆底层主持着"艾什工厂"的运转。剑桥求学期间，布莱德师从利维斯，见识了英国文学传统深厚且紧迫的影响力，不禁怀疑自身对这个领域做出贡献的能力。年轻时的他也曾写诗，但想到利维斯将会对之作出的评论后，竟将诗作悉数焚毁。想象力被扼杀的布莱德编写的文本注脚枯燥乏味、毫无新意。与他相反，罗兰关注的不是机械的注脚，而是创作与诗性语言，他一直对诗歌情有独钟，对诗歌的力量有独到见解。

反观莫德，虽身为理论派学者，然而除去拉康批评理论，其学术实践却与罗兰并不相悖。小说中的她自出场开始便一步步地以罗兰的研究方式取代先前的学术立场。正如她向罗兰承认的那样："我们懂得很多，……我们知道何以自我不会单一地存在——知道自己是怎么由各种矛盾的、互相影响的体系构成的——然后我就想，我们当真相信这一切吗？欲望是我们的动力，可是当真正发生的时候，我们却又不明所以，不是吗？我们从不谈爱这个字……所以我们不得不认真努力地想象，以便知道就他们而言，来到这里，那会是什么样的感觉……"这段文字强调了莫德对于罗兰"想象"努力的赞同，以及对于过去一直持有的理论立场的动摇。"我们当真相信这一切吗？"这样的发问表明二人认为，不适于研究维多利亚诗人的当代理论甚至同样不适于研究当代人。在拉莫特故居，他们发现艾什与拉莫特结伴远足的文本证据：旅行期间二人诗作有相似的诗句，也有对当地景物的直接描绘。沼地丘陵水池

---

① A. S. Byatt, *Possession*, p. 512.

上梦幻般的阳光、光火交织的洞顶让莫德想起《梅卢西娜》的开头,并十分肯定地认为"她和他一起来过这儿"。①在读过克罗帕的艾什传记后她思忖:"他把圣徒传倒过来写……根本就是照着心目中的模型处理笔下的主体。"继而颇有兴致地玩味起"主体"这个字眼所蕴含的几分暧昧的意义,提出一系列思考问题:"艾什当真就是这研究中的主体吗?拉康的看法是,在一个句子中,文法上的主语并不等同于主体,即并不等同于句中讨论的客体'我',那么克罗帕和艾什这两个人的位置又该如何安排呢?"②然而,"各种有关文学主体性的思维方式近来已有人不遗余力地探讨过了",莫德以拉康理论分析克罗帕的解读,却不愿将拉莫特和艾什收入这个框架中。

　　罗兰与莫德自身在寻根之路上也遭遇了自相矛盾、进退维谷的境地。莫德想要探寻女性内在欲望,却声称其研究"主要是在文本分析方面",不能苟同于"现代女性主义学者对于别人私生活的态度"③;罗兰不知道莫德如何能做到"不涉及个人隐私去做精神分析"。罗兰的追寻之旅始于揭示艾什生活不为人知的那一面,声称自己是个过了时的文本分析批评者,而不是研究生平的传记作家。但结果是,任何一位要填补作家生平空白的学者都必须涉足他们尽量绕行的传记中去。只有发现了这段隐秘的过去,学者们才可以宣布,拉莫特不是同性恋者、艾什的诗歌是对另一位诗人的回应。小说提出这些难题的一个解决之道,是让主人公们放弃学术思考,代之以充满浪漫气息的创造性发现及写作。当下流行的理论思潮或许让罗兰的创造性阅读显得暗淡无光,但他最终却获得了认可,他同时得到三所科研机构的教学邀请,论文《逐行解析》也获得好评,这些便是对其此前被忽视的文本解读能力最好的肯

---

① A. S. Byatt, *Possession*, p. 290.
② Ibid., pp. 272-273.
③ Ibid., p. 230.

定。与此同时,受到艾什激发的他"诗文如同雨水般落下,真实无比"。

莫德最终找到了自己的"源起",成为信件的合法占有者。与罗兰的关系也由最初需后者仰视的学术前辈,到与之共同解读文本探寻起源,最终与罗兰走到一起。罗兰眼中的她不是女性主义理论家,甚至与文学理论毫无瓜葛,而是诗人艾什的后代。一个曾是文学理论的代言人,另一个受到诗兴激发而进行诗歌创作,小说最终的谜团是对维多利亚时代的创造性占有。揭开这样的谜团,唯有走出批评理论的禁锢,以浪漫化的艺术创作、艺术化的文本解读,与维多利亚传统对话。

针对后现代主义理论如何解读维多利亚文化的议题,拜厄特曾写道,"在维多利亚的语境下,依照维多利亚时代字与字的关系与次序,用维多利亚的文字写作,是我能想到的可以表明我们能够听到逝去的维多利亚先人的唯一方法"。[①] 她在小说中创作的大量维多利亚时代的诗歌、书信和神话不啻为这种努力的明证。谈到《园中处女》的创作动机时,拜厄特也称,那是因为我觉得自己拥有了足够漫长的生命,可以停下来回过头,去把那些逝去的岁月当作"历史"来体验。有了历史的意识,会令作家暂时摆脱创作的压力,避免过于个人化的创作带来的风险。对维多利亚传统的理解正是参与一种对话的过程,一场无休止的对话。后来的解释者只有把自己理解为一个不断进行谈话的参与者,使自己的概念开放,才能来到相互理解和达到共同意义的结果。在这场真正的对话中,每一位参与者都完全关注主题、关注要达到的真理,转变先前的立场。真正的理解并不产生于把自己的前见强加于要被理解的对象,而是产生于来自所有参与对话者对所说主题的共同理解。

[①] A. S. Byatt, *On Histories and Stories*, p. 46.

第三章 语言观

一 语言与文本

拜厄特的小说创作涵盖了从文学书写到艺术批评的各种话语,常常是"充满争议的场所"[①],甚至因打破小说与批评的界限而被称为元小说。默多克形容元小说对当代小说的影响时指出,"我们不能再理所当然地将语言视为交流的媒介。我们像长久以来望向窗外却忽视玻璃的存在那般,忽而一天注意到它的存在"[②]。对于语言自我意识的觉醒,必然给坚持传统现实主义创作模式的当代作家制造了困难。因此,包括她与拜厄特在内的当代小说家在从传统中汲取养分的同时,积极地做出调整以更加适应后现代语境。在后现代主义语境中,文本与世界之间的联系得到重构,这种重构不是通过消解文本以便回到现实,而是通过加剧其文本性,从而使文本与现实处于共同扩张的状态,成为由读者或作者或文学历史学家建构的文本,而非镜像般地再现现实。文本的意义在近代文学批评史上大致经历了四种变迁:从早期以文本指称作品,到新批评视文本为独立自足的有机体,到20世纪60年代中期由法国"原样派"(Tel quel)提倡的开放、不定和自我解构的空间,直至后结构主义思潮中所形成的与其他社会意指系统相关联的互文性。

19世纪瑞士语言学家索绪尔提出语言(Langue)与言语

---

① Kathleen Kelly, *A. S. Byatt*, p. xiii.
② A. S. Byatt, *Passions of the Mind*, p. 9.

(Parole)的著名区分。按照索绪尔的观点,语言表示语言的结构部分,是普遍的、社会的、共时性的和不依赖具体个人的;反之,言语是语言的行为部分,是具体的、个别的、历时性的和依赖于具体个人的。语言是抽象的语言,言语是具体的言语。索绪尔认为,在我们的语言生成和发展过程中,这两方面是紧密相连和互为前提的,"要言语行为为人所理解并产生它的一切效果,就必须有语言结构,反之,要使语言结构能够成立,也必须有言语行为"。[1] 在这种语言结构与言语行为区分的基础上,索绪尔进一步认为,书写文字落后于语言,语言学的真正对象不应是书写文字,而是口说语词。如果认为书写文字高于口说语言,就等于说相信符号的代表比符号更重要,或某人的照片比他本人还重要。

> 语言与文字是两种不同的符号系统,后者唯一的存在理由在于表现前者。语言学的对象不是书写的词和口说的词的结合,而是由后者单独构成的。但是书写的词常跟它所表现的口说的词紧密地混合在一起,结果篡夺了主要的作用;人们终于把声音符号的代表看得与这符号本身一样重要或比它更加重要。这好像人们相信,要认识一个人,与其看他的面貌,不如看他的照片。[2]

这种观点延续在法国结构主义中,带来文本与解释的分离。按照他们的看法,文本只是话语的固定,因此文本与话语之间并不存在根本性差异,无论是文本还是话语,都属于言语这一方,与之相对的是语言。在结构主义者看来,重要的是对语言本身的结构进行分析,即文本诠释不在于对文本本身意义的解释,而在于对文本语言内在结构的分析。这是一种在比较语言学基础上建立起来

---

[1] 索绪尔:《普通语言学教程》,高名凯译,北京:商务印书馆,1999年,第41页。
[2] 同上书,第47—48页。

的结构主义文本解释理论。结构主义批评家指出,传统观念将文学创作视为"作品",其形式由作者强加,其含义可以通过分析作者对语言的使用来确定。他们认为,文学作品是"文本"而不是作品,文本是他们称为"书写"(écriture)的社会制度的产物。

巴特以不同的方式将文字与作品区分开,将文本描述为开放的,将作品描述为封闭的。他在《从作品到文本》("From Work to Text",1977)中指出,作家、读者和观察者的关系随着从作品到文本的运动而改变。有鉴于此,可以从方法、体裁、符号、复数形式、亲和力、阅读和愉悦的角度观察巴特关于作品与文字之间差异的主张。首先,巴特认为文本属于"方法论领域",而不是"书本空间"的一部分,而书本应该属于"作品"。[①]正如拉康对"现实"与"真实"之间的区分:作品被展示为具体的现实,文本是一种用语言进行展示的过程。"文本仅在生产活动中才能够经历",可以通过跟踪指示符链存在和缺失的交替来编写文本。因此文字无法停止,因为语言的过程并未结束;意义总是被悬置,被推迟或即将到来。其次,文本的颠覆能力在于,它不能存在于等级结构中或文类的简单划分中。文本试图将自己完全置于文类的限制之外,所有文学文本都是由其他文学文本编织而成的。不存在文学意义上的"原创性",因为所有文学都是互文性的和矛盾的。再次,文本可以符号为对象去接近和做出反应。就是说,"作品"在一个意指范围之内结束,该意涵属于一种解释的范围。相反,文本实践了所指对象的无限延期。能指的无限性类似一种游戏,即能指与所指之间的断裂,重叠和变化(variations)的游戏。就这方面而言,文本充满了象征性的能量,就像语言一样,结构清晰但没有中心,永不封闭。最后,文本是复数的。无法消解的复数形式,无法拥有确定的阐释。文本中的能指编织揭示了一个复杂的符号网络,包括引用、注

---

① Roland Barthes, *Image*, *Music*, *Text* (New York: Hill and Wang, 1978), p.170.

释、文化和语言,在这种情况下,没有任何符号是"纯粹的"或"完全有意义的",因此文本本身只能存在于区别中,不是一元的终点。这一观点可以与文本的整理(filiation)联系在一起,无需作者的题词即可阅读。同样,关注文本多样性的是读者,而不是作者。因此,文本本身进行游戏,而读者会通过阅读进行游戏。文本要求读者进行实际协作,文本继而成为"可写的"(writable)。最后,文本是愉悦,是社会乌托邦的空间,它超越了社会关系(作者、读者、评论家)和语言关系(任何语言都无法控制其他语言)。

本维尼斯特(Emile Benveniste)将语言引入实践,他的话语理论认为,索绪尔所说的"语言",其自身并不存在,它只是规则系统和交流手段,而话语则是语言的具体运用。他的理论已经不再承认索绪尔的"语言/言语"的区分,而是提出了"语言/话语"的新区分,这种研究注重的不再是对类型和层次的区分,而是将研究的重点放在了"话语"之上。话语既包括语言的生产行为,也包括语言的策略、方式,以及语境等诸多要素,语言不再是一个简单的符号结构体系,而是被言说着的陈述主体,而且为各种意义所缠绕,"正是在语言之中,并且通过语言,人类才将自我建构成为主体(subject),因为在生命(being)的现实中,只有语言才能确立'自我'(ego)的概念。"[①]此处,人不是自我意识的自我,而是潜意识的主体;不是使用语言的自我,而是被语言生成的主体。因此,语言成为主体隐匿之所在。

结构主义诗学的研究对象并不是具体的文学作品,而是文学话语的抽象性质,这样的研究完全忽略了文本的主体性与历史性。克里斯蒂娃(Julia Kristeva)提出一种超语言学的文本理论,她所研究的符号学不是完全包含、容纳在语言学内部,而是既和语言学重叠又超出语言学的内容,因此被命名为超语言学(Trans-

---

① Megan Becker-Leckrone, *Julia Kristeva and Literary Theory* (New York: Palgrave Macmillan, 2005), p. 23.

Linguistics)。这一语言学用语作为她的关键词之一,意味着横断、贯通语言学的语言学,而不是局限于以索绪尔式的语言为基准的语言学。因此,使用语言的文本在位于语言之场的同时,又是将语言秩序重新分配并生产新意义的超语言学装置——文本成为一种"生产力"。在研究对象上,克里斯蒂娃首先选择了"文学文本",这是因为"作为特殊的符号实践的文学,可以比其他实践更便于把握意义的生产。因此文学能够作为不可还原于规范的语言学(被规则化的、拥有明示意义的声音语言的语言学)对象加以考察……任何'文学文本'的生产性也都是可以考察的。"围绕日常使用的语言与这种便于把握意义生产的文学文本的区别与联系,克里斯蒂娃首先对日常语言与文本语言进行了区分。日常语言将传递信息作为第一目的,因此重要的是语言符号的所指层面,能指在日常语言的传达场中不过是传递所指的运输工具,其标准状态就在于意义的传达。而文本语言由于"不是以语法代码化的、以传达为主旨的语言活动,是不能满足于表象现实的"。其次,克里斯蒂娃指出,"当语篇(discourse)成为实践——对峙、占有、破坏及无意识、主体、社会关系的总和——的要素时,它便成为'文学'(literature),更明确地说是文本(text)"[①]。因此,文学文本并非是一般文本的子系统,而是具有无限代码的文本。

20世纪西方文学理论中对于文学文本语言认识的困惑集中表现在对诗歌语言(Poetic Language)与日常语言(Practical Language)区别的理解之中。克里斯蒂娃将俄国形式主义者所使用的"诗歌语言"这一术语应用于她的诗歌语言理论之中。正如形式主义最初提出的那样,语言学旨在解释日常语言,却不足以解释诗歌语言的独特作用,诗歌语言的功能不仅仅是"交流的方式"那么简单。与形式主义者一道,克里斯蒂娃对语言学的批判主要针

[①] Julia Kristeva, *Revolution in Poetic Language*. Trans. Margaret Waller (New York: Columbia University Press, 1984), p. 16.

对它仅仅研究日常生活中的、社会结构构成中的语言,而不包括存在于边界状态的话语。然而,克里斯蒂娃并非简单地支持形式主义者提出的反对意见,对她来说,诗歌语言存在于任何类型的话语之中;同时她认为诗歌语言的规则不能够为形式主义的理论所解释,尽管后者拥有与语言学相类似的客观性与标准性。相反,诗歌语言是一种特殊的语言行为、一种特殊的语义逻辑,是不能以标准语法来进行分析的语言异质层面。诗歌语言包括文学语言及其他话语领域的独特模式,它使人们注意到束缚意义的标准结构以及对其产生威胁的驱力。克里斯蒂娃早期的著作这样定义诗歌语言:"一种语言,通过其抑制作用的特性伴随着社会结构与社会制度的危机——盛衰、进化、革命或混乱的时刻。"[①]这种危机(crises)与事件(accidents)不同,它们存在于意指作用当中,因而具有社会性。诗歌语言隐含语言与非语言、记号与象征的对话关系,它破除单一语言的秩序、规则和逻辑,使语言回到原初状态,回到那种活生生的、充满激情和神圣的感性状态。在《诗歌语言的革命》(*Revolution in Poetic Language*, 1984)等著作中,克里斯蒂娃做出建构诗歌语言理论的尝试,并将之应用于诗歌批评的实践之中。

通过对诗歌语言的分析,克里斯蒂娃获得了区别于形式主义的理论见解。诗歌语言包含着对象征秩序外在边界的建构和解构。因为象征秩序要求同一性与自主性,诗歌中的记号话语则摧毁象征秩序的稳固性,以便重新创造一个新的象征域。同时,诗歌语言将主体置于双向运作之中,它不仅摧毁诗歌的同一性,而且摧毁主体位置的同一性。因此,克里斯蒂娃认为诗歌语言的革命也是主体的革命,任何一种语言理论都是一种关于言说主体的理论。在她看来,现代语言学理论一开始就走入了一个误区,那就是在科

[①] Julia Kristeva, *Desire in Language*. Ed. Leon S. Roudiez. Trans. Thomas Gora, Alice Jardine & Leon S. Roudiez (New York: Columbia University Press, 1977), pp. 124 – 125.

学的名义下,忽略了言说主体的存在。

克里斯蒂娃首先向文本发起一种方法论上的挑战,文学分析被视为离散的实践,与意识形态及物质领域相分离,同时又包含语言无意识驱力这一物质性;其次,这标志着克里斯蒂娃企图超越原有的文学分析的界限,或者说形式主义美学层次上的文学概念。文本概念的刷新拓宽了文本分析的领域,它包含了各类语篇的诗学维度,"新的符号模式转向了社会文本,文学文本是仅作为其中变量之一的社会实践",[1]于是,文本成为不断转化和生产的动态研究对象。在《封闭的文本》("The Bounded Text")一文中,克里斯蒂娃给文本与互文本下了一个更为明确的定义:"文本是使直接瞄准信息的交际话语与前在或此在的各种陈述文字发生关系,并重新分配语言顺序的贯语言实体。因此可以说,文本是一种生产力。"[2]语言是有生命力的,文本就是解放这种生命力的生产力。从前的文学研究虽然也将作品的渊源以及影响关系作为研究主题,但那是在印刻着意识性、个人性的作品层面上把联系作为主题。互文性概念则着眼于文本的能指,关注的是把握文本和他文本的关系,进而关注文本和他者的关系。克里斯蒂娃认为,"文本"是一种批评行为或"元语言"行为,主体在其中为了取得发言权而细察先前的和当代的文本,肯定某些文本并否定其他文本。互文性是大大增强语言和主体地位的一个扬弃的复杂过程,一个为了创造新文本而摧毁旧文本的否定过程。克里斯蒂娃所关注的不是语言本身,而是意义,即主体在语言中的位置。

克里斯蒂娃的"互文"不仅仅意味着欲望、历史、文本等语言学或非语言学、文学文本或非文学文本的相互指涉,同时还意味着一个(或几个)符号系统与其他符号系统之间的置换(transposition),

---

[1] Julia Kristeva, "Semiotics: A Critical Science and/or a Critique of Science," *The Kristeva Reader*. Ed. Toril Moi (New York: Columbia University Press, 1986), p. 87.

[2] Julia Kristeva, *Desire in Language*, p. 36.

它说明了从一个意指系统过渡到另一个意指系统所需要进行的阐释与指示。互文性概念的提出，使原本仅仅被视为一个语言结构的文学作品变得生机盎然。"任何文本都是形形色色的引用拼贴而成的，一切文本无非是其他文本的吸收和变形。"[1]文本成为向文化环境与外部历史敞开的研究对象。

在文本的诠释学概念中，利科将文本定义为"任何通过书写固定下来的话语"，或者"文本是被书写固定了的话语"。[2] 文本是通过把口说的话语的意义用文字固定下来而形成的，如果说文本是话语，那么它是由书写固定了的话语，特别是用书写字母铭写话语所指的意义而固定了的话语。[3] 正如利科所说："只有在文本不被限制在抄录先前的谈话，而是直接以书写字母的形式铭写话语的意义时，文本才真正是文本。"[4]书写固定的是说话所说的内容，即谈话所意向性的外在对象，是说话事件的意义，而不是作为事件的说话。因此书写固定了话语，在某种意义上可以说是拯救了话语。只有当书写出现，话语才从流动变成固定，从暂时变成永久；也唯有话语必须固定，因为话语会消逝。

柏拉图在《斐多篇》中写道，书写的出现令人类"话语的弱点"终于得救，即话语作为事件的弱点终于被克服。苏格拉底发问，"是先有声音的和谐，还是先有发出声音的物体呢？你总不能说，发出声音的物体还没有，就已经有和谐了"。利科尽管深受法国比较语言学传统的影响，但因为接受了伽达默尔的诠释学思想，因此在提出"文本是被书写固定了的话语"时，他的解释是针对法国结构主义所谓语言结构分析而提出的。在口说语言和书面语言之

---

[1] Julia Kristeva, *Desire in Language*, p. 66.

[2] Paul Ricoeur, *Hermeneutics and the Human Sciences: Essays on Language, Action, and Interpretation* (New York: Cambridge University Press), pp. 148–149.

[3] 洪汉鼎:《文本、诠释与对话》,《中国诠释学》(第五辑),洪汉鼎、傅永军主编,济南:山东人民出版社,2008年,第2页。

[4] Paul Ricoeur, *Hermeneutics and the Human Sciences*, p. 149.

间,他加入了"话语"概念。在这种话语进行书写固定的基础上,才会产生文本。因此,文本的特征不能以口说语词的结构来分析,而是应该从话语这一事件的固定来分析。话语先于书写,书写是语言的礼物,一个"外来的"内容、外在的记号、物质化的礼物,正是带给我们记忆的一副"救药的礼物"。[1] 于是,话语不再只是说话人与听话人两者之间的单纯事件关系,而是插入了第三人——书写者,而后又通过书写者的文本产生了第四人——阅读者,从而引起了之前仅发生于说话人与听话人之间的话语事件关系的变化。

哲学诠释学强调文本与解释的紧密联系,但伽达默尔的诠释学文本概念又与利科单纯从语言学角度出发的文本概念有所差异。伽达默尔认为,"文本这一概念并非只是文学研究的对象领域的名称,而诠释也远远不只是对文本的科学解释的技术"。[2] 从历史角度出发探讨文本概念的产生,"文本"在本质上是通过两种关联进入现代语言中的。一方面是作为人们在布道和教会学说中进行解释的圣经的文本,因而对于文本的诠释工作是以信仰真理为前提的;另一方面是对"文本"一词的自然使用是在与音乐的联系中出现的。在音乐中,文本是歌唱艺术的文本,是对词语的音乐解释的文本,在这个意义上,文本是从歌唱的实践过程中积淀下来的,而不是一个先行给予的内容。[3] 这两种关联指向了文本产生的两个历史特征,即具有真理内容的权威文本,以及拥有实践经验的事后形成的文本。

文本的这两个历史特征令伽达默尔强调文本的"被递交性"。文本虽然具有一种抽象的陌生性,"却以一种特有的方式表现出一切语言都属于理解的先行性质",因为"凡以语言传承物的方式传到我们手中的东西并不是残留下来的,而是被递交给我们的,也就

---

[1] Paul Ricoeur, *Hermeneutics and the Human Sciences*, pp. 198-199.
[2] 伽达默尔:《诠释学 II:真理与方法》,洪汉鼎译,北京,商务印书馆,2007 年,第 406 页。
[3] 同上书,第 410 页。

是说,它是被诉说给我们的——不管它是以神话、传说、风俗、习俗得以自下而上的直接重说的形式,还是以文字传承物的形式,在文字传承物中,其文字符号对一切懂得阅读它们的读者都是同样直接确定的"。文本的这种"被递交性"、被诉说性再次申明文本与解释的必然关联,"唯有从解释概念出发,文本概念才能够被构造为一个语言性结构中的中心概念;文本概念只有在与解释的关系中并且从解释出发,才表现自身为真正被给予的东西、要理解的东西"。与解释的紧密相连被定义为文本最重要的一个特征。"文本是一个固定的关联点,而与之相对的是指向文本的解释可能性的可疑性、任意性或者至少是多样性。"[1]

语言就是理解本身得以进行的媒介,解释是理解得以进行的方式。"一切理解都是解释,而一切解释都是通过语言的媒介而进行的。这种语言媒介既要把对象表述出来,同时又是解释者自己的语言。"[2] 理解过程首先发生在语言媒介之中,因解释文本的过程是一种历史性的生命关系,理解的语言性就是效果历史意识的具体化。事物无法直接呈现于诠释者,它要通过语言才能呈现意义;诠释者也无法直接理解事物,它要通过语言才能理解事物的意义。因此理解和语言是无法分离的,语言是诠释的中介。语言在文字性中获得了真正的精神性,面对文字传承物,语言才达到其完全的自主性。

至此,"文本"需被理解为一个诠释的概念。也就是说,我们不能仅从语法和语言学的角度看待文本、将其视为已经完成的作品;也不能撇开其所传达的内容去解释语言据以起作用的机制程序、分析其产生的过程。从诠释学的立场出发,文本单纯只是中间产品,属于理解"事件"中的一个阶段。作为事件中的一个需要加以

---

[1] 伽达默尔:《诠释学 I:真理与方法》,洪汉鼎译,北京:商务印书馆,2007 年,第 526 页。
[2] 同上书,第 525 页。

固定和孤立的阶段,它也包含着某种"抽象",但这种抽象与语言学家所说的"抽象"方向相反。语言学要澄清的是语言本身的功能,并没有理解文本所表达的事件的愿望。语言学所讨论的内容不是文本传达了什么内容,而是文本是如何实现这种传达的,以及这种传达中的符号设定和符号给予的方法。与之相反,对于诠释学的考察来说,语言的功能仅仅是一个前提条件,理解被说出的话语才是重要的事情。因此,文本必须是可读的,"某种表达在听觉上看是可理解的,或某种文字表述可以被破译,从而可能获得对所说的话或所写的文本的理解。文本必须是可以阅读的"[1]。文本的可解读性、可理解性使伽达默尔得出结论,理解文本和解释文本,并不是一个语言学中的方法论问题,不应局限于科学探究的理解方法,而是属于人类的整个世界经验。

按照诠释学的定义,文本一般可分为四类:创造性文本,指基于作者的主观想象而创造的文本,如文学与诗,以及一些人文科学理论作品;科学性文本,指科学家根据研究的结果而撰写的科学论文;历史学文本,指历史学家关于历史问题所写的著作;规范的文本,指《圣经》、法典以及所谓神圣作者的经典文献。伽达默尔提出:"理解概念当然完全破坏了浪漫主义诠释学所设定的范围。既然现在所关心的东西不是个人及其意见,而是事情的真理,所以文本就不被理解为单纯生命的表达,而是被严肃地放置在它的真理要求中。这就是'理解'的含义。"[2]文本的意义不是作者的意图或思想,而是文本本身所拥有的取之不尽、源源不绝的真理内容。"正如历史事件一般并不表现出与历史上存在的并有所作为的人的主观思想有什么一致之处,文本的意义倾向一般也远远超出它

---

[1] 伽达默尔:《诠释学 II:真理与方法》,洪汉鼎译,北京,商务印书馆,2007 年,第 412 页。
[2] 同上书,第 403—404 页。

的原作者曾经具有的意图。理解的任务首先是注意文本自身的意义"。[①] 正如我们在对艺术作品的讨论中看到的,艺术作品是在其所获得的表现中才实现的,艺术作品的意义是随着观赏者的接受而完成的,而表现属于艺术作品的意义事件;那么,文学作品也是在对其阅读过程中才实现的,文学作品的意义随着读者的接受而完成,而阅读属于文学作品的意义事件。即所有文本的意义都是在理解过程中才实现,文本的意义是随着理解者的接受而完成,理解属于文本的意义事件。

在哲学诠释学强调文本与解释之紧密联系的影响下,当代实用主义进一步强调文本并非先有的、固定的东西,而是由解释所构成的。美国实用主义哲学家罗蒂(Richard Rorty)曾援引艾柯(Umberto Eco)的说法来佐证其实用主义观点,即文本是在诠释的过程中人为建构起来的,而诠释的有效性又根据它所建构的东西的最终结果来判断:这是一个循环的过程。罗蒂反对文本本质上表现了"什么东西"的说法,也就是反对那种特殊的诠释,即可以根据"文本的内在连贯性"揭示出那个"东西"究竟是什么。他曾经讽刺解构主义者米勒(Hillis Miller):"解构式批评并非批评者将某种理论任意地强加于文本之上,而是强调诠释必须受到文本自身强有力的制约。"罗蒂指出,"据我看来,这就像是在说:用螺丝刀去转螺丝是'受螺丝刀自身的制约',而用它去撬硬纸板包裹则是'将主体的意志强加于其上'。我该说,像米勒这样的解构主义者并不比费希、斯图特和我本人这样的实用主义者更有权利提出这种'主客'之分。对我而言,像艾柯那样关注诠释循环的人应该避免进行这种区分"。[②]

语言之所以要被书写下来,是因为话语本身加入了它得以进

[①] 伽达默尔:《诠释学 I:真理与方法》,洪汉鼎译,北京:商务印书馆,2007 年,第 505 页。

[②] 艾柯:《诠释与过度诠释》,王宇根译,北京:生活·读书·新知三联出版社,2005 年,第 111—112 页。

行的具体和偶然的因素,而在文字中,文本是与这种具体偶然因素相脱离的。正因为书写下来的文字传承物与声音、话语相分离,它才不必依赖作者与原始读者而拥有独立的生命。伽达默尔探讨了口头语言和文字语言之间的区别,指出口头语言总是与具体的实现过程相联系;反之,文字语言由于通过书写而与这些具体实现过程相脱离,文字语言中的意义完全脱离了情感和心理因素,成为纯粹自为的东西。文字的意义与话语的意义不同,它不需要作者在场,作者即便死去也仍然存在。即使一个文本有特定的接受者,它的意义却不必被限制于当时听话者所理解的内容。因为无论是在怎样的语境与阅读条件下,文字形式的文本都可以为任何时代和任何人所理解。书写下来的文字可以被复制和无限地重复,它已经具有了独立于作者和原来听众生活意义的自主性。因此,"我们将不把某一文本理解为某个生命的表达,而是对它所说的内容进行理解"[1],只要我们可以理解,文字作品所述内容的意义,就不依赖于我们是否把它理解为原来作者的思想,书写文字的观念性使意义脱离了作者和读者的心理。

语言的观念性使一切语言性的东西超越了其他以往残存物所具有的那种有限的和暂时的规定性,因此语言传承物绝不是那种作为以往时代证据的书写,而是记忆的持续。"正是通过记忆的持续,传承物才成为我们世界的一部分,并使它所传介的内容直接地表达出来。"[2]具有语言性质的传承物可分为口头讲述的和文字固定的两类。按照伽达默尔的看法,文字固定的传承物意义更为重要。因为传承物的本质就在于通过语言的媒介而存在,最好的解释对象就是具有语言性质的内容。进一步而言,以语言为形式的文学作品意义上的文本,作为一种语言的传承物,拥有相对于其他

---

[1] 伽达默尔:《诠释学 I:真理与方法》,洪汉鼎译,北京:商务印书馆,2007 年,第 529 页。
[2] 同上书,第 526—527 页。

形式传承物的特有优势。尽管在直观的直接性方面不如造型艺术的文物,但这并不是它的缺陷,"在这种表面的缺陷中,在一切'文本'的抽象的陌生性中却以特有的方式表现出一切语言都属于理解的先行性质"。① 看似一种缺陷的缺乏直接性,后果却成了一种优点,即语言的传承物从不惧怕时代的变迁和环境的改变,而是随着时代和社会的变迁而不断成长。语言传承物其实是真正词语意义上的传承物,它们并非仅仅是些留存下来的东西,我们的任务只是把它们作为过去的残留物加以研究和解释。以语言传承物的方式传到我们手中的东西,并不是残留下来的,而是被递交给我们的,这一特点使伽达默尔以语言性作为诠释学对象的规定,能被理解的东西只是语言,从而使诠释学在文字传承物中达到其完全的意义。因为文字传承物并不是过去世界的残留物,它们总是超越世界,进入到它们所陈述的意义领域,"凡我们取得文字传承物的地方,我们所认识的就不仅仅是些个别的事物,而是以其普遍的世界关系展现给我们的以往的人性本身"。② 因此,如果我们想要对某种文化拥有可靠的、完整的理解,就不能只占有无言的文物,不理会其语言传承物,否则那些关于过去的信息便不能够被称为历史。

二 《巴别塔》:语言意识与自觉现实主义

"语言意识"这一概念具有不同的意义指涉。在语言教学领域,语言意识(Language Awareness)最初被定义为"人对于语言本质及其在人类生活中角色的敏感和自觉意识(conscious awareness)"③。20 世纪 90 年代初,语言意识成为语言教学的关

---

① 伽达默尔:《诠释学 I:真理与方法》,洪汉鼎译,北京:商务印书馆,2007 年,第 525 页。

② 同上书,第 527 页。

③ C. James & P. Garrett, *Language Awareness in the Classroom* (New York: Longman, 1991), p. 108.

键词,指代一场世界范围内寻求母语、外语教学提升的运动,[1]并且曾与语言知识(Knowledge about Language)互换使用。[2] 在文学研究领域,现代主义作品突出语言意识(language consciousness),常常被批评家排除在现实主义作品范畴之外。[3] 斯特恩(J. P. Stern)认为,"具有语言意识的文学"或"以语言意识的模式创作的文学作品"将消解现实主义文学。他称其为"现实主义的现代性丧失""现实主义书写的倒退",继而将这种丧失的典型表现定义为"具有语言意识的文学"(the literature of language-consciousness)抑或"语言意识模式下的文学"。[4] 因为如果小说由语言所主导,或者说由创造性过程、心理、技巧、机构的言说意识所主导,那么最终会打破现实主义所依赖的"创造"与"对应"之间的平衡,从而导致现实主义的终结。后解构主义的语言观认为语言是关于符号的独立体系,质疑其指涉与再现的功能。这一观点改变了人们对于人类主体性、语言、客观世界之间关系的认识,因为"语言不再是主体借以定位客体的工具",而是"主体与客体都成为语言的效果"。[5] 受到语言学转向的影响,后现代小说产生了高度元小说性质的叙事,其自身成为文本与虚构的建构物,由此质疑长久以来对于传统现实主义价值负载的设想。

拜厄特在《巴别塔》中所实践的形式实验,突出体现在文本与其内文本的互文关系上。借由小说人物创作的寓言式作品《乱语

---

[1] Lana White et al. eds., *Language Awareness: A History and Implementation* (Amsterdam: Amsterdam University Press, 2000), p. 1.

[2] Jasone Cenoz & Nancy H. Hornberger eds., *Encyclopedia of Language and Education*. Vol. 6 (Springer Science & Business Media LLC, 2008), p. 3.

[3] Stephen Heath, "Realism, Modernism, and 'Language-Consciousness'". *Realism in European Literature: Essays in Honour of J. P. Stern*. Eds. Nicholas Boyle and Martin Swales (London: Cambridge University Press, 1986), p. 107.

[4] J. P. Stern, *On Realism* (London: Routledge, 1973), pp. 158, 159, 161.

[5] Katsura Sako, "Others in 'Self-Conscious' Biography: A. S. Byatt's *The Biographer's Tale*". *Realism's Others*. Eds. Geoffrey Baker & Eva Aldea (Newcastle: Cambridge Scholars Publishing, 2010), p. 277.

塔》及其引发的法庭辩论、女主人公弗莱德丽卡书写的剪切式作品《层叠》都以内文本的形式镶嵌在《巴别塔》中。以《层叠》为例，在四部曲的前一部作品《静物》中，弗莱德丽卡成功摆脱了父亲的权威到剑桥求学，却因姐姐斯黛芬妮的意外死亡而身陷与奈杰尔的婚姻泥沼。最终，她逃出了那栋剥夺其身体与精神双重自由的房子。由于对儿子雷奥的抚养权争执不下，二人走上法庭。离婚案送来了一封封法律信件，成为弗莱德丽卡写作的缘起。来自奈杰尔的法律信件令弗莱德丽卡愤慨不已、十分压抑，遂将其撕成碎片。即便如此，她仍然无法摆脱信件内容带来的阴郁，于是，她拾起碎片摊在桌上，将它们重新组合成合乎因果关系的句子结构。"重新组合""片段""拼贴"成为她写作的关键词。弗莱德丽卡将自己的写作冠以《层叠》(*Laminations*)之名，意为分离——没有隐喻、没有性、没有欲望，而是相互分离的知识目标、工作体系、探索发现，希冀"能够成为她曾经拥有的一切：语言、性、友谊、思想，只要它们能像地质层那样严格保持分离"[1]。"层叠"这一想法最初出现于《园中处女》，时年17岁的弗莱德丽卡在一场糟糕的性经历之后，将"层叠"视为一种精神策略，目的是将生活中积极与消极的不同层面分离开来，思想的多重层面便被定义为"层叠"。在被问及"层叠"这一概念时，拜厄特坦陈她本人年轻时也曾采用这一策略，构成她的"所见事物与所见其他事物相关联的"愿望[2]。这无疑昭示了拜厄特与弗莱德丽卡或许面临相似的困境。弗兰肯（Christien Franken）指出，拜厄特将"层叠"定义为"生存的策略"，从而帮助她解释自己的女性身份与20世纪50年代作为女性知识分子的事业目标之间调和之艰难。[3] 弗莱德丽卡利用这些彼此分

---

[1] A. S. Byatt, *Babel Tower* (New York: Vintage, 1996), p. 314.

[2] Elizabeth Hicks, *The Still Life in the Fiction of A. S. Byatt* (Newcastle: Cambridge Scholars Press, 2010), p. 100.

[3] Christien Franken, *A. S. Byatt: Art, Authorship, Creativity* (New York: Palgrave, 2001), p. 28.

离的知识片段产生出对自由、真实的强烈感觉,试图通过书写片段来弥合现实与描写现实的语言之间的裂痕,从好奇、连贯、联系中获得动力。而拜厄特也曾将"层叠"的书写形式作为在现实生活的漩涡中求得精神生存空间的方式。

《层叠》作为标题,是一种形式得以存在的空间,这种形式由剪切、打乱、重组现有的文本构成。层叠的想法提供的是一种操作的模式与美学,弗莱德丽卡将这些分离的材料剪切并拼贴起来。小说引用巴勒斯的小说讲述现实状况:"这就是现在的声音,这就是事情的发展方向。拼贴让我摆脱废墟。来试一试吧,这就是现在的声音,这就是释放,这就是终极。"①这就是当时的英国。《巴别塔》书写的背景是1964年至1967年的英国,大部分知识分子宣称连贯的死亡、秩序的虚幻。弗莱德丽卡生活、写作于丧失连贯性、断裂的层叠之中。"写作实际上就是一种剪切"②,巴勒斯的话令她产生强烈的共鸣。"一切写作都是剪切,是脑海中存在着的字词拼贴。剪切并重新布局一页文字带给写作新的维度,使作者可以像放电影一样切换图像。"③"层叠"代表一种表面毫无关联的信息碎片的聚合,同时这些碎片彼此之间又保持分离,而这也是互文与拼贴的特征,是拜厄特创作中一直采用的手法。

拜厄特作品中内文本的镶嵌无疑也极具拼贴感。阿代尔(Tom Adair)就此认为拜厄特过多地运用了拼贴的方法,变得"聪明而无所不知",④从而影响了阅读的乐趣,仿佛有些人物就是为了代言某种思想观点而存在。但实际上,拼贴的形式实验为拜厄特提供了自由发挥其观念小说优势的空间,她常常通过不同学科的知识话语分析阐述对语言的理解,或者直接借小说人物之口进

---

① A. S. Byatt, *Babel Tower*, p. 380.
② Ibid., p. 360.
③ Ibid., p. 380.
④ Tom Adair, "Too Many Tongues Twist the Message". *The Scotsman*, *Spectrum* 19 May 1996, p. 11.

行语言观念的探讨。例如 DNA 结构的发现并非仅仅为了说明当代分子生物学的进步,还被拜厄特巧妙地借以比拟语言结构,让这一科学发现为自己的语言观点服务,"最近科学领域发现存在于所有生物中的 DNA 模式改变了作家对于自然世界的观点,也自然改进了我选择差异作为重要的审视对象"。[1] 小说中的生物科学家卢克努力解读蜗牛背后 DNA 语言的同时,也在考虑生物多样性的问题。他引用培根的话表达自己的观点:"成千上万个单词由 24 个字母无意识地、未经研究地创造出来,人的一生须经千百万行文字写就,我们会发现这种多样性是必要的。"[2] 卢克由此及彼,DNA 只有四个"字母"(A、T、C、G),但很显然它们会创造出无穷多的种类,即便只是小小的蜗牛这一种群。细胞、基因是构成生命统一体的原初单位,正如语言学中的最小单位音素一样。语言无法让男人女人超越它和他们自己,但是基因螺旋、缠绕、连接,"以它们原初的字母表建立起生活的句子与短语"。[3] 以细胞、基因比拟音素,以 DNA 中四个字母的排列产生众多种群比拟人类语言的多样与丰富,说明人文科学与自然科学的内在精神存在一致性,自然科学的研究方法同样适用于阐释语言观点。

《巴别塔》中的维基诺贝尔教授是第二次世界大战期间来到英国的欧洲知识分子之一,担任北约克郡新大学的名誉副校长,著有一套关于西方绘画中光线运用的丛书。他的学术研究生涯经历了从语言到科学再回到语言学的历程,其研究成果为语言与生物有机体的联结提供了理论基础。早期受到祖父的影响,他认为语言不过是"无稽之谈",甚至带有诱惑人们投入一生的陷阱,将毕生精力花在这方面实在不是明智之举。维基诺贝尔此后与语言的混乱无序相决裂,成为一位研究斐波那契数列的数学家,退回到纯粹的

---

[1] A. S. Byatt, *On Histories and Stories*. p. 80.
[2] A. S. Byatt, *Babel Tower*, p. 358.
[3] Ibid., p. 315.

形式之中。20世纪四五十年代,维基诺贝尔又将注意力从数学形式转回到语言与语法形式上,开始分别热衷于研究雅各布森提出的一切语言都具有的"区别性特征",关注到索绪尔将语言视为象棋游戏,认为词语是任意的符号,具有特定的形式功能。最近则将视线转移到乔姆斯基,乔氏宣称已经证实语言拥有深层普遍结构与普遍语法,这是所有的人类大脑与生俱来的功能,而非后天习得,是人类生物身份的一部分,能够建构起无数语言嘈杂的声音与思维模式。在1964年,乔姆斯基的理论仍然十分具有前瞻性,生成语法、转换描绘拥有与数学相类似的精确度,它们的理解也依赖算法及数学结构,这正是维基诺贝尔的优势所在。他相信乔姆斯基的正确性,相信人类大脑生来具有产生并转换语言的能力,"如同海狸生来会制作堤坝、蜘蛛会结网一样,人类天生能够以语法形式进行说话与思考"①。这种与生俱来的能力存在于大脑皮层的褶皱中,存在于大脑神经的树突、突触、轴突中。有关学习与语言的理论将兴趣点由社会、学习或偶发事件形成思维的方式,转变为对人类大脑生理机能的探究。维基诺贝尔的研究历程清晰地展现了语言研究专家雅各布森、索绪尔、乔姆斯基的理论观点,展示了语言学理论发展历程的图景。

维基诺贝尔对语言究竟应该被视为晶体结构抑或是雪花结构的思考暗示了拜厄特对规则与秩序的态度,也是拜厄特对于语言应以何种方式再现现实的态度。晶体结构拥有永恒不变的结构,雪花结构则在环境的风浪中保持着变化的形状,在混乱中求秩序。小说写道:"从美学意义上讲,维基诺贝尔相信雪花说,相信变化的、多样的形式;从智性意义和直觉上讲,他相信晶体说。"②晶体结构意味着规则与秩序,"规则性是惹眼与引人遐思的迥异特性之一"。每一种晶体的个体都被用来代表一种理想的规则性,遵循

---

① A. S. Byatt, *Babel Tower*, p. 193.
② Ibid., p. 194.

"对称性"原则,而"对称性的内涵与秩序的内涵同样宽广"。①

拜厄特对晶体说所代表的秩序怀有一种渴望与热爱,她曾经对伍尔夫提出的"生活就是遇到一系列不规则的印象"表示反对,认为"秩序比无序更有趣,精准的描写是可能并且可贵的,语言指称事物"②。而伍尔夫则认为生活不像机制纽扣那样拥有整齐划一的标准,生活的真实面貌充满着复杂性、多变性与模糊性。她在《论现代小说》("Modern Fiction", 1919)中表达真实观和艺术观时指出,小说创作不应停留在对客观事物的表面摹写上,而应追寻生活的内在真实。这种内在真实是生活现象在人们内心深处引发的"变化多端、不可名状、难以界说的内在精神——不论它可能显得多么反常和复杂"③。如《墙上的斑点》("The Mark on the Wall", 1917)围绕一只蜗牛展开漫无边际、毫无规则的猜测。不断流动的思绪像脱缰的野马,一些生活印象、历史画面、前任房客的趣味、现代战争、莎士比亚、人类难以把握自己的思想和生命等,"人的生活带有多少偶然性啊"。

在拜厄特笔下,蜗牛却成了严谨求实、遵循规矩的科学研究的对象,这似乎并不是完全的巧合。拜厄特强调"生活是一系列的叙事,尽管他们可能是相互排斥的叙事。我们可能遇到不规则的印象,但是如果我们是智慧的,就会立即将他们排列成序"④。生活以叙事的形式撞击人类的心灵,但仍有其内在秩序。福楼拜"精确的词语"(le mots justes)给了拜厄特创作的启示,他的风格被热奈特(Gerard Genette)总结为:"所有事物失掉原初的特征后以某种顺序排列,在同一种光芒的照射下看上去并无差异。"⑤这是一种

---

① 迈克尔·波兰尼:《个人知识——迈向后批判哲学》,许泽民译,贵阳:贵州人民出版社,2000年,第65—66页。

② A. S. Byatt, *Passions of the Mind*, p. 5.

③ Ibid., p. xvi.

④ Nicolas Tredell, "A. S. Byatt". *Conversation with Critics* (Manchester: Carcanet, 1994), p. 60.

⑤ A. S. Byatt, *Passions of the Mind*, p. 6.

同一之美。最终的解决之道是,印象必须排列有序为叙事,但也要为不规则、偶然性留下空间。维基诺贝尔相信尼采说过的"我们并未摆脱上帝,因为我们仍旧相信语法"①。他还相信,在遥远的未来,神经科学家、遗传学家、研究思维物质的学生会在树突的森林中、在突触的连接中发现语言的形式。因为基因本身正是一种非周期性的晶体,给它们所控制的物质结构与形式下达指令。人类对生物科学认识的深入会改变对语法网络及其多样深层结构的理解。小说中描写的斐波那契数列、DNA 结构等内在结构正是一种内在秩序的暗示,既反映了拜厄特的现实观,又因其本身的时代性而折射现实。

"艺术一直在不断改变自身以适应人们对于现实概念认识的变化。"②出于探索展现现实的新方式的目的,小说家们逐渐加强对语言的关注以及对语言意识的挖掘。希思(Stephen Heath)认为,语言意识的确给现实主义带来转向,为当代现实主义提出核心问题,却不会令现实主义无法实现。对于现实的概念,以及文学作品与世界关系的理解发生改变,但文学与世界的关联并没有被打破。这种关注并非使词语(words)远离现实世界(worlds),而是强调二者的内在联系。语言意识并不是抛弃现实主义,而是在当代语境下对其进行包含语言意识的重新定义。现代主义甚至被某些评论家视为"现实主义的另一个版本"③。

二战后,"现实主义"这一概念不断地遭遇挑战,这时的现实主义并非简单地反对美学实验,也非修正、延续 19 世纪以来的现实主义技巧,而是一种崭新的现实主义形式。它不再仅仅意味着"传

---

① A. S. Byatt, *Babel Tower*, p. 192.
② Harry Levin, "What Is Realism". *Comparative Literature*. Vol. 3, 1951 (3), p. 195.
③ Stephen Heath, "Realism, Modernism, and 'Language-Consciousness'", p. 107.

统",而是"灵活的、广泛的、不稳定的、历史的、开放的"[1]。现实主义既是一个持续性的概念,长久以来以主导或次要地位存在于文学创作之中,同时又指涉特定的文学历史阶段,意味着继承在历史的具体化过程中得以实现的文学传统。包括小说兴起的18世纪、取得杰出成就的19世纪欧洲现实主义,每个时代都有自己的现实主义。因此,现实主义不仅是一个历时性概念,也是一个共时性概念。在作为一个历时进程而存在的同时,现实主义对变化着的现实本质作出回应。"进程中"的现实主义其复杂性在于,在依赖文学前辈、文学传统的同时,对于社会、政治、历史、新经验格外敏感,并关注虚构与句子的可能性、语言的革新、语言的生产性。[2] "现实是排列事物的一种可能,正如现实主义是排列文本的一种可能。"[3]既然现实存在着多种不同的关系结构,那么现实主义也存在着文本排列的多样性。可以说,正是语言意识令现实主义发生了转向。拜厄特认同这一点,在小说理论与创作实践中对这一转向表现出强烈关注,称自己的创作为"自觉现实主义"(self-conscious realism)。她在继承现实主义传统的同时,关注语言意识为小说创作带来的勃勃生机。

语言意识并不是要放弃个人对语言使用的接受,而是关注语言的生产性,即其在建构"新现实"方面的决定性作用。加西雷克(Andrzej Gasiorek)也重申了战后小说中的语言意识,认为战后现实主义作家并非要阻断文本与世界的联系,而是要重新定义二者的联系。其结果并不是现实主义的溃败,而是联系的转变。"不是放弃现实主义,而是当代语境下的重新定义,将语言意识涵盖其

---

[1] Andrzej Gasiorek, *Post-War British Fiction: Realism and After* (London: Edward Arnold, 1995), p. 14.

[2] Stephen Heath, "Realism, Modernism, and 'Language-Consciousness'", p. 115.

[3] Marshall Brown, "The Logic of Realism: A Hegelian Approach". *PMLA*, Vol. 96, 1981 (2), pp. 232 - 233.

中。"①莱文(George Levine)曾解释英国现实主义文学如何成为"自觉"的创作模式。尽管外表看上去连贯统一,实则"从笛福到当代的英国小说历史揭示了现实主义传统中'谎言'的主导地位"。现实主义压力迫使小说家们殚精竭虑于应对"事物本身"而不是"按照自己的想法塑造它们"②。他探讨了艾略特"自觉现实主义"中的这种挣扎,最终结果是创作方向让位于反现实主义的现代主义作品。拜厄特的小说大多根植于真实的历史情境,致力于反映战后英国的社会变迁和文化记忆建构。同时,又往往以语言为主题,承认文本现实的语言建构性。对语言再现现实能力的怀疑令其作品中混杂着从文学到批评的各种话语,常常是"充满争议的场所"③,甚至因打破小说与批评的界线而被称为元小说。显然,这种与日俱增的,对于语言的自我意识给坚持现实主义形式的拜厄特带来了挑战,但也给她带来更多尝试现实主义新形式的空间。她所维护的"自觉现实主义"在写实的同时承认虚构,认为写实与实验是互依共生的关系。拜厄特承认普鲁斯特带来的启示,"文本既可以巴尔扎克式地完全'忠实于生活',同时又可以结合领悟与创造世界的形式、自身形成过程"。④ 于是,"自觉现实主义"的不同层次、动机、表达结合起来,同时存在于现实主义与后现代主义文学作品之中。这样的现实主义立场是拜厄特一直首要关注的主题,"如果我为现实主义或我所谓的'自觉现实主义'辩护,并不是我相信它之于社会或心理真理有何特权关系,而是因为它为思考的心灵和感情的身体留下了空间"⑤。

现实主义若要存在和发展,必须以承认词语指涉事物为前提。

---

① Andrzej Gasiorek, *Post-War British Fiction: Realism and After*, p. 15.
② George Levine, "Realism Reconsidered", in *The Theory of the Novel: New Essays*. Ed. John Halperin (New York: Oxford University Press, 1974), p. 242.
③ Kathleen Kelly, *A. S. Byatt*, p. xiii.
④ A. S. Byatt, *Passions of the Mind*, pp. 15.
⑤ Ibid., p. xv.

拜厄特在批评作品中频繁提及她对后现代文学流派的兴趣。在《纸屋子里的人们》("People in Paper Houses")中,她审视了当代作家面临的一些问题,包括他们试图将"对于'现实主义'难度的意识与对其价值的道德情结相结合;评价现实虚构性的正式需要与创造一个可居的想象世界的强烈意识相结合;模型、文学、'传统'成为问题商品的意识与对过去伟大作品的深刻怀旧相结合"①。在小说创作中,拜厄特面临着同样的问题,"对于这个世界的现实主义立场将在作品中、在小说中、在读者身上遭遇强而有力的意象,这将使想象的过程变得更单薄、更相似、更困难"②。如何应对这一艰难处境?另一位英国当代小说家默多克的作品与创作思想带给拜厄特颇多启发。

书写新现实的代表作家默多克意识到人们语言意识的觉醒,"我们不再能想当然地把语言当成交流媒介,它的透明性已经一去不返。"③如何以语言再现真实的问题,默多克在第一部小说《在网下》(Under the Net, 1954)中就开始了探讨。主人公杰克·唐纳格是一位看不清现实的艺术家,将自己与哲学家雨果之间的谈话写进《沉默者》中,谈话变成了"辞藻华丽的哲学对话"④,但是对于现实中的事情却语焉不详。《在网下》书名出自维特根斯坦《逻辑哲学论》(Philosophy of Logic)一书,意为语言就像一张网,世界的一切都在语言的网下,语言既能反映现实,也能掩盖现实,"语言给思想穿上了衣服"⑤。正如雨果所说,"语言是一部制造谎言的机器","语言根本不可能让你去表达现实是什么"。⑥ 默多克的存在主义观点体现在小说中杰克与雨果的大量对话中,并在存在主

---

① A. S. Byatt, *Passions of the Mind*, p. 161.
② Ibid., p. 153.
③ Iris Murdoch, *Sartre: A Romantic Rationalist* (Cambridge: Bowes & Bowes, 1953), p. 26.
④ Iris Murdoch, *Under the Net* (London: Chatto and Windus, 1954), p. 38.
⑤ 维特根斯坦:《逻辑哲学论》,韩林合译,北京:商务印书馆,2021年,第30页。
⑥ Iris Murdoch, *Under the Net*, p. 67.

义哲学思索中融入了写实的风格。小说通过网的意象传达出世界的复杂多样、人生的多姿多彩、生活的变化多端,既不失哲理性又包含着现实性。这部小说被称作"一部有关现实主义的寓言""一个观念的游戏"。默多克在此提出要建立新的文学、叙事主体及风格,从而建立崭新的现实主义。

拜厄特追随着默多克的脚步深入思考语言的创造力与超验性真实之间的关系。她注意到莎士比亚在默多克的小说《黑王子》(*The Black Prince*, 1973)情节构思中的角色:莎士比亚既作为典故,也因其自身的文化神话身份而成为意指与深度的来源。拜厄特分析认为,这首先是默多克试图在19世纪现实主义传统价值的保留与革新的现代实验性之间的较量中寻找一条出路;其次是美学方面的内在原因,"莎士比亚代表善,人们总是渴望最好的思考"[1]。拜厄特指出,道德与美德在默多克笔下都是"现实主义的表现形式,而现实主义呼唤的善行是一种领会真实的智性能力,同时也是对自我的压抑"[2]。现实主义所呼唤的"领会真实的智性能力"深深影响了拜厄特的创作,甚至成为她对自己作品中现实主义的要求。她认同默多克对现实重要性的强调,认为"我们这个时代已经给予形式过多的关注"。在此,拜厄特更为看重的是智性书写以语言的形式再现现实的力量,而不仅仅是其作为语言形式本身的属性。

与默多克相比,拜厄特在形式实验,尤其是语言实验的路上走得更远。她的书写借助了包括社会科学与自然科学在内的"多方话语",从而探索当代现实主义的可能性疆域。在四部曲中,拜厄特讲述了天资聪颖、热情大胆的知识女性弗莱德丽卡少女时期、剑桥求学、伦敦教书、在电视台工作的几个阶段,并穿插了波特一家另外两兄妹斯黛芬妮和马库斯及其他众多人物的生活经历。四部

---

[1] A. S. Byatt, *Iris Murdoch* (Harlow: Longman Group Ltd, 1976), p. 29.
[2] A. S. Byatt, *Iris Murdoch*, p. 66.

曲横跨英国学术界和社会生活的各个方面,纵贯英国跌宕起伏的五六十年代,且写作手法各异,描画了一幅幅风情迥异的学界画卷和社会图景。其中的《巴别塔》典型地表现了拜厄特的"自觉现实主义"创作风格,作品既保留了写实的传统,又表现出作家对于写作过程及其理论观照的自我意识。

拜厄特承认,"大约在写《占有》的时候,我厌倦了现实主义。我想,我不能再去描写茶几、楼梯和人的情感了。我不在乎这样的虚构世界。如果我能写童话或换一种形式创作,就可以表明普通的英国自然主义或现实主义作品只是形式之一,理解世界的方式之一,现实主义就能够得到新生"。[①] 显然,作为令她蜚声文坛的《占有》之后的第一部作品,拜厄特并没有摆脱这种"厌倦"。小说开篇,拜厄特就为读者提供了四种可能的小说开端,形成开放的格局。这种安排对于整部小说无论是内容上还是形式上都具有特别的意义,它们引领小说以交叉错落的形式螺旋式地上升,表现社会生活、身份、语言的交错重叠。

《巴别塔》题名是对圣经中巴别塔的隐喻,小说本身就与语言问题有着天然的联系。巴别塔前,词语与事物同一;巴别塔倒后,语言与世界分离。有评论家以《巴别塔》提供的四种可能开局阐释作品的后现代性,认为小说在形式实验上野心勃勃。[②] 然而不可忽视的是,其中最为重要的一个开局仍然关注女主人公弗莱德丽卡的生活,将视角局限于20世纪60年代英国社会现状,继续着前两部小说的写实风格。同时,"巴别塔"的隐喻也是小说历史定位的具体回应,表现拜厄特认为60年代的英国社会在几乎各个领域都缺乏一致性,无论是意识形态、政治还是社会,"这是一个形式奇

---

① 徐蕾、拜厄特:《神话·历史·语言·现实:A. S. 拜厄特访谈录》,《当代外国文学》2013 第 1 期,第 160 页。

② Michael Irwin, "Growing Up in 1953". *The Times Literary Supplement* 3 Nov. 1978, p. 1277.

特、思想活跃的时代"。① 有所不同的是,这是一种崭新的"自觉现实主义"。在被问及"自觉现实主义"时,拜厄特回答:"在语言与细节的描绘中,你可以保持长久的创造力与新鲜感。将过去融入现在,或相反,让宽广的语汇与限定的语汇并存。因此,用不同于直接描写现实生活的风格进行创作有其长处。"②她的自觉现实主义丝毫不避讳语言的建构性这一事实,在写实的同时承认虚构,使现实主义在"语言与细节"的描绘中焕发出新的生机。由小说人物裘德·梅森创作的《乱语塔》作为内文本镶嵌在《巴别塔》中,由其引发的案件又得到了翔实、真切的描述,作者对于这部内文本的重视程度可见一斑。《乱语塔》的重要性在于,它一方面表明了语言在影响主体建构方面的意义;另一方面,这起案件也展现了60年代英国的道德风貌。

首先,"这是一个文学将会影响思想的时代"③,即语言对现实充满侵蚀力量的时代。《乱语塔》由于充斥了过多的色情与暴力描写,受到多方诟病,最终被诉诸法庭。庭审发言围绕虚构的语言世界究竟在何种程度上改变着现实、极端的语言是否会带来令人意想不到的现实结果而展开。在《乱语塔》一案中,律师奥古斯汀将寓言中的自由解读为"性表现得完全自由,无论那将是多么令人作呕或变态的性表现"④。这样的自由堕落为残酷、疯狂与破坏。在陈述自己的观点时奥古斯汀认为,《查泰莱夫人的情人》案中受审的其实是查泰莱夫人自己,因为她的背叛和放荡行为。《乱语塔》一案受审的则是被告,因为他的想象力、他创造的世界、他的思想倾向。《乱语塔》不过是道德败坏、污秽不堪的想象力的产物,悲剧性的情节缺乏亚里士多德的"净化"力量。《乱语塔》引起的是一个

---

① A. S. Byatt, *Babel Tower*, p. 601.
② 徐蕾、拜厄特:《神话·历史·语言·现实:A. S. 拜厄特访谈录》,《当代外国文学》2013年第1期,第160页。
③ A. S. Byatt, *Babel Tower*, p. 424.
④ Ibid. , p. 529.

残暴与邪恶的问题,与无罪的查泰莱夫人关于爱情、婚姻与语言的问题不同。他提醒法官刚刚结束审判的荒原谋杀案,主犯或多或少都受到了虚构文学作品的影响,萨德侯爵的书毫无疑问也摆在裴德的书架上。"不要认为那只不过是一本书,人人都为书所感动,生活可以因为这些虚构的作品而丰富、改变,或毁灭。"①的确,语言能够影响人的思想感情和伦理观念,能够净化人类灵魂、激励人类意志。但这并非意味着《乱语塔》失去了教育功能,作家伯吉斯就认为它是一部具有强烈道德教育意义的作品,它"说教色彩浓厚,以令人厌恶和恐惧的方式打动读者"。② 虽然态度不同,奥古斯汀与伯吉斯都认同书比现实表达更为直接。拜厄特在小说美国版本的前言中向读者说明了荒原谋杀案,提醒读者罪犯布兰迪确实在图书室藏有萨德的著作,并且曾经鼓励同犯亨德雷阅读这类书籍。《巴别塔》出版时,受害者已被埋葬在荒原,两位凶犯仍在监狱服刑。荒原谋杀案与《查泰莱夫人的情人》出版商审判案都是这一时期道德环境形成过程中的重要公众事件,对60年代后期英国文化的发展趋势产生重要影响。

在后现代主义语言观看来,说话的主体并非把握着语言,语言是一个独立的体系。在后现代小说中,语言不是事件或进程的表达、反映、象征,它并非与事件或进程一一对应,它本身就是一种事件,具有同样的自主性。人退居到语言载体的地位,被语言所控制,语言成为小说的主体。文学对历史与真实、真实与语言关系的质疑表现在"现代历史和现代文学都放弃了长期统治它们的再现之理想状态,两者现在均将其作品视为对新的意义的探讨、实验和创造,不再看作揭示、展现某种程度上已经存在,但无法马上看出

---

① A. S. Byatt, *Babel Tower*, p. 530.
② Ibid., p. 539.

来的意义"①。作为批评家,拜厄特十分清楚后现代主义对于语言的怀疑主义态度,却从未完全接受过这种观点。她曾清楚地表示,她的思想激情在一定程度上表现在自己对"语言与世界之间关系所感到的焦虑和兴趣中"②。她借弗莱德丽卡之口在后者的"现代小说"课上讲解《恋爱中的女人》时指出,小说由一系列语言构成,如同编织,有些地方厚些,有些地方薄些,小说在脑海中形成又在读者的脑海中再次加工,每次都有所不同。人物由语言建构,却又超越语言。一部小说同样由观念(ideas)构成,这种观念像另一层编织一样将所有人物联系在一起。弗莱德丽卡反复强调观念由语言建构,却又超越语言。语言的编织就像一张网。③

拜厄特由此对后现代主义的语言观提出了质疑。语言并非小说的至高无上的主体,控制人物的思想与行为。相反,作为主体的人的思想观念虽则由语言建构,却超越了语言,小说人物借此变得强大有力。弗莱德丽卡生来依赖语言,"没有词语就没法生存"④,甚至"在这个世界上,语言就是为了保证事物安全地各就其位"⑤。但她课堂上使用的小说、她自我的重要构成部分却被人放火烧毁。文字不复存在,语言瞬间成了废墟。然而,弗莱德丽卡对那些小说的思考与洞见却远未消亡,"唯有思想不会被毁掉"⑥。《恋爱中的女人》充满了视觉意象,它们不是真实画作,却因为"看不见的视觉图像"而彰显力量。读者需要想象那些画面,而人物就从我们的想象与不同想象的差异中获得力量。拜厄特深怀现实主义作家的社会责任感,她的智性书写、语言意识的目的是引发读者的思考,邀

---

① Lionel Gossman, "History and Literature: Reproduction or Signification". *The Writing of History: Literary Form and Historical Understanding*. Eds. Canary & Henry Kozicki (Madison: University of Wisconsin Press, 1978), pp. 38–39.
② A. S. Byatt, *Passions of the Mind*, p. 5.
③ A. S. Byatt, *Babel Tower*, pp. 214–215.
④ Ibid., p. 127.
⑤ Ibid., p. 41.
⑥ Ibid., p. 456.

请读者进入作品的建构过程,并通过个体建构之间的差异来获得力量。在拜厄特看来,语言可以变动不居,可以侵蚀现实,但最终的真相只有一个,那就是主体人的思考与观点。自我的实现不仅需要经济独立、身心愉悦,更需要"思维活跃"[①]。正如在《占有》中,拜厄特依据历史文件再现过去,在包括《巴别塔》的四部曲中,拜厄特将目光转向知识与思想。其中的小说人物热衷追求的不仅仅局限于"过去的知识",同时也关注当下的现实。

　　语言意识为当代现实主义提出了核心问题,带来了现实主义的转向,而非终结。此时的现实主义包含不同形式的问题,而不仅仅是内容的问题。[②] 拜厄特的"自觉现实主义"创作理念以社会写实为主,糅合、借鉴现代创作技巧而形成了一种新探索。它既在某种程度上延续了现实主义的基本原则,又不乏现代主义种种新颖创作技巧的兼收并蓄的艺术风格,她对于不同话语的领会代表了20世纪后期的小说创作倾向。当然,对形式的探讨并非小说的最终目的,对生活本质的探求始终是现实主义作家追求的目标。实际上,现实主义对于自身与现实的关系一直秉持自我反思的态度,它的核心议题是"以语言超越语言,去发现非语言的真实"[③]。对于拜厄特而言,跨学科知识背景令她在探讨语言背后之真相时显得游刃有余,刻画的人物思想丰富而深刻。像艾略特一样,拜厄特对知识的起源、大脑的运作功能、心理意象与领悟等曾经由男性主导的知识领域更感兴趣。对科学的兴趣丰富了她对遗传、思维、日常行为的看法,语言在得到关注的同时,也服务于小说求真的目标。

[①] A. S. Byatt, *Babel Tower*, p. 156.

[②] Stephen Heath, "Realism, Modernism, and 'Language-Consciousness'", p. 118.

[③] George Levine, *The Realistic Imagination: English Fiction from Frankenstein to Lady Chatterly* (Chicago: University of Chicago Press, 1981), p. 6.

三 《园中处女》：事实与虚构

《园中处女》反映了英国五六十年代社会变迁，显著的历史性题材使它常常被纳入反思历史的文化解读中，如泰勒（D. J. Taylor）视《园中处女》和《静物》为再现20世纪下半叶英国现实状况的社会小说和家庭小说，并给拜厄特贴上"社会小说家"的标签。范古德（Ruth P. Feingold）在博士论文中把《园中处女》与50年代社会文化文本互文参照，揭示小说与战后民族身份建构之间的微妙联系。另一方面，小说出版时恰逢现代主义与后现代主义交相辉映的时代，传统的现实主义写实技巧逐渐丧失了优势地位。而在拜厄特眼中，传统文学的活力非但没有终结，反而以共生而非对立的关系与文学创新并驾齐驱。她声称自己强调的是"旧的现实主义和新的形式实验之间奇妙的共生关系"。[1] 学者们继而从现实主义传统与后现代实验技巧的角度分析文本，试图厘清作家交融着现实主义和后现代实验色彩的创作风格。如肯扬（Olga Kenyon）称拜厄特"出色地融合了虚构性和现实主义"。[2] 狄森伯莉（Juliet Dusinberre）在对拜厄特的访谈记录中将《园中处女》置于传统现实主义小说之列，同时也承认其中的现代主义意象与自省性。她还指出小说具有现实主义和实验主义交织的特征，构建了多重的现实形式。

拜厄特在《园中处女》中搭建了现实与虚构两方舞台，所体现的并不仅仅是两种创作风格简单的"融合"，更可以视为拜厄特对这一时期现实主义衰落说做出的回应，表达了她对在后现代语境中再现现实的信心。在这部作品中，主要人物的现实生活与其内文本《阿斯特莱娅》的创作、排演过程混合交结，作品中演员的排演

---

[1] A. S. Byatt, *Passions of the Mind*, p. 151.
[2] Olga Kenyon, *Women Novelists Today: A Survey of English Writing in the Seventies and Eighties* (New York: St. Martin's Press, 1988), p. 82.

过程、读者的阅读经历、作者的创作焦虑都极大地影响着他们评判现实生活的准则。该小说曾经被称为"乔治·艾略特式的自然主义小说与普鲁斯特式的自我反思文本的结合"。① 如果说艾略特为拜厄特提供了现实主义的写作模式,那么普鲁斯特则为她提供了另外一双观察世界的眼睛,让她看到时间与艺术成为人类赖以定义与创造真实世界的手段。作品中现实人物与虚构意象相互交织,现实与虚构之间的冲突与制衡是建构整部作品的基石。

　　游弋于实验洪潮的同时,拜厄特始终为传统保有一席之地,其作品呈现出强烈的自觉意识,将现实主义与后现代实验主义、传统的写实技巧与明显的虚构结合起来。在这类小说中,拜厄特常常与她作品中的人物一道,不断探索语言与其指涉、艺术与其主题之间的联系与裂痕。她的小说以上述区别作为叙事特点或人物行动的焦点,表现为用小说人物的现实生活反映艺术作品。这种创作方式一改艺术作为"自然之镜"的传统,阐释的是现实如何模仿艺术。《园中处女》中的艺术性体现在剧作家亚历山大与时为高中生的弗莱德丽卡身上。在亚历山大的诗剧《阿斯特莱娅》中,弗莱德丽卡出演幼年伊丽莎白。想象中的伊丽莎白是真实存在的历史人物,而在诗剧中实现她、并激发剧作家创作灵感的弗莱德丽卡却是作者拜厄特创造出来的。因此更确切地说,这种创作方式是"以虚构的现实去模仿艺术"。②

　　第35章描写的花园彩排是小说的重头戏之一。当晚,小说中的人物在现实的舞台上出演一幕幕剧中的情节。弗莱德丽卡饰演的女王孑然一身、傲视群雄,却与她的爱慕者们不断周旋而乐此不疲。弗莱德丽卡自己因处女身份焦虑不安,却又无法即刻摆脱。与年轻的女王一样,她的身边不乏追求者,但其情有独钟的亚历山

---

① Juliet Dusinberre, "Forms of Reality in A. S. Byatt's *The Virgin in the Garden*". *Critique* 24. 1 (Fall 1982), p. 55.

② Julian Gitzen, "A. S. Byatt's Self-Mirroring Art". *Critique* 36. 2 (Winter 1995), p. 84.

大却对她无动于衷。彩排之夜,亚历山大陪伴在珍妮弗身边,弃弗莱德丽卡于一隅,次日清晨在送后者回家的路上,亚历山大拒绝了她热情洋溢的拥抱并私下里认为她是"对园中处女的戏仿"。① 诗剧的导演洛奇私下里也认为亚历山大的作品与弗莱德丽卡的身体有些相似——聪明而又呆滞。② 然而亚历山大领悟这一点却颇费了些周折,弗莱德丽卡十分符合出演伊丽莎白的要求,她的某些性格特征在诗剧排演过程中才逐渐为他所认识。亚历山大开始欣赏起弗莱德丽卡与自己方方面面的相似之处并"对她畏惧"——女人吸引亚历山大的正是她们带给他的恐惧感。一意孤行的弗莱德丽卡不顾亚历山大对她的评价而执意引诱他,然而,正如剧组演员、剑桥大学心理学教师埃德蒙德·威尔奇所说,亚历山大是不能被占有的,至少不是被像弗莱德丽卡这样的女孩占有。也许正是因为弗莱德丽卡始终被亚历山大视为艺术作品的表现,如果对她怀有激情,那终将是真实与虚构碰撞之后的灰飞烟灭。最终,亚历山大选择了离开。亚历山大为拜厄特小说的主题提供了另一种可能的结局——在《游戏》中,卡桑德拉坚信自己命陷朱莉娅的虚构小说而选择自杀;亚历山大却从他自己艺术作品的幻象中成功逃离。

弗莱德丽卡的弟弟、波特家唯一的儿子马库斯在剧中饰演奥菲莉娅一角。成长于战争年代的马库斯在音乐方面极富天资,但身心都营养不良的状态令他对周围环境及人物极为敏感,却也因此得以把奥菲莉娅的脆弱、温柔、孤傲阐释得淋漓尽致。然而,演出的成功却唤醒了他对自己女性体征的意识,使他生活在恐惧和性别身份的焦虑之中,以至于谈剧色变,一口回绝了出演《阿斯特莱娅》的邀请。马库斯的人格特征表现在小说对其两种幻觉的描写中——其一是下降或消失的幻觉,源于他儿时的"伸展自己"的游戏。处于伸展状态的马库斯会产生一种脱离肉体、意识弥漫于

---

① A. S. Byatt, *The Virgin in the Garden*, p. 440.
② Ibid. , p. 383.

广阔空间之感。其二是"光幻觉",不断变换的光线与现实中的物体错综复杂地交织在一起,虚幻的几何图形又带给他一种复杂难言的完整感。两种幻觉令其生活在虚实交错之中,产生强烈的孤独感。自然科学老师卢卡斯·塞蒙德为马库斯在出演奥菲莉娅时的表现所动,评价道"那时的你(马库斯)更像一种介质,而非演员。传递着另一种意识"。卢卡斯认为马库斯对意识拥有不同寻常的天赋,这种天赋"终将超越人类力量的极限"。对于马库斯来说,演出的过程如同"伸展自己"的游戏,唯一不同的是缺少稀薄的空气和伸展的空间——舞台上的他束缚于奇怪的装束、浓妆艳抹的黏腻皮肤、橡胶双乳、缠绕于四肢的裹尸布。① 这一内心感受却为卢卡斯所洞悉,令马库斯以为得到了一位可以信赖的倾诉对象。其后二者围绕马库斯的幻觉逐步加深交往,试图描绘幻觉的内容。这样的交往暗藏危机,因为最初联结二者的纽带奥菲莉娅就是一个虚构人物,其后延续二者联系的介质又是马库斯的幻觉。尽管马库斯在危急时刻为安慰卢卡斯声称"一切都是真实的,只是出了点岔子",卢卡斯却十分清楚自己的虚幻之雾:"我对你没好处。你生活在现实世界里。我却在幻影世界进进出出。"② 如此一来,将两个人都毁掉的恰恰是现实世界。

　　无论是弗莱德丽卡还是马库斯,伊丽莎白一世还是奥菲莉娅,对艺术作品的阐释都深深影响着人物的命运。弗莱德丽卡被亚历山大推回现实,马库斯则与一个幻影在现实世界同归于尽。同时,亚历山大也是通过艺术作品的演绎逐渐认识现实中的二者。这样的认识毕竟来自虚构,最终,他对弗莱德丽卡的热情在现实面前不堪一击,对马库斯与卢卡斯的关系也没能认清——在马库斯向他透露卢卡斯的异常举动并寻求帮助时,他认为那不过是蹩脚侦探小说中老生常谈的故事情节,不然就是校园男同性恋者的冒险传

---

① A. S. Byatt, *The Virgin in the Garden*, p. 76.
② Ibid., p. 406.

奇。小说人物越是敏感易察,越是难于跟上现实的步履,只得转身离去。

《园中处女》出版于20世纪后半期,这一时期对现实主义小说的质疑还源于语言观念的转变。语言成为任意的、虚构的、与"现实"相分离的符号体系,因此,用语言建构起来的世界和生活便同样与"现实"相分离。这种观点否定了现实主义存在及表现的可能性,进一步表明现实与虚构之间界限的模糊,给当时的作家带来了创作的焦虑。然而,通过分析英国当代小说,拜厄特却有自己独到的见解。她认为对语言的关注表现在当代作家采取一些实验创新技巧进行创作实践,并没有妨碍小说创作,"大量'实验'小说运用眼花缭乱的写作技巧,在某种程度上是为了使陈旧的形式和直白现实主义的再现合法化"。[1]

在《园中处女》中,现实由语言建构,语言决定现实。对于作家来说,小说是"一个言语的世界,每一时刻都由表现这个世界的文字决定"。[2] 主人公亚历山大恰恰印证了这一点,不同的文学样式表现了相距二十年的两个亚历山大不同的心境:"1953年的亚历山大试图以诗行去书写、去文本化历史与真实。1973年,他以散文形式去批评交流的模式。"[3]他被称为"一个文字建构起来的人物""一旦那些话语('我也爱你')被言说,就立即攫住了他……他使之成为真实"。[4] 其对于虚构意象而非真实人物怀有的激情表现为种种纷繁紊乱的现实经历。比如对于女人,他喜欢"与真实女人想象中的接触和与想象中的女人真实的接触"。[5] 前者的代表人物是情人珍妮弗。在她面前,亚历山大宁愿用文字描绘与之云

---

[1] A. S. Byatt, *Passions of the Mind*, p. 157.
[2] David Lodge, *Language of Fiction* (London: Routledge & Paul, 1996), pp. 46—47.
[3] A. S. Byatt, *The Virgin in the Garden*, p. 318.
[4] Ibid., p. 441.
[5] Ibid., p. 453.

雨的场面，写给她充满暧昧字眼的情书，却不愿付诸实践。他的爱只能以语言的存在为存在的前提条件。后者表现为对弗莱德丽卡的激情，这种感情在弗莱德丽卡卸下女王的面具做回自己时便不可避免地消失了。序言中提到，亚历山大同想象与真实女人的关系都不完整，即便他步入中年也依然如此："与女王的达恩利画像同在的此刻，仿佛面对这样一个女人——由于曾经对其有过伤害的企图而失去发展其他关系的可能。"①拜厄特以"想象的嗜好"（imaginary relish）定义亚历山大对爱的理解，赋予她笔下的作家在虚构意象与现实人物之间做出选择的权力。

　　与亚历山大类似，小说中的许多人物都具有一定的阅读积累，他们常常以其阅读经验为依据来品评生活。弗莱德丽卡便是一例，她的1953是实实在在的一年，在情感层面获得了许多新知——"家庭变迁、性、艺术、文化、成功、失败、疯狂、绝望、对死亡的恐惧"，在想象层面也没有空手而归——"更为深奥、持久的第一次：来自胡桃木橱柜的古老的声音低声呢喃着一个个开端与结尾——《太阳升起》《特洛伊罗斯与克瑞西达》《玛菲公爵夫人》《拉辛与里尔克》"。② 人物与文学作品的邂逅蕴含着一股强大的力量："人到中年时何以想象初次知晓这些形式的情形？人在年少时何以想象这些新认识的形式……会掌控整个人生的思维模式？"③狄更斯、劳伦斯、查泰莱夫人都曾成为弗莱德丽卡认识现实的媒介与工具。在为准备与亚历山大的晚餐而走进肉店时，弗莱德丽卡战战兢兢地说要两块猪排，因为"依稀记得狄更斯小说的男性角色通常觉得排骨是醇厚多汁的"。④ 再次阅读《恋爱中的女人》时，弗莱德丽卡忽然恐惧起自己也许就是戈珍，因为她也有一个被视为牢笼的房子、一个态度粗暴的父亲、一个厄秀拉似的姐姐，然而自

---

① A. S. Byatt, *The Virgin in the Garden*, p. 15.
② Ibid., p. 430.
③ Ibid., p. 430.
④ Ibid., p. 546.

己却不愿成为戈珍。在失去处女身份并告知威尔奇自己获得快感时,她想到查泰莱夫人的满足感。对弗莱德丽卡而言,小说中的虚构意象着实可以用来判断生活。

　　拜厄特承认对于过去的理解建立在对于现在的认识之上,只有通过与现在的类比,了解过去才成为可能。于是她的作品表面强调虚构性,实际却具有强烈的写实色彩,批评和创作始终贯穿着对过去的执着。小说中弗莱德丽卡的姐姐斯黛芬妮便被赋予了拜厄特个人对阅读和文学的热情。在讲授《古希腊瓷瓶颂》时,斯黛芬妮想到"这是她最喜欢的诗作,以充满悖论的方式讲述着你无法做到、也不必去尝试那些所谓必做的事情。……听不见的曲调似乎永远比人们希望听到的更受欢迎"。① 斯黛芬妮本人就体现着这种悖论。她惧怕婚姻,惧怕在现实中失去非真实的世界——她生命中的文学和语言。结婚前夜的惊梦让醒后的她在华兹华斯《序曲》第五卷中寻找根源,最终找到的是"一种不必要的恐惧,溺水、缺失、黑暗力量的恐惧,不知破坏者究竟是生活还是想象,不知二者在何处结合,不知面不改色的叙事者在何处讲述了一个可信的故事"。② 在答应结婚的同时她失去了、或者说埋葬了一个世界,因此"瓮必须被埋掉,世界正在淹没"。③ 这也表达了斯黛芬妮对于即将丧失主体身份的深深焦虑。

　　与此同时,拜厄特对于过去的关注也体现在时间的布局上:一方面,亚历山大与弗莱德丽卡以回溯性的目光审视50年代的自己,以现在的认识评判过去;另一方面,小说在故事主要情节发生的50年代与亚历山大描写伊丽莎白一世加冕的时代之间跳跃穿梭,而小说序言又讲述发生在1968年的一幕。过去与现在的联结亦是虚构与现实的交织,对凯利(Kathleen Kelly)而言,正是这种

---

① A. S. Byatt, *The Virgin in the Garden*, p. 101.
② Ibid., p. 332.
③ Ibid., p. 328.

复杂的时间模式使拜厄特得以在传统与实验、现实主义与自我反思性之间维系平衡。①

同样是在这一时期,巴特和福柯提出关于消解作者功能的阐述。巴特指出:"读者的诞生必须以作者的死亡为前提。"②福柯也指出:"在写作的游戏中,作者必须扮演死亡这个角色。"③这些阐述引发了一系列关于作者问题的讨论。拜厄特对这一理论自然不会置之不理,她看到,"很多作家,还有一些批评家,感觉到现代批评运动中的权威人物对作者和作者要求的权威持有的几乎是斗士般的对抗。"并认为"这在作家身上引发了新的能量和游戏性"。④弗兰肯注意到,拜厄特作为批评家接受后结构主义有关读者崛起的观点,但作为作家,她感受到来自"作者之死"的威胁。为了解决这一矛盾,"她把自己一分为二,把自己的两个言说主体分别称为'作为哲学家的自我'和'作为作家的自我'。"⑤拜厄特在虚构作品和批评作品中都表达了对作者权威的重视——在《静物》中,她将批评话语夹杂其间,并且在小说结尾,"真的把自己当成了上帝,杀死了……斯黛芬妮",⑥彰显了作为作者"生杀予夺"的权力。拜厄特始终强调作者的重要地位,认为读者的诞生并非以作者的死亡为代价,传统现实主义作家留给读者自由想象的空间甚至比后现代作家们营造的更为广阔。同时,拜厄特还以福尔斯的观点为作者的权威涂上自由的色彩:"既然在创作,小说家就依然是上帝。

---

① Kathleen Kelly, *A. S. Byatt*, p. 75.
② Roland Barthes, "The Death of the Author". *Modern Criticism and Theory*. Ed. David Lodge (London: Longman, 1988), p. 150.
③ Michel Foucault, "What Is an Author". *Modern Criticism and Theory*. Ed. David Lodge (London: Longman, 1988), p. 175.
④ A. S. Byatt, *On Histories and Stories*, p. 6.
⑤ Christien Franken, *A. S. Byatt: Art, Authorship, Creativity* (New York: Palgrave, 2001), p. 17.
⑥ A. S. Byatt, *On Histories and Stories*, p. 85.

……我们的首要原则不是权威,而是自由。"[1]由此可见,拜厄特的作者权威并非意义的强加,而是与读者进行协商,因而作者写作的自由与读者解读的自由具有兼容的可能。因此,拜厄特的作品看似在强调作者的权威,实则在努力营造作者与读者的对话维度,从而促使读者更具自省性地解读文本。

同时,拜厄特对默多克赞佩有加,曾出版两部研究默多克的专著。默多克在《拒斥枯涩的定式》("Against Dryness")中有关小说本质的论述和对"托尔斯泰式的'老式的自然主义人物观'"的辩护给了她很大的触动和影响。[2] 默多克认为,"文学永远是真实人物与虚构人物之间的抗争"。艺术家必须抵制在其艺术形式中寻求庇佑的倾向,因为那会削弱他对真实的感知。她还指出《李尔王》是少数几部能够以最高层次同时创造出真实人物与虚构人物的作品之一。伊丽莎白一世在位的44年是英国文化发展的一个重要时期,伴随着军事的强大和经济的繁荣,文化成就日益辉煌灿烂。文学,尤其是戏剧和诗歌进入了一个黄金时代。小说发生时的现实情况与之形成鲜明对照,在战后的50年代,不仅人的道德观念和行为在堕落,文学语言也面临着衰败和丧失的趋势。而亚历山大"对于力量与权威丝毫不感兴趣……(他)认为自己首先是一个诗人,其后是个教师"。[3] 把自己的作家身份置于首位,说明他尽管不屑于为了力量与权威在现实世界周旋,却十分珍视在自己的作品中获得的自由与权威。这样的态度使他不可避免地把艺术作品视为避风港,在现实世界则"沉溺于孤独之中,不愿被任何人叨扰"[4]。正如默多克警告的那样,对真实的知觉被其艺术创作大大削弱了,以至于艺术家常常游离在现实与虚构之间,终日郁郁寡欢。

[1] A. S. Byatt, *On Histories and Stories*, p. 85.
[2] A. S. Byatt, *Passions of the Mind*, p. xv.
[3] A. S. Byatt, *The Virgin in the Garden*, p. 25.
[4] Ibid., p. 453.

成长中的弗莱德丽卡曾经疑惑为什么莎士比亚要写一部《李尔王》而不是直接"不必费力地处理那些关于年龄、疟疾热、顽抗的女儿们、愚行、怨恨和死亡的可怕事实"。[1] 济慈为什么要写一部《西风颂》而不是与情人共度良宵或品味相思的甜蜜与苦涩。由于阅历甚少,她只能认为诗歌与戏剧所表现的内容要比存在其间的意象更为丰富。儿时的斯黛芬妮也不断地问及作家为何写下诗歌或戏剧,长大后她想"也许人类从未想过写下非真实的言语形式,他们也许仅仅是为了生活、梦想或试着讲真话"。[2] 小说家常常回过头来思考为什么要书写而不是简单地生活,拜厄特通过亚历山大揭示的原因之一便是作家借创作获得自由与权威,而这些他们在现实世界中总是难以企及。

《园中处女》中的人物生活在一个虚构与现实冲突不断、前者对后者侵蚀不断的世界里。小说中斯黛芬妮的丈夫丹尼尔是一个与亚历山大形成对照的人物,一个拒绝以文学形式领悟现实世界的人物,他始终生活在现实中,他"需要的……是实际的人,能找到解决实际问题办法的人"[3],并认为"真相好过想象"[4]。然而即便是这样的人物脑海中也萦绕着其父猝死的幻象,对马库斯的问题同样无能为力。小说收笔于作者退出虚构世界进入与情节不相干的纸笔画面——"那不是结尾,但是既然那已持续相当长的一段时间,最好就此打住"[5],宣告真实以非真实的文字形式存在。在质疑虚构意象与文学形式力量的同时,小说本身成为现实主义表现现实的一种形式,表现文本与世界之间复杂的互动关系。现实的世事性影响着话语秩序的建构;话语的秩序也深刻地影响着人类生活世界的建构。

---

[1] A. S. Byatt, *The Virgin in the Garden*, p. 135.
[2] Ibid., p. 101.
[3] Ibid., p. 69.
[4] Ibid., p. 357.
[5] Ibid., p. 566.

英国当代小说家考特(David Caute)曾断言:"现实主义已经燃尽了它的光芒,过时了,成了曾经活跃之力量的一个疲惫的影子。它必然要离去了。"[1]与对待许多诸如作者权威、艺术创作等文学理论问题的态度一致,拜厄特对此持既肯定又怀疑、既接受又抵制的态度。小说中种种现实与虚构对抗的复杂关系可以视为拜厄特对现实主义衰落说的回应。一方面,拜厄特受后现代艺术手法的影响,认为注重语言的自觉意识"使诗人感觉语言全部的指涉特点已经成为一种烦扰或羁绊",[2]此时的现实难以建构。另一方面,拜厄特并不因此摒弃现实主义,反而认为现代小说所体现的恰恰是对语言虚构性的关注和对现实主义的依恋等多方面的融合。用"现实主义"表现变化了的现实的确困难重重,但这并不意味着现实主义的衰落,更不表示现实主义无法再现现实,一部基于现实与虚构冲突制衡的长篇小说无疑是她对此最好的注解。

四 《静物》:隐喻的自然构成

文学作品中的语言问题可以从语言概念的逻辑构成与语言概念的自然构成两方面进行探讨。概念的逻辑构成原则是必然性,其方法是归纳和演绎;反之,语言的自然构成原则是经验,主要方法是隐喻。拜厄特在创作实践中,常常运用隐喻性语言来阐释观点,并以主导性隐喻作为选择小说形式的依据,《园中处女》与《静物》中充满了意象的隐喻。隐喻也是伽达默尔强调的概念形成的一种特殊语言性过程,在一个语词的意义从此物转到彼物、从而使新物成为可理解的过程中,概念被改变和扩大。语言既不是给予人的,也不是人所制造的,但任何人类世界都无法脱离语言。正是有了语言,人才拥有世界。

---

[1] Bernard Bergonzi, *The Situation of the Novel* (New York: Macmillan, 1979), p.218.

[2] A. S. Byatt, *Passions of the Mind*, p.158.

结构主义与后结构主义者将语言视为"封闭的自我指涉的符号系统",拜厄特对这一观点"有一些担心,也有一些兴趣,因为它们总是游离在现实世界之外"[1],对于声称我们只探究自身主体性的艺术立场也会担心并抵制。这种态度揭示了她试图弥合语言与现实、心灵与身体之间裂痕的愿望,因为词语是接近事物的条件中最为健康的形式之一。拜厄特相信,语言能够描述我们周围的世界,她的创作围绕虚构作品如何再现现实的问题展开,其关注的焦点依旧是语言。在利维斯的影响下,拜厄特对文学的道德力量、语言的至高无上及其捕捉人类经历之真的能力、世界内在的连贯性等问题保留了现代主义的看法。同时,在普鲁斯特(Marcel Proust)作品的启示下,拜厄特希望后现代主义文本"具有高度模仿性的可能……同时思考它本身的形式,及其形成的过程"[2]。拜厄特反对语言仅仅是符号系统的后现代语言观。她提出,"文学理论将语言视为自足的符号系统,与事物无关,但我认为并非如此。我并不是说词与物是一一对应的简单关系,而是相互交织,就像事物表面之上的花之网一般"。[3] 在《静物》中,她曾借小说中剑桥教师、诗人拉斐尔之语,批判结构主义与后结构主义将语言视为"封闭的自我指涉的符号系统"的观点,"词语不再与他们指称的事物相一致,人们对语言的自我意识愈发膨胀,将其视为人化物,与世界逐渐分离,只是一个为掩盖我们对事物的一知半解而织就的网络结构"。[4]

在创作《静物》时,正在研究福特、庞德(Ezra Pound)和W. C. 威廉斯(William Carlos Willams)的拜厄特笃信,"没有观念、

---

[1] A. S. Byatt, *Passions of the Mind*, p. 5.

[2] A. S. Byatt, *Passions of the Mind*, pp. 15 - 16.

[3] Nicolas Tredell, "A. S. Byatt". *Conversations with Critics*. Ed. Nicolas Tredell (Manchester: Carcanet), pp. 65 - 66.

[4] A. S. Byatt, *Still Life* (1985). (New York: Simon & Schuster Inc, 1996), p. 218.

只有事物"("no ideas but in things"),希望以一种平实而精确的方式描写出生、死亡,表现"事物本身",让小说从未分裂(undissociated)的乐园回到现代分裂(dissociated)的世界中,"让'玫瑰'一词绽放在真实的玫瑰之上,正如绽放在花茎上的玫瑰"[1]。拜厄特相信,语言能够描述我们周围的世界,这与伽达默尔语言观的核心观点——"语言不是符号"相一致。伽达默尔对这一观点的陈述从批判卡西尔(Ernst Cassirer)的语言学开始。卡西尔的语言学形式主义认为,语言的领域,包括神话、艺术,以及所有的文化领域,都是符号性的,即在语言之中不存在实质的内容,所有一切都是意识造就的符号。存在(being)只能在行动(action)中理解,"能被理解的存在就是语言""存在是本质性主体的表达"。[2] 卡西尔将文化的符号系统视为一种科学的符号化实行,在他看来,正是自然科学提供了所有精神活动的典型方式,科学而非艺术,最好地说明了"符号"所意指的内容。

语言具有科学的指称,同时也是有生命的存在。在概念逻辑的、科学的构成过程之外,还存在语言生动的、自然的构成。伽达默尔将这两种构成定义为追求概念的普遍性与追求实用的意义两种倾向,认为人类语言的发展就是靠不断追求这两种倾向之间无法完全达到的平衡而实现的。语言概念的自然构成过程与语言概念的逻辑构成完全不同,不像逻辑构成那般追随本质的秩序,相反,总是根据偶然性和关系而发生。对于小说家而言,为了让文学充满活力、纵声歌唱,将写作的乐趣与阅读的乐趣相结合,小说语言除了指称事物,还应包含审美需求,这种需求要求作家们的语言富于色彩和隐喻。20世纪60年代,作家"把整个文本视为一片领域,一片连贯的领域,其中某些词可行,而有些词则不然"[3],对语

---

[1] A. S. Byatt, *Still Life*, p. 218.
[2] 伽达默尔:《诠释学I:真理与方法》,洪汉鼎译,北京:商务印书馆,2007年,第544页。
[3] A. S. Byatt, *Passions of the Mind*, p. 133.

词的取舍恰是出于语言审美的需要。拜厄特对于现代作品中语言的优劣有着强烈的感受力,"一个优美的现代句子匀速展开,各部分以逗号松散地连接,感觉上像是一个假设,语气不确定,结构随意,似乎总是想要达到明知无法企及的精确性"①,描述的是优美语言产生表达的精确性与读者的愉悦感受。

按照伽达默尔的分析,语言概念的自然构成过程与基督教神学相关。柏拉图的《斐多篇》始于苏格拉底的死亡,宗教意味对后世影响深远。此处的宗教观点源于毕达哥拉斯学派所信仰的"奥非主义"(Orphism),强调人是自然的一部分,自然由一种规律所决定,不因人、不因约定俗成而生成。这种规律包括音乐与数学两种呈现方式,"奥非主义"因此强调数学与神秘主义的重要性。伽达默尔指出,当希腊逻辑思想渗透了基督教神学时,语言中心这一新的因素产生了,"正是通过这种语言中心,道成肉身活动的调节性(即神与人中介)才达到它完全的真理性。基督学变成一种新的人类学的开路者,这种人类学以一种新的方式用神的无限性调解人类精神的有限性"。② 语言取代逻辑,成为思想的中心,那么演绎法和归纳法作为一般思维模式就显得不恰当了。这种不恰当性正是伽达默尔提出语言概念的自然构成之缘起。

演绎推理的模式在传统的亚里士多德逻辑中,意指结论可从被称为前提的已知事实,必然地得出的推理。在语言的演绎模式中,语词所具有的一种先建立的意义、一般的意义,先于它们由于个别事例而存在;语词在个别语境中的应用在于把个别归入一般概念之下,即该语词的一般意义。但归入的过程中,概念无法改变,而且不产生超出前提里已蕴含概念的其他概念。因此这种演绎的模式不能解释概念究竟来自何处,或者不断进行的概念形成

---

① A. S. Byatt, *Passions of the Mind*, p. 130.
② 伽达默尔:《诠释学 I:真理与方法》,洪汉鼎译,北京:商务印书馆,2007 年,第 579 页。

的过程,过程总是随着语言的应用而出现。也就是说,演绎并不能说明共相由个别而规定、意义的产生依赖于语境,也不能说明通过个别讲话者在某特殊情况下,把语词应用于具体事件,因而形成概念的过程,这后一种过程正是伽达默尔所说的,在其中可以找到真正根据的"诠释学经验的东西"。[1] 通常情况下,在我们说话时,会把要意指的事物置于已有词义普遍性的语词中,却不能把说话认作将特殊事物置于普遍概念中的归类活动,因为说话的人指向对事物直观表述的特殊因素,他所说的内容分有了环境的特殊本质。另外,通过概念构成而被意指的一般概念自身,通过每次对事物的直观而得到充实,最终也会产生一种更适合于直观事物特殊性的、更专门的新语词。[2] 因此,说话尽管是以使用具有普遍意义的前定词为前提,但同时又确实是一个语言的自然构成过程,语言的生命就通过这种过程而使自身继续发展。

针对演绎和归纳的不恰当性,伽达默尔提出了相对于概念逻辑构成过程的语言的自然构成。语言自然构成的过程不存在对共同性的反思,类的普遍性和分类的概念对于语言意识不存在关联,而是一种经验的扩展。在这种扩展中,经验发觉相似性,因此隐喻是其基本形式,"发现共同性以及从中看出这种辩证的能力,在这里非常接近于语言的自由普遍性和语言的语词构成原则"[3]。"这里就存在语言意识的天才性,即它知道如何表达这种相似性。我们把这称作它彻底的譬喻(即隐喻),这种譬喻的关键在于认识到,如果把某个语词转义的用法认为是非本质的使用,那么这就是某种与语言相异的逻辑理论的偏见。"于是,在演绎和归纳中缺失的经验的特殊性就在这种转义中得以表达,而不是某种通过抽象而进行的概念构成的结果。但同样不言而喻的是,"通过这种转义的

---

[1] 洪汉鼎:《真理与方法解读》,北京:商务印书馆,2018年,第385页。
[2] 同上书,第385页。
[3] 伽达默尔:《诠释学 I:真理与方法》,洪汉鼎译,北京:商务印书馆,2007年,第581—582页。

方式同样也能达到对共同性的认识。所以思维就能够趋向语言为其准备的贮存,以达到自己的阐明。"①

伽达默尔以柏拉图《斐多篇》中的"遁入逻各斯"为例,说明这种隐喻的转义方式。当苏格拉底在解释前苏格拉底学派只是通过感觉去认识世界,从而产生不确定意见时,他说,幸好现在我们有另一种认识方法,即"遁入逻各斯",也就是说,不通过感觉而是通过理性去认识世界。苏格拉底将这种方法称之为"第二次最佳航行",以使用舵代替自然风,使船行驶。苏格拉底时常担忧,"如果我用我的眼睛直接转向事物并试图借助我的所有感官去理解它,我难道不是在使我的灵魂完全变瞎?因此我认为我对这种方式躲避是正确的,即我们讲事物,是为了在其中观察事物的真理"。这种躲避,就是"由于我既不能自己去发现这种真理,又不能从别人那里学会这种真理,所以我给出了'第二次最佳航行'的描写"。② 我们早先通过感觉来认识世界,正如前苏格拉底学派的哲学家,但其中存在的问题令我们必须进行第二次航行并遁入逻各斯,以便直观存在者的真理。"第二次航行"的内容就是"遁入逻各斯",这正是一种语词转义的隐喻用法。

隐喻是伽达默尔强调的概念形成的一种特殊语言性过程。在一个语词的意义从此物转到彼物,从而使新物成为可理解的过程中,概念被改变和扩大。然而这不只是语词的过程,也是语词应用、产生新意义的过程,因为正是语词被应用的新物才改变和扩大了语词的意义。归纳和演绎是非双方的、等级森严的和单向的:它们或者从个别到共相,或者从共相到个别,但不能同时是两者。反之,隐喻在于一种可双向的、摆动于两端的、循环的运动。此物像彼物,彼物也像此物,等级差别得到平衡。当归纳和演绎是思维的

---

① 伽达默尔:《诠释学 I:真理与方法》,洪汉鼎译,北京:商务印书馆,2007 年,第 580 页。

② 洪汉鼎:《一个诠释学经典范例:伽达默尔对柏拉图的解释》,《河北学刊》2017 第 4 期,第 20 页。

纵向模式,涉及"高一层"共相和"低一层"个别时,隐喻转换则在水平方向起作用。隐喻既不是下降也不是上升;既不是归入也不是抽象,它是一种横向的运动,正如演绎一样,隐喻开始于一个概念,但这是由于先前概念的变形。由于是水平方向的,隐喻拉平了个别与一般、陌生与熟悉之间的差别。① 如果我们有一种非常特殊的经验,并且想把它所有新奇的东西表现为以前从未表现的那样,那么我们几乎自然而然地会运用隐喻。

拜厄特在小说创作中,常常以恰当的主导隐喻来阐释想法,并依此决定小说应该采取何种形式。例如《园中处女》的主导隐喻是"变形",包括人的肉体变形为石头或草叶,伴之以语言作为花朵的隐喻;人类的激情则凝固为艺术品,如古瓮上的理石男女,华丽的诗性语言不过是思想的外衣。② 颜色模式方面的语词也一一相互对应——红色对应血,白色对应石头,绿色对应草木。这也是小说中诗剧《阿斯特莱娅》的隐喻结构的模式,舞台服装颜色会表现颜色对情绪的影响。不同颜色拥有不同的象征意义,"纯色珍贵,混合色则意味着变化与腐朽"。③ 小说的时间背景设定在伊丽莎白二世加冕的 1953 年,融入大量关于伊丽莎白一世作为狄安娜月亮与橡树女神(Diana)、正义女神处女座阿斯特莱娅(Virgo-Astraea)、圣母玛丽亚(the virgin Mary)、月亮女神辛西娅(Cynthia)等的符号意象。拜厄特以此回应艾略特关于诗性语言的历史及诗性意象的本质所阐释的观点。

在《静物》中,拜厄特的初衷是尽量减少对因果关系的描述,避免使用隐喻的语言。在谈到该作品的创作时,她坦言:"我决定写一部尽可能平实的小说,避免神话以及文化联想,甚至是一部放弃隐喻手法的小说。"④ 这样的观点成为小说中的剧作家亚历山大与

---

① 洪汉鼎:《真理与方法解读》,北京:商务印书馆,2018 年,第 388 页。
② A. S. Byatt, *Passions of the Mind*, p. 4.
③ A. S. Byatt, *The Virgin in the Garden*, p. 144.
④ A. S. Byatt, *Passions of the Mind*, p. 3.

她本人共同的创作观,在创作《黄椅子》时,亚历山大也曾打算使用平实、精确、不带修辞的文字。艾略特的"客观对应物"解决了拜厄特对事物与隐喻的焦虑:梵高的黄椅子,接着是他的花卉静物、向日葵、鸢尾花。所谓"客观对应物"是指"能够成为某种特定情感的公式(formula)的一组客体,一种情境,一系列的事件"。[①]"客观对应物"这一术语最早出现在艾略特关于《哈姆雷特》的评论中,"这出戏(《哈姆雷特》)远非莎士比亚的杰作,它确定无疑地是一个艺术上的失败"。原因在于,哈姆雷特的恐惧和厌恶等感情在剧中没有得到充分的表达,没有找到"客观对应物",也就是特定的事物、情境或事件的组合造成特定的感性经验,即那些立即可以唤起特定情绪的东西。在这里艾略特批评莎士比亚,是因为作家和剧中人物哈姆雷特没有在剧中将强烈的情感外化。他又以莎士比亚的另一著名悲剧《麦克白》为例,说明莎士比亚如何用动作、语言和形象来表现麦克白夫人梦游时,及麦克白听到妻子死讯时的思想感情。[②] 在艾略特看来,艺术作品中的情感表现要通过对相关的外部事物的描写间接地表现出来,而不是通过情感的外化直接地表现出来,因为既然它不是"诗人头脑里的感觉、情感或想象",那就一定存在某种媒介物——"一组客体,一种情境,一系列的事件"。只有通过这些媒介物,作者和读者才能交流,它们是读者反应的基础,是找出意义指涉的基本依据。

拜厄特设计了多种手法以表明,《静物》是关于简单命名以及模仿的文本,同时延续第一部小说中随处可见的隐喻。对于斯黛芬妮死亡的描写更为具体地诠释了这一渴求。死亡场景描写了斯黛芬妮尝试去解救被猫带进房子的麻雀,由于接触未接地的电冰箱而遭电击身亡。死亡时刻的描写仅占短短一个段落的篇幅:"之后电冰箱猛地一击。疼痛传遍全身,噼啪作响。此刻斯黛芬妮只

[①] T. S. Eliot, *Selected Prose of T. S. Eliot*, p. 48.
[②] Ibid., pp. 47-48.

有一个想法——'就是这个',枕头上的小脑袋随之闪过她的脑海,'噢,孩子们怎么办?'接着又跳出一个词:利他主义,惊讶过后是黑暗的疼痛,更多的疼痛。"①在这段描写中,拜厄特试图剥去文学作品中死亡的种种神话、迷信、传统的外衣,既摒弃维多利亚时期浪漫、感伤、神秘的倾向,又排拒现代、后现代黑色、荒诞的作品风格,以最直接、平实的方式呈现给读者。这种语言风格恰恰是斯黛芬妮钟爱的华兹华斯所推崇的。在《心灵的激情》中,拜厄特承认这一尝试的失败,因为"黄椅子"本身就是一个隐喻,一个"将心理、文化、宗教、美学结合在一起"的复杂的隐喻,②黄椅子的初衷是展现简单的命名、平实的语言,但黄椅子本身具有的隐喻是作家无法逃避的。尽管如此,读者仍可觉察她为此所作的努力,这是作者作为一个具有自我意识的小说家对于词语选择的思考,也引发了读者对语言本质的思考。为此,拜厄特专门设计了剑桥教师、诗人拉斐尔的讲座来表达自己的见解:"隐喻……仅仅是我们试图使事物之间的相似性具有意义的网络结构。"③这幕死亡场景的描写中除了麻雀具有某种象征意义,电冰箱的"击打"和脑海中跳出的"利他主义"多少可以令读者联想起她的生活状态,最后的话语则相当直接明了——"就是这个"。

斯黛芬妮自《园中处女》一出场便因丰满的身材、对幼猫的照料而成为生命力的象征。在《静物》中,拜厄特描写她两度孕育新生命,并以"生长的事物"为标题,以细腻的笔触精心地描绘斯黛芬妮的儿子威廉咿呀学语,救护猫妈妈及其幼崽的过程,还有后花园里繁茂的蔬菜、瓜果、花草。植物、动物、人,这一切都在她的精心呵护下欣欣向荣,她本人也"沉迷于生长的事物"之中。④ 拜厄特还插入自己的评论:"小说源于一个隐喻:一个年轻女子,带着孩

---

① A. S. Byatt, *Still Life*, p. 334.
② A. S. Byatt, *Passions of the Mind*, p. 8.
③ A. S. Byatt, *Still Life*, p. 218.
④ Ibid., p. 243.

子,凝视着托盘中的一抔土壤,刚刚出芽的幼苗苍白衰弱,在求生的挣扎中奄奄一息。女子手中是一幅花朵的照片和一个亮闪闪的种子包。金莲花、大蔓藤种子混杂在一起。"① 生命的种子和生命的延续都在斯黛芬妮的手中,挣扎着的她却失去了生命。

《静物》中另外一处重要的隐喻是医院。福柯指出,医院不仅是一个医疗机构,"可以说,它是一个半司法机构,一个独立的行政机构。……医院是国王在警察和法院之间、在法律的边缘建立的一种奇特权力,是第三种压迫秩序"。② 而"现代医疗卫生制度和健康政策,在实质上就是一种'疾病政治学'",是现代西方政治制度的源头。国家借助完善的新型医疗制度,一方面表现出对全民生命的关怀,另一方面又顺理成章地完成了对全社会的生命历程的控制和统治。这一想法与桑塔格(Susan Sontag)在《疾病的隐喻》(*Illness as Metaphor*)中所阐释的观点不谋而合。在桑塔格看来,所谓公共福利的医疗模式,"不仅为权威制度提供了有说服力的正当性,而且暗示国家采取压制和暴力的必要性"。③ 疾病的隐喻俨然已经被赋予了浓重的政治修辞色彩,成为国家机器压制民众的工具。毫无疑问,在西方逻各斯中心主义的健康/疾病这一二元对立关系中,疾病是被排斥和被边缘化的一方。被排挤的疾病因而没有与健康同等的身份和地位,作为人类生理现象的疾病本身被健康所代表的主流话语所压制,而这种压制则是由隐喻来完成的。在所谓共同的想象和权力话语的策划下,疾病被赋予种种隐喻,而疾病的承载者则被这些疾病的隐喻扭曲成了被排除在正常人之外的"他者"。福柯在《词与物》中阐释了文化作用下的词与物的分离,而疾病及其隐喻正是文化霸权下词与物分离的体现,

---

① A. S. Byatt, *Still Life*, p. 254.
② 福柯:《知识考古学》,谢强、马月译,北京:生活·读书·新知三联书店,2007年,第57页。
③ Susan Sontag, *Illness as Metaphor and AIDS and Its Metaphors* (New York: Picardor USA, 2002), p. 5.

被怀有各种目的的文化阶层异化和边缘化的疾病丧失了其本来面目,如同现象与本质的剥离。现象代替了本质,疾病本身被其隐喻所遮蔽,而被隐喻"他者化"的患者则无法获取其应有的正当身份。福柯还提出,古典时代对身体的操纵、塑造、规训发生在两个领域,一是解剖学——形而上学领域,另一个是技术——政治领域,由一套规定和与军队、学校、医院相关的、控制或矫正人体运作的、经验的和计算的方法构成。①而后一种领域将控制力从暴力转移到关于生存、健康等生命技术的层面上。进入现代社会之后,这种控制力渗透到日常生活的方方面面和个体生老病死的各个阶段。

斯黛芬妮产前的医院经历生动地再现了医疗机构的权威对女性的控制和干预。斯黛芬妮怀孕后,在一家由战时军事医院改造而成的妇产科医院接受孕期检查。医务人员的专业知识让需要特殊关照的孕妇踏入一个权力关系的场域。在这里,待检的孕妇们需要忍受资源匮乏导致的长时间排队、空间狭小拥挤、毫无私密性等恶劣条件。她们把自己交给掌控着专业医学知识的医务人员,顺从地听由他们检视自己,无条件地接受权力方对自己的漠视与技术干预。一场不幸流产的悲剧令斯黛芬妮最终爆发:"这个地方会改变一个人。"②在医务人员与孕妇之间形成的规训与被规训的关系中,即便是斯黛芬妮这样接受过高等教育的知识女性,也要面对来自现代医疗机构话语霸权带来的无奈与愤怒。

医生将怀孕和生育定义为某种具有多种表征的疾病,需要得到来自专业知识引导的临床医学技术的管理和控制,"那个时候人们把怀孕理所当然地作为一种疾病看待,而且认为女性拥抱新生儿不利于她的健康"。③在生育的过程中,医务人员的强制性干预将这种霸权发挥到了极致。他们用抽象的知识来解释具体的病

---

① Michel Foucault, *Discipline and Punish: The Birth of the Prison* (1977). Trans. Alan Sheridan (New York: Vintage Books, 1995), p. 136.
② A. S. Byatt, *Still Life*, p. 19.
③ Kathleen Kelly, *A. S. Byatt*, p. 65.

例，用脱离身体的理论来解释日常经验中的个案。医生们将女性对于自己身体的认识与感觉视为无知的表现，认为所有关于妊娠的有用知识都来自于科学的医学知识。因此，医生与孕妇之间的矛盾冲突实际上是两种知识体系之间的较量。最终，斯黛芬妮逐渐抛弃了对产科接生机制的排斥心理，接受了医院对受规训者的驯化作用。因此，她走进医院生育第二个孩子时，已经对医学权威习以为常，做好了充分的思想准备。①

格拉汉姆（Gordon Graham）在《艺术哲学》（*Philosophy of the Arts*, 2000）中探讨了艺术，尤其是文学作品中突出的认知问题，他以"隐喻"意指认知结果。这对所有基于知识的认知理论提出问题：这种"启示"或"提升"的理解是如何表现出来的？我们是否应该期待伟大的文学作品比稍逊一筹的文学作品更好地理解人性与世界？拜厄特在《吹口哨的女人》中书写了大段认知心理学家品斯基的开幕发言《思想问题的隐喻》，他以称赞维基诺贝尔的论点开场，指出人类离开隐喻和类比便无法思考，并相信大脑、神经系统、思想是一回事；②里昂·伯曼提交了关于两派之间辩论的论文：一派认为特定的神经元具有十分具体、精确的功能；另一派为整体主义者，或称格式塔论者，则相信复杂网络结构的可适性功能；③关于文学的论文主题还包括乔治·艾略特《米德尔马契》中解剖学、知觉、组织学以及结缔组织的隐喻，劳伦斯作品中的血液与精液、莎士比亚作品中的血液与大脑；神学家霍利探讨了化身观念，认为上帝是有血有肉的生命之躯。④ 这些论文充满了对语言思索的过程，包含着人类对隐喻与真理的追求与向往。然而，并没有证据证明这类作品的读者对人性特点的理解像心理学家、社会科学家，甚至哲学家那般丰富。也许正如普曼所说，这些读者从经

---

① A. S. Byatt, *Still Life*, p. 301.
② A. S. Byatt, *A Whistling Woman* (2002). (London: Vintage, 2003), p. 353.
③ A. S. Byatt, *A Whistling Woman*, p. 360.
④ Ibid., p. 363.

典作品中获得更多描绘的来源与广泛的所指,据此对人类世界进行描绘与讨论,但这并不等同于洞见或理解。伟大的文学作品产生于非凡的创造性想象,他们通过语言艺术探索人类最为关心的问题,这需要一种与阅读哲学或科学完全不同的欣赏模式。

相对于《园中处女》中的意象隐喻,拜厄特在《静物》中更为关注的是简单的命名与模仿。如果说前一部小说出自未完成的关于文艺复兴时期宗教隐喻的博士论文,那么《静物》则受到福柯后文艺复兴命名观点的影响。为了探寻后文艺复兴时代词语与事物的关系,拜厄特研读了福柯的《词与物》(*The Order of Things*, 2005),曾分析福柯关于文艺复兴时期语言与世界、词语与物体、思想与知觉的论述,并承认《静物》正是受到福柯对古典时期命名观点的启发而写成。[1] 文艺复兴时期,西方文化的知识构造原则是"相似型"。那时,词与物之间没有裂痕,符号决定了人们可以知道什么,以及怎样表达知道的东西。这一时期的知识就是发现物与物的相似,这种相似性使得宇宙成为一个整体,而语言仅仅是世界的一个组成要素。因此,语言和事物之间的关系是一种类比关系,而非指涉关系。语言本身与世间万物一样,是世界的一部分。这个时期的符号系统包括能指、所指、联结(Conjunctive)三个维度,即拜厄特所说的能指、所指、相似三个元素。因为词与物不加区分,书面语在这一时期显得非常重要。书面语成为上帝的创造,作为语言的积极方面,它先于转瞬即逝的声音,让词与物的联系更加密切。思想在身份/差异的二元对立体系中形成,而"相似既是符号的形式,也是符号的内容,因此,这个结合体中的三元素组合成一个单一形式"[2]。能指和所指之间联结、相似,而非一一对应,为解释提供了动力与空间。

---

[1] A. S. Byatt, *Passions of the Mind*, pp. 9–10.
[2] Michel Foucault, *The Order of Things* (New York: Vintage Books, 1973), p. 42.

在《静物》中，拜厄特通过看似简单的命名将非隐喻关系的事物联系起来。尽管她发现自己因刻意模仿福楼拜的写作风格而扭曲了头脑中的意象，但还是不想放弃命名并描绘这个祛魅的世界，"命名就是给一个再现以词语再现，将那再现置于一个全景之中。"①利科曾细致论述亚里士多德的"看"——看到相似，"名字的神秘性在于，它依赖视觉想象、命名的行为，在它本身和客体之间制造差距"。拜厄特的文本将梵高那些坚实的花朵、色彩与马拉美想象的娇艳花朵联系起来，马拉美的花朵由隐喻命名并描绘，与梵高画作中的花朵同样娇媚。正如维特根斯坦所说，"命名似乎是一个词同一个对象之间的一种奇特的联结。——而且当哲学家盯着他面前的对象并且多次地重复一个名称甚至只重复'这'这个词，企图以此来揭示名称和事物之间的这种关系时，你真的就得到了这种奇妙的联结"。在命名中，"我们可能真的会幻想命名是心灵的某种奇异的活动，好像是对一个对象施行的洗礼。而且我们好像还能够对这个对象说'这'一词，用来称呼它——对这个词的这样一种奇怪的使用，无疑地只有在研究哲学的时候才会发生。"②语言存在于日常生活之中，离开了语言的使用，语言也就失去了意义。

在分别讲述亚历山大同事的儿子赛蒙与斯黛芬妮的小女儿玛丽这两个新生儿的取名经过之后，拜厄特对名字的深层含义做出一番评论。她认为命名即权力的赋予，其中包含文化意义和基因的生物模式："基因的模式是生物的、化学的，同时也是人类的历史。命名是文化的，也同基因一样属于不同模式的历史。"③这种命名的法则并非属于文学艺术或者政治学范畴，而是属于生物学范畴。拜厄特认为这实际上是一种新的权力技术，它以生命权力

---

① A. S. Byatt, *Passions of the Mind*, p. 10.
② 维特根斯坦：《哲学研究》，陈嘉映译，北京：商务印书馆，第 22—23 页。
③ A. S. Byatt, *Still Life*, p. 270.

的名义藏匿于现代权力关系之中。动物世界中的名字更加明显地带有人为安排的色彩,例如小说中的动物学家提到的蚂蚁社会。蚁群常常被比作构成一个人的细胞聚集体,人们以己之见给蚂蚁取名为蚁后、工蚁、兵蚁、寄生蚁,并以己之见命名它们的社会行为,谈论其等级与类型。小说中的动物学家科布在关于蚂蚁社会生活的讲座中指出,不要以人类生活的眼光来审视蚂蚁的生活。科布感兴趣的是蚂蚁社会的指导思想,它们如何划分等级?如何决定谁做什么?弗莱德丽卡的剑桥同窗、诗人休·品克在谈到自己的名字时指出,"名字都是命中注定的,人要学会适应给定的名字"。① 他自称品克(Pink)不像是一个拥有绯红双颊的诗人的名字,这个名字甚至是一个诗人需要克服的障碍。于是人们常常会试图改变命运的安排,克服名字带来的种种不利。

　　语言成为人类与世界共同话语的一部分,关于语言教学理论的书写最终也归结于对人类主体与语法规则的认识,尤其体现在儿童的语言教育方面。在《巴别塔》的内文本《乱语塔》中,卡尔沃特一行人期望建立一个理想世界,在这个世界里,嫉妒与偏爱不复存在,儿童是所有人关爱的对象。在新的教育理念之下,孩子们将拥有选择适合个人学习进度、内容与方式的权利,"强加给学生们清规戒律只会改变与扭曲他们的心灵,比如,盲从、重复记忆无法理解诗句或数字、透视法、道德箴言。一切都应该是真正的发现,一切问题都要待孩子们迫切需要时才得到回答。"并且"成年人要向儿童学习,因为儿童是自然的产物,他们带着自然的能量与精力脱离母亲的子宫"。②

　　这是《乱语塔》作者裘德描写的乌托邦式教育模式,"裘德"这一名字暗示了他那哈代笔下"无名的裘德"般边缘化的人生。在审判《乱语塔》的法庭上,他回忆起儿时的经历,讲述自己被送到斯温

---

① A. S. Byatt, *Still Life*, p. 214.
② A. S. Byatt, *Babel Tower*, p. 205.

伯尔寄宿学校接受教育,很少得到父母的关爱。他在语言方面极具天赋,在学校排演的所有莎剧中都饰演主角,英文教师也认为他的前途一片光明,奖学金、大学、诗人将是他未来的人生轨迹。尽管如此,裘德终因学不会察言观色而无法继续在那里生活,16岁时因不堪忍受学校的严酷制度而逃离学校来到巴黎,从此与父母断绝了联系。于是,在《乱语塔》中,裘德虚构了领导者卡尔沃特起草的《法则备忘录》,这是在理想社会中最优化地进行劳动力分工的基础,教育体系、衣着方式、语言新形式等问题都在这样一个劳动力分工框架之内予以讨论。卡尔沃特在演讲中质疑机构,认为在他们离弃的现实社会中,"邪恶的等级与压迫来自于我们没有勇气去质疑的机构"。在那里,儿童成长于家庭之中,知识分子、君主制度、基督教、教育地点等都效仿家庭模式而建立,这是"权力、法律、狭隘的忠诚、等级、排他且狭隘的情感与特权的结构",所有这一切导致压迫、非理性以及私有财产和个人贪念的产生。在这样的背景之下,教师与学生之间存在着教育专制关系,与婚姻、家庭、父权的专制一脉相承。机构的制约危害了人类自然的冲动和天性,而人们对这一丧失人性的机构还缺乏深入的研究。[①] 教师被冠以童年时代的暴君之名,"趁我们既无力量又无知识反抗之时牵引着我们的意图"[②]。

在裘德的意识中,压制人类自然天性最典型的代表是师生之间的教育专制关系,罪魁祸首是机构——学校。而在《巴别塔》的叙事主线中,拜厄特描写了斯蒂尔福思语言教育委员会这一学校监管机构,围绕语言教育展开了一系列思考与论辩。委员们从语言习得理论与认知心理学理论的高度出发,研究儿童的语言习得规律,并以此制定学习计划与方针政策,监管学校的语言教学情况。他们将对中小学英语语言的教学问题提出建议,包括阅读教

[①] A. S. Byatt, *Babel Tower*, p. 65.
[②] Ibid., p. 284.

学运用声音还是视觉,语法教学具有哪些优缺点,针对修正与规则如何进行自由表达等具体问题。哲学家、教育家布伯(Martin Buber)所提出的教师拥有无上权威的观点,令教学问题被提升到哲学问题的高度。教师的权威继承自其文化背景,但随着文化权力的逐渐瓦解,这一观点逐渐显露出"权力意志"的弊端。与之相对的另一极端是过分强调"爱"的力量,权力退化为理想中的师生相互依存、充满慈爱的模式,从专业的教学关系退化为单纯的个人关系。这种关系很难在教师与学生之间长久地保持,因为它依靠的是诚信与耐力。委员们追溯自己孩提时代的学习经历发表各自见解,并分裂为遵循"规训与权威"和崇尚"爱与自由"的两大阵营。①

布伯对教与学主体关系的论述延伸至对教学氛围及语法规则的认识中,认为学生必须学习语法。崇尚"爱与自由"的一方则认为,语法是一个陷阱,象征着一种压迫。学生应该在自由宽松的环境中顺其自然地学习语言,"一旦明白儿童在造句方面的天赋,我们就不必急于强迫训练"。② 学生不需要读懂弥尔顿、多恩,他们只需要学会如何写求职信和读政府报告,学习的目的从"理解"演变为"运用"。在解释其教育理念与强调语法重要性的原因时,北约克郡大学副校长维基诺贝尔指出,"如果对如何描绘思想的结构一无所知,我们就无法分析它们的本质与局限"③,他认为,学校需要讲授语言的形式。此处似乎出现了一种矛盾的情形,一方面,拜厄特支持"儿童是成人之父"的浪漫主义观点,亲近自然的他们代表人类美好的天性;另一方面,"爱与自由"一方却忽视了文学语言的重要,仅仅着重于语言的交流与应用功能,而不是语言内容本身,即在弥尔顿、多恩诗行中的力量。这将视线拉回到前文关于语

---

① A. S. Byatt, *Babel Tower*, pp. 188-189.
② Ibid., p. 143.
③ Ibid., p. 186.

言内容与形式的讨论中。

出于对隐喻运作机制的好奇,拜厄特曾经阅读利科的《活的隐喻》(La Metaphore Vive,1975)一书,发现利科对于隐喻中的标志性元素(iconic element)或时刻(moment)的讨论价值重大。利科认为,隐喻是活的,是恢复我们关于世界的知觉的原则,以此唤醒重新理解世界的创造性能力。他从修辞学、符号学、诗学、语言学等角度,重新看待语义辞格核心的隐喻。在导言中,利科将隐喻的问题分为几个层次:一为古典修辞学与文艺复兴修辞学,二为与现代语言学及符号学相关的隐喻概念,以索绪尔及本维尼斯特的语言符号理论为出发点,梳理了话语与字词中的语义。句子构成一个由单词组成的整体,而这个整体不能被归结为各部分的总和,即单词本身代表某种意义是因为它是句子的成分。[1] 如果仅从符号的角度看,字词是意义的最小单位。根据语义学与符号学在这一问题上的对立,利科提出了张力(tension)与替换(substitution)两个概念,前者适用于讨论整个句子中的隐喻,后者用于讨论独立的单词如何达到意义的效果。利科指出,隐喻的"视为"既是经验也是行为,是心理意象的接受也是理解的刻意行为,它同时接受相同与差异并相互依赖。他以维特根斯坦的"鸭兔图像"为例,说明在隐喻中,本体与喻体都已给定,是人的头脑形成了格式塔(Gestalt)。通过考察句子层面的隐喻,利科扩充了传统修辞学的隐喻的内涵,并由此进入了诠释学层面的研究,提出在理解过程中通过反思,把握一系列作为中介的象征和符号中所蕴含的人类存在的意义。

对于伽达默尔而言,隐喻不仅是一个核心概念,也是一种思维方式。在推论次序中每一语词修正、规定其他语词,同时又被其他语词所规定。由于这种相互性,最终我们无法区分语言是原义的

---

[1] Paul Ricoeur, *The Rule of Metaphor: The Creation of Meaning in Language*. Trans. Robert Czerny, Kathleen McLaughlin, & John Costello (London: Routledge, 2003), p. 77.

还是隐喻的,因为原义的与隐喻的两个领域融合在了一起,同时忘却了作为隐喻的领域。这表明,在隐喻中包含了一种原义与隐喻的视域融合的模式,这种模式本身也属于诠释学的循环。因此,"隐喻的转换就是传承的语言类似物:两者都包含同一的继续过程,在这一过程中,不仅概念被形成,而且共同意义也被形成。"①

关于语言修辞本质的思想,解构主义批评家德曼(Paul de Man)将其追溯到尼采。在《论尼采的转义修辞学》("Rhetoric of Tropes [Nietzsche]")一文中,德曼称尼采为语言理论开启了一个新纪元,因为传统的语言观认为,语言的本质是指称事物或表现意义,而尼采首次提出转义(tropes)才是语言的真实本质,语言由此开始被看作是比喻性的或修辞性的。② 承认语言的转义性质,意味着指义出现偏差、歧意的情形不可避免,无法如从前那样"自然地"指称事物或表现意义。尼采认为,修辞不应被理解为一种语言的装饰,或是从固有本义命名中衍生出来的引申意义。修辞不是语言所派生的或者畸变的一种形式,而是"优秀的语言学范式"。他认为所谓可以用于指涉用途的、非修辞的"自然"语言是根本不存在的,"语言本身就是纯粹的修辞诡计所产生的结果","语言的本质依据着事物的本质,正有点像修辞学依据着真实之物"。③ 语言就是修辞,因为它的意图只是传达一种观点,而不是一个真理。尼采的后知识语言观洞见揭示了几千年来西方知识传统对语言性质的误解,声称真理在于"隐喻、转喻和以人拟神的动态宿主"的事实中。由于概念构造中的基本隐喻性质,存在着一系列从网膜图像的神经刺激(第一隐喻)产生的创造性飞跃,并像能指(第二隐

---

① 洪汉鼎:《真理与方法解读》,北京:商务印书馆,2018年,第388—389页。
② Paul de Man, *Allegories of Reading: Figural Language in Rousseau, Nietzsche, Rilke, and Proust* (Yale University Press, 1982), pp. 103 - 118.
③ 尼采:《古修辞学描述》,屠友祥译,上海:上海人民出版社,2001年,第9页。

喻)一样坚实可靠。① 隐喻并非游离于语言之外,并不会对语言的语义产生影响,隐喻是语言本身必然的一种性质,语言本身就是一种隐喻。

---

① Friedrich Nietzsche, "On Truth and Lie in an Extra-Moral Sense". *The Continental Aesthetics Reader*, Eds. C. Cazeaux (London: Routledge, 2000), p. 55.

第四章 自然观

一 自然与语言

广泛的阅读兴趣与文本指涉令拜厄特跨越了艺术与科学的界线,在虚构小说和批评作品中都表现出对于自然历史与科学研究的浓厚兴趣。她发现自己"关心的作家"都对各自时代的社会状况拥有比较全面的认识,并"深深沉醉于那个时代的科学发现"①,例如艾略特与柯勒律治。在书写于理论盛行的时代、探讨语言本质问题的《巴别塔》中,生物学家、语言学家、语言教育家们不断发出科学知识的声音,甚至令小说充斥了大量的权威性观念。科学知识话语与其他包括宗教、文学、艺术、语言在内的学科话语的交织,展现出这些原本看似自足的知识体系之间的关联,拜厄特"成功地将她小说中的主题——语言、社会、文学和科学——与一系列优雅连贯的隐喻结合起来"②。斯特洛克(June Sturrock)赞赏拜厄特的小说充满"各种各样复杂、迷人、相互联系的人类知识"。③ 但是,正如索罗森所批评的,这里的"人类"一词很难让人认同,因为

---

① A. S. Byatt, "Fiction Informed by Science". *Nature*, Vol. 434, 2005, p. 294.

② Alexa Alfer & Amy Edwards de Campos, *A. S. Byatt: Critical Storytelling*, p. 78.

③ June Sturrock, "Angels, Insects, and Analogy: A. S. Byatt's 'Morpho Eugenia'". *Connotations*, Vol. 12.1(2002), p. 93.

知识实际上超越了人类的界限,[1]作品中的科学知识书写既包含语言结构、教育理念,也不乏有关自然界物质的思考与讨论。从20世纪90年代起,拜厄特小说中的后记致谢常常包含科学家与科学著作或论文。她本人也曾与科学家直接对话,例如1993年与进化论生物学家琼斯(Steve Jones)的对话,对四部曲和《传记家的故事》的创作影响颇深。科学家常常使用抽象与隐喻拓深洞见、交流思想。琼斯甚至认为基因拥有语法与词汇,呼应了流行的"基因语言"的观点。他进而提出二者更多的相似性,认为语言和基因都会进化。每一代都会存在传播的错误,随着时间流逝,足够的差异积累会产生新的语言,或者新的生命形式。[2]

语言与自然的关联首先体现在隐喻问题的延续中。在面对一组草目的名称时,拜厄特强调,名字实际上就是小小的隐喻,有些还是双重的隐喻。他们是萨特笔下无法命名经历的反像,因为具有内在的隐喻性质。拜厄特以花名仙客来(Cyclamen)为例,指出该词并非仅停留在描述层面,而是斯黛芬妮与婆婆的隐喻。拜厄特原以为cyclamen的词根是cycles,与《园中处女》中的生、死、复活相关联;实际上,cyclamen因球茎circular而得名。与花朵同时在脑海中浮现的是花朵变形过程的形态、气味、颜色,弥尔顿的语言之花、马拉美的语言之花,从玫瑰色到象征着忧郁与死亡的紫颜色。于是,仙客来与其他文本,与穿紫色的奥顿夫人、与语言之花相交织,文本最终活了起来。拜厄特借小说中剑桥教师、诗人拉斐尔的讲座表达自己的见解:"隐喻……仅仅是我们试图使事物之间的相似性具有意义的网络结构。"[3]言语符号(verbal icon)成为拜厄特的朵朵仙客来。隐喻展现了一个开放的空间,语言本身成

---

[1] Susan Sorensen, "A. S. Byatt and the Life of the Mind: A Response to June Sturrock", *Connotations*, Vol. 13. 1-2 (2003), p. 183.

[2] Steve Jones, *The Language of the Genes: Biology, History and the Evolutionary Future* (London: HarperCollins, 1993), p. xi.

[3] A. S. Byatt, *Still Life*, p. 218.

为被观察的对象,而不是观察的工具。

拜厄特还试图探讨非隐喻性的事物描述方式,例如对榆树枝干顺序的几何描述。名词的恰当运用会使描述更为独特与精确,"我希望我的思想与描述在简单的命名间移动,颜色形容词尤为重要,可以像名词一样发挥作用。"①拜厄特的这一观点深受维特根斯坦《论颜色》(*Remarks on Colour*,1950—1951)的影响。维特根斯坦对颜色问题的关注源于对逻辑命题与经验命题关系问题的思考。在他看来,颜色不止是一种天然的认识,更是一种语言,一套含义丰富的符号系统。他将颜色的概念与逻辑同语言游戏联系起来,颜色逻辑类似一种游戏,当我们看到"黑""白""红"这些语言符号时,会轻松地与颜色本身相联系,但要解释这些语言符号的意义却复杂得多。这其中包括波长不同,传递的色彩不同,色彩成为无声的语言。"当我们被问'红,蓝,黑,白这些词意味着什么?'时,我们当然可以立即指向具有这些颜色的事物,但是我们解释这些语词的意义的能力并没有走远。"②

拜厄特在分析萨特的小说《恶心》(*Nausea*,1938)时指出,主人公罗昆丁无法为树根命名,"黑色?我感到这个词在飞速地瘪下去,丧失意义。黑色?树根不是黑色,这棵树上没有黑色……这是……别的东西。黑色,正如圆一样,是不存在的。我瞧着树根,它是超乎黑还是近似黑呢?但是我很快就不自问了,因为我感到我是在熟悉的国度"。"视觉是一种抽象发明,是一种清洗过的简单化概念,人的概念。"③但是拜厄特发现,有那么一刻,我们作为读者能够由此联想到树的生动形象,"我离开词语思考事物。荒谬

---

① A. S. Byatt, *Passions of the Mind*, p. 11.
② Ludwig Wittgenstein, *Remarks on Colour*. Ed. G. E. M. Anscombe, Trans. Linda McAlister & Margarete Schattle (Berkeley and Los Angeles: University of California Press, 1978), p. 3e.
③ 让-保罗·萨特:《恶心》,《萨特文集》(第一卷),桂裕芳译,北京:人民文学出版社,2019年。第156,157页。

不是我脑海中的想法,也不是不断重复的声音,而是缠绕在我脚下的长长的已死的蛇,木头做成的蛇。一条蛇或一只爪或一个根或秃鹰的爪"。① 这段描写树根伞状和流动感中运用的隐喻自有一股平实、精确、信息丰富的生命力,趣味盎然。拜厄特的小说也萦绕着各种各样的树:弥尔顿的榕树;作为一个个遗传学个体的榆树;达尔文的作为人类后代的树;华兹华斯的"有棵树,许多树中的一株"(There is a Tree, of many One)。隐喻的视域性质与"它是一种独一无二的推论现象"这一事实相关联。没有一个语词自身是隐喻的,而只是在与其他语词的结合中才是隐喻的。然而,这并不意味着语言自身是非隐喻的,因为语言也是推论的,并且不存在于个别的语词里,而是存在于或是口说的,或是书写的文本和语境中。

弗莱德丽卡的弟弟马库斯通过了解草木的名字,改变了对世界的看法。他发现世界不仅仅由"流动的溪泉与庞大的树根网络、流动的沙子与高耸的岩石"构成,更由"一种人类之爱""是给人们所看到的大千万物命名,以便更清晰地认识它们"。② 马库斯在中学时代孤独无助,将自然科学教师西蒙兹视为救命稻草,向他寻求帮助。在老师的实验室里,马库斯第一次看到作为实验对象的生物、植物,在学习鱼、畜、禽、植物等物种发展进程的启示下,他意识到自己应该遵守最初的戒律:认识你自己。③ 这是马库斯第一次将自然科学与自我认识联系在一起,是他走进动物、植物世界的启蒙一课。而后在新牧师吉迪恩安排的周末课程中,马库斯聆听了动物学家科布关于蚂蚁社会的讲座,并深深为之吸引。他着迷于观察树的外形,将之归于几何图形后归纳出螺旋的计算原理,并以此获得了极大的快乐。

当患有自闭症并长期受到父权压制的马库斯被知识挽救时,

---

① A. S. Byatt, *Passions of the Mind*, p. 12.
② A. S. Byatt, *Still Life*, p. 322.
③ A. S. Byatt, *The Virgin in the Garden*, p. 159.

他意识到,"人之欲望的本能倾向在饮食、性、认知等方面产生了紧张情绪。人们并非在达成最终目标,即获得营养、受孕、真理时感到如释重负,而是人体器官经历美学放松之时"。① 看着阳光下的树,马库斯感受到了这种平和。自然界中的树木、光线与大地的交集驱散了生病初期的那些恐惧,同时也令他就此深入思考,试图勾勒生物世界的内在逻辑秩序。随着学习的深入、知识的积累,马库斯以自己学到的知识分析人类行为的生理机制,如肉眼只能看到绿色的原因,并意识到"是我的眼睛看到了这一切",其他诸如蚂蚁、蜜蜂等动物看不到这样的颜色。此时他忽然找到了自己的位置,明白自己之为人的与众不同,获得如释重负的归属感。② 拜厄特坦言,自己写下不同的色彩词汇是出于对区分色彩与丰富词汇的乐趣,而非炫耀自己掌握的大量色彩的词汇。对于一些读者来说,这些词汇会带来清晰的图像,他们内心的眼睛将在某种意义上"看到"其他人无法看到的紫色或金色,"没有两个人会看到相同的蝴蝶花。"③

爱默生在《论自然》中提出,自然是"赋予人类知识的导师","每个自然物,如果观察得当,都展示了一种新的精神力量"。并且,这种精神力量是"无意识的真理,当人类通过自然物来定义和解释它时,它就变成了知识领域的一部分"。④ 在谈到《天使与昆虫》的创作时,拜厄特提到,"我们应该去思考非人类,从而成为完整的人类"。⑤ 这与美国哲学家、生态学家和自然作家艾布拉姆(David Abram)提出的"只有在与非人类物种的联结中,我们才得以成为人类"不谋而合⑥。在艾布拉姆看来,人类的眼睛对非人类

---

① A. S. Byatt, *Still Life*, p. 260.
② Ibid., pp. 257 - 259.
③ Ibid., p. 116.
④ 爱默生:《爱默生散文选》,上海:世界图书出版公司,2010年,第21—22页。
⑤ A. S. Byatt, *On Histories and Stories*, p. 115.
⑥ David Abram, *The Spell of the Sensuous* (New York: Vintage Books, 1997), p. ix.

的或人类发明的事物变得相当盲目,因为"我们生长在一个共同的话语中",随意评论动物生存的自然界,乌鸦或蜘蛛的活动不会被视为一种创造性反应。① 拜厄特对非人类他者的关注常常集中体现在昆虫身上,在《传记家的故事》中,主人公菲尼亚斯随同生态学家、环境主义者、蜜蜂分类学家芙拉观察昆虫之间的争斗,着迷于自然界中丰富多彩的植物与动物种类;在《巴别塔》中,这种关注体现在对蜗牛的观察与研究中。

在 2005 年发表于《自然》(Nature)的文章《科学启示的小说》("Fiction Informed by Science")中,拜厄特以《巴别塔》为例,表达了她将科学作为自己创作思想源泉与看待世界新方式的兴趣。在有关蜗牛的遗传学与神经科学研究中,拜厄特发现了"人类普遍共有的语言,实际上超越人类,将所有生物联结在一起的语言,那就是 DNA 的四字密码"②。她也提到了在发现蜗牛、其拉丁名字、背壳形状、DNA 双螺旋结构之间奇妙联系时的喜悦之感。最重要的是,所有这些科学发现都"可以写进天堂花园意象和现实主义的科学故事",并且要不忘设计"对语言或文学都不感兴趣"的科学家人物形象。③ 拜厄特在《巴别塔》中以 DNA 螺旋比拟语言结构,"试图以记忆术建构有意识的模式、颜色与节奏,以此表现形式的意识"。④《巴别塔》中的科学知识书写同小说所强调的语言问题发生的关联,并非仅仅停留在符号化象征、"语言与真实之间关系"的层面,从"自然"这一视角出发,在环境诠释学与伽达默尔语言观的启示下,作品中语言与世界的关系将在科学知识的书写中展现出词与物的重新交织。

---

① 艾布拉姆,大卫·凯里:《科学的世界与感观的世界——大卫·凯里对大卫·艾布拉姆的访谈》,《淮阴师范学院学报》(哲学社会科学版)2015 年第 6 期,第 727 页。

② A. S. Byatt, "Fiction Informed by Science", p. 295.

③ Ibid., pp. 294-95.

④ Louisa Hadley, *The Fiction of A. S. Byatt* (New York: Palgrave Macmillan, 2008), p. 294.

小说女主人公之一杰奎琳自幼便钟情于动物世界，成年的她以蜗牛为研究对象撰写博士论文，专门研究记忆的生理机能。在以"蜗牛种群在其背壳条纹变化中所表现的遗传改变"为主题的博士论文研究中，杰奎琳对两个蜗牛种群进行观察实验，并通过探究两类蜗牛外壳的各类带状花纹来研究其中的基因变化。研究的预期结果是验证进化理论，"我们希望能够看到达尔文自然选择理论的发生"。[1] 画眉是蜗牛和虫子的天敌，自然界中的食物链维持着生物种群的平衡。然而，杀虫剂的滥用令吃下有毒虫子尸体的画眉 DNA 遭到破坏，基因像辐射一样被改变。最终，它们或中毒而死，或失去繁殖能力，或产生畸变，导致许多地方画眉的绝迹。杰奎琳和同为生物学家的卢克希望找到蜗牛数量因画眉数量的减少而产生的变化。小说的另一位女主人公弗莱德丽卡面对此景则不禁悲从中来："人为制造的死亡通过空气、水和物质，通过树叶、皮毛和血肉骨骼甚至背壳悄无声息地降临人间。"[2]《巴别塔》中的蜗牛与科学、文学、性、传奇、美相关，同时象征了在难以避免的暴力面前生命的脆弱，"不论是在画眉的铁砧上，还是人类的残忍面前。"[3]

小说中的这一信息指向了 60 年代科学和政治领域的争议话题，即生态研究与日益增长的环境意识。1962 年，美国生物学家卡森（Rachel Carson）出版了《寂静的春天》（*Silent Spring*，1963）一书，揭示了人类滥用的杀虫剂进入动物的栖居地、鸟类的食物链，对生态系统造成的灾难性后果，讨论了现代科技对自然环境所造成的负面影响。杰奎琳对于生态研究这门新兴科学充满了浓厚的兴趣，还送给研究大脑神经科学与记忆机制的友人马库斯一本

---

[1] A. S. Byatt, *Babel Tower*, p. 357.
[2] Ibid., p. 358.
[3] Margarida Esteves Pereira, "Cell by Cell, Gene by Gene, Galaxy by Galaxy: A. S. Byatt's Scientific Imagination", *XV Colóquio de Outono: As Humanidades e as Ciências*, Eds A. G. Macedo et al. (Braga: CEHUM/ Húmus, 2014), p. 493.

《寂静的春天》,二人都为之深深着迷。环保主义者大多支持关于自然的浪漫主义观点,即认为自然是一个复杂的、相互关联的整体。人类曾经适应于这一整体之中,如今却通过在计算和控制方面傲慢的努力而背叛自然。"当人类按照'自然过程'行事时,他们的行为是有害的和不自然的(并且是不道德的)",当他们被"傲慢的梦想所束缚,认为人类的行为可以从根本上改变(实际上是主人的)自然"时,他们带来了技术,"其最终后果是环境灾难"。[1] 麦吉本(Bill McKibben)在《自然的终结》(*The End of Nature*, 1989)中总结了当代环保主义者眼中强大而可怕的人类形象,因为是他带来了"自然的终结"。自然是"关于世界和人类在其中位置的一系列想法",这些想法的终结始于现实世界的具体变化,科学家可以进行测量举证。[2] 人们无法将自然视为独立于人类的存在,因为后者无时无刻不在重塑自然。

从自然能否言说并得到聆听的角度出发,自然环境的问题与拜厄特一直关注的语言问题产生了交集。艾布拉姆在《感官的符咒》(*The Spell of the Sensuous*, 1997)中提出自然以符合伦理考虑的方式进行"言说"的观点。自然拥有语言,语言是所有生命世界的表现,而不是"人类独有的财产"[3]。"每一事物所发出的任何声响都可能是一种声音,任何活动都可能是一个姿势,一个有意的表达;这种表现就是世界自身的一种性能。"[4]这表明,语言并非仅只意味着人类所使用的意指符号,而是任一事物意义表达的方

---

[1] W. S. K. Cameron, "Must Environmental Philosophy Relinquish the Concept of Nature? A Hermeneutic Reply to Steven Vogel". *Interpreting Nature: An Emerging Field of Environmental Hermeneutics*, Eds. F. Clingerman et al. (New York: Fordham University Press, 2014), p. 104.

[2] Bill McKibben, *The End of Nature* (1989). (New York: Random, 2006), p. 7.

[3] David Abram, *The Spell of the Sensuous*, p. 78.

[4] 艾布拉姆,大卫·凯里:《科学的世界与感观的世界——大卫·凯里对大卫·艾布拉姆的访谈》,《淮阴师范学院学报》(哲学社会科学版)2015年第6期,第730页。

式。在《巴别塔》中,杰奎琳和卢克在蜗牛身上看到环境的变化,"粉色的、黄色的、山毛榉树林中不带条纹的蜗牛更多一些,带条纹的则多在灌木树篱,在那里它们能够以条纹伪装逃过画眉的捕食"①,这可视为自然界的生物面对人类以色彩与样式进行的言说。沃格尔(Steven Vogel)在《自然的沉默》("The Silence of Nature")一文中回应认为,"自然在言说,问题是我们听不到"。②他断言,"语言使用中的伦理意义源于其在对话中的角色。在这一意义上,非人类实体无法参与对话"。③ 在此基础上,他得出结论,遭遇人类破坏、又无法参与对话的自然,似乎无路可走,无法避免被终结的命运。

这两种对于自然言说与被聆听的观点,核心问题都在于是否能够通过语言作为媒介来阐明其目标。实际上,沃格尔的论点并没有得到热情的回应。环境哲学家卡梅伦(W. S. K. Cameron)在解释沃格尔言论缺乏回应的原因时指出,"笛卡尔二元论的失败和后结构主义的怀疑,令我们无法发展一种没有自然概念的环境哲学"。④ 他继而提出应求助于伽达默尔的哲学诠释学,因为它反对语言与世界之间相互对立的传统观点。正如伽达默尔以"语言"与"世界"的批判性概念所展示的,"自然"以对自身概念不断重构的方式得到充分具体的观察,从而捕捉这些词汇本身呈现世界的方式。换言之,尽管人类与自然实体无法进行有效的言语交流,但一方面,人类提供了"自然的语言",即在人类群体中分享对自然的描述与阐释;另一方面,对诠释学而言,语言并不仅仅意指人类的语言,而是"一切事物所拥有的任何语言"。在伽达默尔对世界的

---

① A. S. Byatt, *Babel Tower*, p. 357.
② Steven Vogel, "The Silence of Nature". *Environmental Values*, vol. 15, 2006 (2), p. 145.
③ Ibid., p. 161.
④ W. S. K. Cameron, "Must Environmental Philosophy Relinquish the Concept of Nature? A Hermeneutic Reply to Steven Vogel", p. 102.

诠释学说明中,"自然"得以重返。

拜厄特在描述与阐释自然的同时,也以 DNA 的双螺旋结构、斐波那契数列描写了"一切事物所拥有的任何语言",在《吹口哨的女人》中,卢克曾经做过一项实验,他测量蜗牛的外壳并将其外壳浸入透明的啫喱中,用高精度钻石垂直切割后得到优美的斐波那契螺旋线。斐波那契数列揭示了广泛的自然现象之规律,从藤蔓植物到根茎,从蜗牛到松塔、向日葵,是自然界中最普通的螺旋。植物所显示的数学特征是"一个柏拉图秩序的例子,看不见的数学秩序隐藏于我们的物理偶然世界",①也是自然之语言的象征。关于 DNA 的讨论作为一个语言的隐喻,是一种会产生无限联结可能的字母表,②"不只是人类的身体,而是整个感知世界提供了语言的深层结构。"③但进一步思考,语言如何拥有再现自然与世界的可能? 小说中关于语言结构的直接探讨带来了关于语言形式与内容的思考。

在《巴别塔》中,卢克在描述蜗牛各色各样的外壳时使用的是"充满诗意的语言":花园蜗牛的嘴唇是白色的,"可爱的、象牙白的、闪耀的唇";而斑带树叶蜗牛则以"乌黑发亮"的黑唇与之相区别。④ 用艾布拉姆的话说,卢克的描述"保持着感官的清醒以及对周围事物的意识",是一种"与人的感官和人关于世界的直接感觉体验相一致的表达方式"⑤。他对世界的感知来自于从语言和文化中继承而来的视角,认同世界经由语言而出现。从他选择的语言中,弗莱德丽卡感受到卢克深爱着他所研究的生物。语言已经成为共同话语的一部分,一种深深影响人们看和听,甚至体会周围

---

① A. S. Byatt, "Fiction Informed by Science", p. 295.
② A. S. Byatt, *Babel Tower*, pp. 357 - 8.
③ David Abram, *The Spell of the Sensuous*, p. 85.
④ A. S. Byatt, *Babel Tower*, p. 358.
⑤ 艾布拉姆,大卫·凯里,《科学的世界与感观的世界——大卫·凯里对大卫·艾布拉姆的访谈》,《淮阴师范学院学报》(哲学社会科学版)2015 年第 6 期,第 727 页。

世界的言说方式。弗莱德丽卡对于卢克所运用诗意语言的惊讶也提醒人们,个体的观点可能并不完整,"没有人怀疑这个世界可以脱离人而存在,……这是每个人类语言构成的世界观意义的一部分。在每一种世界观中,世界本身都是有意义的"。[1] 卢克的语言消除了弗莱德丽卡对他的误解,让她发现了作为科学家的卢克与擅长语言文字的自己之间的共通之处。

维特根斯坦曾在《逻辑哲学论》中写道,"世界是我的世界,……这个语言的诸界限意味着我的世界的诸界限"。[2] 伽达默尔强调语言是世界经验,而不是世界认识或知识。在伽达默尔的结论中,我们看不到维特根斯坦的那种唯我论:"唯我论所意指的东西是完全正确的,只是它不可言说;相反,它显示自身。"[3] 对于伽达默尔而言,经验与认识或知识的区别相当重要,认识或知识只是一种理性的逻辑构造,反之,经验乃是我们与世界的真正照面。经验主义者正确地指出,在我们取得认识或知识之前,我们早就有了经验,经验可以说是我们的生活世界,或者说我们对世界的定向。

艾布拉姆指出,在最初的图画文字、象形文字中,可以看出语言文字与自然世界之间的明显联系,"我们早期的所有书写系统都保持着与超人类世界的神秘事物的联结"。[4] 伽达默尔认为现代词语同样不只是符号,而是某种类似图像的事物。正如从洪堡到乔姆斯基的学者们所坚持的,语言的创造性才是它的正常状态。这种创造性属于语言,而不属于任何单独的言说者。在伽达默尔看来,语言与人类同时出现,因此语言不能被理解为人类的创造物、言说主体的表达。"语词的'真理性'并不在于它的正确性,并不在于它正确地适用于事物。相反,语词的这种真理性存在于语

---

[1] 伽达默尔:《诠释学 I:真理与方法》,洪汉鼎译,北京:商务印书馆,2007 年,第 598 页。
[2] 维特根斯坦:《逻辑哲学论》,韩林合译,北京:商务印书馆,2021 年,第 92—93 页。
[3] 同上书,第 92 页。
[4] David Abram, *The Spell of the Sensuous*, p. 96.

词的完满的精神性之中,亦即存在于词义在声音里的显现之中。"[1]语词所表达的是其意指的事物,因此是世界制造的(world-made)。伽达默尔"世界制造"的认识表明,关于自然的观点在历史上和文化上都具有独特性,但随着时间的推移,它们可以根据新的经验在不同的语境中得到重新解释。语言不仅预先诠释了自然,也提醒我们,自然是独立于人类想象之外的存在。最终,通过这种方式,人们得以更充分地理解自然与世界。

拜厄特对于科学的兴趣在其作品中展现为一种语言观与世界观,她相信语言拥有描述现实世界的能力,科学家吸引她是因为"他们不花费时间去解构世界或对价值的抽象概念以教条主义的方式含糊其辞"。[2] 在《奇特且迷人》("Strange and Charmed")中,拜厄特指出,当代大多数人,至少是那些读书并对周围世界感兴趣的人,更喜欢阅读科学书籍而不是哲学书籍。换言之,科学是当代更为普遍的接近知识的方式,因为"它们提供了现有的解答人类理解的基本需求、以事物的秩序反思我们的地域、一种复杂与神秘的意识、粗浅认识人类之外事物秩序的最佳方式"。"我们需要感觉真实事物的存在——我们属于其中,却不是全部——科学以美和恐惧、秩序和混乱向我们揭示他们的存在,……以细胞,基因,群落为单位。"[3]科学书写寄托着作家对于世界、人们认知世界和建构知识方式的好奇。科学知识承认外部世界和客观真理的存在,认为人类可以通过实验和研究不断地接近真理。在人类对真理的追求中,无论科学研究抑或艺术作品,都成为知识的建构方式。

此外,以动物和植物为主题的文学创作,是英国文学尤其是英

---

[1] 伽达默尔:《诠释学 I:真理与方法》,洪汉鼎译,北京:商务印书馆,2007 年,第 554 页。

[2] A. S. Byatt, *On Histories and Stories*, p. 79.

[3] A. S. Byatt & F. S. Saunders. "Strange and Charmed." *New Statesman*, Vol. 13, No. 600, 2000, p. 44.

国诗歌不可忽视的传统。"进入中世纪之后,植物逐渐成为诗歌中的重要元素。……浪漫主义时期,植物是与现代化、工业化对抗的代表与象征。"①当代诗人的动物诗歌创作,"深入思考当代日益严峻的生存环境,颠覆了以往习以为常的人与动物之间的鸿沟,突出在当代生态环境下,动物及其生活方式对人类的启示。"②动物植物世界、人与自然的关系也是拜厄特小说创作中的常见主题。在《园中处女》中,马库斯第一次目睹作为实验对象的动植物,在学习鱼、畜、禽、植物等物种发展进程的启示下,他意识到"认识自己"才是应该遵守最初的戒律。自然世界与自我认识密不可分,帮助人类最终获得全面的认识,从而超越后现代主体自我指涉的困境。就此而言,"拜厄特很有可能成为我们这个时代的乔治·艾略特"。③

二 《孩子们的书》:田园传统与生态乌托邦

作为19世纪英国浪漫主义诗人、艺术家、设计师、政治活动家、社会主义先驱,莫里斯(William Morris)常常出现在钟情于维多利亚文学的拜厄特的作品中。在《占有》中,她在描写妖灵洞的花卉时就曾提及莫里斯笔下的植物,④在哥特式的角楼和秘密花园的启发下,莫里斯设计出了著名的花卉几何图案,将生活与艺术合二为一,而拜厄特"一贯佩服的就是能将生活和艺术融为一体的艺术家"。⑤ 在2009年拜厄特出版的长达700多页的小说《孩子们的书》中,莫里斯不仅会绘制花卉图样,更是展现出完整丰富的身份与思想。《孩子们的书》颇具维多利亚小说特色,书中人物众多,包括以儿童文学作家奥丽芙为核心的威尔伍德家、以陶艺师本

---

① 何宁:《论当代英国植物主题诗歌》,《当代外国文学》2018年第2期,第52页。
② 何宁:《论当代英国动物诗歌》,《当代外国文学》2017年第2期,第85页。
③ Susan Sorensen, "A. S. Byatt and the Life of the Mind: A Response to June Sturrock", p. 189.
④ A. S. Byatt, *Possession*, p. 292.
⑤ A. S. Byatt, *Peacock & Vine*, p. 3.

尼迪克特为首的艺术家庭、以单亲父亲凯恩上校管理的伦敦博物馆之家,辅以其他相关家庭,涉及一众作家、艺术家等。艺术与生活、文学与政治交织其中,又经由莫里斯穿针引线。他的艺术设计、社会主义演讲、对资产阶级的批判、对英国田园自然的热爱以及他的《乌有乡消息》,穿梭游走于整部小说。莫里斯的《乌有乡消息》(*News from Nowhere*)出版于 1891 年,首先于 1890 年连载于他主编的《公共福利》(*The Commonweal*)周刊。作品放弃了《地上乐园》(*The Earthly Paradise*,1868—1870)从古代神话传说中寻求理想乌托邦的企图,而是将乌托邦理想演化为未来共产主义社会的具体目标。在《孩子们的书》中,"乌有乡"既是莫里斯式的对未来的投射,同时在时空、形式上都更加肆意地延展。"乌有乡"意指童年,是那个人们无法回归的过去;是英国乡村的田园世界,被工业革命无情碾轧的乐土;是田园乌托邦,倾注着莫里斯为生活而艺术的社会主义理想。

相较于以往,维多利亚时代的儿童被赋予了更多接触自然田园的机会。《孩子们的书》所描写的时代自 1895 年—1914 年,正是一个对童年深深着迷的时代。[1] 尽管浪漫主义作家创立了对儿童的膜拜,维多利亚时代才开启对儿童发展细致精密的文学与科学研究。钱柏林(Alexander Chamberlain)在 1900 年的著作《儿童:人类进化研究》(*The Child: A Study in the Evolution of Man*)中总结,"儿童,在他早年无助的婴儿时期,后来的游戏活动中,天真和天才中,他所重复的种族历史中,奇妙的变化多端中,返祖和预言中,他野蛮的、神圣的个性中,是人类物种的进化存在,……从某种意义上说,他就是全部。"[2] 这段评价表现了 19 世纪末

---

[1] Sally Shuttleworth, *The Mind of the Child: Child Development in Literature, Science, and Medicine*, 1840—1900 (New York: Oxford University Press, 2010), p. 267.

[2] Alexander Chamberlain, *The Child: A Study in the Evolution of Man* (London: Walter Scott, 1900), p. 464.

英国社会对儿童研究的极大兴趣。就社会层面而言,这种兴趣体现在童工法案、强制教育、未成年人保护法的革新以及其他针对工人阶级儿童的举措之中。从维多利亚晚期至爱德华时期,强制教育的长度逐渐增加,整个社会对于儿童教育、成长理论的重视程度不断加强。

《孩子们的书》将儿童、童年作为小说的关键词。小说中父母对孩子们正在发展的性格十分重视,还会就此进行理性的探讨;父母不会把他们远远地藏在育婴室里,而是经常带他们参加家庭聚餐,与此同时,孩子们拥有属于自己的、很大程度上独立的生活,有机会在树林和田野里漫游,在英国乡间采集鲜花和叶子进行"自然研究"。[1] 小说在关于儿童、教育、成长理论的讨论中指出,儿童既不是可爱的玩偶,也非微缩的成人,而是拥有身份、欲望和智慧的自然人。观念的改变首先归因于社会结构的变化,中产阶级兴起和教育水平提高为儿童提供了新的社会空间。另一方面,从18世纪末期开始出现的历史科学,以及随之而生的将自然与社会形式作为历史发展进程结果的理解模式,同样改变了社会对于儿童的态度。小说还提及德国大量关于儿童和儿童时代的理论,认为孩子是处于进化阶段的成人,就像野人是处于发展期的文明人。[2] 然而,众多孩子的童年更多地展现为对于英国乡村田园生活的留恋,与乌有乡儿童教育的理念不谋而合。

在莫里斯笔下的乌有乡,儿童的发展同教育与乌托邦的设计融为一体。儿童不需要在合法确定的年龄开始上学,学校这一教育机构也早已被取消。在乌有乡人看来,"儿童应该学会独立工作,认识野生动物,越少待在家里死用功越好"。[3] 在关于教育的

---

[1] A. S. Byatt, *The Children's Book* (New York: Alfred A. Knopf, 2009), p. 100.

[2] A. S. Byatt, *The Children's Book*, p. 436.

[3] William Morris, *News from Nowhere* (Oxford: Oxford University Press, 2009), p. 37.

问答中,莫里斯借老哈蒙德之口表达了对当时英国教育制度的微词:"儿童到了传统意义上的适龄时,就应该关到学校里去,也不管他们的才能和性情彼此多么不同。在学校里,也同样不考虑实际情况,硬要儿童学习一些传统的课程。"①这种传统的学习方式忽视儿童的身心发展,而正当的教育应因材施教,发现个体的特长,并在他们发展特长的道路上施以援手。② 与之相反,露营是一种在乌托邦中受到鼓励的活动,因为在此过程中他们学会为自己做事,并注意到野生生物,这才是技能发展的核心。在乌托邦平等的条件下,一种不慌不忙的教育生活方式允许儿童和成年人在空间和时间中考虑行动的后果并发展他们的实际能力,对经验和教育的发展概念不仅仅是关于乌托邦的偶然事实,更构成了其最深刻的组织原则。

在《孩子们的书》中,奥丽芙最钟爱的孩子汤姆正是这样一位抗拒传统学习方式的孩子。他生活中大部分时间都徒步于居所附近这片古老的地区,甚至想永远生活在森林里,"从不真心考虑走出北丘和南丘之间的那片英国乡村盆地"。③ 汤姆最喜爱的地方是一座树房子,嵌在一棵苏格兰松树帐篷般的矮树枝里,进去后就可以完全隐闭起来、随心所欲。随着年龄增长,为了能进入父母期望的学校,汤姆整天都在死记硬背地学习,这显然违背了他的天性。来到伦敦的学校后,他在给母亲的信中写道,"我真的很不适应在这样的喧闹中生活,我经常想起清晨在南丘安静地散步的情景,草皮上挂着露水,太阳冉冉升起"。④ 念念不忘那片树林和树房子的汤姆阅读了莫里斯的作品《世界尽头之井》《世界之外的树林》以及《乌有乡消息》,其中理想化的快乐工匠住在小石屋里,蔬

---

① William Morris, *News from Nowhere*, p. 83.
② John Freeman-Moir, "William Morris and John Dewey: Imagining Utopian Education". *Education and Culture* 28.1, 2012, p. 25.
③ A. S. Byatt, *The Children's Book*, p. 259.
④ Ibid., p. 289.

菜、鲜花、藤蔓和蜂蜜构成的绚丽多彩的画面令他心驰神往。不愿长大的汤姆离不开家园托德弗莱特,然而,工业革命的车轮无情地碾碎了他的树房子,也击溃了他的田园梦想。对汤姆而言,被砍倒的树房子曾经是他本人的一部分,面对倒掉的树房子,他心如死灰,"像个在坟墓边肃立的人"。正如姐姐多萝西所慨叹的,"那是树房子啊,是我们童年时代的象征"。①

儿童将田园视为心灵的居所,成年人则视童年为纯真的往昔。然而,"到了一定年龄,我们会彻底变为成人,心里连丁点儿孩子的影子都没了"。②《孩子们的书》以儿童文学作家奥丽芙为主人公,"童书作家在自己内心深处必须依然还是孩子,必须还能像孩子们那样去感觉,保持着孩子对这个世界的惊奇。"③对教育、儿童的关注带来维多利亚时期儿童文学的繁荣,"这个时代最伟大的作品是儿童文学,这些作品成年人也在阅读"。④ 人们表现出一种自相矛盾的朝儿童时代回归的倾向,阅读和创作着以动物为主人公的历险故事以及未到青春期孩子的戏剧。奥丽芙因《屋中屋里的人》而大获成功,她认为,每个生气勃勃的成年人心中都有个充满渴望的大孩子的影子,而这又无法脱离托德弗莱特乡间宅院的花园带给她的力量,"每当脆弱不堪的时刻,奥丽芙会把自己的花园想象成童话里的宫殿"。⑤ 田园的力量加之她想象的力量,创造了这个虚构与真实的世界。

莫里斯赞同这一观点,"正是我们那孩子般的天真才会产生富于想象力的作品"。⑥ 在《乌有乡消息》中,童话的地位得到凸显。迪克"觉得他们(童话)很美",因为在幼年时代常常想象"这些故事

---

① A. S. Byatt, *The Children's Book*, p. 565.
② Ibid., p. 204.
③ Ibid., p. 169.
④ Ibid., p. 435.
⑤ Ibid., p. 331.
⑥ William Morris, *News from Nowhere*, p. 132.

社会的秩序性源于莫里斯对装饰图案作品的研究。在讲座《图案设计指南》中,他提出装饰图案必须具备三种品质,即美、留有想象空间、有序性。"有序能创造精美而自然的形式","缺少有序,美和想象空间都无从谈起"。[1] 追根溯源,这来自莫里斯对各种植物的生长形态细致入微的观察。拜厄特注意到,莫里斯"幼时对艺术并不感兴趣,他感兴趣的是树林、溪水、野花以及石头和水流的外形"。[2] 自然是他创作的源泉,尤其是花园和英国乡间的花卉,"鼓捣花园是莫里斯的一种强烈的爱好"。[3] 正如拜厄特意识到的那样,特定花卉或树叶的偶然形态中,植物的几何图案能够精准而缜密地彰显其魅力,恰似一个花园社会。

因此,乌有乡的社会运行动力也来自于对大地的感官热爱。"我多么爱大地、四季、气候和一切有关的东西,还有一切从地里生长出来的东西!"[4]"我不能采取冷眼旁观的态度。……我是这四季变化的参与者,我亲身感受到欢乐,也感受到痛苦。"[5] 爱伦和迪克以各自不同的方式热爱着大地;在格斯特生活的 19 世纪,一般的知识分子对于一年四季的变化、大地上的生物及其同人类的关系,则怀着一种阴沉的厌恶心情。爱伦"更爱生,不爱死",对生死的态度,正如对过去与未来的态度,源自作家对自然田园的情感及由此而生的乐观情绪。

在《孩子们的书》中,菲利普是那个与大地、泥土紧密相连的陶艺艺术家。仰面躺在大地上,他呼吸着"那股难闻又迷人的气味",感觉到"东倒西歪的植物茎秆、树木带瘤结的根须、石子以及身下冰凉的土壤"。[6] 看到海边美妙的石头,他便想要赋予它某种形

---

[1] A. S. Byatt, *Peacock & Vine*, p. 126.
[2] Ibid., p. 102.
[3] Ibid., p. 29.
[4] William Morris, *News from Nowhere*, p. 255 - 256.
[5] Ibid., p. 262.
[6] A. S. Byatt, *The Children's Book*, p. 29.

式、某种生命,"将人类与没有人性的石头联系起来",①继而萌生了一种新的艺术原理,即以自然形状的几何结构创作出新的几何形式。相形之下,诗歌永远在别的时代、别的地方。小说中来自博物馆之家的朱利安阅读了马维尔的《花园》,最钟爱描写自然的句子:"大自然不会在绚丽的织锦上表现大地,就像形形色色的诗人所做的那样,既不会用欢快的河流、果实累累的树木、芳香宜人的花朵,也不会用其他任何让已经十分美丽的大地更美丽的事物。她的世界是黄铜色的,而诗人只会传达一种金黄色。"②朱利安决定以"英国诗歌和绘画中的田园"作为论文主题,关注英国田园诗和绘画,因为"剑桥和英国乡村如此之美"。③

对于自然,乌有乡人认为将人类与其他一切生物与无生物割裂开来,"会企图使'自然'成为他们的奴隶,认为'自然'是他们以外的东西。"④以荒野为例,在哈蒙德的讲述中,英国过去曾经遍地都是森林和荒野,出于对天然荒野的喜爱,人们将其保存下来。《孩子们的书》中提到,麦尔维尔称英国的大地"是被操控一切的陌生大海围起来的,即便是荒野也不例外,田地被围起来,矮树林被围起来,被管理,……被反复踩踏过"。⑤尽管与美国相比,英国的荒野似乎很难被看作真正的荒野,书写美国荒野的同代作家缪尔(John Muir)却同莫里斯抱有相同的观点。缪尔反对人对自然的双重标准,即以自然是为了支撑和服务人类为借口,任意地、唯利是图地利用自然。像缪尔一样,乌有乡人也将自己与自然界的动植物置于完全平等的位置,将此作为花园社会的准则之一。

《孩子们的书》开篇提及工艺美术运动(Arts and Crafts Movement),其倡导者正是莫里斯。他有感于工业革命的批量生

---

① A. S. Byatt, *The Children's Book*, p. 152.
② Ibid., p. 454.
③ Ibid., p. 483.
④ Ibid., p. 227.
⑤ Ibid., p. 432.

产所带来的设计水平下降,而与罗斯金等人共同开创了工艺美术运动,提倡恢复手工艺和小作坊,以此抵制过度工业化对手工艺人的创作、作坊经济生产模式的破坏。莫里斯认为,劳动分工割裂了工作的一致性,因而造成了不负责任的丑陋装饰。

莫里斯并未局限于"美学"层面,而是将设计视为更广泛社会问题的一部分,认为自己的艺术创作与社会主义思想相一致,是为了达成同样的理想。汤普森(E. P. Thompson)指出,莫里斯的文学之旅将他推回到过去,表达了对于忧伤与衰落世界的不满;而他的手工艺作品则令他挑战资本主义施加的社会与经济制约,期待转型。[1] 他设计的作品多呈现自然之美,反对资本主义和工业化;他的社会主义回头从中世纪的行会、社群中寻找启迪。在《孩子们的书》中,追随社会主义思想的查尔斯/卡尔对莫里斯回归到中世纪的田园社会、完全废除机械持怀疑态度。在他看来,奥丽芙一家并不是真正的社会主义者,也不会直面棘手的问题,因为"他们的家中充满了穷人给富人制造的小批量生产的东西"。他也曾听过父亲讥笑莫里斯公司大量出售昂贵的丝织品和绣着黄金时代富丽堂皇枝叶图案的挂毯。在某种意义上,"他们悄然躲开了应该面对的种种恐怖现实"。[2] 放下莫里斯,查尔斯读起了无政府主义者克鲁鲍特金亲王的《寄望青年》,该书号召年轻人组织起来,去战斗、去写作并发表关于压迫的作品,成为社会主义者。[3] 这看似展现了一种悖论——莫里斯对手工业的强调反而使他的艺术创作减小受众,成了社会主义者和资本主义者共同的笑柄。

然而,这一结论显然忽视了乌托邦主义的田园层面。"田园"通常被定义为一个话语空间,并不关注国家的概念,因此,可以说是一个政治缺席的空间结构。玛什(Jan Marsh)在《回到大地》

---

[1] E. P. Thompson, *William Morris: Romantic to Revolutionary* (New York: Pantheon, 1976), p. 186.

[2] A. S. Byatt, *The Children's Book*, p. 190.

[3] Ibid., p. 189.

(*Back to the Land: The Pastoral Impulse in Victorian England from 1880 to 1914*, 1982)中总结了19世纪晚期田园情感结构,指出从民歌复兴到世纪末建立合作殖民地或农业集团的广泛趋势存在于在英国乡村的各种场所。玛什注意到,谢菲尔德的一些社会主义者于1875—1876年参加了罗斯金的圣乔治行会,他们采用了"共产主义"一词,被认为拥有"进步思想",因为"公社一词蕴含的集体生活观念"。[1] 拜厄特在《孩子们的书》中描写了这种小规模乌托邦实践的愿望,以本尼迪克特为首的艺术之家所居住的罗尼沼泽区是"建立集体公社最理想的地方";[2]奥丽芙一家所居的托德弗莱特在古老的肯特方言中表示"草地"之意,本身充满了田园乌托邦的意味。在记者笔下,这"是一幢赏心悦目的房子,摆着亮亮堂堂、别具一格的瓷器和杯盘,还有手工制作、时尚现代的木质家具,看上去有好几个世纪之久。有一片供孩子们玩的舒适惬意的草坪,还有一片让人心旷神怡的神秘的树林交界地带"[3]。威尔伍德家交往的社交圈形形色色,包括社会主义者、无政府主义者、费边主义者、艺术家、作家,等等。这些人"想逃避烟雾,寻觅一个没有浓烟弥漫的乌托邦世界"。[4]

实际上,莫里斯乌托邦主义的田园层面是将田园隐退作为一种政治战略。正如霍兰德(Owen Holland)所总结,"莫里斯的田园主义是一种尝试,在政治组织层面上适应和引导一种田园结构,这一结构在世纪末的激进文化中占主导地位"。换言之,莫里斯笔下的田园主题并非只是玛什所言的小范围乌托邦社区实践,而是对社会主义联盟的组织和战略方向的一种宣传,其触及田园传统

---

[1] Jan Marsh, *Back to the Land: The Pastoral Impulse in Victorian England from 1880 to 1914* (London: Quartet Books, 1982), p. 94.
[2] A. S. Byatt, *The Children's Book*, p. 84.
[3] Ibid., p. 580.
[4] Ibid., p. 31.

迅速的转变"。① 对自然田园的探索与热爱激发了莫里斯的乌托邦思想,对童年、自然、土地的眷恋,对花园社会的憧憬,对美好艺术设计的追求令他无法忍受资本主义大工业生产对田园与美的践踏,工艺美术运动、社会主义活动成为他捍卫田园与美的武器。这样的信条被定义为一个艺术家眼中的社会主义。②

田园书写也成为贯穿《孩子们的书》始终的一条线索。田园关注点广泛,包括城市与乡村之间、人类与自然环境之间的关系以及技术的地位等,成为当代生态批评与生态政治乌托邦研究的焦点。莫里斯曾提出,植物的形象应该朝着油画或画布以外的空间努力地向上、向前攀爬,在拜厄特笔下,托德弗莱特、艺术家、社会主义者如花园、田野、藤蔓一般,展现出生长的力量。

三 《蝴蝶尤金尼亚》:丛林与花园

在《真实故事和小说中的事实》中,拜厄特转向自然历史的书写,认为它将"中心置于一套逐渐变化的信念上,在漫长又难以测量的时间段中的微小顺应,并且在信仰危机的存在主义时刻周围构建它们"。③ 她剖析了《蝴蝶尤金尼亚》和《婚约天使》的建构过程与故事的缘起,探讨理论与小说,尤其是历史小说之间的关系。拜厄特的构想是让故事以电影画面式的展现手法将蚂蚁和人类两个社会的图像交织起来,以便同时强化和弱化类比,讲述昆虫如何反抗人类强加于其上的隐喻。拜厄特一直痴迷于昆虫的生活——尤其是蚂蚁的生活,以及人类将其社会和自然拟人化的方式。她把昆虫视为非人类,从某种意义上来说是一种他者。在写作《游戏》时,她研究了19世纪英国亚马逊探险家,"我对热带地区的想

---

① Ruth Kinna, *William Morris: The Art of Socialism* (Cardiff: University of Wales Press, 2000), p. 3.
② Owen Holland, *William Morris's Utopianism*, p. 9.
③ A. S. Byatt, *On Histories and Stories*, p. 79.

法很感兴趣,认为热带地区充满敌意,充满了生存的不懈斗争,而不是华兹华斯式的和谐。"她大量阅读博物学家的著作,"内容涉及蚂蚁、蜜蜂、亚马逊游记、蝴蝶、飞蛾等领域。""我喜欢这些人,华莱士(Alfred Russel Wallace)、贝茨(Henry Bates)、斯普鲁斯(Richard Spruce),他们都很平和,而且充满智慧,他们不专注于帝国,而是专注于科学发现,对事物的本质充满好奇。"①

《天使与昆虫》的创作包含了大量的历史调查,"我写科学家们的故事,因为他们不把时间花在解构世界上,或者在理论抽象术语的吹毛求疵上。我从很年轻时就开始思考昆虫。……一开始就打心眼里反感拟人的人格化"。②《蝴蝶尤金尼亚》小说涵盖一众18、19世纪的著名博物学家:亚当、林奈、华莱士、贝茨,以及英国树篱与亚马逊丛林。主人公亚当森的原型就来自19世纪英国博物学家华莱士和贝茨,故事的萌芽是探险家从丛林返回花园般闻名世界的经历。女主人公尤金尼亚之名,取自亚当森在热带丛林捕获的稀有大闪蝶(Morpho Eugenia)。按照拜厄特的说法,Eugenia意味着有教养,而 Morpho 是阿芙罗狄忒的名字之一,在希腊语中则意为形态 form,这似乎暗示着小说是一个关于有教养的女人"变形"的故事。博物学家林奈偏爱以欧洲神话中的人物名字命名亚马逊森林中的物种。而后,拜厄特又在植物学家贝茨的论著中找到了对分布在南美洲的亚马逊大闪蝶的描述:它身材匀称,美丽动人。

小说中的亚当森是维多利亚时代信奉达尔文主义的博物学家,在亚马逊热带丛林过了十年的探险生活后,启程返回朝思暮想的英格兰。然而,途中遭遇船难,大量珍贵标本葬身大海。他在走投无路时接受了贵族牧师阿拉巴斯特先生的邀请,为其整理从世界各地收购来的标本。拜厄特曾经提到,男主人公的名字"亚当

---

① A. S. Byatt, *On Histories and Stories*, p. 81.
② Ibid., p. 79.

森"(Adamson)指向伊甸园里的亚当,①故事也从维多利亚时代伊甸园般的庄园花园舞会开始。女孩们用植物和花朵打扮自己,愈发酷似在花园中飞舞的蝴蝶。包括尤金尼亚在内的三位贵族小姐身着"薄如蝶翼"的彩色纱衣,头戴"玫瑰花蕾编织的花环",或是挽起"绯红色雏菊"点缀的发髻,胸襟、腰际间缀满了丁香、紫罗兰、常春藤等鲜花;身形如蝶的女孩们在曼妙的音乐中翩然起舞。尤金尼亚"胸部有一束紫罗兰,腰部还有更多的紫罗兰,紫罗兰和常春藤在光滑的金色头上编织成环"。拜厄特从传统美学的视角出发,开篇就展示了花园幻境中光鲜亮丽、虚幻美好的一面。

在英国文化传统中,英格兰家园常常被比作一个以海为墙的"大花园",不列颠"岛国花园"的隐喻与圣经中的伊甸园联系在一起。② 英国文学创作延续了这一传统,从莎士比亚的戏剧《仲夏夜之梦》、梅森(William Mason)的诗歌集《英国花园》(*The English Garden: A Poem*, 1772)、罗斯金的演讲《王后的花园》("Of Queen's Gardens", 1865),到 20 世纪吉卜林(Rudyard Kipling, 1865—1936)创作的诗歌《花园的光辉岁月》("The Glory of the Garden", 1911),都将"花园"与英国和家园意识紧密相连。威廉斯在《乡村与城市》(*The Country and The City*, 1973)中指出,"天堂最初的形象是以波斯式围墙圈起来的花园"③。花园在英国最迟出现在 10 世纪,最初是被圈起来保护猎物和打猎用的林地,其数量在 16 世纪因乡村豪华住宅的增加而激增,大约到了 19 世纪后期,将英格兰视为"家"的观点显著地发展起来,包括很多关于乡村英格兰的意象:绿色宁静的田园风光与热带劳动场所的闷热贫瘠、共同体生活的归属感与异乡居住的孤独感逐一形成对比,而

---

① A. S. Byatt, *On Histories and Stories*, p. 117.
② Lynn Stanley, *The Island Garden: England's Language of Nation from Gildas to Marvell* (Notre Dame: University of Notre Dame Press, 2012), p. 1.
③ 雷蒙·威廉斯:《乡村与城市》,韩子满,刘戈,徐珊珊译,北京:商务印书馆,2013 年,第 170 页。

这种对比让乡村的共同体意识变得更加理想化。[1] 萨格鲁(Shelley Saguaro)在《花园之局：花园的政治与诗学》(*Garden Plots: The Politics and Poetics of Gardens*, 2006)中梳理了英国现当代文学作品中的花园隐喻，认为"从最实用的产出食物的花园到最具装饰性的华美园林，花园都服从于历史、美学和意识形态的话语，并成为其主体。"[2] 在他看来，后现代作家的文本具有双重编码：花园既在"文化信念(cultural doxa)"的构建中不可或缺，又出现在"消除文化信念(de-doxify)"的文本中。当代作家不再单纯描写花园，而是质疑现代文明发展进程中建构起来的"花园神话"。

亚马逊是"未开发的森林""荒野""处女地"。[3] 亚当森曾在日记中记录一幕幕令他不安的景象："吞噬一切的蚂蚁大军、蛙鸣和鳄鱼的叫声，英国探险队的捕杀阴谋、猴子单调而邪恶的哀嚎、自己生活过的各部落的混杂语言、变幻多异的蝴蝶斑纹、吸血飞蝇传播的瘟疫、绿色荒野中的心灵失衡、植物的疯狂生长以及慵懒无聊的生活。"[4] 亚当森出身于乡村屠户家庭，他原本以为出走他乡将助他摆脱原生家庭的血腥氛围，不想亚马逊的荒野生活让他再次目睹捕杀动物的血腥场景，重返儿时"乡下的小院和血肉横飞的屠宰场"，内心产生无限自卑和"莫大的恐惧"[5]。因此，在经历热带丛林生活的蛮荒之后，亚当森心中不断涌起对于理想化英格兰花园燕语莺飞静谧景象的向往。草长莺飞的田园风光不断召唤着丛林探险者的"英格兰心灵"，想象中的英格兰成了无与伦比的"真正天堂"，"河道两岸姹紫嫣红，沿途的树篱绚丽多彩，上面遍布玫瑰

---

[1] 雷蒙·威廉斯：《乡村与城市》，韩子满、刘戈、徐珊珊译，北京：商务印书馆，2013年，第384—385页。

[2] Shelley Saguaro, *Garden Plots: The Politics and Poetics of Gardens* (Ashgate Publishing, Ltd., 2006), p. ix.

[3] A. S. Byatt, *Angels and Insects*, pp. 11, 7.

[4] Ibid., p. 13.

[5] Ibid., p. 10.

和山楂,缀满金银花和野葡萄。"①在亚当森眼中,英国人是"文明人",这里景色"像天堂",气候"像黄金时代",一切井井有条;亚马逊那里的人则是"野蛮人",那里的草木"怀有某种敌意","紊乱无序",令人"窒息"。② 英国女人"温柔……纯洁……不可亵渎","优雅、轻盈……洁白无瑕……纯真、端庄",如同希腊神话中掌管着爱与美的女神阿芙罗狄忒;而亚马逊的女人则肤色暗沉,浑身是汗,"放荡不羁""不知羞耻""缺少美德"。③ 这样的英格兰家园梦想成为他化解亚马逊荒原屠戮阴霾的良药。在没有季节变化的热带雨林中,他梦见"英格兰的灿烂阳光",向往绚烂多彩的英国春天,还常常吟诵、怀念布朗宁在《海外乡愁》中描绘的英格兰春天的花园:"四月已然来临,清晨醒来忽然发现,榆树周围低矮的枝条和灌木丛中,小小的新叶呈现出一片青葱,听那苍头燕雀在果园里唱歌,在英格兰啊,就在此刻!"④

于是,亚当森回到朝思暮想的英国花园,来到极具英国花园特色的布莱德利庄园。布莱德利庄园具有浓郁英国风格的花园、舞会、马术、婚礼、新房和新娘都让亚当森深陷"英国梦"而不能自拔。亚当森为牧师大女儿尤金尼亚的美貌所吸引,他把尤金尼亚奉为女神一样的人物,就像希腊神话中的阿芙罗狄忒一样纯洁,美丽。亚当森在英式花房里为尤金尼亚精心培育了颇具梦幻色彩的"蝴蝶云"。当晨曦穿透玻璃暖房的时刻,五彩斑斓的蝴蝶全都围绕在尤金尼亚身边,令亚当森感叹"他的两个世界相遇了"。⑤ 破蛹成蝶的奇观赢得了尤金尼亚的芳心,二人终成眷属。对尤金尼亚浪漫诗意的想象成为亚当森英格兰花园梦想的重要内涵,婚后他们过上了看似伊甸园般的幸福生活。他躺在"一张绣满都铎玫瑰的

---

① A. S. Byatt, *Angels and Insects*, p. 34.
② Ibid., pp. 32 – 33.
③ Ibid., pp. 5 – 7.
④ Ibid., p. 91.
⑤ Ibid., p. 59.

雪白床铺"上,不禁感叹"这就是人间的福地(Bower of Bliss)"。①看似优雅的贵族生活恰好满足了亚当森对文明世界的完美想象,实现了他多年来梦想摆脱卑微出身的欲望。

然而,正如小说中麦蒂所写的带有达尔文理论色彩的科学寓言故事《一切并非表面所见》("Things Are Not What They Seem")标题所暗示的那样,布莱德利庄园并非想象中的人间天堂。亚当森虽然深陷花园美梦,但没有完全失去理性。庄园舞会现场的哥特式扇形穹顶让他联想起罗斯金的"森林幻境"一说,"古树参天,上部呈现拱形"②;同时又让他联想到热带雨林耸立的棕榈和林间高飞的美丽蝴蝶,令人难以企及。这表明他已经预感自己的婚姻是一场幻梦。他还频频梦见"自己满森林追逐一群金色的鸟儿",当他靠近时,鸟儿立即"盘旋远去"。③ 表明英格兰花园并不是表面看上去那般花团锦簇,温馨美好。亚当森受困于一个幽闭的房间,终日面对日渐腐烂的标本,于是怀疑自己得了"甲虫恐惧症",他看见"有一道壕沟和篱墙"把家和外面的世界隔开,整个庄园死气沉沉。④ 他感受到自己与庄园的疏离,这种意识在婚礼到来之际更加清晰起来。他虽然在肉体上强烈地依恋妻子,但是小说中多次用到"忧郁""孤独""悲伤""闷闷不乐"等字眼来描述他内心的负面情绪。

庄园实则是英国社会的一个缩影,看似封闭的花园无法避免工业革命带来的异化影响。小说中的哈罗德是"动物标本收藏家",他的书房立着三个六角形展柜,里面展示着各种蝴蝶标本。还有一间房子里堆满了他从华莱士、斯普鲁斯、贝茨和威廉手中"狂热地购买"来的异国动物标本,其中包括"猴子皮、精致的鹦鹉皮、保存良好的蜥蜴、凶恶古怪的蛇、鲜绿或亮紫色的死甲虫、长着

---

① A. S. Byatt, *Angels and Insects*, p. 9.
② Ibid., pp. 7-8.
③ Ibid., p. 16.
④ Ibid., p. 54.

丑陋犄角的外表黝黑的恶魔……各种鼠类标本，来自回归线地区的花果、熊牙、犀牛角、鲨鱼骨骼、珊瑚块"等，①充满了杀戮的气息。庄园里哈罗德渴望占有异国动物标本，急切增加藏品数量，但在收集时却不加甄别，得到后也漠不关心，导致大量标本遭到破坏。哈罗德的收藏爱好是维多利亚时代英国兴起的博物收藏热的一个缩影。像哈罗德一样，人们把动物标本用玻璃镶嵌，当作饰品摆放在书房显眼的位置。当时社会对动物标本的热情如此高涨，以至于在18世纪末，英国的动物标本制作加工已经发展成为一个产业。

亚当森在察觉到这些表层的变形之后，逐渐发现在花园般美好的庄园背后掩藏着更多人性的异化和丑恶。一次偶然的机会，他发现尤金尼亚居然和同父异母的哥哥埃德加乱伦。甚至这个惊天的秘密在这个庄园似乎早已人尽皆知，而亚当森只是充当了掩人耳目的替罪羊。而且，这个曾在亚当森眼中象征着英格兰天堂的庄园，在他的审视之下，却现身为一个分工明确的蜂巢。他在岳母统帅的女性圈子里找不到自己的归属感，感到最痛苦的便是每天都担心会失去自己的目标甚至爱好。尤金尼亚只有在怀孕生子间隙才和他重温甜蜜。黑衣女仆进出打扫房间时"沉默无语、来去匆匆"，"如同一群黄蜂从屋檐下飞出，个个面色惨白、眼神迷茫。"②看似忙碌的仆人仿佛是隐形人，同他没有任何交流。他在"家"中产生了强烈的"非家幻觉"，成了格格不入的"陌生人"。哥特式的故事情节暗示达尔文关于性选择的猜测，引发了当时人们对人性的焦虑。

亚当森亲眼所见的奴役活动让他忧心忡忡，人类毫无节制的欲望让他痛心不已。在花园里感到的忧郁让他重新反思丛林里的生活：英国探险者对亚马逊原始部落的侵占，其实与他们在本土实

---

① A. S. Byatt, *Angels and Insects*, p. 27.
② Ibid., p. 57.

行的奴役与剥削互为复影。经济利益刺激了维多利亚社会对异国动物标本的需求,在一定程度上导致欧洲猎人在非洲、印度等地无节制的捕猎。于是,博物学家兼任职业猎人,打猎构成博物学的一部分,对当地物种造成不可逆转的破坏。他本人就以售卖标本为生,在亚马逊森林采集的标本进入流通领域,获得商业价值,变成他的一笔"财富"。博物学成为个人致富的手段。

随着对英格兰花园理想的质疑,得到又复失去家园的亚当森再次踏上"寻家"的精神之旅。他的梦境从亚马逊生活期间阳光明媚的英国,转变为热带森林、河流以及他正在进行的工作。尽管他曾经在亚马逊的荒凉、混乱和孤独中感到绝望,然而比起庄园里的异形生活,他更怀念沐浴在"阳光和月光下"、拥有自由灵魂的丛林岁月。① 他渴望自己是一个用精神与自然交流的个体,丛林中的生灵万物与他相生相息。② 亚当森开始逐渐在亚马逊丛林记忆中找到了家园的感觉。

麦蒂通过布莱德利夫人之口邀请亚当森指导孩子们的科学教育,并与她们一起去野外收集标本,观察自然。尽管亚当森并未领会麦蒂试图帮助他重新走近自然、恢复科学观察习惯的良苦用心,但在自然的怀抱中,他渐渐恢复了对自然界中各种生物的职业式的警觉和敏感。此时召唤他的亚马逊已经不再是他第一次试图征服的原始森林,而是一个人与自然可以互相凝视的"复乐园"。于是,重生的亚马逊反倒成了他心中"放逐的英格兰":"洪水支流冲击回荡,草木毁坏/大树流进大河,漂进开着大口的港湾/在一个遍地盐碱的荒岛扎下根——/那里是海豹、鲸鱼、啼鸥的栖息地。"③ 自然界物我相通的境界一次次从灵魂深处召唤亚当森重回亚马逊的怀抱。不仅如此,让亚当森更为神往的还有那些"和蔼可

---

① A. S. Byatt, *Angels and Insects*, p. 85.
② Ibid., p. 51.
③ Ibid., p. 36.

亲的人们"。与布莱德利庄园里的世态炎凉不同,他在亚马逊的"黑人和混血种族人群"身上感受到了"令人难以想象的善良和友好"①。这些尚存于原始社会人群之中的善意和朴素的情感正是许多来自现代文明社会的人试图找寻的最大财富。就某些方面而言,"那儿是一个纯洁和永不堕落的世界"②。这个"伊甸园"的雏形影射了拜厄特在《心灵的激情》中提到的"花园愿景":"在那个失落的天堂里,思想、语言、万物不可分解地自然相连,或者借用艾略特的比喻,它们融为一体。"③

麦蒂本人也深深热爱自然世界和科学观察,尽管生活环境十分狭窄,她还是利用一切可能的条件观察、记录昆虫的习性。她在榆树林中发现了罕见的林地蚂蚁窝,并与亚当森一起捕捉蚂蚁、制作玻璃蚁巢从而更好地观察蚂蚁的日常生活。她勤学好问、兴趣广博,在谈话中能够恰到好处地引用弥尔顿的诗句。坎贝尔指出,尤金尼亚与麦蒂分别代表了维多利亚时代传统女性与反叛传统的新女性形象。④ 麦蒂渴望广阔的生活空间,渴望自由独立的生活,具有蓬勃的生命力与顽强的意志。她大胆正视自身的情感诉求,为摆脱依附于人的生存困境、寻求自由和爱情而不懈地努力。与之相比,尤金尼亚则好似温室中的花朵,在安逸、闲适的生活中失去了生机与活力。正因为这样,尤金尼亚对亚当森的影响力渐渐减弱,而麦蒂则越来越多地走进了他的视线和生活。

为了帮助亚当森早日重返亚马逊丛林,麦蒂把自己创作的寓言故事卖给了出版商,用稿酬预定了两张驶往巴西的船票。亚当森得知这一切之后对麦蒂说道,"你真的是一个好心的仙女""你挥一挥魔杖,我就得到了我想要的一切,而我还没来得及想起我需要

---

① A. S. Byatt, *Angels and Insects*, p. 94.
② Ibid., p. 35.
③ A. S. Byatt, *Passions of the Mind*, p. 3.
④ A. S. Byatt, *Angels and Insects*, p. 155.

它们。"① 但是，麦蒂想要的并不是扮演童话故事中"好心仙女"的角色，她所渴望的是亚当森将她当作一个真正的女人对待，而不是没有性别的"工蚁"。当他像往常那样称呼她为"克罗姆敦小姐"和"麦蒂"时，她表示："我的名字是玛蒂尔达。"② 麦蒂也从最初受"等级观念"束缚的"工蚁"慢慢蜕变成了对未知世界充满好奇和探索精神的"破茧之蝶"。亚当森也从一个试图征服自然的探险者变成了试图理解自然的探索者；从一个丧失了感受能力、无所事事的庄园寄生者变成了融合感性与理性、拥有自省意识和他者意识的科学工作者。二人开启了重返亚马逊之旅，"带着对未来的憧憬和希望，在这样的一个浪尖上，在（英格兰）秩序井然的绿色田野和灌木篱墙，以及亚马逊沿岸生气盎然的茂密森林之间，同过去告别。"③ 个体在完成蜕变的同时，也在期待着对他者文化的追寻，并在象征自我的"英格兰花园"与象征他者的原始丛林之间找到民族重生的契机。拜厄特似乎在向我们暗示着一种开启新生活的方式，一种与现代化带来的变形异化相抗衡的负面美学经验结构：只有认识到"我"内心"非我"因素的存在，兼有自我怀疑和对他者的关爱，带着敏锐的智性思辨和情感体验，才能最终破茧而出，完成生命的蜕变。

四 《传记家的故事》：环境与身份

《传记家的故事》在两个层面展开关于自我与他者的探讨，在伦理范畴内建立起对于传记他者的尊重，强调想象力在传记研究中的作用，以及想象力在将传主纳入自己视角时潜在的主体危机。小说中，主体与世界的关联以及与他者的相遇具体体现在菲尼亚斯个人的情感关系中，人与自然的主题首先通过作为"他者"的人

---

① A. S. Byatt, *Angels and Insects*, p. 178.
② Ibid., p. 179.
③ Ibid., p. 182.

物芙拉得以展现。菲尼亚斯一度十分内向羞赧,甚至表现出唯我倾向,阅读斯科尔斯的传记及相关材料令他更加离群索居。直到与生态学家、环境主义者、蜜蜂分类学家芙拉相恋,才开始有所转变。芙拉来自自然的世界,而自己来自都市,二人是完全不同类的人,芙拉因此被菲尼亚斯当作完全没有交集的"他者"。在与芙拉的相识之初,菲尼亚斯认为她是位"生态勇士""女性主义者"。随着交往的深入,菲尼亚斯随同芙拉到公园野餐,邂逅蜘蛛、毛毛虫、蜜蜂等各种生物,着迷于自然界中丰富多彩的动植物种类并开始合作研究。通过对甲壳虫的观察,菲尼亚斯表示不能认同奥地利动物行为学家劳伦兹(Konrad Lorenz)的理论,即雄性生物异常发达的武器仅仅是为了在雌性生物面前耀武扬威并吸引后者,甚至"深深地被夏栎树所展现的热带风情感动,却不知道自己为何如此善感"。①

作为"他者"的芙拉带来关于人类主体与非人类他者关系的思考。小说在蜜蜂分类学的描写中强调秩序的建构,"这些真实的、啾啾唧唧的鸟儿对我诉说的是'秩序和奇迹'的意识。我曾经在文学中找到他们,而今却在这些生物身上更加轻松和直接地发现。"②菲尼亚斯在描述林奈乌斯绘制的《石楠杜鹃》("Andromeda polifolia")时提到福柯的《词与物》,并将植物与其他生物相类比。拜厄特也曾承认,福柯的《词与物》激发了她对于词语与事物的思考。③ 小说中,昆虫的分类名称并不是随机的任意指涉,而是特别的命名,"命名是一件困难的艺术,生物由迂回、间接、讳饰命名,正如对事物的命名"。④ 既然如此,对自然的观察也必然发生于事物的秩序之中,这在自然界得到更为充分的体现,拜厄特从而探讨

---

① A. S. Byatt, *Babel Tower*, p. 254.
② Ibid., p. 254.
③ A. S. Byatt, *Passions of the Mind*, p. 9.
④ A. S. Byatt, *Babel Tower*, p. 53.

"小说最重要的主题之一"——动物与人类的关系。① 菲尼亚斯因自然界的生物而欣喜,在他们身上发现"秩序和奇迹",恰恰因为环境身份是个人完整身份的必要组成部分。

人与自然的关系问题,是利科(Paul Ricoeur)的伦理意图所涵盖的环境哲学与环境伦理学中的重要问题,包括自我、身份如何与不同的环境概念相关联,以及人类应该如何将道德推及给非人类,特别是动物。② 他的"环境身份"概念指出,身份的基本方面就是人们所认为的美好生活,而环境提供给人类主体得以认识自身的语境,扮演着建设性与批判性的角色。对于具有更多参与性环境身份的人来说,美好生活涉及人类与自然世界的互动和人类对自然世界的保护,这必然要基于人类主体对于环境的认识与解释。个体对自然的解释极大影响了环境身份的确立。贝尔发展了利科伦理在环境问题方面的应用,将环境身份定义为个人对与环境理解辩证相关的自我认识,包括人类和非人类的环境以及整个自然环境的理解。③

将人类的环境身份与动物他者相关联时,意味着"与他者相伴并为他者生活"的态度。对利科而言,这是一种认可尊重的互惠伦理。自我将非人类他者解释为一种自我,并将自己视为另一他者,这实现了对非人类他者的伦理承认,从而将伦理扩展到非人类动物。在"与他者并且为他者"中,自我对于他者的需要表现在"自尊"与"关怀"两个概念中。自尊是自我与美好生活感之间解释的伦理维度,是对自我能够判断的承认。由于其自身的伦理判断能力,自我值得尊重。关怀的概念则始于利科对列维纳斯"面对面"(face to face)思想的理解。在"面对面"的遭遇中,他者以一种原

---

① 奥祖木(Aytül Özüm):《挑战文类疆界:论拜厄特的小说〈传记家的故事〉》,《外国文学研究》2014年第4期,第76页。

② Nathan Bell, "Environmental Hermeneutics with and for Others: Ricoeur's Ethics and the Ecological Self", pp. 141 – 142.

③ Ibid., p. 141.

初的、不可还原的关系呈现在主体的面前。"脸呈现的不仅是他人,而且是绝对的他者",[1]这种绝对的他者不能被占有。利科认为,他者对主体施加了禁令,将其称为责任,而自我则承认他者作出这一命令的权力。这一点解释了关怀和自尊如何表明自我需要他者,因为此时"自我认为自己是他者之中的另一人",最重要的是"对自我的尊重和对他者关怀之间的交换"。[2] 自我的尊重是通过承认他者同样尊重自我,或者具有与自我相同的能力来确认的。正如利科所说,"尊重作为我自己的他者,尊重作为他者的自己"。[3] 自尊经由关怀得到理解,最终,自我经由自尊得到理解。

　　自我对他者的需要最终回归到自我诠释的问题,即人类如何看待自身的自我。如果以理性、文化、人类为中心的方式看待自我,那么很容易会认为非人类的动物是低于人类的物种。因为理性低于人类的动物他者,不可能拥有重要的施事能力或他者自我。个体的自我解释形成了对行为和他者的解释。反之,个体对他者的解释影响了其伦理立场。实际上,在遇见芙拉之前,菲尼亚斯已经在不知不觉中建立了与自然世界的联系,"童年时就热衷于收集昆虫和观察鸟类,通晓大多数英国蝴蝶的名字和品种。……兴致勃勃地读了好几天古今有关蜜蜂的书籍"。[4] 在探访斯科尔斯故居时,眼中红色的小房子"像是陷阱,窄窄的门、仄仄的楼梯、分得小小的窗,或者像是蜂巢,每个小间都是雷同的"。[5] 对菲尼亚斯而言,自然世界一直是生活中的美好存在,与自然为伴是他曾经的生活方式。在芙拉的影响下,身处自然之中,观察自然、记录生物世界使菲尼亚斯感到自己在开展"关于事实"的研究,正如斯科尔

---

[1] Emmanuel Levinas, *Totality and Infinity: An Essay on Exteriority*. Trans. Alphonso Lingis (Pittsburgh: Duquesne University Press, 1969), p. 203.

[2] Paul Ricoeur, *Oneself as Another* (Chicago: University of Chicago Press, 1992), pp. 192 – 193.

[3] Ibid., pp. 193 – 194.

[4] A. S. Byatt, *Babel Tower*, p. 28.

[5] Ibid., p. 32.

斯多年前在书写传记时试图做的那样,这实际上是菲尼亚斯对作为他者的自然世界认可尊重的前提。而芙拉也"表现了菲尼亚斯与文学理论、抽象思维的疏离,以及与自然、具体科学研究的亲近"。[①] 小说结尾,菲尼亚斯与芙拉来到土耳其的山间观察郁金香。菲尼亚斯的叙事风格回到了最初书写传记时具有语言意识的现实主义风格,"像河水一样流向作者的身体与作者的个人经历"。[②]在关于他与芙拉给郁金香和甲壳虫分门别类的叙述中,拜厄特加入了对于勃朗宁、丁尼生、奥维德、西德尼的互文指涉,他们的作品中都存在对自然图景的描写。这一方面表明了文学在一定程度上仍然是菲尼亚斯生命的一部分,文学与日常语言时常交织在他的脑海中,尽管他对西德尼尊崇诗人、认为诗人创造了美好世界的观点并不认同;另一方面也隐喻着菲尼亚斯与芙拉之间原本看似不同世界的自我与他者的联结。

传记作家菲尼亚斯的主体性困境、被传主"占有"的危险令其写作与研究陷入僵局。在主体—客体平衡关系的摇摆中,主体环境身份的考量将形成个人对正确行为的解释,无论是关怀、冷漠或对抗自然世界。菲尼亚斯的文学、智性、情感之旅体现了人类主体性努力重新融合入他者世界——一个充满事物、感觉、情感关系的日常世界,一个存在于文本之外并超越自我界线的世界。

自我与他者、人与自然的关系实际上是拜厄特小说创作中的一贯主题。从《占有》到《传记家的故事》,从四部曲到《天使与昆虫》,个人的主体性与作为"他者"世界的自然界从未离开拜厄特关注的视野。书写《巴别塔》时,拜厄特发现了人类普遍共有的语言,实际上超越人类,将所有生物联结在一起的语言,即 DNA 的四字密码;《吹口哨的女人》中,身体—心灵研讨会受邀发言的两位学者

---

① 奥祖木(Aytül Özüm):《挑战文类疆界:论拜厄特的小说〈传记家的故事〉》,《外国文学研究》2014 年第 4 期,第 75 页。
② A. S. Byatt, *Babel Tower*, p. 214.

之一艾肯鲍姆,其论文就基于《传记家的故事》中斯科尔斯的传主之一高尔顿在《人类官能极其发展的研究》(*Inquiries into Human Faulty and Its Development*, 1883)中的章节。高尔顿运用羊群论证优生学,提出"我们应该培养更独立和负责的心灵"。[①]拜厄特的虚构世界通过平实的语言和有效的隐喻,被能够为读者所理解的科学作家改写,自然世界与科学发现使拜厄特从回顾勃朗宁、丁尼生、西德尼的文学力量,转向自然环境的神秘性所激发的新形式。

---

① A. S. Byatt, *Babel Tower*, p. 297.

第五章 文学观

一 文学、阅读与批评

作为语言文字的产物,小说可以通过多种不同方式进行建构。但正如哈钦所言,并非每一种方式都妙趣横生或价值连城,重要的是再现现实的方式,并且符合多产性标准:"能够产生新的洞见,新的或更为丰富的联系、连贯,以研究、阐释以及对建构本身批评与修正的形式创造更多的话语。"[1]拜厄特在《传记家的故事》结尾处写道,菲尼亚斯意识到他可以"不用书写自传体旅行游记,而是为那些环保的旅行者提供有用的指南,其中夹带着一些'真实的'写作"[2],这种"真实写作"将他的写作欲望与解决实际问题的方法结合起来。菲尼亚斯的变化反映了拜厄特对于"真实写作"的态度,那就是回到语言还没有如此重负的起源,回归传统。拜厄特的文本使读者不断地面对语言,当其不足以表达现实的困境时,她努力将对语言的认识融入后现代主义的形式实验,用于解释人们的思考与经验。哈钦在探讨后现代小说时指出,后现代时期的现实世界已经变成了文学,变成了文本、表征和话语。既然后现代语境下的现实本身已经成为文本,试图回归现实主义传统的作家便试图通过作品的文本性来回到现实。

---

[1] 琳达·哈钦:《后现代主义诗学:历史·理论·小说》,李杨、李锋译,南京:南京大学出版社,2009年,第5页。

[2] A. S. Byatt, *The Biographer's Tale* (2000). (London: Vintage, 2001), p. 257.

关于接触艺术作品的方式，伽达默尔指出，我们要么通过阅读，要么通过再现来接触艺术作品。但这两者之间只有阅读而不是再现，才是艺术本身真正的体验方式，"这种经验方式把艺术作品规定为艺术作品。……实际上，阅读正是一切与艺术照面的进行方式"。① 伽达默尔同时指出，阅读这种与艺术照面的方式，不仅存在于文本中，而且也存在于绘画、雕塑和建筑等艺术形式中。与后者的艺术再现相比，阅读是一种特有的、在自身得到意义实现的进程。即便是朗读，在他人看来更接近一种再现和表演，但朗读本身也是一种内部意义实现的进程。这是以"文本是书写固定的话语"为前提，书写固定话语是通过文字固定话语的意义而实现的。不是声音、图像，而唯有意义作为它们的联结点。这种意义的固定带来了书写对话语的革命，作为意义的文本超越作为事件的话语，产生文本相对于作者意图的自主性，以及面对无限读者的可能性。

利科在文本分析中所说的固定话语，影响到了话语属性的问题。即书写更根本的作用是使文本相对于作者意图的自主性成为可能，从而令文本的意义区别于心理学上的意义。由于书写的存在，文本的世界打破了作者世界的统辖，因而"文本必须使它自己能够以这样一种方式解除语境（Decontextualize），即它能够在一种新的境遇里重构语境（Recontextualize）"②。阅读就是重新赋予文本以主体、听众和语境的"重构语境状态"。按照利科的说法，文本的世界不是直指指称所指的世界，对于我们来说，世界是文本所开启的指称整体。"文本没有直指的指称，或者说它的指称不再是直指的，但文本有一世界，我们不能说文本没有世界，其实文本有世界，但不只是一处境，有世界，而不只是环境。"③文本的世界

---

① 伽达默尔：《诠释学 II：真理与方法》，洪汉鼎译，北京，商务印书馆，2007 年，第 21 页。
② Paul Ricoeur, *Hermeneutics and the Human Sciences*, p. 139.
③ Ibid., p. 177.

是一个可能的存在模式,是我们在世存在的可能符号的指向。与一般艺术作品相比,文学作品的本质特征就是,它们超越了自己产生的心理与社会条件,从而使自己对处于不同的社会文化条件下的阅读开放。简言之,从社会学和心理学的观点来看,文本必须能够通过阅读行为使自己这样来"解除语境",以致在一种新的境遇下可以"重建语境"。①

语言在文字中是与其实现过程相脱离的。以文字形式传承下来的一切东西对于一切时代都是同时代的。在文字传承物里具有一种独特的过去与现代并存的形式,因为现代的意识对于一切文字传承物都有一种自由对待的可能性。进行理解的意识不再依赖那种所谓使过去的信息传达到现代的传说,而是在直接转向文字传承物中获得一种移动和扩展自己视域的真正可能性,并以此在根本层面上使自己的世界得以充实。对文字传承物的精神占有(Aneignung)甚至超过了在陌生语言世界中进行漫游和历险的经验。② 文字固定的文本作为一种完全与话语现实分离和脱离的观念物(ideal),具有一种"自我陌生性",对文本的阅读正是对这种自我陌生性的克服。"文字固定的文本提出了真正的诠释学任务",因为"文字性就是自我陌生性,所以对这种自我陌生性的克服,也就是对文本的阅读,乃是理解的最高任务"。③ 通过阅读,我们可以直接接近过去的瞬间,瞬间并不意味着残余物或片段,而是一个整体。当这一整体以书写的手段得以传达时,过去便获得了永恒的精神性质,因为每一个现在和每一个能阅读的人都将得到这种精神。

拜厄特在小说中常以数页篇幅阐述对于文学名著的评论、对

---

① 利科:《诠释学的间距化功能》,洪汉鼎译,《中国诠释学》(第七辑),洪汉鼎、傅永军主编,济南:山东人民出版社,2010年,第7页。

② 伽达默尔:《诠释学I:真理与方法》,洪汉鼎译,北京:商务印书馆,2007年,第526页。

③ Paul Ricoeur, *Hermeneutics and the Human Sciences*, p. 394.

于悲剧理论的反思、对于语言学的认识、对于教学理论的思考等。她在小说中或是直接评论文学作品,或是探讨小说创作;既有笔下主人公早年气盛的一时冲动,也有人到中年曲折经历后的良多感悟。在《巴别塔》中,弗莱德丽卡曾在课堂上引导学生们讨论福斯特与劳伦斯作品中的爱与婚姻,尤其强调"联结"的重要性。她分析道,福斯特与劳伦斯的共同点在于对于完整呈现地球上某种生活与经历的渴望。他们不喜欢机械化的生活、城市、碎片与瓦解,福斯特的苏塞克斯与劳伦斯的诺丁汉郡都带有失去的乐园的色彩。弗莱德丽卡将这一点与作家笔下智慧女性的激情与欲望联系起来,称那是"为了自由与征服,为了思想与本能"①。弗莱德丽卡在剑桥求学期间还与同学托尼探讨过艾米斯(Kingsley Amis)的《幸运的吉姆》(*Lucky Jim*,1954),以不同视角作出解读,对其中的女性角色大发感慨:"吉姆确信好女孩穿好裙子,坏女孩穿脏裙子。但是二十年后好裙子会变脏,高雅的裙子会走样,我们不会化妆而是像野蛮人一样涂颜料。他对克里斯汀口红选择的偏见显得陈旧过时、不可理喻。"②《占有》中引人注目的女学者斯特恩是拉康式女性主义理论的追随者。在论文集《拉莫特诗歌的母题与母体》中,她以泛性论解读拉莫特的诗歌,将整个世界解读成女性的身体,"性意识就好比一层蒙了烟雾的厚玻璃;透过这层玻璃来看,所有事情全都沾染着同样模糊的色调"。③

有些评论家认为拜厄特从她的广泛阅读中吸纳了过多文学之外的元素,例如克雷格(Amanda Craig)将《吹口哨的女人》视为观念小说,指出智性小说的危险在于作者的想象力会遭到抹杀。但是如果小说能够比其他任何文类更加贴切地表现人们的世界观,那么拜厄特吸纳这些科学、文化元素便无可厚非。"文本是从不计

---

① A. S. Byatt, *Babel Tower*, p. 329.
② A. S. Byatt, *Still Life*, p. 133.
③ A. S. Byatt, *Possession*, p. 267.

其数的文化中心抽取的一套引文。"①阅读就是一个将此文本与其他文化、密码、引用,以及那些已见、已做、已存在内容相联系的过程。拜厄特与读者协商合作,以富于想象力的人物表达自己对传统文化与当代知识进步的思考。

走出后现代自我困境的一条途径是将自我置于历史中进行考察,对拜厄特来说,艺术正是将自我置于历史之中的方式,是一条"发现世界的途径"。② 如果不能想象他者的自我,作家便不能道德地写作。人们讲述的欲望反映了从不连贯的自我与存在中获得意义的需要,"讲故事成为'解释'的唯一可行的形式"。③ 创作的过程在很大程度上是自我塑造的过程,阿伦特(Hannah Arendt)写道:"我们只能通过以他本人为主人公的故事来了解一个人是谁,即通过他的传记。"④既然深刻了解一个人最有效的方式是了解他的故事,那么何妨讲述一个自己的故事。

与弗莱德丽卡同为单身母亲的阿加莎就是一个讲故事的人。弗莱德丽卡离开丈夫奈杰尔后与阿加莎同住,两位母亲带着两个孩子组成了一个奇特的家庭。阿加莎身为公务员,是一个"被定义的人",⑤她坚守自我的方式是给孩子们书写童话、讲故事。穿插在小说中的名为《向北飞》的童话最初是阿加莎写给女儿的,故事描写了阿提尔王子的冒险历程,出版后好评如潮。阿加莎不仅以此展现了她丰富的想象力与文学才华,也以讲故事的形式为弗

---

① Roland Barthes, "The Death of the Author" (1968). *The Norton Anthology of Theory and Criticism*. Eds. Vincent B. Leitch, et al. (New York: W. W. Norton & Company, 2001), p. 149.

② A. S. Byatt, "Identity and the Writer". *Identity: The Real Me*. Eds. Homi K. Bhabha & Lisa Appignanesi (London: Institute of Contemporary Arts, 1987), p. 23.

③ Peter Brooks, *Reading for the Plot: Design and Intention in Narrative* (New York: Random House, 1985), p. 54.

④ Hannah Arendt & Margaret Canovan, *The Human Condition* (2nd ed). (Chicago: University of Chicago Press, 1998), p. 186.

⑤ A. S. Byatt, *A Whistling Woman*, p. 38.

莱德丽卡的儿子雷奥和自己的女儿萨斯基娅开启了一扇未来之窗,并证明了儿童能够对精巧的叙事做出热情洋溢的回应,尽管其中包括他们不认识的新词汇。

本雅明在《讲故事的人》("The Storyteller",1936)中提出了声音被取代之后人类的渴望。他写道,伴随着印刷文化的风行和小说的崛起,"讲故事渐渐过时了",讲故事的消亡肇因于印刷术的兴起与小说的传播。受到这种思想影响的学者将"声音"视为人类已经失去或正在失去的个体事件。本雅明的讲故事者是具有个人感召力但脆弱的人物,他们在先进的印刷面前退回到现代之前的历史中。以现代人的阅读兴趣而言,19世纪经典小说的特征仍然是来自于口头文学的传统,来自人类关于"讲一个好故事"的隐秘渴望。[①] 在四部曲中,讲故事者依旧存在,正如小说在大众媒体中依旧存在一样。异质性的声音在现代印刷文化内部繁荣起来,给书写文化带来新的形式。

在拜厄特的作品中,读者读到的既有口头讲述的故事,也有叙事欲望下的文字。当《巴别塔》中的裘德宣称《乱语塔》是一则童话时,他强调的就是作品与口头文学讲故事之间的亲缘关系。他本人在写作之前也常常给自己讲故事,《乱语塔》遵循了他创作的一个套路:一群朋友逃往世外桃源,去随心所欲地践行一种更美好、更美丽、更自由的生活。裘德借作品中的领导者卡尔沃特之口强调讲故事的重要性。卡尔沃特在他企图建立的那个绝对自由的社会里,提出人们轮流讲述彼此生活中真实故事的建议,"可能有人觉得讲故事既原始又幼稚,但是讲故事是人类交流的原初形式"。[②] 他认为人类是唯一既回顾过去又展望未来、从过去的事件中汲取智慧并以此预测未来的生物。参与者会获得对彼此更深层

[①] Ivan Kreilkamp, *Voice and the Victorian Storyteller* (New York: Cambridge University Press, 2005), p. 9.

[②] A. S. Byatt, *Babel Tower*, p. 65.

次的认识,这些叙事也会给主导人们生活的真实激情与欲望模式带来更为深入的理解。当激情与欲望以这种方式得到昭示,人们就会更清晰地看到这些能量如何被巧妙地用于追求共同的利益与幸福。正如本雅明曾经评论的那样,"'故事'是最古老的交流形式之一。故事的目的不是传递一个完整的存在,那是信息的目的。相反,它将信息潜藏在讲述者的生活中,作为经历传递给听众。"① 故事的意义在于它超越了简单的信息传递,在看似不经意的情节之中暗传玄机。在精神疾病康复医院接受治疗的兰姆认为所有人都在给自己讲故事,选择、强调某些记忆,摒弃其余令人不快的内容。所有人都对因果感兴趣,所有人都对纯粹的巧合感兴趣,它与因果同样可信。② "知识分子在技术与社会异化了的生产单位包围之下,难以形成传统独立生产所具有的领袖气场"③,因此,对于"声音",知识分子回溯过去,期盼回到那个想象力作为主导力量的时代,寻回摆脱机构对知识束缚的形式,即叙事。"叙事是最好的镇静剂之一,至少它很长。"④对拜厄特而言,批评与写作本就是界线模糊、相互支撑、相互启示的关系,文学批评既靠近哲思又对文本的形式予以观照。

这种整合的能力与叙事的要求令拜厄特心存弗莱德丽卡式的焦虑:真正富于创造力投入写作的人从不研究英国文学,而自己文学系的出身很容易使小说沾染批评作品的色彩。创作需要丰富的想象力,于是,拜厄特也在作品主人公的故事中不断地挖掘新的想象力来源,例如尝试童话改写。拜厄特曾经写道,孩提时代阅读童话为她步入成年做好了准备:"他们清楚地表明在儿童所处的家庭

---

① Walter Benjamin, "The Storyteller." *Illuminations: Essays and Reflections*. Trans. Harry Zohn. Ed. Hannah Arendt (New York: Schocken Books, 1968), pp. 91–92.

② A. S. Byatt, *A Whistling Woman*, p. 105.

③ Pierre Bourdieu, *The Field of Cultural Production* (New York: Columbia University Press, 1993), p. 131.

④ A. S. Byatt, *Still Life*, p. 62.

之外还有另外一个世界，一个内心世界与一个广阔的充满暗示的外部世界，那里充满善良与邪恶、天使与魔鬼、命运与爱、恐惧与美。"[1]童话故事对成年人的心灵抚慰并不逊色于对于儿童的作用。哈钦指出，"讲故事是一种思索人们如何在混乱中求秩序的途径"[2]，童话故事的改写也是拜厄特渴望有秩序的现实世界的写照。

拜厄特在四部曲中植入小说情节的童话更多的是经典情节，而不是《占有》中人物书写的独立童话故事。小说中典型的童话原型包括格林童话《奇幻森林历险记》(Hansel and Gretel)、《灰姑娘》(Cinderella)和《蓝胡子》(Blue Beard)。《奇幻森林历险记》常常被作家用以描述儿童人物的焦虑心情。儿童与父母的紧张关系使得他们成年后与他者的关系受到强烈的消极影响。由于对父母失望，小说中的儿童对孤独有着自己的理解，如斯黛芬妮的儿子威廉在母亲遭遇触电事故而突然离世后深有被抛弃之感，弗莱德丽卡的儿子雷奥以这则成年人背叛儿童的童话来解释自己差点被母亲遗弃、父母离婚后又与父亲疏离的事实。

童话也是拜厄特强调女性隐忍的途径。《灰姑娘》的故事结束于幸福的婚姻，但事实往往并非童话般美好，女性经常面临在家庭与自我实现之间的艰难抉择。拜厄特精心编写，利用这则童话讲述了弗莱德丽卡不幸婚姻及其后侮辱性的离婚过程中所经历的情感与心理痛苦。在剑桥学习英国文学的弗莱德丽卡原本钟情于大学里满腹经纶、才华横溢的才子，最终却嫁给学院之外的富家子弟奈杰尔。直到结婚之后弗莱德丽卡才意识到自己与灰姑娘的相似之处：丈夫奈杰尔的父亲是船业富豪，他们居住的乡间别墅意指城

---

[1] Antonia Frazer ed., *The Pleasure of Reading* (London: Bloomsbury Publishing, 2015), p. 137.

[2] Linda Hutcheon, "Traveling Stories: Knowledge, Activism, and the Humanities". *A Sense of the World: Essays on Fiction, Narrative and Knowledge*. Eds. John Gibson et al. (New York and London: Routledge, 2007), p. 207.

堡,儿子雷奥的降生是童话的结局。不同的是,她所面对的不是残忍的继母,而是有暴力倾向、剥夺妻子自由的丈夫。她逃离了婚姻,而不是走进婚姻,甚至在离婚后对异性失去了兴趣。在碎片式作品《层叠》中,弗莱德丽卡写下了灰姑娘故事中姐姐们削足适履的片段,她想知道,"是谁清理了流到水晶鞋外面的血渍?"① 继而着迷于与血液有关的新闻、故事。弗莱德丽卡的问题挑战了童话故事的浪漫情节,颠覆了灰姑娘的幸福婚姻。

《灰姑娘》同时暗示了为身份问题苦恼不已的主人公对个人身份的寻觅。像灰姑娘一样,弗莱德丽卡必须厘清自己与家庭之间的关系,尤其是与母亲的关系。拿到剑桥录取通知书的弗莱德丽卡为自己能够离开父母而兴奋不已:"我现在可以离开了,我可以,不是吗?"② 婚后的她投向奈杰尔的怀抱因而更加远离父母。最终,弗莱德丽卡又必须放弃婚姻,承认自己与家庭血脉相连。婚姻的失败使她意识到自己与母亲极大的相似之处:二人都是拥有名校学位的家庭主妇。正如裘德在法庭上将自己创作的《乱语塔》描述成某种程度上的灰姑娘的故事,随着年龄的增长,对一切愈来愈深的怀疑让人们"发现你创造的那个世界与你逃离的那个世界越来越相似"。③ 尽管离婚的过程令弗莱德丽卡痛苦,却让她明白自己作为人的价值。她逐渐认识到自我意识对于个人生存的至关重要,生活不过是由一系列"最强烈地意识到自我"的时刻串联而成。④ 她向律师坦陈,奈杰尔的最残酷之处在于阻止她出去工作、找寻自我,那"阻碍了我成为我自己"。⑤ 为了维护个人的身份,弗莱德丽卡必须保持独立、放弃婚姻。

恋爱过程所要承担的风险似乎胜于爱情带来的甜蜜。弗莱德

---

① A. S. Byatt, *Babel Tower*, pp. 446 – 447.
② A. S. Byatt, *Still Life*, p. 26.
③ A. S. Byatt, *Babel Tower*, p. 567.
④ Ibid., p. 283.
⑤ Ibid., p. 322.

丽卡回顾与奈杰尔的婚姻，思索着自己在这个过程中应该负有的责任。二者的关系又与蓝胡子新郎的童话故事颇具相似之处，一些细节设计更可以清楚地看到《蓝胡子》的影响。在蓝胡子新郎的童话里，新郎的财富和与众不同吸引着女主人公，暗示了二者结合的暴力特征，而弗莱德丽卡同样迟迟未能发现奈杰尔温柔面具下的暴力倾向。她厌倦了剑桥大学里不切实际高谈阔论的才子，在务实的奈杰尔身上发现了更具吸引力的气质。她了解剑桥的男生，但是"对奈杰尔遵循怎样的法则却一无所知"，[1]家族财产继承人奈杰尔"具有她不知道的神秘权威"。[2] 初次共度良宵之后，弗莱德丽卡"在陌生的皮肤、耳朵下枕着的手臂里流淌着陌生的心脏里流出的陌生血液，在陌生的恐慌中醒来"[3]。奈杰尔的财富也带给弗莱德丽卡"与众不同"之感。她一厢情愿地错误估计了婚姻的这股力量，天真地以为，"即使结了婚也不意味着要在一夜之间改变本性"。然而在丈夫眼中，她只需要扮演妻子、母亲的角色，不需要自我，更不需要朋友。婚姻泥沼中，弗莱德丽卡昔日那股不会止息的热情能量已然消失不见。"撑过去一天，再撑过去一天，这究竟算什么样的人生？"

出走的决心被丈夫的一句"我爱你"轻松化解。尽管不是一个词汇动物，奈杰尔却深谙这套爱语的技巧，随之而来的温存令弗莱德丽卡无力抵抗。她愠怒、她压制，却无法抵御身体对情绪的感知。当这种伎俩不再奏效，奈杰尔便以最原始的暴力形式撕掉隐喻的伪装，干脆利落地实施了身体上的伤害与钳制。出身书香门第的弗莱德丽卡未曾见识过人类这种野蛮的回归，但同时语言意义上"牙尖嘴利"的野蛮力量也同样被唤起，成了伤人的武器。即便如此，弗莱德丽卡依然被故伎重施的奈杰尔招安。最终，锋利的

---

[1] A. S. Byatt, *Still Life*, p. 352.
[2] A. S. Byatt, *Babel Tower*, p. 327.
[3] Ibid., pp. 391-392.

斧头打破了温情的"联结"童话。令人唏嘘的是,逃出家门,弗莱德丽卡仍未摆脱丈夫对她身体的控制,圣诞礼物——一条剪裁合身的朱红色洋装,再次无声言说着一种精准的掌控,宣告奈杰尔的主权,以及弗莱德丽卡逃离的失败。

在离婚案的法庭上,弗莱德丽卡直接将奈杰尔视作蓝胡子:"她想象奈杰尔的暗黑脸膛,……她想象愤怒。奈杰尔的脸成了蓝黑的魔鬼。"[1]奈杰尔的观点是男权社会的普遍真理,任你婚前再聪明、独立又有野心,一旦步入婚姻,成了妻子和母亲,就应该预料到一些变化。在他们看来,你有了这么可爱的孩子、锦衣玉食豪宅,还有什么牢骚可发呢?还有什么必要去联络那些朋友尤其是男性朋友呢?连后来的离婚律师也坦言,女性在一般观念中倾向于待在家中照顾孩子。法官的结案陈词说得没错,"此刻的社会并无法配合比以往更加进取的女性,也无法满足女性不断调高的期望"。然而,"新"弗莱德丽卡躯体中那个"旧"弗莱德丽卡并不安分,她是妻子、母亲,同时也是"我自己"。她还想跟旧日的朋友们说说话,感受精神空间里的一点点自由。于是飞蛾扑火,向丈夫提出跟他一起出门的要求,就像赤足履过一层满铺着的煤渣,从那烧得灼热的地面间隙中寻找一条通道。在奈杰尔与弗莱德丽卡的关系中,暴力与情爱相互交织,小说以童话原型暗示了弗莱德丽卡应该为婚姻中的暴力所负的责任。

米勒曾经评论道,"每一个故事与每一次重复或每一次改编都给未知的结果增加了一丝不确定性"。[2] 童话的改编往往表现出人们对同一个故事不同版本的渴望与需求。像儿童一样,成年人不希望自己钟爱的故事结束,这正是人们乐此不疲地书写各种前传与后传、将童话故事改变成影视作品的动因。童话的改编使拜

---

[1] A. S. Byatt, *Babel Tower*, p. 323.

[2] J. Hillis Miller, "Narrative". *Critical Terms for Literary Study*. (2nd ed.) Eds. T. McLaughlin & F. Lentricchia (Chicago: University of Chicago Press, 2010), p. 72.

厄特的作品既极度智性又充满感性,并表现出讲故事与批评思想互动的创造性潜力。在这一过程中,科学与其他知识话语丰富了而不是僵化了小说的这种潜力。知识话语与想象信息的相互交换为虚构作品创造出一个特殊的语境,知识追求与叙事欲望并行不悖,共存于其中。在《吹口哨的女人》中,拜厄特将她本人对于"任何事物的智性好奇与清晰明了的叙事、扣人心弦的情节相结合",[1]这也是贯穿其小说创作始终的一种努力。尽管文学、语言的不确定性带来了人们对现实的怀疑,从而转向科学寻找答案,但是讲故事仍然十分重要,讲故事与抽象思维、文学与科学是相互依存、不可分割的两个方面。"故事不仅仅处理过去的知识,它们为我们提供在现实世界认知的模式、存在的模式。"[2]作为读者、作者、学习者、思想者,拜厄特笔下的人物带着智性的激情与批评的敏锐思索虚构的世界,他们不仅能够从不可靠的角度获得现实世界的可靠性,而且能够获得超越文本自身的力量。

学习知识、获得信念、找寻理性劝导这些哲学阅读的目的并非是阅读文学作品的必要因素。阅读小说是一种与哲学阅读不同的美学实践,读者带着不同的期待阅读文学作品,以不同的标准判断作品成功与否。科学与哲学等话语本身以知识传播为己任,拥有特定的读者群,读者期望通过阅读不仅能够获得真实的信息,同时也对他们感兴趣的话题获得启发性的洞见。文学作品则不然,它们不依赖理性信念,而是提供给读者可以进行想象性反思的文本,"读者接受的虚构立场是因命题意识而愉悦并加以想象,而非相信这些命题为真"。[3] 小说产生的情感效果与智性收获完全不同,以

---

[1] Steve Davis, "Birds of Paradise". *The Independent Magazine*. 7 Sept. 2002, p. 24.

[2] Linda Hutcheon, "Traveling Stories: Knowledge, Activism, and the Humanities", p. 212.

[3] Peter Lamarque, "Learning from Literature". *A Sense of the World: Essays on Fiction, Narrative and Knowledge*. Eds. Gibson et al. (New York and London: Routledge, 2007), p. 15.

求知为目的的阅读会令读者的兴趣偏离文学的本质所在。对于拜厄特的小说这样除却传统的社会、历史知识外,又含纳文学、心理学、社会学、生物学等反映时代知识变革与创新的文学作品,知识话语是否减损了作品的艺术价值与审美情趣?

通常人们认为文学价值至少是在一定程度上存在于反思作品主题时获得的洞见中,文学解释也在一定程度上是推导与塑造主题的过程。由于文学主题常常是人类普遍感兴趣的问题,具有哲学、道德、神学本质特征,例如欲望与宽恕、傲慢与偏见、希望与绝望、社会责任与个人责任的冲突,因此文学主题通常被认为是文学认知作用的核心,最常见的莫过于文学的"指导作用"。作品主题固然可以以命题形式表达,并因此具有真理价值,但它并非建构这个命题的唯一真理。如果认为文学的目的就是通过主题内容产生知识,那显然过于狭隘。正如米勒认为《我们共同的朋友》单薄而平庸的主题是"对金钱的错误崇拜",[1]四部曲的主题也可以简单地概括为:对20世纪50至70年代知识分子生活的写照,以及文学知识与科学知识之间应该架起交流的桥梁。但是像狄更斯的作品一样,四部曲的艺术价值并不仅仅在于这个中心主题,而更在于围绕主题展开的引人入胜的细节描写。从一般意义上说,命题的意义在于通过小说内容独特的组织方式而获得意义,欣赏一部文学作品是去考察它如何围绕主题组织成为连贯一体的美学结构。

实际上,读者很难通过阅读一部文学作品就完全改变自己的价值观,很多时候只是在不断加强其原有的信念。拉马克甚至说:"小说的成就不在于认知,而在于艺术。"[2]在他看来,欣赏一部文学作品就是要进行这样的阅读实践:沉浸于作品的想象世界,通过思索主题来探索作品的视野。文学作品中知识的审美认识具有很

---

[1] J. Hillis Miller, *The Disappearance of God: Five Nineteenth-Century Writers* (Cambridge: Harvard University Press, 1963), p. 20.

[2] Peter Lamarque, "Learning from Literature", p. 20.

高的自由度和灵活性，它可以从宏观世界感知到微观世界，也可以从历史感知到现实、从现实感知未来，而不仅仅是感知事物的本质特征与客观规律。它是以审美主体的审美感知和经验为基础，以情绪和情感为动力，以想象为主要方式的、直观而又富于理性的认识活动。"如果我们身处一部小说之中，那么坐在这里干巴巴地讨论音步恐怕是最令人疑惑和失败的。"①《园中处女》中的诗剧《阿斯特莱娅》的创作与欣赏表达了获得这样一种实践的努力。想象中的伊丽莎白是真实存在的历史人物，而在诗剧中实现她、并激发剧作家创作灵感的弗莱德丽卡却是作者拜厄特创造出来的。因此更确切地说，这种创作方式是"以虚构的现实去模仿艺术"（Gitzen 84）。作品在本质上是艺术品，是艺术家与众不同的观察方式得到的成果。小说还描写了亚历山大与"生活在实际中的"助理牧师丹尼尔对教堂中美术作品迥然不同的观察方式，以此强调艺术家独特的美学视角。②

拜厄特的女作家身份让她对知识分子的性别差异问题格外关注，与男性知识分子相比，女性更倾向于与他人分享自己获得的任何信息。这种知识分享的欲望让教学成为许多女性知识分子实现自我的途径。对她来说，"教学是阅读与写作的延伸"。③离婚后的弗莱德丽卡来到伦敦，以在塞缪尔·帕默艺术学院教授英国文学课程和给出版社为新书写书评谋生，尽管在此之前她由于对父亲的抵触情绪从未考虑过教学工作。初为人师，她面对的是学习成人教育课程的学生。与大学生不同的是，这些学生渴望知识并且来自各种各样"现实"的世界：工作、婚姻、生育、死亡、成功、失败，他们生活的世界恰是年轻学生们希望在书本间寻找答案的生活经历。④弗莱德丽卡在教学的过程中得到更深刻领悟文本意义

---

① A. S. Byatt, *The Virgin in the Garden*, p. 461.
② Ibid., p. 45.
③ A. S. Byatt, *Passions of the Mind*, p. xiii.
④ A. S. Byatt, *Babel Tower*, p. 222.

的机会,讲授《了不起的盖茨比》(The Great Gatsby, 1925)就是这样一段令人难忘的经历。弗莱德丽卡在注解中写道,盖茨比根据他本人柏拉图式的理想创造了他的世界、他的浪漫梦想,那是一个分裂的世界。但当她朗读这段文字时,却在关于毁灭的、分裂的简单描写中找到了作品的全部力量。在朗读的过程中她发现这个段落的精彩,看似简单的形容词恰如其分地表达着意义。弗莱德丽卡常常回想起这幅场景,那是真正地逐字阅读她一度认为自己"知道"的每一个字。那一刻,她体悟到自己应该做一名教师,应该去讲授自己知道的一切。因为"知道"与"理解"是相差甚远的两个概念,她所理解的内容是按照一定顺序排列的词语,是创造世界、创造思想。在讲授文学作品的同时,弗莱德丽卡也得以思考领悟文本的深层次含义,并获得宝贵的个人魅力。与"镜中游"的访谈节目相比,"在镜头前的微笑华而不实,只有(阅读)这种真正的技巧才能够揭示意义"。①

同为剑桥高材生的姐姐斯黛芬妮从相反的角度证明了知识对于知识分子主体性的重要意义。钟爱浪漫主义诗歌的斯黛芬妮毕业后回到家乡的中学任教。小说描写了她讲授《古希腊瓷瓶颂》的场景,以及她对诗歌的理解。斯黛芬妮对教学的观点简单而有限,不是鼓励自我表现、自我分析、人际关系,而仅仅是对一部作品、一个对象、一件艺术品推导、分享的沉思。像许多知识分子那样,斯黛芬妮为自己本能而正确的做法感到无比愉悦。她曾带着美好的憧憬去剑桥求学,但当她决定成为一位妻子和母亲时便全心全意倾力而为,因为"一位合格的母亲意味着在恰当的时候隐退"。为弟弟、父亲、丈夫打理好生活的一切对她来说是接受命运安排的宣言,尽管偶尔也会为此忿忿不平,在听到父亲抱怨远离了教学工作时,斯黛芬妮不禁喊出心底的声音:"那我呢? 我该做什么?"②事

---

① A. S. Byatt, *A Whistling Woman*, p. 270.
② A. S. Byatt, *Still Life*, p. 160.

实证明,斯黛芬妮再也无法从这个家庭抽身去谋求一点属于自己的空间,她为生活、孩子所羁绊,失去确立、追求自我的可能。当这仅有的一点个人空间也被剥夺之后,斯黛芬妮在《静物》尾声的死亡也就不难理解了。

常常有小说家宣称,小说创作与其他类型的非虚构书写是两种完全不同的写作,例如默多克既书写哲学著作又创作小说;洛奇则提出分裂的自我:批评自我与叙事自我。但不可否认,二者拥有基本的共通之处,即语言本身,因此思考的内容获得自然而然融入想象过程之中的可能性。在《荒野上的批评》(*Criticism in the Wilderness: The Study of Literature Today*,1980)中,哈特曼指出现代批评有两大倾向:一种是学者型批评家,他们将文学研究限定在细读、阐发具体文本的范围内,以形式来从文本的整体性方面定义文学,意在揭示艺术想象力以何种方式有机地组织、协调起来;另一种是哲学家型批评家,他们将文学文本视为通往绝对思想或更高级知识的工具,因而忽略了文学的内在特征。以阿诺德为代表的传统观念倾向于将批评看作创作的附庸,看作次要的存在。针对这一状况,从《超越形式主义》(*Beyond Formalism: Literary Essays*,1958—1970,1970)到《荒野上的批评》,哈特曼努力使文学批评既靠近哲学而又不离弃形式主义,因为"尽管要忠于欧陆批评风格,我仍然强烈地感到詹姆斯所说的'形式那胁迫人的魅力'"[①]。他一贯主张内在批评与外在批评的结合,批评者既要以文为本,也要将批评从分析文本意象、主题等转向更为广阔的空间,包括从语文学到哲学、诠释学,从形式分析到现象学批评,从文学转向广泛的人类经验。

哈特曼坚持批评独立,将批评与创作提到同等高度。同德里达一样,他认为所谓起源其实是虚幻的,因为文本相对于它所存在

[①] Geoffrey Hartman, *Beyond Formalism: Literary Essays 1958—1970* (New Haven: Yale University Press, 1970), p. xi.

的传统来说总是后来者,并不具有优越性。在他看来,批评作品是一种独特的文类,应具有独特的风格与形式的自由,批评文本同样需要具有非凡的创造力,是文学传统中不可或缺的一部分。因此批评家应该抛开"自卑情结",全身心地投入到意义的游戏中去:"我认为这就是我们的现状。我们已经进入了一个可以质疑文学文本高于文学批评文本的时代。朗吉努斯与他所评论的崇高文本一样受到严肃的研究,人们怀着与研究卢梭同样的兴趣研究德里达对卢梭的评论。"[1]今天,文学批评已经开创了自己的天地,而并没有危及小说、戏剧和诗歌的存在。也就是说,批评跨越了界线,同创作一样进入文学范畴之内,成为与文学作品一样要求颇高、需要花力气的工作:它是一个无法预料的、不确定的文类,不能先验地认为它的功能就是指涉和评论,也不能把批评视为其他某物的补充。[2] 主张批评独立的同时,哈特曼还提出批评应具有创造性,能够引导人们对艺术做深入的思考,故而批评者的自我分析显得尤为重要。他坚持内在批评与外在批评相结合,以现象学观念突破解构主义对主体、意图的偏见,强调创造性的批评。

与之相反,奥登(W. H. Auden)曾将批评比拟为一个实现伊甸园之梦的过程,认为批评家有别于作家:"无论一个人写诗还是写小说,他的伊甸园之梦是他自己的事情,然而一旦他开始写文学批评,诚实的原则要求他必须面对读者进行描述,让他们能够判断他所作出的判断。"[3]尽管拜厄特创作的是虚构的文学作品,但是身兼文学评论家的她不可避免地带有文学批评者的自律,这或许可以解释她为何在作品中力求真实的探索,即遵循评论家应有的

---

[1] Geoffrey Hartman, *The Fate of Reading and Other Essays* (Chicago: University of Chicago Press, 1975), p. 18.

[2] Geoffrey Hartman, *Criticism in the Wilderness: The Study of Literature Today* (New Haven: Yale University Press, 1980), p. 201.

[3] W. H. Auden, *The Dyer's Hand and Other Essays* (New York: Random House, 1962), p. 6.

一种诚实原则。她认同文学的功能重在探索（explore）与描绘（describe），却从未感受过这种分离。从童年时代开始，"阅读与写作对我来说都是生活圆圈上的点"，创作与阅读以及教学不可分割。为了了解如何写作，拜厄特不断地阅读，批评的写作是为了"更好地理解其他作家的激情投向何处，以及他们如何、为何写作"。正如哈特曼所说，批评文本也需要具有非凡的创造力，是文学传统中不可或缺的一部分。拜厄特的文学批评不仅展现了这种"非凡的创造力"，而且反向滋养了她的文学创作，与后者对于作家的要求是一致的。无论如何，拜厄特始终将"作家"视为自己的主要身份，将教授优秀作品的阅读视为鼓励并实现优秀写作的最佳方法。[1]

二 《游戏》：文学与存在

拜厄特的妹妹德拉布尔（Margaret Drabble）是一位同样声名显赫的小说家，她的《夏日鸟笼》（*A Summer Birdcage*，1962）和《光辉灿烂的道路》（*The Radiant Way*，1987）等小说在英美读者中赢得不少赞誉。现实生活中，这对姐妹却彼此疏离，关系微妙。拜厄特曾说，"因为我需要有自己的空间……与另一作家分享同样的记忆是困难的"，密不可分的同胞亲情下隐伏着难以摆脱的竞争意识。姐妹俩在各自的早期作品中——如拜厄特的《游戏》和德拉布尔的《夏日鸟笼》，不约而同地反映了同胞姐妹互为对手的情节。这种竞争意识又激发了姐妹俩的创作灵感。2001年，德拉布尔出版了以她们的母亲为原型的小说《白桦尺蛾》（*The Peppered Moth*）。拜厄特对妹妹将家庭隐私公之于世的做法极为不满，并公开表示反对。她在《游戏》中书写了作家、叙事者吞噬现实以创作小说的各种隐喻。"我认为小说家都是消费者，书写被他们张牙

---

[1] A. S. Byatt, *On Histories and Stories*, p. 1.

舞爪攻击的人物之命运。"自己的妹妹不惜将魔爪伸向家人,侵害亲密之人的隐私。在《勃朗特的变迁》(*Brontë Transformations: The Cultural Dissemination of Jane Eyre and Wuthering Heights*, 1996)中,斯通曼(Patsy Stoneman)指出,由于《游戏》"突出了自传和小说的互文性",因此它不同于早期引用《简·爱》的文本,并且像弗格森(Rachel Ferguson)的《勃朗特一家去伍尔沃斯》(*The Brontës Went to Woolworths*, 2009)一样,它更关心的是"对再现及写作过程的控制"。① 在《A. S. 拜厄特〈游戏〉中对想象力渴望》("The Hunger of the Imagination in A. S. Byatt's *The Game*")中,坎贝尔(Jane Campbell)注意到拜厄特"牢记默多克的警告,避免过分依赖故事的主导神话",但继而指出小说的"主导神话是夏洛特夫人的故事"。② 西尔维则认为,勃朗特姐妹才是故事的主导神话和原型,为了反思创造性想象力的本质和力量,拜厄特"对这种想象力如何在女性自我的阅读和沉思生活中成为一种难以抵挡的、最终具有破坏性的力量进行了探索"。③

然而,如果仅仅以明显自传性的姐妹关系主题来看待这部小说,那么将大大降低小说的丰富性和复杂性。④ 拜厄特在十岁或十一岁时曾经阅读塔沃斯(Frances Towers)的《与罗切斯特先生喝茶》(*Tea With Mr. Rochester*, 2003),故事的女主人公爱上了虚构的罗切斯特先生,渐渐将虚构与现实混为一谈。拜厄特"喜欢主人公的神秘感,以及她对写作重要性的意识",这些作品令她着

---

① Patsy Stoneman, *Brontë Transformations: The Cultural Dissemination of Jane Eyre and Wuthering Heights* (Hemel Hempstead: Harvester Wheatsheaf, 1996), p.150.

② Jane Campbell, "The Hunger of the Imagination in A. S. Byatt's *The Game*". *Critique*, Spring 1988, p.155.

③ Jane Silvey, "'We Wove a Web in Childhood' Angria Revisited: A. S. Byatt's *The Game*". *Revue Lisa* (E-Journal) 2010, p.18.

④ Christine Franken, *A. S. Byatt: Art, Authorship, Creativity*, p.64.

迷,"因为像女巫一样强大的小说入侵了现实世界。"①这激发了拜厄特的写作热情,想要撰写一部想象世界入侵现实生活的作品。抛开姐妹间罅隙的现实,拜厄特在小说中仍然以作家的创作为焦点,探讨文学作品与再现之本质的问题,包括虚构与现实、伦理与美学之间的关系等问题。坎贝尔(Jane Campbell)曾将小说结构描述为"以两位参与者的游戏为模式,在卡桑德拉和朱莉娅的感知之间以及回顾过去和当前叙事之间交替进行"。② 小说中卡桑德拉和朱莉娅两姐妹在童年时期的文字游戏,是一个富有想象力的结构,却最终由于游戏规则被破坏、想象世界的如影随形而导致二人成年后的生活陷入困境、姐妹关系紧张;成年之后卡桑德拉的学究式生活、朱莉娅的小说创作既是儿时游戏的延伸,也是拜厄特思考文学作品存在方式的延续。除了游戏形式所包含的想象、勃朗特姐妹的典故之外,小说在姐妹的游戏之间,从不同层面展现了构成游戏的游戏本身、游戏规则和游戏参与者等元素,表现出拜厄特对创造性想象与语言之本质、对文学作品本身存在方式的思考。虚构与现实、想象与创作难分难解。

《游戏》中姐妹的游戏首先是一种语言游戏,这要从语言本身的游戏性说起。维特根斯坦在其后期哲学中曾以游戏概念刻画语言的本质,认为语言就是一种游戏,从而阐明语言的开放性和工具性。在《哲学研究》开篇,维特根斯坦首先提出关于语言性质的两种不同观点。一是以奥古斯汀为代表的传统语言观,认为语言是用来表达对象的,因而一个命题或语句的意义源于外在于它的实在对象;二是不同于奥古斯汀的语言观,将语句和语词看作某种按照一定规则而进行的使用活动。所谓语言游戏是指我们原本使用符号的方式,比我们使用高度复杂的日常语言符号的方式要简单

---

① Jane Silvey, "'We Wove a Web in Childhood' Angria Revisited: A. S. Byatt's *The Game*", p. 1.

② Jane Campbell, "The Hunger of the Imagination in A. S. Byatt's *The Game*", p. 149.

语言游戏是儿童刚开始使用语词时的语言形式,研究语言游戏就是研究语言的初始形式或初始语言。例如,我们学习石头的概念并不是根据对象,而是通过它与石柱、石板、石梁等语词之间的区别与联系。"教孩子说话靠的不是解释或定义,而是训练",[1]儿童学习语言就是这样一个训练的过程。由此出发,维特根斯坦将我们的语言即日常语言称为"语言游戏":"我将语言和活动——那些指和语言编织成一片的活动——所组成的整体称作'语言游戏'。"[2]意即语言是按照一定的规则在一定的场合中使用的活动,语言、规则和使用的活动构成它的基本要素。任何一个语词概念的含义或意义,并不在于它所意指的对象,而在于它按照一定的规则与其他语词的组合方式。语词就像是一张张不同的纸牌,可以在不同的游戏中按照不同的规则来使用,而它们的意义就存在于不同的使用之中。[3]

维特根斯坦之后,"游戏"常常被用以指代语言内部的规则,在解构主义理论中成为破解二元对立的利器。德里达(Jacques Derrida)在《结构、符号与人文科学话语中的游戏》("Structure, Sign and the Play in the Discourse of the Human Science")中批判了结构主义直至整个西方哲学及其传统,文本被他定义为由符号构成的语言游戏。他以模糊主次的"补替"关系(Supplement)取代具有清晰等级秩序的"语音中心论"(Phonocentrism),以"延异"(Différance)与"播撒"(Dissemination)描述超验能指迷失后的状态:语言成了差异与延缓的无止境游戏,意义无法以直线方式传达,而是像撒种子一样"这里撒一点,那里撒一点"[4];找不到纯粹、绝对、本真的中心或者意义,解读犹如永远地"在路上"——没

---

[1] 维特根斯坦:《哲学研究》,陈嘉映译,北京:商务印书馆,第5页。
[2] 同上书,第7页。
[3] 洪汉鼎:《真理与方法解读》,北京:商务印书馆,2018年,第108—109页。
[4] Jacques Derrida, *Dissemination* (Chicago: Chicago University Press, 1981), p. 32.

有起源,亦没有终点,只有多元的发现与无尽的可能,且每一种解读都是不完整、不确定的。纯粹、绝对、本真的中心或者意义不复存在,语言成了差异与延缓的无止境游戏。意义的无止境带来了解释的多样性,德里达批判形而上传统,实际上主张的是一种多元主义,而不是以一元消灭另一元。结构是一切因素的游戏场所,矛盾因素相互补充而非对抗。

《游戏》中姐妹二人的儿时游戏首先是一种基于语言的游戏。主人公卡桑德拉和朱莉娅姐妹设计的游戏颇似勃朗特姐妹之间的贡代尔(Gondal)游戏。勃朗特姐妹幼时共同建构了安格利亚(Angria)的想象世界,十一岁时,安妮·勃朗特又与艾米莉·勃朗特共同创造了贡代尔(Gondal)世界,以丰富的想象力为其中的人物编写故事,她们的游戏同样一直延续到成年之后。拜厄特小说人物游戏的设计正是基于勃朗特姐妹的讲故事游戏。在卡桑德拉和朱莉娅分别七岁和九岁时设计了一种纸牌的游戏,将高度视觉化的泥人棋盘游戏开发成涉及大量文学技巧的游戏,为她们的想象力找到发泄的途径。故事和文本由姐妹俩协作完成,创造了一个浪漫且充满激情的世界,一个以亚瑟王浪漫传奇为蓝本的平行世界,也是一个以文字和符号建构起来的表达欲望的虚构世界。

成年之后,姐妹二人在各自的生活轨道上过着迥然不同的生活,卡桑德拉身为著名的媒体评论家,过着学究式的生活;朱莉娅成为一名新闻工作者、小说家,同丈夫贵格会教徒托尔、女儿黛博拉在伦敦过着积极的社交生活。尽管如此,童年时代那个非凡的想象世界的游戏却始终挥之不去。小说的两首题诗之一是勃朗特的诗歌:"We wove a web in childhood, / A web of sunny air." 暗示了卡桑德拉和朱莉娅的生活与勃朗特姐妹生活的相似之处。卡桑德拉慨叹:"我们在童年编织了一张网,一张阳光明媚的网。……网络很黏。我跟踪它的肮脏碎片。"[1]网的意象呼应了拜厄特

---

[1] A. S. Byatt, *The Game* (London: Vintage, 1992), p.230.

偏爱的"语言之网"的隐喻,"网络很黏",姐妹二人无法摆脱语言之网,从儿时文字游戏编织的那个纸屋子开始,甚至成年之后缺乏确定意义的自我认知,姐妹深陷网中无法自拔。在想象力的游戏中与朱莉娅一起织就的"童年之网"不仅失去了纯真的品质,而且也变得令人厌烦。卡桑德拉的童年记忆没有消失,而是变成令她烦恼不快的负担;朱莉娅也困在网中,在创作中屡屡受挫。美好不再,只留下肮脏。面对困境,卡桑德拉将一切都内化,将自己的感受传达给她保密的日记,却被朱莉娅擅自翻看。她不仅把日记封锁起来,而且把自己锁在房间里,把自己的生活仅仅留给自己,甚至被一位朋友怀疑患上了精神分裂症。她最为看重的是对自己周围环境的控制,尽管包括朱莉娅在内的其他人误认为这是控制所有人的愿望。卡桑德拉难以阻挡想象力编织进生活之网络,她成为牛津大学中世纪文学研究学者后告诉朱莉娅,"在某种程度上,我已经摆脱了那些故事"[1]。朱莉娅"很容易看出卡桑德拉是如何处理的,一个详细检查的对象,用脚注和内容进行清理"[2]。朱莉娅成为一名作家,主要话题是女性的日常问题,但她的生活仍然缺乏安全感。与姐姐不同,她外化了自己生活的世界——谈论它,写它,听别人谈论他们的问题。

小说开端,成年的姐妹二人因父亲的病危、去世而重新聚首。久别重逢,姐妹俩再次玩起"游戏"。卡桑德拉将妹妹的出现视为对她隐私的侵犯;朱莉娅则决定摆脱游戏带给自己的恐怖之感以及对自己行为产生的影响。于是故技重施,再度将自己的造访和卡桑德拉的私人生活用作小说的素材,出版题为《荣耀的感觉》的虚构作品。朱莉娅在小说中书写了"关于想象与现实之间不平衡的危险",其中的女主人公同样是一位学究式的女性。从某种意义上说,朱莉亚正在以虚构小说的形式书写现实的镜像,她自己是其

---

[1] A. S. Byatt, *The Game*, p.101.
[2] Ibid., p.47.

中的一个角色。这令卡桑德拉读罢无法将虚构世界与现实生活区分开来,她"与现实只有非常微弱的联系"。① 朱莉娅仔细回顾她在牛津与卡桑德拉一起度过的周末,寻找蛛丝马迹去想象卡桑德拉可能居住在怎样的"荣耀现实"。作为聪明、识字、孤独的孩子,朱莉娅和姐姐同勃朗特姐妹一样,创造了一个共同的想象世界,但他们并没有摆脱过去,而是坚持以他们自己的模式从想象的世界走进现实。

在小说中,拜厄特以电视机作为镜像的隐喻。卡桑德拉说镜子是"部分真理",她认为电视是"镜子的形式",是"我们欲望和观看方式的镜子"。在屏幕上看着妹妹朱莉娅,认为她是"自己的镜像"并且有一种"反射减弱的感觉"——就像在照一面镜子。当她看到两姐妹在青少年时期都倾心的爬虫学家西蒙,顿时有种"世界通过溶解玻璃无限延伸的错觉"②。她认为这是一个危险的谎言:想象力和对幻想的痴迷诱惑她再次模糊界线,她不得不时刻提醒自己玻璃屏幕的存在。卡桑德拉在日记中写道,她生活在两个世界,一个是"艰难、敌对、残酷、威胁的真实世界",另一个是没有边际的"天堂般的镜中世界";"纯粹视觉"的世界,这才是卡桑德拉渴望的世界,"理想情况下,这两个世界似乎应该相互碰撞;但实际上,人们知道碰撞一旦发生将是破坏性的",将导致她的疯狂。在《太阳的影子》中,安娜指责父亲亨利以真实人物作为小说的素材,自己却没有能力真正参与其中;朱莉娅面对着同样的指责。拜厄特在小说中深入探讨了这种创造性努力的危险和乐趣,以及"奇思妙想和激情"。"我们是深思熟虑的食物",③卡桑德拉在日记中写道,这句约翰逊博士的引语贯穿了拜厄特的创作,暗示想象力在不断吞噬生命,影响困扰着他们的成年生活。

---

① A. S. Byatt, *The Game*, pp. 121-122.
② Ibid., pp. 138-139.
③ Ibid., p. 22.

游戏失去了纯粹的游戏性,儿时单纯的游戏变成姐妹之间斗争的场域和无法摆脱的侵蚀现实的语言之网,同时也是姐妹之间关系的写照,她们从沉浸其中协同合作到缺乏信任到最后彼此疏离。姐妹儿时的游戏持续了十一年之后,在她们分别十八岁和二十岁时,随着朱莉娅参加短篇小说比赛获奖而突然终止。因为朱莉娅的小说窃取了卡桑德拉的记忆和想象力,破坏了游戏规则,二人分道扬镳。卡桑德拉赴牛津求学,得知男友与朱莉娅关系暧昧之后,姐妹关系进一步恶化。然而,姐妹之间表面日渐疏离的情感关系却难掩这样一个事实:姐妹二人的彼此依赖从未消失或减退。在朱莉娅成为作家之后,这种依赖甚至更加强烈。对于二人来说,成年生活的现实无法满足她们儿时情感强烈的内心世界。游戏依然在继续。

除了语言,游戏概念也是近代美学,尤其是康德和席勒美学中的一个主要概念,包括精神的自由活动与能力的自由活动,二者对审美活动的定义都与自由的游戏密切联系在一起。康德将游戏视为与被迫劳动相对立的自由活动,认为审美是"不涉及利害的观照";席勒也认为美的欣赏是一种"物质以上的盈余"的欣赏,人类的真正游戏是审美游戏,兼具感性与理性的人类以内在和谐的方式进行的具有审美自由的活动。游戏作为艺术作品的存在方式,要求我们以一种游戏的方式、遵循一种游戏的规则去经验艺术。这样的观点在19世纪得到发展,游戏在当时被认为是一种代替真理的德性,被指定为对真理德性缺失的一种补偿。因此在尼采、维特根斯坦以及德里达那里,游戏被用来避免提出真理问题或明显地破坏真理要求。"我们要把这一概念与它在康德和席勒那里所具有的并且支配全部新美学和人类学的那种主观的意义分割开。如果我们就与艺术经验的关系而谈论游戏,那么游戏并不指定向关系(主观态度),甚至不指创造性活动或鉴赏活动的情绪状态,更不指在游戏活动中所实现的某种主体性的自由,而是指艺术作品本身的存在方式。"①

通常人们认为,游戏只是一种不严肃的行为,具有随心所欲的特性。伽达默尔澄清了这种误解。在他看来,单纯的游戏活动并不是严肃的,但游戏活动却与严肃的事物之间存在一种特有的本质关系,这不仅是因为在游戏活动中游戏具有"目的",而且游戏本身具有一种独特而神圣的严肃性。"使得游戏完全成为游戏的,不是从游戏中生发出来的与严肃的关联,而只是在游戏时的严肃。谁不严肃地对待游戏,谁就是游戏的破坏者。"游戏要成为真正的游戏,就不能轻率地玩弄游戏。伽达默尔以游戏具有一种秩序结构来解释,即游戏表现了一种秩序,"正是在这种秩序里,游戏流动的往返重复像出自自身一样展现出来……游戏的秩序结构好像让游戏者专注于自身,并使它摆脱那种造成此在的真正紧张性的主动者的使命"。② 遵守规则与秩序是游戏顺利进行的前提。只有遵循规则秩序、严肃对待游戏,游戏才成为真正的游戏。

《游戏》中朱莉娅扮演了游戏破坏者的角色。尽管游戏的规则是双方持续密切的合作,但实际上,卡桑德拉一直是游戏真正的主导者,她制定了大部分规则,并以《亚瑟王之死》和丁尼生诗歌中的人物形象为灵感来源。朱莉娅拥有强烈的好奇心,却经常被卡桑德拉拒之门外,"在卡桑德拉的注视下——我一直害怕醒来并发现我只是卡桑德拉心中的一个想法"③,于是她像个影子一样追随卡桑德拉——阅读卡桑德拉的私人文件,在她试图离家出走时跟着她。朱莉娅显得"真实而危险":"一开始她只是眨着好奇的眼睛,在锁着的门的另一边扭动着,专有的好奇心。但最近,她开始将她视为一种几乎没有人情味的威胁,这种威胁绝对可以满足她,卡桑德拉,想要的东西,因为它唯一的功能就是想要那个。她有故事。

---

① 伽达默尔:《诠释学 I:真理与方法》,洪汉鼎译,北京:商务印书馆,2007 年,第 143 页。

② 同上书,第 148 页。

③ A. S. Byatt, *The Game*, p. 86.

哪个可以放弃。她有西蒙。谁能忘记。对她自己现在想要的东西保密很重要——不管那是什么。"①卡桑德拉回顾那个游戏,"当我们还是孩子的时候,我们并没有完全分开。我们有着共同的愿景,我们创造了一个共同的神话。"②这个神话却将姐妹二人牢牢地束缚在其中、无法自拔而且让她们难以摆脱彼此。姐妹二人都无法摆脱对方,她们痴迷于童年共同的想象力游戏,导致成年之后对个人身份的强烈焦虑。

卡桑德拉最终无法将现实与小说区分开而选择自行结束生命,她同样依赖朱莉娅。从道德层面上看,我们最终无法判断朱莉娅或卡桑德拉究竟是谁站在道德高点,"朱莉娅和卡桑德拉在道德上都无优势,也不是绝对正确的"③。矛盾的是,卡桑德拉接受了朱莉娅对她在虚构世界中的形象塑造,从而将朱莉娅的小说变成了事实。卡桑德拉的观察方式显示了对事实与小说之间复杂关系的敏感性,并且证明了一种洞察力,即感知主体与感知客体之间永远不会存在固定的界限。她一方面批评西蒙缺乏想象力,另一方面也不赞成朱莉娅作品对现实的侵蚀。这一想法在拜厄特20年后的小说《静物》中得到进一步体现,叙事者认为:"我们总是把自己摆在自己身上——无论观察者是多么消极,我们都相信诗人的非人格,成为对世界的描述,对愿景的映射。"④从这个意义上说,卡桑德拉的女性身份表明,女性需要达到一定程度的"非人格"和"自主"才有可能成为艺术家。她渴望成为天才,却无奈缺乏"伟大"作家身上固有的自主性和非人格特质。

在《太阳的影子》前言中,拜厄特讲述了20世纪50年代自己开始文学创作时,希腊先知卡桑德拉曾如何困扰她的思想。对卡桑德拉神话的迷恋与女性作家的观念有关,"我在剑桥一遍又一遍

---

① A. S. Byatt, *The Game*, p. 94.
② Ibid., p. 230.
③ Richard Todd, *A. S. Byatt* (Plymouth: Northcote House, 1997), p. 10.
④ A. S. Byatt, *Still Life*, p. 109.

写的另一件事是卡桑德拉的故事,她曾被太阳神(也是缪斯女神)所爱,不肯屈服于他,所以无法说话,或者不愿意相信任何人。"①神话中的卡桑德拉因为拒绝阿波罗而受到惩罚,作为一个神话人物被隐藏在古典冒险中,只得独自忍受沉默和痛苦。拜厄特在她身上投射了身为女性作家的焦虑,阿波罗就是缪斯女神,女性作家拒绝了他也就无法成为艺术家。《太阳的影子》之后,拜厄特开始关注阴影的意象,"我接下来的小说会使用这些意象思考女性视界、女性艺术和思想的问题"②。《游戏》中的卡桑德拉被塑造为一个生活在阴影之中的人物形象,只能看到反射日光的月光,将虚幻与真实混为一谈。她将自己与夏洛特夫人作比,写道:"我对阴影感到厌恶","在任何地方我都不会拖曳这个怪诞的阴影,我们的共同创造者。我至少可以选择熄灭光线。我不想再有任何的反思。"③她被赋予了失败的画家和艺术家的自我认知,认为自己不适合做艺术家,永远不会成为作家,陷入真实世界与想象世界之间的关系问题的困境之中,但朱莉娅对此知之甚少。对姐姐及其记忆与想象力的长久依赖,加上作为小说家的好奇心,令她相信卡桑德拉在现实世界确有自己的位置和标签。然而,卡桑德拉认为,"我们不仅仅是玻璃柜、动物园、博物馆中的标本",④人类无法被轻易地分类和标注,获得确定性的愿望不过是美好的梦罢了。

卡桑德拉离世之后,朱莉娅看着她的镜子,害怕无法超越自己"融化的、无辜的脸"。她对自己的镜像说:"我必须放手,没有拥有,我将靠自己。"⑤从小就被囚禁在激烈的身份斗争中,她对照镜子的恐惧在于,卡桑德拉的死并没有让她自由地过自己的生活,相

---

① A. S. Byatt, *The Shadow of the Sun* (1964). (San Diego, New York and London: Harcourt, Inc., 1991), p. x.

② A. S. Byatt, *The Shadow of the Sun*, p. xiii.

③ A. S. Byatt, *The Game*, p. 230.

④ Ibid., p. 230.

⑤ Ibid., p. 235.

反,这份表面的自由将永远困扰她。当与简·爱一样孤独和意志坚定的卡桑德拉在阅读《荣耀的感觉》时,将自己描述为"墙上的一面镜子,被问到她是什么,我们俩是什么意思?"时选择"熄灯":她坚持说,她想要"不再有反射"[1]。由于看不到自己满意的未来,她选择了遗忘。囚禁和圈地的主题,谁是被观看者,谁是观看者的问题,在整部小说中反复出现。姐妹之间彼此相互依赖,相互侵蚀,也相互观察。在游戏中,首要的问题就是拒绝主客体的二分立场。

主客体二分观点主张真理只在主体性中或只属于主体。伽达默尔指出,为了承认艺术的真理,就必须排除主客二分观点,或者提供主客的再结合或再统一。尽管同以姚斯为代表的接受美学或文学解释学存在差异——与姚斯的接受美学或文学解释学以"审美经验"为出发点不同,伽达默尔的艺术作品本体论不以"审美经验"为出发点,而是以概念范畴更广的"艺术经验"为起点——但同接受美学相一致的是,伽达默尔也承认理解总是不同的理解、任何理解都是自我理解等,同时没有忘记同自我意识保持距离。伽达默尔关于艺术是游戏的观点正是服务于这种既承认自我理解又避免沉迷于自我意识的目的。与德里达打破二元对立的概念不同,他所谓游戏与游戏者的关系,类似海德格尔的存在与此在的关系:游戏离不开游戏者,没有游戏者也就不存在游戏,因为游戏通过游戏者得以展现,但并不是说游戏就是由游戏者的主观意识所决定的。

伽达默尔关于游戏概念的态度与后期维特根斯坦的思想具有一致性,试图"按照游戏模式去考虑我们世界经验的普遍语言性"[2]。正如维特根斯坦的语言游戏是语言"内部"的活动,与"外部"对象无关,是"自主的",游戏的真正主体不是游戏者,而是游戏

---

[1] A. S. Byatt, *The Game*, p. 230.
[2] 伽达默尔:《诠释学 II:真理与方法》,洪汉鼎译,北京,商务印书馆,2007 年,第 5 页。

本身,游戏者只有摆脱了个人目的意识和紧张的情绪才能真正进行游戏。游戏独立于那些从事游戏活动的人的意识。伽达默尔以"游戏"的比喻用法来说明,按照词源,游戏(Spiel,game)产生戏剧(Schauspiel,spectacle)即观赏游戏一词。游戏一词可以从转喻的角度用于指代如光线的游戏、波浪的起伏、齿轮或者机械零件的滚动、肢体的相互运动、力的运动、昆虫的移动,甚至语词的运动。可见,游戏活动是指一种不断重复的来回或往返运动,并且不会中止的运动。"游戏就是那种被游戏的或一直被进行游戏的东西——其中绝没有任何从事游戏的主体被把握。""游戏的真正主体显然不是那个除其他活动外也进行游戏的东西的主体性,而是游戏本身。"[1]由此可见,游戏活动并不是我们通常认为的一种人或主体进行的活动,游戏者并不是游戏的主体。伽达默尔的艺术本体论既不以作者为中心,也不以读者为中心,而是以作品为中心,其目的是要超越主观主义,将理解本身视为意义事件的一部分。如果我们只是在观念和意识中来看待艺术的创造和欣赏,那么我们就始终无法摆脱天才论美学和趣味论美学的心理主义的阴影,在这一点上伽达默尔深受转向后的海德格尔的影响,他的《真理与方法》的第一部分提出的艺术作品本体论与海德格尔的《艺术作品的本源》存在着内在的一致性。与以往的观念大相径庭,海德格尔将艺术作品描述为一个自立的世界,完全摆脱了占主导地位的传统美学中的天才论、趣味论,而去努力"把握那种独立于创作者和观赏者的主观性的作品的本体论结构"[2]。

人类的游戏活动具有不同于一般游戏的特征。伽达默尔认为,人类游戏的特征在于,它游戏某种东西,也就是说,游戏所隶属的活动秩序或运动结构具有一种游戏者所选择的规定性。游戏者

---

[1] 伽达默尔:《诠释学 I:真理与方法》,洪汉鼎译,北京:商务印书馆,2007 年,第 147 页。

[2] 伽达默尔:《哲学解释学》,夏镇平、宋建平译,上海:上海译文出版社,1994 年,第 217 页。

首先通过它想要游戏这一点把他的游戏行为明确地与他的其他行为区分开来,游戏者具有选择游戏项目的自由,尽管"游戏本身对于游戏者来说其实就是一种风险。我们只能与严肃的可能性进行游戏……"①其次,游戏不是单纯的自为的行为,不仅游戏者参与其中,还有一个他者也参与其中,"尽管它(人类游戏)无需有一个他者实际地参与游戏,但他必须始终有一个他者在那里存在,游戏者正是通过这个他者进行游戏,而且这个他者用某种对抗活动来答复游戏者从自身出发的活动。"②第三,人类游戏需要活动空间,但这种活动空间不单纯是表现自身的自由空间,而是一种特意为游戏活动所界定和保留的空间,游戏就是牺牲自由和接受限制,因此游戏给从事游戏的人提出了任务,参与游戏的人只有通过把自己行为的目的转化到单纯的游戏任务中去,才能使自己进入表现自身的自由之中。

卡桑德拉和朱莉娅儿时游戏具有吸引游戏者参与的魅力,并且束缚游戏者于游戏中。游戏之所以能够吸引并束缚游戏者,正是在于游戏使得游戏者在游戏过程中得到自我表现或自我表演,因此伽达默尔认为,"自我表现乃是自然的普遍的存在状态……游戏最突出的意义就是自我表现"。③ 成年之后的朱莉娅可以说是通过游戏的形式将姐妹俩束缚在一部作品之中,完成艺术的创作。在她的创作过程中,游戏成为文学艺术作品的存在方式,意即在艺术经验里,我们所遭遇的东西就如在游戏中我们所遭遇的东西,也就是说,我们以一种游戏的方式去经验艺术。

但同时,对于游戏者、作家,自我表现并非是游戏的终极目的。游戏、作品需要观赏者、读者这一他者,因为只有在观赏者那里才会实现自身的完全意义,游戏为观众表现了其意义整体。例如,

---

① 伽达默尔:《诠释学 I:真理与方法》,洪汉鼎译,北京:商务印书馆,2007 年,第 150 页。
② 同上书,第 150 页。
③ 同上书,第 152 页。

"宗教膜拜仪式中的神的表现,游戏中的神话的表现,也不仅是这种意义上的游戏,即参加活动的游戏者全部出现在表现性的游戏中,并在其中获得他们的更好的自我表现,而且也是这种意义上的游戏,即游戏活动者为观众表现了某个意义整体。……通向观众的公在共同构成了游戏的封闭性。只有观众才实现了游戏作为游戏的东西。"①特别是像戏剧这样的游戏,尽管它具有一种完全自身封闭的世界,它却好像敞开一样指向观众,在观众那里赢得完全的意义。因此,伽达默尔认为,游戏本身是由游戏者和观赏者所组成的整体。最终,"最真实地感受游戏,并且游戏对之正确表现自己所意味的,正是那种并不参与游戏,而只是观赏游戏的人。在观赏者那里,游戏好像被提升到了它的理想性。"②在这种意义上,观赏者和游戏者一同参与了游戏,游戏本身是由游戏者和观赏者所组成的统一整体。

从这个意义上出发,朱莉娅的问题在于,她并未将参与者、观赏者囊括进她所创作的文学作品之中。她的女儿黛博拉指责母亲将生活中发生的一切都用作小说的素材,而没有考虑她笔下人物所对应的真实人物的情感,包括卡桑德拉。黛博拉的批评并非没有根据——朱莉娅读女儿的日记,就像她年轻时读卡桑德拉的日记一样。当年她惊叹于姐姐想象力的丰富,如今她根据日记内容可以用于写作而判断它是"好东西",却从未考虑过私自窥视他人隐私的道德问题。同样,面对公寓中的暴力行为,她并不畏惧,因为作家"实际上要经历它,并且一直如此"。出版《荣耀的感觉》时,她对暴露姐姐私生活所冒的风险视而不见。对她而言,艺术创作的成功高于一切。

朱莉娅完成了对卡桑德拉的这场邀请,游戏也就发生了彻底

---

① 伽达默尔:《诠释学 I:真理与方法》,洪汉鼎译,北京:商务印书馆,2007年,第154页。

② 同上书,第155页。

的转变,邀请观赏者身处游戏者的地位。只是为观赏者——而不是为游戏者,只是在观赏者中——而不是在游戏者中,游戏才起游戏的作用。"艺术的表现按其本质就是这样,即艺术是为某人而存在的,即使没有一个只是在倾听或观赏的人存在于那里。"[1]小说一路畅销,令朱莉娅大获成功,甚至获得她作家生涯的最高评价。但与她关系最为密切的人们却无一例外付出了惨重代价:卡桑德拉痛苦之下将自己锁在房间内自杀;西蒙决定再次出国;与托尔的婚姻破裂。最终,看到小说面世之后的一系列后果,朱莉娅才意识到,"我们是通过描绘陷害我们的东西,全力以赴来研究自己、释放自己的,但事实上,我们要做的就是显示真实的陷阱"[2]。独自一人待在姐姐的房间时,朱莉娅最终精神崩溃,她希望回到姐妹儿时的"游戏"中去,让叙事尘封在虚构的范畴之中。

姐妹二人的游戏既是一场基于语言的虚构世界建构的游戏,也是一场将二人牢牢控制、彼此无法分离的游戏。但游戏的主体不是制定游戏规则的卡桑德拉,也不是难以摆脱对姐姐记忆与想象力依赖的朱莉娅,而是游戏本身。游戏在参与者、观赏者的共同协作之下得以完全实现,这正说明了想象性的文学作品、艺术作品的存在方式。艺术作品的存在方式就是游戏。这首先意味着,面对艺术作品我们思考的对象不是审美的意识,而是艺术经验以及由此而来的关于艺术作品的存在方式,因此,"艺术作品绝不是一个与自为存在的主体相对峙的对象……艺术作品其实是在它成为改变经验者的经验中才获得它真正的存在。保持和坚持什么的艺术经验的'主体',不是经验艺术者的主体性,而是艺术本身"[3]。其次,艺术的经验不是主体的经验,因为主体在艺术经验中改变了

---

[1] 伽达默尔:《诠释学 I:真理与方法》,洪汉鼎译,北京:商务印书馆,2007 年,第 156 页。

[2] A. S. Byatt, *The Game*, pp. 185, 208.

[3] 伽达默尔:《诠释学 I:真理与方法》,洪汉鼎译,北京:商务印书馆,2007 年,第 145 页。

自身，同样，艺术的经验也不是对象的经验，因为主体之所以改变，仅当它不去对象化艺术作品时方可实现，艺术经验是主客体的再结合和再统一。正如游戏是为观众而进行的再现，艺术也是为观赏者的再现；正如游戏需要观众，艺术表现也需要观赏者，艺术也只有作为观赏者的再现之内容时才具有意义。第四，艺术作品的存在方式是描述自我理解的方式，历史、经验、表象、语言和真理，都是这种自我理解的形式。第五，艺术作品被理解，这意味着它可以许多方式被理解，它们不是误解。艺术作品不是规则书，而是它的游戏，游戏必然包含在有限限制内无限变化的自由。[①] 游戏是艺术作品的存在方式，这部小说本身也是一场文字游戏的实践。

按照伽达默尔的看法，所有文学作品——不仅是文学艺术作品，而是任何其他文字作品——都具有一种深层的共同性，即语言是使内容意义得以发挥之物，所以"正是一切语言性东西的可书写性，才使得文学具有最宽广的意义范围"[②]。文学的概念比文学艺术作品概念更为宽广，所有语言传承物或文本都参与了文学的存在方式，也即整个精神科学。只要科学探究与语言有本质的联系，那么所有科学探究都具有文学的形式。文学的宽广意义使我们看到，文本只有在理解过程中才能实现由无生气的意义痕迹向有生气的意义转换。

三 《吹口哨的女人》：文学与知识

《吹口哨的女人》是拜厄特四部曲中的最后一部。作为拜厄特的又一部"观念小说"，作品字里行间包裹着层层叠叠的宗教与文化外衣，知识的陈述俯拾皆是。对于小说的智性特征，评论界的态度并未达成一致。例如，戴维斯（Steve Davis）肯定了拜厄特将她

---

① 洪汉鼎：《真理与方法解读》，北京：商务印书馆，2018年，第114—115页。
② 伽达默尔：《诠释学 I：真理与方法》，洪汉鼎译，北京：商务印书馆，2007年，第228页。

本人对于"任何事物的智性好奇与清晰明了的叙事、扣人心弦的情节相结合"①。他同时批评《吹口哨的女人》过于强调智性因而艰涩难懂,以至于读者永远不会理解所有的典故。与之相反,诺里斯(Pamela Norris)指出小说中大量文学与科学的引文赋予人物"无止境的力量",从而避免了他们各自的悲剧命运。② 对此,马西(Allan Massie)抱有同感,他在评论这部小说时认为作品是一次"智性探险,充满了生机与活力"③。在《吹口哨的女人》所展现的时代,电视逐渐成为包罗万象的文化形态,一个融会新闻、历史、知识、娱乐,大众文化和高雅文化于一体的"信息库、知识库、文化库"④。于是拜厄特在小说中设计了一档电视访谈节目"镜中游",作为一处典型的知识话语交织的场景,使镜子成为小说中的重要意象之一。这不仅仅是一档评论性的访谈秀,更是一种"新的思维方式与认知方式"。⑤ 节目围绕一件器物、一种思想和一个人物展开,体现知识的共享与探索知识的过程。

"联结"一语出自福斯特(E. M. Forster)的《霍华德庄园》(*Howards End*,1910),主人公玛格丽特费尽周折,努力在不同阶层之间建立联结。卡特(Ronald Carter)在评论福斯特的"联结"时指出:"如果各种不同的文化与人生态度、甚至相互排斥的价值观念可以沟通,那么个人与社会就可能形成完美而健康的融合,人间之爱就可大放光彩。"⑥福斯特希望英国的各个阶级能够联合起来,建立一个平等和谐的社会。同时,女主人公玛格丽特的"惟有

---

① Steve Davis, "Birds of Paradise", p. 24.
② Pamela Norris, "Foxy Sexuality". *Literary Review* Sept. 2002, pp. 51-52.
③ Allan Massie, "Satirical Swing through the Sixties with a Modern George Eliot". *The Scotsman* 7 Sept. 2002, p. 6.
④ 徐瑞青:《电视文化形态论——兼议消费社会的文化逻辑》,北京:中国社会科学出版社,2007年,第3页。
⑤ A. S. Byatt, *A Whistling Woman*, p. 49.
⑥ 董洪川:《走出现代人困境:"只有沟通"——试论福斯特小说创作中的人学蕴涵》,《重庆师范学院学报》2001年第2期,第61—67页。

联结"也暗示了阿诺德(Matthew Arnold)对福斯特在创作思想上的影响。麦格克(Barry McGurk)指出,《霍华德庄园》中的施莱格尔一家是自由知识分子的代表,诠释了追求知识与自我完善的希腊精神的真谛;威尔克斯父子则是实用主义的代表,展现了强调行动的希伯来精神。小说的核心问题实际上是如何调和希腊精神与希伯来精神,而玛格丽特则成为这种平衡与联结的执行者。[①]

阿诺德在《文化与无政府状态》中将希腊精神与希伯来精神描述为"影响世界运转的两大源头"。[②] 他从未将希腊精神对智性的强调与希伯来精神对行动的重视割裂开来,而是坚持二者的平衡,认为它们拥有相同的终极目标,即人类的完美或曰救赎。拜厄特是一位以"智性书写"而著称的小说家,她的"联结"承载了作家对于思索的热情。她笔下的人物多是如施莱格尔一家那般追求知识,渴望"如实看清事物之本相"的知识分子、文化精英。因此,"联结"更多地体现在追求知识与自我完善的方方面面之间的联结,其中也不乏智性思索与行动的联结。在《吹口哨的女人》的致谢辞中,拜厄特记录了与不同领域的学者交流学习的经历:蜗牛与遗传学、生理学与认知、电视的可能性、关于金雀花的电影、阅读障碍、关于鸟类的人种学著作、个人魅力、群体与群体治疗、宗教文化等。这表明四部曲中有关科学研究的知识话语并非作者一时兴起、拼贴偶成,而是经过细致严谨的阅读与考察后,以艺术的手法融入自己的创作。拜厄特在文学艺术之外的天地里找寻兴趣点与创造力,并且发现了超越文学知识禁囿的令人兴奋的新途径。因此,这里的"联结"包含了更多层面的意义,包括在知识的不同领域、精英文化与大众群体、自我完善与他者沟通之间的联结。文学知识与

[①] Barry McGurk, "Gentlefolk in Philistia-The Influence of Matthew Arnold on E. M. Forster's *Howards End.*" *English Literature in Transition*, 1880—1920, Volume 15. 3 (1972), pp. 213 - 219.

[②] 阿诺德:《文化与无政府状态》,韩敏中译,北京:生活·读书·新知三联书店,2012年,第96页。

科学知识、大众文化与精英文化、镜头前后的自我与他者通过对电视的凝视以及对镜头的凝视被聚合在一起。"联结"不仅仅是小说中的电视节目"镜中游"的关键词,也是整部小说的主旋律。

文学史上,科学与科学思想以不同的方式被写进散文、诗歌、戏剧之中。而今天,当"文学"与"科学"出现在同一个句子中,二者之间却常常充满了紧张与竞争。探索二者之间是否存在某些共同点往往是争议与分歧的焦点,其中最为著名的是斯诺(C. P. Snow)所描述的"两种文化"。1959年5月,斯诺在剑桥大学发表了题为《两种文化与科学革命》("The Two Cultures and Scientific Revolution")的演讲,明确提出知识分子是两极的,一极是文学知识分子,另一极是科学家,他们之间的鸿沟越来越深。他认为当今世界上最强大的革命力量是科学,但科学家不为人所重视和了解,并对文学艺术兴趣淡薄。另一方面,文学家对科学的发展进步茫然无知,思想落后于现实,甚至趋于保守反动。因此,他主张在这两种文化之间架起一座相互了解、相互沟通的桥梁,以利社会的发展。① 实际上,文学与科学是一脉相连的,正如莱温(George Levine)所指出的那样,"科学是嵌入文化之中的,科学与文学是在它们所参与的文化大环境中相互形成的,包括知识、道德、美学、社会、经济、政治群体"。②

拜厄特在利维斯影响下的剑桥大学接受教育,深受两种文化之争的影响。她在《吹口哨的女人》中书写了文学、科学知识话语,并试图以小说创作在二者之间建立起内在联系。在她设计的文学知识与科学知识相遇、交流的场景——"镜中游"中,文学始终是其讨论内容的一个重要方面。例如第二期节目围绕自由女性、艾略

---

① C. P. Snow, *The Two Cultures: And a Second Look*. Cambridge: Cambridge University Press, 1964, pp. 3 – 4.

② George Levine, "One Culture: Science and Literature". *One Culture: Essays in Science and Literature*. Eds. George Levine & Alan Rauch. Madison: University of Wisconsin Press, 1987, pp. 33 – 34, 5 – 6.

特、特百惠碗展开讨论。三位嘉宾讨论了艾略特笔下的女性之美，认为作家有意惩罚她笔下那些漂亮的女性人物，那些利用美貌谋利、靠外貌吃饭的女人。①"维多利亚小说中的小女孩们拥有智慧、魅力、人性，但长大成人之后却成了怪物、魔鬼、受害者。……或许我们不应该长大"②，描述了艾略特笔下的女性人物形象塑造的整体倾向及其成长过程。以《爱丽丝漫游奇境》(Alice in Wonderland, 1865)的作者卡洛尔(Lewis Carroll)、荒诞无聊作品(Nonsense)以及古镜为主题的第一期节目，开始了以科学发现解读文本的尝试。嘉宾格里高利的讨论涉及从儿童的视角看爱丽丝作品中维多利亚式行为，对小门的心理分析式解读，以及爱丽丝梦境的超现实主义激情等内容。③他从卡洛尔对"成双成对"的兴趣出发，分析认为："实际上存在两个爱丽丝，仙境中的爱丽丝·利德尔与她的表妹爱丽丝·雷克斯。"④镜子的逻辑轨迹与光点是左右颠倒的，而不是上下颠倒，镜子自有其非逻辑的逻辑性。擅长研究大脑建构视觉世界过程的格里高利在此再现了"镜子游戏"视角下的文本解读，提出从另一面看问题的"穿越"概念，可以说是以科学发现解读文学文本的一段颇具新意的文学评论。

如果说小说中的文学知识话语因作者的学术背景而不难理解，那么广博的科学知识话语则很容易激起读者的好奇，因为它们并不是拜厄特所擅长驾驭的知识领域。威廉斯指出，"在英国的电视节目中，谈话讨论类节目拥有更为宽泛的范围。主要频道的黄金时段都安排了更多的谈话讨论节目。(与美国相比)英国电视节目的范围不仅更为宽泛，而且更为独立。"⑤"镜中游"中的知识话

---

① A. S. Byatt, *A Whistling Woman*, p. 144.
② Ibid., p. 146.
③ Ibid., p. 135.
④ Ibid., p. 136.
⑤ Raymond Williams, *Television: Technology and Cultural Form* (London and New York: Routledge, 2003), p. 46.

语从内容到形式都极具开放性,嘉宾也不拘一格。第三期节目的主题是"创造力",更加直接地探讨了文学与科学的碰撞。嘉宾之一、认知心理学家品斯基在节目中对于"什么是创造力"这一问题给出了科学的定义,同时并不否认科学之艺术性的存在,指出认知心理学与精神分析不同,"它本身就是运用诗性印象与共鸣的诗歌",甚至计算机也会学习,会辩读印刷的字母和摩斯密码,"也许有一天会理解《哈姆雷特》或贝多芬第三交响曲"。[1] 这样的观点难免遭到攻击,小说中的精神分析学家甘德认为,科学家总是将科学发现作为创造力的范式,但是"你永远做不出一个可以解释《李尔王》的试验程序;你永远不会在实验室模拟出贝多芬卓越的感伤力,或意大利画派名家皮埃罗·德拉·弗朗西斯卡名作《基督的洗礼》中数学精准与宇宙领悟之间的平衡"[2]。在他看来,伟大的艺术作品向世人展示了人类力量真正的极限,它们接受阐释而又抗拒归类,这是科学无论怎样努力也难以企及的。

对于文学艺术领域的作家们来说,科学思想无疑具有极大的诱惑力,也是一座矿藏丰富的寻宝之地。问题的关键不在于这些作家是否会在作品中书写科学知识,而是作家与科学家是否能够分享相同的世界观。艾略特曾经运用19世纪医学的最新科技成果作为观察人物的方式,以细致入微的科学观察方法书写人物、表现人物性格。时至今日,许多受到科学研究方法启发而创新的叙事方式已经不再新鲜。后现代理论家批评现代科学,试图为科学"去神秘化"。在他们看来,科学同样是文化建构,不再拥有接近知识与真理的优先地位。霍甘(John Horgan)强调,一些最著名的科学家提出最具后现代性的假设,并称其为"反讽的科学"。库恩(Thomas Kuhn)也指出,科学试图揭示的是流行的科学范式,它并非一成不变。许多大科学家不再抱有他们完全客观地生产可信

---

[1] A. S. Byatt, *A Whistling Woman*, p. 153.
[2] Ibid., p. 152.

赖真理的观点,相反,他们更愿意思考"现实"的现实性。

科学的发展也促使精英文化走向大众。小说所描写的时代是"一个语言成为图像附庸的时代,电视机的使用和普及很好地说明了这一点"①,一些原本属于精英范畴的知识已经通过电视这种大众传播媒介变得触手可及、人人可享。"20世纪70年代初期,人们已经生活在通讯技术的新时代里,大部分以电视的新形式为中心。"②电视机前的观众从未被要求接受过高等教育,知识话语存在的空间已经通过科技的进步得到了极大的拓展。尽管如此,固守利维斯主义的人物在小说中仍然存在。例如弗莱德丽卡的父亲比尔痛恨电视机的普及,他斥责道:"对个体真正的危险来自这个小屏幕,它消解了读书、交谈、游戏、技艺与生活。"③接受精神理疗的摩尼教徒兰姆也认为收看电视节目"不是一件小事,而是非常可怕的事,它会改变我们意识的性质,包括智者、无知者、愚蠢者"④。这颇似法兰克福学派对大众文化的批判否定态度,认为这种文化植根于当代社会公共生活中的流行文化,是垄断资本主义通过掌控传播媒介制造虚假需求,沉浸在娱乐和消费中的人们日渐丧失其主体和个性。但伯明翰学派做出了相反的认识预设,他们"认定大众文化具有天然的反主流意识形态倾向,而资本主义宰制意识形态则是由受主流媒介推崇的精英文化来维持和传承的"⑤。尽管接受传统英式教育的弗莱德丽卡仍持有传统观点,认为"我们需要的是语言建构的图像"⑥,却已身不由己地钻进了这个"小盒子"并在其中大展拳脚。

阿诺德是精英主义文化观点的第一人,他一方面肯定了艺术

---

① A. S. Byatt, *A Whistling Woman*, p. 48.
② Raymond Williams, *Television: Technology and Cultural Form*, p. 139.
③ A. S. Byatt, *The Virgin in the Garden*, p. 325.
④ A. S. Byatt, *A Whistling Woman*, p. 197.
⑤ 张琦:《小议"文化"》,《当代外国文学》2014年第4期,第141页。
⑥ A. S. Byatt, *A Whistling Woman*, p. 48.

作品对于人生理想、人格塑造、理解世界的重要作用,另一方面也开始了艺术作品与大众文化的割裂。20世纪30年代,"利维斯主义"(Leavisism)开始了对英国文化界绵延达40年之久的影响。这种思想与阿诺德的文化观一脉相承,均认为文化是文明的极致表现,是少数受过教育的精英人士的关怀对象。对持利维斯主义的人而言,首要历史使命是捍卫文化精华,即"界定和维护优秀的经典作品为代表的文化;批评广告,电影和流行小说代表的大众文化中的最差部分。"①。与之相反,威廉斯反对精英主义概念,强调文化日常,他认为文化的本质在于"文化永远是既传统又创新的,同时是最平常且人所共知的意义","文化"一词包含两种意义:"既意味着生活的全部方式,即共享的意义;也意味着艺术与学习,即探索与创意活动的特殊过程。"②拜厄特一方面继承了利维斯主义的精英文化观,另一方面则对其提出质疑,寻求知识共享的方式,并肯定了文化从精英走向大众的趋势。《吹口哨的女人》中精英文化与大众文化并非严格意义上局限于文学领域的利维斯主义,而是扩展到更为广泛的知识领域。拜厄特试图在小说文本中创造话语交流的空间,打破精英文化与大众文化的壁垒。正如反抗学校制度的学生运动中高喊的口号:"来分享你的知识,无论多么高深,无论多么浅薄。"③

文化从精英走向大众的趋势从"镜中游"节目内容自试播到第二年第一季度的变化中可见一斑。三次试播讨论的内容包括:杀虫剂与占星术、记忆与进化、逝去的过去与精神分裂、训化与自然、语法教学、莎士比亚、陀思妥耶夫斯基、毕盾夫人(Mrs. Beeton)以及劳伦斯。这些访谈节目中,嘉宾侃侃而谈的更偏重于曾经被定

---

① 克里斯·巴克:《文化研究:理论与实践》,孔敏译,北京:北京大学出版社,2013年,第41页。

② Raymond Williams, *Culture and Society: 1780—1950* (New York: Columbia University Press, 1983), p. xvi.

③ A. S. Byatt, *A Whistling Woman*, p. 85.

但是人们不该排斥异己或安于分裂,而是要力图打通内在与外在、精神与物质,从而达到一个圆满之境。"弗莱德丽卡意识到文学批评机械式的解读常常会忽视想象的力量,而真正的力量来自于"平淡与激情联结"。此处平淡与激情的对立正是阿诺德希伯来精神与希腊精神相对立的体现,而玛格丽特高呼"惟有联结":"惟有将平淡与激情联结,二者都将得到升华,人类之爱将攀上高峰。"①在玛格丽特看来,真理是活生生的,在物质领域与精神领域中共存,只有不断深入两个领域行走,才能看清生活的真实面貌。阿诺德指出,"希伯来精神和希腊精神互相更迭,人的智性冲动和道德冲动交替出现,认识事物真相的努力和通过克己自制得到平安的努力轮番登台——人的精神就是如此前行的"。② 这也是弗莱德丽卡此后感情生活所实践的原则,她将对生活的思考与对作品的评论相结合,"平淡与激情联结"恰到好处地点明此时的她对于婚姻与爱的观点,将知识女性的智慧与激情相联结。

迫于生活压力的弗莱德丽卡面试"镜中游"节目的主持人并获得成功,她因制作节目而增加对生活与世界的认识,逐渐成长为一个犀利、渊博的"成年爱丽丝"。她曾渴望做一个演员,体验那些她尚未经历过的高贵举止与陌生环境,也曾打算像一个容器那样生活在莎士比亚对生活以及爱的言辞之中。而今,弗莱德丽卡改变了初衷:"不,我不要表演,我要思考"③,"知识至关重要"④。弗莱德丽卡通过节目获得学习、思考的空间,第二期节目关于女性的讨论无疑使她得以重新思考自己的需要和权力。那时的她与丈夫离婚后带着儿子独立生活,节目中也谈到越来越多的女性想要独立生活的问题,并设想"如果我们独立生活,如果没有婚姻,如果男人

---

① A. S. Byatt, *A Whistling Woman*, p.187.
② Ibid., p.103.
③ Ibid., p.138.
④ Ibid., p.137.

是可选项,那么我们将成为什么样的生物?"①这期节目嘉宾佩妮从最新科学研究成果的角度阐释这种可能性,告诉弗莱德丽卡和观众:将冰以一定技术手段应用于卵巢中,在特殊条件下可产生孤雌生殖,于是男性与女性必须结合在一起的生理基础便不复存在。

节目也为弗莱德丽卡提供了一方展示自己的舞台,为自己创造了与屏幕前的观众相联结的机会。电视提供了最大范围的同时获取资讯的渠道,这是人类未曾体验过的。② 从未看过这类访谈节目的杰奎琳观看第二期"自由女性"节目后大受触动。三位知识女性谈论起女人的真正所想时因她们的知识显得振振有词,极具说服力。其中有关生育的问题更令杰奎琳感同身受,弗莱德丽卡"身体想要怀孕,但女人常常不想"③这一席话,对刚刚失去腹中胎儿的杰奎琳产生了消极的影响,令当时还是杰奎琳伴侣的卢克对弗莱德丽卡产生一种非理性的痛恨。弗莱德丽卡与杰奎琳就这样通过电视机屏幕发生着交流。卢克不喜欢第三期节目的"创造力"主题,节目中品斯基讲述的弗洛伊德故事令他想起不快的现实,想到自己失去的孩子。弗莱德丽卡以一种技术性方式大谈女性禁忌话题更是令他难以忍受的。尽管存在诸多不满与厌恶,不可否认的是,"镜中游"和弗莱德丽卡此时已经以一种神秘的方式与卢克的生活产生了某种联系。卢克继而又观看了"镜中游"关于相似性与复制性的一期节目,主题是相似性与复制、伊丽莎白一世及其画像。节目嘉宾将伊丽莎白的画像视为图标,认为这幅肖像的魔力在于,它是崇敬与魔力二者共同的对象。弗莱德丽卡由此及彼,引导嘉宾思考自己的面孔:"我们拥有个人独特的面孔,然而我们同时全部由无止境的家庭基因的复制而建构,因此我们还有一张家庭面孔。每天乘坐地铁时看到的所有面孔都是独一无二、无法复

---

① A. S. Byatt, *A Whistling Woman*, p. 146.
② 徐瑞青:《电视文化形态论——兼议消费社会的文化逻辑》,北京:中国社会科学出版社,2007年,第109页。
③ A. S. Byatt, *A Whistling Woman*, p. 143.

制的。"[1]这引起了卢克的注意,因为这种看法触及了他自己关于克隆与二倍体受精卵的复杂思考。如果人类也以无性方式进行复制,地铁里的人就会一模一样,从而面临失去多样性的危险。卢克因此对弗莱德丽卡产生友善之感。从最初认为弗莱德丽卡令人难以忍受,到后来产生亲近的愿望,卢克对弗莱德丽卡的态度在节目播出的过程中发生着微妙的变化。

在大众媒体时代,知识必然需要适应社会状况的改变,而知识分子也相应地需要在新的知识共享的形式中找寻自己的位置与出路。电视机的应用普及使得媒体成为知识分子身份认同传递的重要途径,他们的话语权在媒体场域内获得了更多的自由,从而大大增加了个体对自我、对自身归属和对自身身份反省的空间。

在科技与媒体高度发达的新时代,人类的生活环境越来越镜像化、幻觉化。现实世界被技术与想象力建构成"仿真"世界,一个由符号包裹的影像世界。[2] 在拜厄特笔下,电视这一科技进步的产物并未沦落为消解读书、交谈、思索的可怕魔兽,而是充满感性与理性、心灵与激情相联结的智慧魔盒。即便是在电视节目中,她也希望自己笔下的人物拥有自行思考的能力,并以这种形式带给读者深思。人物所追求的目标是理解从日常生活到崇高事业中合乎理性的思考,是不同认知视角相互碰撞、协同合作的过程。若要建立健全的秩序和权威,"只有与实际主宰我们的本能和力量逆向而动,认识其本来面目,洞见它们与其他本能和力量的联系,以扩大我们的整个视域,扩大我们对生活的理性把握"。[3] 合乎理性的认知不止包括对知识的追求,还在于运用知识决定怎样行动,从而帮助人们在世界中生存。

---

[1] A. S. Byatt, *A Whistling Woman*, p. 320.
[2] Raymond Williams, *Television: Technology and Cultural Form*, p. 79.
[3] 阿诺德:《文化与无政府状态》,韩敏中译,北京:生活·读书·新知三联书店,2012年,第106页。

四 《传记家的故事》与《静物》:文学与道德

拜厄特曾引用默多克对萨特的批评:"他(作为作家)对当代生存感兴趣,同时拥有分析的强烈愿望,却缺乏融合这两种手法的能力,即理解荒诞人的个性与他们彼此之间的关系",[1]认为与萨特相较而言,默多克更为重视社会与道德观念。对忠于现实的坚持与关怀精神、伦理状况并不矛盾,对人物伦理状况的关怀突出表现在虚构传记小说《传记家的故事》中。

学界对这部小说的研究集中于身份问题、历史题材以及后现代特征。斯蒂维克(Lena Steveker)在《拜厄特小说中的身份与文化记忆》(*Identity and Cultural Memory in the Fiction of A. S. Byatt*, 2009)中专门辟二章,分别探讨《占有》与《传记家的故事》中的身份问题,认为两部小说的主人公们探索了20世纪末、21世纪初社会文化话语中突出的身份问题,[2]作为研究者与传记书写者,他们不仅参与研究他者的身份、寻找"我是谁"的答案,更在追问"你是谁"。[3] 德国叙事学家纽宁(Ansgar Nünning)指出,拜厄特在小说中"将不同故事并置,展现给读者对于传主具有高度自反意识和互文性的,抑或间接的、传记性的追寻"[4]。布林德(Kym Brindle)同样认为,"四重叙述集合了'现实世界'中的历史人物要

---

[1] A. S. Byatt, *Degree of Freedom: The Novels of Iris Murdoch* (1965). (London: Vintage, 1994), p. 7.

[2] Lena Steveker, *Identity and Cultural Memory in the Fiction of A. S. Byatt* (New York: Palgrave Macmillan, 2009), p. 9.

[3] Ibid., p. 18.

[4] Ansgar Nünning, "Fictional Metabiographies and Metaautobiographies: Towards a Definition, Typology and Analysis of Self-reflexive Hybrid Metaagenres". *Self-Reflexivity in Literature.* Eds. Werner Huber, Martin Middeke & Hubert Zapf (Würzburg: Königshausen & Neumann, 2005), p. 196.

素,对生物遗传学的好奇以互文的形式自然地融入文学模式。"①沃海德(Celia Wallhead)看到拜厄特对于自我创造或再创造问题的关注,从认知语言学的隐喻自我分析模型出发,探讨小说中传主以及传记作家如何审视与讨论个性的问题。土耳其学者奥祖木(Aytül Özüm)指出拜厄特在作品中拆穿了生命与艺术、科学与艺术、历史编纂与文学创作、传记与自传等各种相互对立的学科和观念之间的复杂关系,其展现文类多样性的策略和对文类表现出的嘲讽姿态具有明显的后现代特征。② 国内学者陈姝波探讨了拜厄特在小说中对于后结构主义理论,特别是"作者的消失"和"历史文本性"理念的想象和虚构。③ 相形之下,这部小说并未引起国内学界足够的关注,对身份问题的探讨则多局限于历史虚构性的框架之内。

在《传记家的故事》中,传记作家与其写作的目标与实践、主人公菲尼亚斯与传主斯科尔斯及后者的传主生活相交织。拜厄特在其中质疑了传记叙事所基于的认识论、本体论、方法论过程,探讨了作家探求与他者世界相联结之文学形式的努力,以及对于再现与诠释中的自我与他者、主体与客体的思考。拜厄特深受默多克道德现实主义观念的影响,其伦理观首先延续并发展了默多克创作理念中的道德关注。尽管作家对于书写中的虚构媒介具有强烈的自我意识,作品展现的人物伦理困境却令小说主题并未脱离现实主义的传统。人物的伦理困境体现在对于传记作家与传主、人与自然的相互占有与观照、相互认识与尊重之中。环境身份决定了人类主体对于非人类他者的伦理阐释,并使人类主体性与事物

---

① Kym Brindle, Riddles and Relics, "Critical Correspondence in A. S. Byatt's *Possession: A Romance* and *The Biographer's Tale*". In *Epistolary Encounters in Neo-Victorian Fiction* (New York: Palgrave Macmillan, 2013), p. 37.
② 奥祖木:《挑战文类疆界:论拜厄特的小说〈传记家的故事〉》,《外国文学研究》2014 年第 4 期,第 69 页。
③ 陈姝波:《传记是这样"出炉"的:理论的想象和虚构》,《外国文学》2008 年第 4 期,第 3 页。

构成的世界相关联,成为解读伦理问题的一个重要层面。

洛奇指出,20世纪90年代以来,一种新的传记文类颇受欢迎。它将小说的传统与传记书写相结合,即所谓以历史人物及其生活为中心的"虚构传记"(Fictional Biography)。这种混合式文类的叙事策略并不以完整展现事实为目标,而是鼓励作者重新思考虚构作品想象的可能性,从而弥合事实信息与虚构作品之间的距离。沙贝特(Ina Schabert)给虚构传记所下的定义是,"虚构传记通过当代小说所提供的了解和言说知识的复杂技巧参与到真实历史人物的理解中",[1]基于文件资料等事实的传记与虚构小说的写作技巧相结合。巴恩斯(Julian Barns)的《福楼拜的鹦鹉》、拜厄特的《传记家的故事》都属于这一文类。《传记家的故事》以第一人称讲述了主人公菲尼亚斯在充满紧张感的后现代世界中寻觅"充满事物""充满事实"的生活的故事,[2]被认为是"最传统同时最具后现代特征"。[3]

拜厄特对后结构主义理论所声言的唯我倾向充满警惕,"我对语言理论既有些恐惧又十分着迷,作为自我指涉的符号系统,它们远离世界。我对只探索我们个人主体性的艺术立场既恐惧又抗拒"。[4]在她看来,语言离间了除自我之外的一切,现代阅读和书写将一切事物——人的主体性、客体、感官与情感——贬低为文本性的和话语性的他者。这种对于现实的观点与文学实践实际上阻挠而不是打开了与他者相联结的可能性。在文学创作中,拜厄特追求对他者性的"以他者为中心的"理解,这成为拜厄特关注伦理问题的出发点。[5]"以他者为中心"首先继承自默多克的小说理论,

---

[1] Ina Schabert, "Fictional Biography, Factual Biography, and Their Contaminations". *Biography: An Interdisciplinary Quarterly*, 1982 Winter, Vol. 5(1), p. 4.

[2] A. S. Byatt, *The Biographer's Tale*, p. 4.

[3] Jane Campbell, *A. S. Byatt and the Heliotropic Imagination*, p. 219.

[4] A. S. Byatt, *Passions of the Mind*, p. 11.

[5] A. S. Byatt & Ignés Sodré, *Imagining Characters: Six Conversation about Women Writers*. Ed. Rebecca Swift (London: Chatto & Windus, 1995), p. 253.

用后者的话解释是指"除己之外的他者是真实的,但理解这一点却极其困难"①。作为成长于人文主义传统、极富道德感的作家,默多克看到了社会个体对主体性丧失的焦虑。在她看来,社会现实充满了表面上互不关联的偶然事件,将个体淹没在权力语言的游戏之中,使个体缺乏统一的历史感和道德导向。但是,作为人类,"真理"与"善"始终是生活追求的目标。于是,道德作为现实主义的一种形式,是关于如何真实地对待他人,而不是对他人进行臆想。在此意义上,现实主义构成了"一种道德成就",它是一种捕捉真实的能力,目的是理解"他者的独特性和不同性"②。

作为一名道德现实主义者,默多克从本体论的角度为善的必要性辩护,认为在自我对他者的道德关注中,善能够使自我超越个人、将关注投向他者。尽管她从未承认自己对现象学的支持,却与现象学传统有着许多共同点。像梅洛·庞蒂一样,她强调"看到世界的本来面貌是我们肩负的一项任务"③,而这一任务在很大程度上是道德性的。默多克以婆媳关系中的态度变化为例。最初,婆婆认为儿媳言谈举止轻浮唐突,不够礼貌,有时简直是粗鲁、幼稚。然而,我们并不能将其定义为坏人,相反,她既充满善意又善于自我批评。反思后的结论是,自己在评判他者时可能有失偏颇,对儿媳的印象或许是一种傲慢的表现。因此,尽管儿媳本人并没有发生改变,婆婆的观点却悄然生变:"她并非粗俗,而是简单淳朴、令人振奋,不是有损尊严,而是天真率直,不是吵闹而是欢快,不是令人厌倦地幼稚而是令人喜悦地青春年少,等等。"④

从这一转变可以看出,首先,自我对于他者的感知受到以自我为中心态度的影响而发生扭曲。默多克称,"我们的思想一直生生不息,编织一张焦虑、常常以自我为中心、歪曲事实的面纱,将世界

---

① A. S. Byatt, *Degree of Freedom*, p. 5.
② Ibid., p. 66.
③ Iris Murdoch, *The Sovereignty of Good* (Abingdon: Routledge, 2001), p. 89.
④ Ibid., p. 17.

的真相掩盖"①,这是一条普遍真理。因此,为了接近现实,"难点在于将关注点放在真实的情境上,防止不知不觉中返回自我中心,带着对自怜、怨恨、幻象、绝望的慰藉。"②其次,自我注意到了自己的问题,并延迟了武断、傲慢的判断,从而为他者打开一个空间,使后者获得展示自己"真实面貌"的机会。因此,为了看到世界的真实面貌,人们必须延迟一种内在的、根深蒂固的倾向性,即以自我利益为出发点,歪曲定义其他事物或人。默多克认为,由于我们天性自私,若要清楚地看到世界的本来面貌,则必须首先"去自我"。最后,自我还经历了一场道德性的思想转变。这一转变是"道德想象与道德努力"的结果,是"充满耐心与关注"的表现。默多克提出,以自我滤镜看待世界必然会妨碍某一存在展现自己的真实面目。因此,就道德层面而言,延迟以自我为中心的傲慢倾向、"去自我"就是一种美德:"仔细审视某物并令其驻足脑海的关注"等于是一种"道德训练"。③

关注成为一种道德行为,不单纯因为实践关注是使人减少自我沉迷的有效途径,相反,默多克认为,重要的是将关注作为一种人之性情去实践,关注本身是美好生活的基本组成部分,而不只是通向它的途径。同时,关注是一种美德,还在于与他者相关的原因,即使得存在成其为所在。在婆媳例证中,自我态度的转变具有道德性,不仅是因为这一过程包含了显而易见的态度变化,更是因为它使他者得以展现真实面貌。换句话说,由于为存在提供了展现真实自我的空间,关注才被认作一种道德美德。此外,默多克在这一事例中所隐含的观点是,关注作为一种美德,能够被指向多个不同的客体,既包括人,也包括物。由此,道德关注的范畴从人类他者扩展到包括客观事物在内的广泛他者。

---

① Iris Murdoch, *The Sovereignty of Good* (Abingdon: Routledge, 2001), p. 82.
② Ibid., p. 89.
③ Iris Murdoch, *Metaphysics as a Guide to Morals* (London: Penguin, 1993), p. 3.

传记书写同样要求自我对他者高度的关注。与默多克相同，拜厄特写作于一个丧失连贯的后现代社会，在个人与他者的任何相遇中，不论是文学的、认识论的，还是身体的，处处存在着主体与客体之间的张力。在这种张力之中，"客体的他者性必须得到尊重"。[1] 传记拥有坚实的现实主义根基，旨在展现"对主体生活全面公正、客观详实的记述"。与之同时并存的，是难以察觉的传记作家与传主之间的某种力量对抗，或者说是一种协商。传记作家的书写能否避免以自我为中心、掩盖真相，能否做到"去自我"，从而为真正的主角提供展示真实自我的空间，完成对于自身的一场"道德训练"，成为传记书写必须面对的道德问题。在《传记家的故事》出版后不久，拜厄特谈起，传记就是一种"占有"的形式，"我不想把大部分时间花费在另一个人的生活上，那是另一个人的生活。"[2] 但正如她的虚构传记小说所示，拜厄特与传记的关系如同她与"占有"一词的关系同样复杂。如果说传记"占有"的一个方面是传主控制传记作家的趋势，那么另一方面则是传记作家占有传主的倾向。

传记书写的动机来自于了解他者的欲望，是一种"得到真实的、关于另一个人知识的尝试"[3]。与再现生活相比，传记关注的焦点更多地集中于传记研究影响他者性的方式上。列维纳斯（Emmanuel Levinas）指出，他者构成一直缺场的完全独立的个体，因为他/她无法为本质存在所捕捉。他/她是完全的他者，他者性超越了所有可能秩序的界限，却迫使"我"进入一种无法摆脱的

---

[1] Katsura Sako, "Others in 'Self-Conscious' Biography: A. S. Byatt's *The Biographer's Tale*". *Realism's Others*, p. 279.

[2] Erin O'Connor, "Reading *The Biographer's Tale*". *Victorian Studies*, Vol. 44, No. 3 (Spring, 2002), p. 380.

[3] Ina Schabert, "Fictional Biography, Factual Biography, and Their Contaminations", p. 1.

伦理关系,因为他/她召唤"我"承担责任。① 人类的存在之旅最开始便设定,主体"我"与他者的关系存在于理解他者的愿望之中。然而,理解常常产生暴力与否定的行为,否定存在的独立性。于是乎,传记陷入到粗暴否定他者存在之自主性的问题之中,由此否定了他/她的他者性。

小说开篇,教授的姓氏"屠夫"(Butch),以及研讨课所讨论的拉康的"分尸"概念(morecellement)难免令人毛骨悚然。这些词汇的运用暗示了主人公菲尼亚斯意图反对的主题,即对他者的侵犯和对他者性的否定。为了对抗这一带有唯我主义与侵犯他者倾向的文学模式,菲尼亚斯选择了书写斯科尔斯的传记。可见,菲尼亚斯对于作为传记作家的道德性拥有清晰的辨识,传记中的传主作为他者出现,传记作家的任务抓住并表现其独特的个性特征。若要认识传主他者的真实面目,必须经历"去自我"的过程,为展现传主他者的个性创建空间。然而,实际情况却并非尽如人意。《传记家的故事》在两个层面展开关于自我与他者的探讨,分别是菲尼亚斯关于自己研究进展的书写,以及镶嵌在菲尼亚斯写作过程中斯科尔斯的传记书写。

在菲尼亚斯讲述自己的研究进展时,使用了第一人称的叙事形式,颇具自传性的意识流风格。最初,菲尼亚斯仅仅对斯科尔斯这位传主感兴趣,使用第一人称是"为了准确,此时对于自我发现没有任何兴趣"②。但随着传记书写的进展,他发现创造的冲动与其个人意识相关,在建构这个叙事的过程中,他不仅要收集那些"干巴巴的材料",还要加入关于他自己的事实、感情、诠释,"在某

---

① Lena Steveker, "Imagining the 'Other'—An Ethical Reading of A. S. Byatt's *Possession* and *The Biographer's Tale*". *The Ethical Component in Experimental British Fiction Since the 1960s*. Eds. Susana Onega & Jean-Michel Ganteau (Cambridge: Cambridge Scholars Publishing, 2007), p. 123.

② A. S. Byatt, *The Biographer's Tale*, p. 100.

种意义上,我被强迫以非同寻常的方式书写我自己的故事。"[1]菲尼亚斯不断使用第一人称"我"表明,他将传主置于自己的视角之中,而不是透过斯科尔斯的目光去观察与反思。甚至,菲尼亚斯对于斯科尔斯的印象也完全依赖于他自己的主观视角:"我已经开始虚构一个诡秘的德斯特里-斯科尔斯,有着瘦削的屁股,穿着杂色粗花呢的裤子,以及他那狭小的、毫无特点的住处。我们就是这样东拼西凑的。"[2]"我"代表着后现代元小说式的叙事模式,带有强烈自我意识的书写,其危险性在于书写者可能成为无法自拔的自恋者。在展现自我意识的过程中,也就很难避免唯我主义。

为了理解他者,传记就伦理学的角度而言,成为充满争议问题的场所。菲尼亚斯的写作过程揭示了"书写他者"的困难。"我对自己说,我要挖掘斯科尔斯,掏出他的秘密,透视他的表层,剖析他真实的动机。但我转念一想,这些比喻是多么令人讨厌,其中至少有一个'透视'是我曾发誓永远也不用了的。"[3]菲尼亚斯意欲与传主斯科尔斯建立个人联系,甚至交个朋友、一起合作共事,这就意味着对传主的认同,然而"认同"是他一直尽量避免使用的词汇,"'认同'真是令人恶心而不可理喻"[4]。如此一来,菲尼亚斯时刻面临着被传主控制、"占有"的危险。

自我与他者关系探讨的另一层面表现在菲尼亚斯的传主斯科尔斯的传记书写中。菲尼亚斯对自己传主的研究一筹莫展,却发现了斯科尔斯大量未发表的传记书写。斯科尔斯的三卷传记以"事物与人的联结"为视角,勾勒出他的三位传主林奈乌斯、高尔顿和易卜生的职业活动及研究内容,涉及生物学与生物分类学的知识讲述,以命名、测量、书写展现出他们对于世界与人类精确、全面知识的狂热追求。在反思斯科尔斯选择这三位传主的原因时,菲

---

[1] A. S. Byatt, *The Biographer's Tale*, p. 237.
[2] Ibid., p. 35.
[3] Ibid., p. 23.
[4] Ibid., p. 23.

尼亚斯认为,生物分类学家、统计学家、戏剧家三个身份恰似"以不同纺线编织于事物本质之上的三张网",从研究内容到传主身份"是从显微镜到放大镜的逐步推进"①。林奈知晓地中海孤蜂形态学,并且业余专攻中东地区膜翅目昆虫的知识,"在我们大多数人还在好奇、疑问、惊讶的时候,林奈已经身在魔幻与科学、宗教与哲学、观察与信仰之间了。"②这些描述的内容揭示了人类对于知识的近乎狂热的欲望,及其在粗暴地忽视人类主体性方面的消极影响。斯科尔斯的手提箱中留有一些家庭照片,菲尼亚斯在这些照片中看到了个人主体性的死亡,"事实与事物只带给生活残渣与碎片"。"回顾我自己的时代,最令我震惊的是我们以越来越多的形式和技巧揭示看起来意义十分明显的隐含意义。真正被阅读的是我们自己解释一切的欲望。写进我们文本的是推理、非理性、希望与恐惧。"③在"解释一切"欲望的支配下,斯科尔斯的传主沦为生活与知识的碎片。

传统现实主义压制主客体的关系,后现代主义展现自我与他者的辩证关系,但又常常无法参与他者。主体性永远无法取得中立的、脱离现实的立场。菲尼亚斯研究的努力最终付之东流,沮丧之余,他承认作为传记作家的失败,"我看上去让斯科尔斯自己失败了。我不得不尊重他,他小心谨慎地远离我的故事,我的作品。"④放弃了传记努力之后,菲尼亚斯放弃了了解斯科尔斯的努力,只能讲述传主的缺席。并且,他尊重斯科尔斯的缺席,用列维纳斯的话来说,他尊重斯科尔斯作为与自己完全不同的个体,作为完全的他者出现。

继而,菲尼亚斯发现自己需要的是"透过某人的眼睛,充满想

---

① A. S. Byatt, *The Biographer's Tale*, p. 236.
② Ibid., p. 42.
③ Ibid., p. 167.
④ Ibid., p. 214.

象力地观察"①。菲尼亚斯依靠想象力进行自己的传记研究,将其描绘为"想象性的尝试"。"迫使斯科尔斯编造了三段传记的力量,如今迫使我书写我对芙拉和薇拉的爱",②传记作家将自己的谎言与发明编织进事实构成的厚重织物之中。想象性地与传记他者建立联系被表现为伦理性的质疑行为,因为他否定了传主作为独立个体的独特他者性。小说在伦理范畴内建立起对于传记他者的尊重,强调想象力在传记研究中的作用,以及想象力在将传主纳入自己视角时潜在的主体危机。在《传记家的故事》中,拜厄特提出的核心问题是如何避免唯我主义、拥抱他者。默多克式的"关注他者""去自我"为他者提供展现自我真实面貌的空间,似乎不足以应对虚构传记中自我与他者的伦理困境。于是,在斯科尔斯传主的生物学与生物分类学的知识讲述中,小说转向了人与自然的重要主题,思考环境身份如何促使人类主体性与事物构成的世界相关联。

　　生存的困境也让拜厄特笔下的人物走向死亡。《静物》结尾,作为主要人物之一的斯黛芬妮却出人意料地触电身亡,激起了读者对这位慈悲与智慧并存的女性形象的无限同情甚至不满:"每隔三周左右,就会有读者发来谴责的信件:你怎么能那样做?怎么能让我感受那种事情?毫无思想准备,你没有权利那样做,小说不应该那样发展。"③四部曲只进行到第二部尾声,一个主要人物便匆匆离场,这着实让读者有些不知其所以然,却又实实在在地感受到"意外"的真实力量。也许小说题目本身提供了某种线索:still life 法语译为 nature morte,字面意思为"自然死亡";中文亦可译为"静物",暗指亚历山大剧作的主人公梵高,他的作品"静物"便影射其死亡;同时,still life 还暗示了生命的延续性:无论发生什么,生

---

① A. S. Byatt, *The Biographer's Tale*, p. 23.
② Ibid., p. 237.
③ Susan Sorensen, "Death in the Fiction of A. S. Byatt" *Critique: Studies in Contemporary Fiction*, 43:2 (2002), p. 115.

活还是要继续;抑或"静止"意味着不朽,"死"而后生? 种种猜测呼应了小说中不同人物的反应,悔恨、悲恸、思索纠缠凝结,让人物与读者久久不得释怀。

《静物》自出版以来受到英语界评论家的广泛关注,学者们多将之与四部曲首部《园中处女》并置,考察其中的语言、历史以及女性问题。如帕林德(Patrick Parrinder)认为小说对绘画的描写最终回到语言的再现问题上。[1] 马斯-琼斯(Adam Mars-Jones)将小说归于19世纪文学传统,指出小说虽然也包含更具实验性的声音——叙事者的声音,但并不那么成功。[2] 韦斯特雷克(Michael Westlake)提出小说最终关注的仍是语言作为交流形式的可能性与局限性,讨论后结构主义理论提出的语言本质的问题。[3] 索罗森(Sue Sorensen)认为这部小说是拜厄特创作的分水岭,其后的文本"越来越强烈地表现出对语言的局限性及不可接近之真实的敏锐意识"[4]。语言与现实、现实主义与实验技巧固然是拜厄特创作的要素,但蕴含着作者生命哲学的斯黛芬妮的生命模式同样不容忽视。[5] 柯斯莱特(Tess Cosslett)提出斯黛芬妮的生命模式与华兹华斯的《永生颂》相对应,却没有深入挖掘这是一种怎样的生命哲学。[6] 死亡本身是一个巨大的隐喻,背后暗含着斯黛芬妮生

---

[1] Parrinder Patrick, "Thirty Years Ago". *London Review of Books*. 18 July 1985, p. 17.

[2] Adam Mars-Jones, "Doubts about the Monument". *The Times Literary Supplement*. 28 June 1985, p. 720.

[3] Michael Westlake, "The Hard Idea of Truth", *PN Review*. Vol. 15, No. 4, 1989, p. 37.

[4] Susan Sorensen, "Verbal and Visual Language and the Question of Faith in the Fiction of A. S. Byatt". Diss. University of British Columbia, 1999.

[5] Susan Sorensen, "Death in the Fiction of A. S. Byatt". *Critique*. Washington: Winter, 2002. Vol. 43, Iss. 2, pp. 115-135.

[6] Tess Cosslet, "Childbirth from the Woman's Point of View in British Fiction: Enid Bagnold's *The Squire* and A. S. Byatt's *Still Life*". *Tulsa Studies in Women's Literature*. Vol. 8, No. 2 (Autumn, 1989), pp. 263-286.

存的困境与死亡的意义。死亡在这里不再是构成情节的某种事件,而是一种须从生存哲学层面去理解领会的现象。

死亡历来是文学与哲学中的重要主题之一,被赋予了丰富多彩的释义:叔本华称死亡是哲学的起点;弗洛伊德说它是生命的源头和目标;华莱士·史蒂文森将之喻为"美之母";爱伦·坡认为"一个美丽女性的死亡"是"世上最富有诗意的题材"。观点林林总总,却都难以解释拜厄特在《静物》中的死亡描写。"现实主义"要求她直面死亡,"自觉意识"又令她的遣词造句蕴含深意。

在《静物》中,拜厄特尽量减少因果关系的描述,避免使用隐喻的语言,这成为小说中的剧作家亚历山大与她本人共同的创作观。亚历山大在创作《黄椅子》时,也曾打算使用平实、精确、不带修辞的文字。尽管在《心灵的激情》中,她承认这一尝试的失败,但读者仍可发现她为此所作的努力。死亡场景描写了斯黛芬妮尝试去解救被猫带进房子的麻雀,由于接触未接地的电冰箱而遭电击身亡。死亡时刻的描写仅占短短一个段落的篇幅:

"之后电冰箱猛地一击。疼痛传遍全身,手臂与金属粘在一起,肉体焦糊,噼啪作响。此刻斯黛芬妮只有一个想法——'就是这个',枕头上的小脑袋随之闪过她的脑海,'噢,孩子们怎么办?'接着又跳出一个词:利他主义,对此惊讶过后是黑暗的疼痛,更多的疼痛。"[1]

这幕死亡场景的描写中除了麻雀具有某种象征意义,电冰箱的"击打"和脑海中跳出的"利他主义"多少可以令读者联想起她的生活状态,最后的话语则相当直接明了——"就是这个"。拜厄特试图剥去文学作品中死亡的种种神话、迷信、传统的外衣,以最平实的笔调来书写,既摒弃浪漫主义与维多利亚时期浪漫、感伤、神

---

[1] A. S. Byatt, *Still Life*, p. 334.

秘的倾向,又排拒现代、后现代黑色、荒诞的作品风格,斯黛芬妮的死亡和生育都以直接、平实的方式呈现给读者。这样的描写方式不禁令读者想起《伊利亚特》中特洛伊将领阿尔刻罗科斯的阵亡场景:

> "他被打在脑袋和脖颈交会的地方,最后一节脊梁上。那两条筋一起都断了,当他倒下的时候,他的额头、嘴巴和鼻子比他的脚胫和膝盖先着地。"[1]

这处死亡描写既没有渲染身体的痛苦,又省略了一切感情色彩,表现出完全冷眼旁观者的冷静态度。看似平实的描写实则表达了对死亡顺其自然的态度,死亡是人类与生俱来的"本能"之一。本能无师自通,但是弗洛伊德给予这一概念新的内涵,认为它具有保守、回归和重复三个特点,总能使人从心理纷乱恢复到恬静平和,回归本来状态。[2] 于是本能作为有机体生命中固有的一种恢复原初状态的冲动,并不是一种主动积极的生命力,相反,它具有保守倾向,体现人的一种惰性。归复这一原生态的目标决定了一切生物无一例外归于死亡的真理。于是死亡本能成为生命内在的本能,对西方现代社会产生过重要影响的死亡本能理论由此提出。死亡既然是宿命,既然是恢复恬静平和、回归本来状态的生命本能,便可以平静坦然地接受。拜厄特冷静而真实的描写表现出斯黛芬妮对死亡的态度实际上是泰然处之,"就是这个"仿佛她已在此恭候多时。

在这段描写中,拜厄特还突破了海德格尔"此在"自身死亡的传统,即人的最深层次体验是无法加以对象化的,因为当人体验到死亡之时,人的"此在"即宣告终结,自然没有将这种死亡体验传达

---

[1] 荷马:《伊利亚特》,罗念生译,北京:人民文学出版社,2003年,第270页。
[2] 段德智:《西方死亡哲学》,北京:北京大学出版社,2006年,第16页。

给他人的可能。拜厄特却实现死亡者意识角度的书写,带给读者无比震撼的真实感。这实际上得益于她的亲身经历:儿子11岁时因车祸意外身亡,带给她沉重的打击和无尽的哀思;她本人曾经触电,侥幸逃过一劫,却得到了电流突然传遍全身的切身体验。

另一方面,拜厄特描写新生命的诞生采用了同样平实的笔调,"就是这个"与斯黛芬妮迎接儿子威廉降生时说的"你"颇有异曲同工之效。对于生死皆安然接受,这是斯黛芬妮的泰然,也是拜厄特生死哲学观的反映。自然界里的生生死死总是相互因缘又相互平衡。叔本华写道:"出生与死亡迅速地交替着,而意志永远的客观变化","出生和死亡只是一种不间断的摆动,两者轮流更替,而不是陆续从'无'产生新个体,然后归于'无'"。[1] 诞生和死亡都同等地属于生命,并且是互为条件而保持平衡的。他还用"自然循环论"来描述和论证种族不灭,"生存,就像是大自然颁予的'财产委任状',造化在适当的时机引导我们从自然的怀抱投向生存状态,但仍随时欢迎我们回去"。[2] 生命虽然只有一瞬间的逗留,又匆匆走向死亡,但它们的本质却始终保持不变,并不断地借助个体显现出来。借用伏尔泰的话说,"生固可喜,死亦何哀"。这样看来,个体死亡只是自然中再平常不过的一瞬,使用平实自然的语言讲述这种寻常的瞬间在拜厄特看来再合适不过。

"利他主义"(Altruism)一词的言说是这一死亡时刻的高潮,这个直接而有力的词语表现了斯黛芬妮"为他者而活"的生命轨迹,她对自己生命的意义所在了然于心,也明白这样的生活完全出于自己的选择。生活中的斯黛芬妮一向是人们寻求帮助的对象,作为助理牧师的妻子,她也常常协助丈夫为周围的人排忧解难,甚至一些更加无助与被动的离群索居者。[3] 出事当天,前后共有三

---

[1] 叔本华:《爱与生的苦恼》,陈晓南译,北京:台海出版社,2017年,第160,162页。
[2] 同上书,第148页。
[3] A. S. Byatt, *Still Life*, p. 247.

个人来拜访：一个社会福利工作者，打听如何找到杰瑞·巴特；克莱门斯·法赫为丈夫在外寻花问柳而苦恼不已，为此请她出面调解；初涉感情的弟弟马库斯想要找个人倾诉自己对露丝的好感。斯黛芬妮面对此景十分沮丧，却难以抗拒同情的本能，机械地为解决每个人的问题而努力。丹尼尔的愤怒、吉登的贪念、马库斯的欲望、克莱门斯的憎恶，斯黛芬妮身处这些不可调和的情感漩涡之中，无法自拔。此时，因得到斯黛芬妮的救护而存活的猫带进屋内一只麻雀，以动物原初自然的形象将斯黛芬妮的同情推向了极致。麻雀吸引了斯黛芬妮全部的注意力，仿佛这是她首先要帮助的对象。导致斯黛芬妮死亡的电击在某种程度上象征了人们加之于其上的过分负担。斯黛芬妮是上帝死后世界里的救命稻草，人们习惯了将负担卸载其上，把她视为个人故事的倾泻地。曾经的学者和文学教师如今成了两个孩子的母亲和助理牧师的妻子，对于自己聪明才智无用武之地倍感失落，这一点却无人理会。因此，麻雀的危险与人类的困惑相比看似微不足道，却足以打破先前艰难维系的平衡，将她带向生命的终结。

　　如果说丈夫丹尼尔对他人的帮助是出于助理牧师的身份，出于他对上帝的信仰，那么，对于没有宗教信仰的斯黛芬妮来说，就是道德向善成为她热心助人的动力。道德向善是康德宗教的精义，他强调道德不依赖宗教，而是恰恰相反：宗教信仰建立在道德的基础之上。康德道德论断的目的在于解释道德如何能够将个体引领向宗教的善举。[1] 德里达在《信仰和知识：纯然理性限度内的宗教的两个来源》一文中全盘接受康德的这一思想并指出，康德"反思的信仰"概念将纯粹道德和基督教信仰定义为不可分割的一体，究其实质是要求人们在道德上行善事时，不要考虑上帝存在或者不存在，即是否有一个至高无上的神在监督着自己，而是完全依

---

[1] Paul Guyer ed., *The Cambridge Companion to Kant* (Beijing: SDX Joint Publishing Company, 2006), p. 403.

凭个人善良意志的绝对律令，完全出于自觉来为人处事。单纯崇拜的宗教在努力寻求"神的恩惠"，但它只传授祈祷和欲求；道德宗教则与生活中的善举息息相关，它要求人们变得善良，并为这个目标而活动："重要的是要知道他为了使自己与这个救助配当而应该做什么。"[①]斯黛芬妮信仰的正是这种道德宗教，她的行善与上帝的存在无关，而仅仅是凭借着个人的善良意志、完全自觉地帮助周围的人和动物。死亡，正是在她行善的高潮中来临的。"利他主义"从斯黛芬妮无神论者身份的角度表现了其生命的意义。

反观丹尼尔，他的信仰由于妻子的突然离世而发生动摇。他开始意识到长久以来自己对生命态度的局限性，而这正是他工作的基础，于是信仰、工作、生活全部陷入混沌之中，心中充斥的是无尽的负疚感。此时，《圣经》已经不能为丹尼尔解释斯黛芬妮的处境，取而代之的是《李尔王》。拜厄特在小说中评论道，按照基督教批评家们的解读，考狄利娅之死是出于救赎李尔王的目的，促成李尔王与天国的和解。丹尼尔不禁暗自思忖：夺去斯黛芬妮的生命就是为了让我尝尝苦难的滋味，这样的上帝谁会相信呢？莎士比亚设计了考狄利娅的死亡，意在表明世上还有比负罪感与负罪救赎更糟糕的事情。李尔王让丹尼尔明白，他面临的危机并不是上帝之死，不是罪恶的救赎，也不是意义的缺失，而是太多的意义。对丹尼尔来说，他听不见斯黛芬妮言说的那些词汇，他的痛苦因而更为持久、无从摆脱。

"利他主义"一词本身也昭示了斯黛芬妮失去话语言说权利的困境。语言是主体成其为主体的中介形式，特别是对斯黛芬妮这样的知识分子来说，语言即自我。然而，斯黛芬妮对一度了然于心的学术词汇渐感陌生，周遭的环境、家庭的琐事、沟通的匮乏无情地剥夺了她的话语权。在意外发生不久前，她曾经向丹尼尔宣泄不满：自己无法言说真正关心的那些词汇，"只能使用有限的词汇，

---

① 德里达，瓦蒂莫：《宗教》，杜小真译，北京：商务印书馆，2006年，第14页。

这让我痛苦不已。""词语像幽灵一样环绕着我,挥之不去。"比如"话语,理性的话语,诡辩,柏拉图的理想,催化剂。"①斯黛芬妮最后的言语中"利他主义"一词也是她"大量尘封词汇"的补充。由此,对上帝的抛弃和对语言的抛弃双重打击着生活在现实生活中的她,语言的缺失消解了她主体存在的可能性,活着的她不过是"以沉沦的方式死着"。② 可以说,语言的缺失才是她死亡的真正元凶,没有话语权的人必定要保持沉默,而长久地保持沉默便意味着死亡。语言的任意性将死亡置于空虚之所,死亡失去了曾经拥有的权威性转而与"缺席"紧密相连。在弗洛伊德的释梦中,哑即死,斯黛芬妮的"哑"预示着死亡的到来。因此,这一词语的言说既是对她慈悲性格的肯定,亦可视为对她天赋浪费、无权言说的叹惜。

拜厄特在小说中欲扬先抑,先是精炼明了地叙述,其后又不乏复杂深入的意义分析。短短的死亡场景描写之后是一番关于死亡的思考,她追溯曾经以婚姻作为结尾的小说,读者在跟随着小说人物在婚姻生活的沙地和泥沼中艰难跋涉。婚姻常常以争吵、模糊、可能的分歧而告终,读者则可以根据自己的喜好让故事继续。与此相比,死亡更像是一个结局,悲剧便以死亡作为结尾,因此,拜厄特尤其关注悲剧中的死亡。

亚里士多德以怜悯和恐惧作为悲剧追求的审美效果,而死亡最能激发悯恤之心和恐怖之情,因此死亡被认为是悲剧的试金石。人的自由意志与命运的悲壮冲突,个体毁灭唤起的怜悯和恐惧是悲剧中死亡主题的永恒审美价值。死亡能够调节整个悲剧的情调和氛围,使观众的情绪随着人物的命运大起大落;它还让悲剧人物陷入绝境之中,"在生存价值遭遇严重危机的时刻,逼使他去思考

---

① A. S. Byatt, *Still Life*, p. 306.
② 海德格尔:《存在与时间》,陈嘉映、王庆杰译,北京:生活·读书·新知三联书店,2006年,第302页。

生与死的根本问题"。① 拜厄特认为莎士比亚悲剧的结尾很好地容括了悲伤的种种痛苦。② 例如她特别关注的《李尔王》,最悲惨的一幕,李尔王抱着女儿的尸体痛不欲生:"为什么一条狗、一匹马、一只耗子,都有他们的生命,你却没有一丝呼吸? 你是永不回来的了,永不,永不,永不,永不,永不!"(第5幕,第3场)悲号之后旋即死去。考狄利娅的死似乎违背了亚里士多德式的情感净化说,善良的人却遭到死亡的噩运常常令人不忍卒读。读者可以心平气和地接受李尔王的离去,却不愿接受考狄利娅这样一位善良女性的死亡。李尔王留给人们最后的一句话是:"瞧着她,瞧,她的嘴唇,瞧那边,瞧那边!"(第5幕,第3场)李尔王幻想着考狄利娅的嘴唇仍在翕动,"那边"不仅仅是考狄利娅的嘴唇,更是她的死而复生。拜厄特认为他"死在了这样的幻觉中",死亡完成了他生命的朝圣。与之相反,丹尼尔是个"实际"的人,斯黛芬妮死后,他告诉自己"绝不能放弃真实,不能放任自己去想象或渴望她的在场,哪怕只有短暂的一刻"。因为这样的渴望会令他"丧失意志与生物体的连续性,从而迷失自我"。③ 他不能像李尔王那样置己不顾,他需要振作起来,抚育孩子们,需要去工作。丹尼尔出于斯黛芬妮的父亲比尔对他教育背景的嘲弄读过这部戏剧,实际上,他未曾读过的《哈姆雷特》更好地解释了其处境,该剧同样包含悲剧的忧伤,但在王子迈入死亡的同时却以一种惊人的方式获得了新生。因此,生存并不是解决之道,丹尼尔自觉"那一时刻"是新的源头,"他的余生始于她的死亡"。④

描写斯黛芬妮之死的章节标题拉丁文 Unus Passerum,即 one sparrow,一只麻雀之意。在《圣经》中,麻雀常常用来比拟人类生命的更高价值:"两个麻雀,不是卖一分银子吗。若是你们的父不

---

① 颜翔林:《死亡美学》,上海:上海人民出版社,2008年,第95页。
② A. S. Byatt, *Still Life*, p. 368.
③ Ibid., p. 370.
④ Ibid., p. 369.

许,一个也不能掉在地上。就是你们的头发,也都被数过了。所以不要惧怕。你们比许多麻雀还贵重。"①极具讽刺意味的是,小说中的麻雀却象征着个体生命的消逝,斯黛芬妮的死更像是一场宗教牺牲,以否定形式传达并形成生命的强大力量。因此,死亡成为悲剧的必然结局似乎成了基督教思想影响的结果。拜厄特曾申明自己是个无神论者,将上帝视为"无处不在的缺席者"。既然如此,斯黛芬妮为何要像考狄莉娅那样作为牺牲?如果死亡意味着终结,为何其背后纷繁的力量依旧存在?事实上,生与死本就相互因缘而又相互平衡,死亡的意义更多的在于带给生者希望。身处日常琐事之中时能够克己修身、道德向善;面临死亡时能够泰然处之,即便最终以悲剧收场,也带来无尽的生的希望。

---

① 《圣经》马太福音:10.29—31.

结　语

新千年已经走过二十余年的历程,不仅文学创作依然面临着卡尔维诺所说的网罗知识与规则、反映外部世界多样面貌的挑战,文学批评与文学理论也亟待当代文学研究者在"理论之后"、当代文学批评与文化理论的语境下,作出深刻的反思。自柏拉图在《理想国》第 10 卷中,将诗人驱逐起,文学便与哲学相分离了。卡尔维诺在《哲学与文学》中指出,二者之间的关系成为一种斗争:

> 哲学家的目光穿越昏暗的世界,去除它肌肉般的厚度,将存在的多样性简化为由普遍性概念之间关系构成的一张蜘蛛网,并且确定了规则,而根据这些规则,有限数量的棋子在一张棋盘上移动,穷尽了或许无限数量的组合。然后,来了一些作家,针对那些抽象的棋子,他们用具有名称、确定的形状,以及一系列王室和马匹的真实属性,取代了抽象的国王、王后、马匹和塔楼等词汇,用尘土飞扬的战场或者暴风骤雨下的大海来取代棋盘。于是,就出现了这些被搅乱的游戏规则,这是另外一种秩序,与哲学家一点点发现的秩序有所不同。[①]

发现新的游戏规则的人,仍是那些哲学家,那些确定的塔楼和旗手,只不过是经过乔装改扮的普遍性概念。现代文论不断对此

[①] Italo Calvino, "Philosophy and Literature." *Times Literary Supplement*, September 28, 1967. https://recap.study/books/uses/3.html.

进行反思与批判,哲学与文学之间建立起了新的关系,诞生了哲学文学作品,将哲学视为推动想象的力量;哲学作品也常常以文学作品作为分析的基础。哲学家与作家都确信自己获得了真理或者至少是在走向真理的路上前进了一步;同时,他们意识到,自己和对方的思想体系都采用了同样的材料,也就是语言。正如伽达默尔所言,语言和文字最具有精神的理解性,文字和语言是纯粹的精神踪迹,指向精神的理解,实现历史与现在的对话。

罗素曾在《西方哲学史》中断言,"从18世纪后期到今天,艺术、文学和哲学,甚至于政治,都受到了广义上所谓的浪漫主义运动特有的一种情感方式积极的或消极的影响。"①可以说,浪漫主义作为一种思想意识形态,始终贯穿于欧洲自中世纪后期开启的社会近代化的全过程。然而,到了19世纪中期,尼采宣布"上帝已死",同时宣布近代二元论哲学中作为主体的"人"之死亡。"人"的危机导致了19世纪中期欧洲社会内部的剧烈动荡,受到席卷欧洲的革命风潮的影响,形而上学思辨哲学面临重重危机,革命成为思想文化的主题。浪漫主义的个人消失之后,艾略特看到,艺术中只剩下艺术表达的媒介,文学作品的媒介就是文本,即语言本身。诗人要表达的不再是个性,而是某种特别的媒介,种种个人感觉和亲身经历在此媒介中,以特别出人意料的方式组合在一起。这时,诗人的存在可以忽略不计,个人情感已经消失,唯有作家情感的这种奇妙组合代代流传。

在文学理论领域,自20世纪60年代以来,随着形而上学的思辨哲学不断遭到解构,西方文学批评理论流派纷呈。"解构主义不从传统意义上来说明文本,试图把握一个统一的内容或主题;它从就诸形而上的二元对立的论辩中来探究它们的动作,探究如卢梭的补充游戏那样的喻象和关系怎样产生一种双重的、疑义丛生的

---

① 罗素:《西方哲学史》(下卷),马元德译,北京:商务印书馆,1976年,第213页。

逻辑。"①挣脱了形而上学束缚的理论生产日益成为一个职业化部门。当今西方所谓文学理论著作,严格来讲已经不是"文学的理论",因为其中许多最为引人注目的著作并不直接谈论文学,而与这些著作关系密切的,是另一未及正式命名但通常大而无当地称作"理论"的领域。卡勒认为这种"理论""或可称为'文本理论',假如一切用语言表述了的东西都可看作是文本的话"。②解构主义从语言学立场出发的范畴与方法,无论直接用于文学语言,抑或作为某种诗学的模式,终使批评家将目光从作品的意义及其内涵或价值上移开,转向意义之所以产生的结构。

当代西方实用主义、后结构主义、解构主义、后现代主义等理论思潮的风起云涌,令传统学科分际日益模糊,跨学科研究愈演愈烈,使以往所谓的文学理论日渐与文学文本的实际解读和批评分道扬镳。正如卡勒所总结,一切关于当代批评理论的讨论,必然直面后结构主义这个混乱且被混淆的概念,或者更确切地说,解构理论与其他批评运动之间的关系。后现代"元"文学,包括元诗歌、元戏剧、元批评、元语言等,其出现恰恰反映了批评家与作家们对于文学样式、概念、手法、内容等本身进行的思考,后现代主义的这种"自反性"正是詹姆逊建构"元评论"的依据之一,而后现代艺术创作与后现代批评理论在自反性范畴的一个共同特征就是对"阐释策略"(interpretative strategies)的关注,这种对"策略""方法""形式"的关注与内容密切相关。

詹姆逊在《元批评》("Metacommentary",1971)一文中,首先提出文学阐释的重要性质"自释性","每一个阐释都必须包含对自身存在的阐释,必须显示自己的可信性,为自己的存在辩护:每一个评论一定同时也是一个元评论"。③ 即每一个文学评论都隐含

---

① Jonathan Culler, *On Deconstruction: Theory and Criticism after Structuralism* (Cornell University Press, 1982), p. 1.
② Jonathan Culler, *On Deconstruction*, p. 8.
③ Fredric Jameson, "Metacommentary." *PMLA*, vol. 86, no. 1, 1971, p. 10.

对自身的解释和证明,说明其批评行为的动机、原因、目的;因此文学理论首先关注的不是评判该文学评论的正确与否,而是它展示自己的方式。因为,阐释的目的不是追求价值判断,也不是刻意寻找问题的答案,而是思考问题本身和形成问题的思维过程,发掘其中隐含的矛盾,从而显露出问题的实质,"在艺术问题上,特别是在艺术感知上……真正需要的是思维程序的突然改变,通过拓宽思维领域使它同时包容思维客体以及思维过程本身,使纷乱如麻的事情上升到更高的层次,使问题本身变成对问题的解决。"[1]这种思维方式要求我们放弃表面化的政治批评,放弃简单化的立场决定论,代之以"问题"导向,在对问题的逐步深入的提问中让"答案"自行显现,而不是在细致的形式分析之前就匆忙作出价值判断,寻求作品的宏观主旨。

后现代文化对当代西方文化价值观念与激进文化研究格局产生了巨大影响与冲击。20世纪后期,坚持马克思主义批评立场的伊格尔顿在保持锐利文化批判锋芒的同时,表现出返回理论本原的努力和姿态。在《理论之后》中,他深入西方文化理论研究的整体格局,揭开后现代理论引导下文化理论的致命弱点,呼唤文化理论回归对道德、价值、真理、死亡等重大问题的思考。在《文学事件》中,他区分了文学理论(Literary Theory)与文学哲学(Philosophy of Literature),认为文学理论家缺乏对真理、指涉、虚构的逻辑等问题的研究兴趣,文学哲学家则对文学语言的组织结构不感兴趣。继而从文化、哲学、宗教、政治角度探讨了中世纪哲学中的唯名论(Nominalism)与实在论(Realism)之争,即作为共相的本质究竟是否存在于实体之中,以此二者的对立将种种有关本质的探讨区分为泾渭分明的两大传统。两种立场都源于社会结构,基于赋予权力或加强权力的目的而创建。在有关"什么是文学"的讨论中,伊格尔顿对本质主义做出批判,借用维特根斯坦的"家族相似"和

---

[1] Fredric Jameson, "Metacommentary", p. 9.

"语言游戏"论代替单一的本质论,即分类不要求某一内涵绝对周延,而是可以几种特征互相牵连、协同作用。伊格尔顿据此提出文学的五大特征:虚构性;道德性——对人类经验提供了值得注意的洞察而非仅仅只是报告实验性的事实;语言性——经过提炼的、富于修辞性的或自觉的方式使用语言;非实用性——文学不具备像购物单一般的实用性;规范性——被视为写作的高级形式,[1]并论述它们作为分类标准的可行性。文学价值存在于常规设想与批判反省之间,"文学,正如其他语言那样,将世界纳入自身;当它这样做时伴随着一种特殊的自我意识,此意识能使我们较之平时更为自觉地把握自身的生活方式和语言游戏的本质,而这也赋予了文学内在的批判力量。"[2]

文学艺术在伊格尔顿这里最终要产生实效,是一种自我批判、面向未来、敞开种种可能性的伦理活动,审美实践最终可以看作一种更高层面上的道德实践。伊格尔顿阐明了文学在文化中的地位,并以此重申当今文学思想的价值和有效性。他援引卡勒关于"自我扩张"的说法,认为这并不是传统文学人文主义者那种个人道德修养的提升,而是培养对支配特定文化的阐释模式的自觉。这种内在于文学的、可以不断更新的自我意识,正是所谓文学的本质。作为整体的文学世界,总能够在千变万化中显现出稳定不变的特性,但后现代主义者却错过了这简单的真相。于是,伊格尔顿选择正面处理反思与批判的问题,重申贯穿 20 世纪理论流派的主导观念,是将文学作为反思的武器,去质疑和批判种种被认为理所当然之物,这种批判精神滥觞于马克思主义,在诠释学、形式主义和接受美学中发扬光大。[3] 伊格尔顿敦促在各种文学理论积极方面的基础上,混合阅读策略。我们不能再简单地欣赏风格,而不必

---

[1] Terry Eagleton, *The Event of Literature*, p. 25.
[2] Ibid., p. 101.
[3] Ibid., pp. 103, 74, 93.

讨论某些修辞手法的意识形态基础,也不能只在文本如何在自身和读者身上发挥作用之外讨论思想。

伽达默尔关于艺术本质、历史、语言的探讨,加之利科的文本理论,在文学哲学思想方面,同伊格尔顿的努力方向具有一致性。诠释学是理解、解释意义的科学,也是历史和语言的科学,尤以艺术作品为重。而通过一部艺术作品所经验到的真理是用任何其他方式无法达到的,这一点构成了艺术维护自身而反对任何推理的哲学意义。伽达默尔在《真理与方法》中的探究是从对审美意识的批判开始,以此捍卫那种我们通过艺术作品而获得的真理的经验。伽达默尔"在经验所及并且可以追问其合法性的一切地方",去探寻"那种超出科学方法论控制范围的对真理的经验"。如此,"精神科学就与那些处于科学之外的种种经验方式接近了,即与哲学的经验、艺术的经验和历史本身的经验接近了,所有这些都是那些不能用科学方法论手段加以证实的真理借以显示自身的经验方式。"[①]包括文学作品在内的艺术作品,带给人类的正是这种超出科学方法论的"真理经验"。

在当代诠释学的主要形式中,尤其是伽达默尔与利科的理论中,诠释学对象已经扩展其范畴,超越了一般的文本解释,甚至是超越文本而指向人类经验世界的行动。理解与解释已不仅仅是从方法角度涉及解释者与文本的关系,而是人类生活世界的运行方式。"诠释学问题从其历史起源开始就超出了现代科学方法论概念所设置的界限。理解文本和解释文本不仅是科学最为关切的事情,而且也显然属于人类的整个世界经验。"[②]作为这种特殊的文本诠释经验,其中心焦点在于强调理解作为人类本体特征的性质,以及强调以解蔽——遮蔽,而非相符性,作为真理的原初特征。此时,解释者已不再是理解与解释文本的主体,而是隶属文本的历史

[①] 伽达默尔:《诠释学Ⅰ:真理与方法》,洪汉鼎译,北京:商务印书馆,2007年,第4页。
[②] 同上书,第1页。

世界与生活世界。

　　一部文学作品,可以说是无所不纳,是各种解释方法、思维模式和表现风格的繁复性汇合与碰撞的结果。贯穿拜厄特虚构、非虚构作品始终的是实践恢复传统、历史、语言、艺术本质的努力,以及对后现代主义理论持有的保留态度。尽管拜厄特相信,事实与虚构能够结合以达到另外一种真实,但小说在叙事的同时,作家更加关注作为艺术形式的文学作品产生的、超出科学方法论的真理经验。因此小说家需要具备将范围广泛的相互分离的各类元素整合至一个连贯整体的能力,这种能力能够将复杂的思想碎片经叙事之手设计成为精妙的艺术品。想象本是人的心理机制,是人们追忆形象的机能,但包括哲学家在内的普通人,常常只能把这种追忆的内容按一定程序有规律地组合起来;只有艺术家,才能让这种理智的追忆过程获得某种明显的形象表现。形象具有潜在的认识意义,但是抛开艺术家的组织与创作,形象在本质上依然是惰性的和分离的,调和思想和事物成了艺术家的任务。

　　今天,知识的概念在信息爆炸的时代以各种方式被人们曲解了。不可否认,我们可以从新的科技环境中,以新的科技手段汲取灵感,但最本质的要求恒久不变,那就是彼此经验的相互传递、前世与后世的精神传递。尽管世界越来越沦为信息的碎片,但文学、故事仍然可以激发读者的整体意识,恢复人们从细小事物中看到整个世界的能力。读者从文学作品中获得的意义正在于,了解自己,理解世界。

参考文献

Abram, David. *The Spell of the Sensuous*. New York: Vintage Books, 1997.

Abrams, M. H. *The Mirror and the Lamp: Romantic Theory and the Critical Tradition*. New York: Oxford University Press, 1953.

Ackroyd, Peter. *Hawksmoor*. London: Hamish Hamilton, 2010.

Adair, Tom. "Too Many Tongues Twist the Message." *The Scotsman*, Spectrum 19 (1996): 11.

Alfer, Alexa & Amy Edwards de Campos. *A. S. Byatt: Critical Story Telling*. Manchester and New York: Manchester University Press, 2010.

Arendt, Hannah & Margaret Canovan. *The Human Condition* (2nd ed). Chicago: University of Chicago Press, 1998.

Artaud, Antonin. "Van Gogh, the Man Suicided by Society," (1947). *Antonin Artaud: Selected Writings*. Ed. Susan Sontag. Berkeley: University of California Press, 1988.

Auden, W. H. *The Dyer's Hand and Other Essays*. New York: Random House, 1962.

Baggini, Julian. *I Still Love Kierkegaard*. May 16, 2013. (http://www.aeonmagazine.com/world-views/julian-baggini-i-love-kierkegaard/)

Barthes, Roland. *Image, Music, Text*. New York: Hill and Wang, 1978.

—. "The Discourse of History" (1967). Trans. Stephen Bann. Ed. E. S. Schaffer. *Comparative Criticism: A Year Book* (Vol. 3). Cambridge: Cambridge University Press, 1981.

—. "The Death of the Author" (1968). *Modern Criticism and Theory*. Ed. David Lodge. London: Longman, 1988.

—. "From Work to Text" (1977). *Textual Strategies: Perspectives in Post-Structuralist Criticism*. Ithaca, New York: Cornell University Press, 1979, pp. 73 - 81.

Becker-Leckrone, Megan. *Julia Kristeva and Literary Theory*. New York: Palgrave Macmillan, 2005.

Bell, Michael Davitt. *The Problem of American Realism, Studies in the Cultural History of a Literary Idea*. Chicago and London: The University of Chicago Press, 1993.

Bell, Nathan. "Environmental Hermeneutics with and for Others: Ricoeur's Ethics and the Ecological Self". *Interpreting Nature: An Emerging Field of Environmental Hermeneutics*. Eds. F. Clingerman et al. New York: Fordham University Press, 2014, pp. 141 - 159.

Benjamin, Walter. "The Storyteller". *Illuminations: Essays and Reflections*. Trans. Harry Zohn. Ed. Hannah Arendt. New York: Schocken Books, 1968, pp. 83 - 110.

Bergonzi, Bernard. *The Situation of the Novel*. New York: Macmillan, 1979.

Bergson, Henri. *Time and Free Will: An Essay on the Immediate Data of Consciousness*. Trans. F. L. Pogson. New York: Macmillan, 1910.

—. *The Creative Mind*. Trans. M. L. Andison. New York: Philosophical Library, 1946.

Bloom, Harold. *The Anxiety of Influence: A Theory of Poetry*.

Oxford: Oxford University Press, 1973.
—. *Poetry and Repression: Revisionism from Blake to Stevens*. New Haven: Yale University Press, 1976.
Borges, Jorge Luis. *The Garden of Forking Paths* (1941). *Collected Fictions*. Trans. Andrew Hurley. London: Allen Lane, 1999.
Bourdieu, Pierre. *The Field of Cultural Production*. New York: Columbia University Press, 1993.
Bradbury, Malcolm. *The Novel Today: Contemporary Writers on Modern Fiction*. Manchester: Manchester University Press, 1977.
—. *The Modern British Novel*. London and New York: Penguin Books, 2001.
Brindle, Kym, Riddles and Relics, "Critical Correspondence in A. S. Byatt's *Possession: A Romance* and *The Biographer's Tale*". *Epistolary Encounters in Neo-Victorian Fiction*, New York: Palgrave Macmillan, 2013, pp. 36 - 63.
Brooks, Peter. *Reading for the Plot: Design and Intention in Narrative*. New York: Random House, 1985.
Brown, Marshall. "The Logic of Realism: A Hegelian Approach." *PMLA* 96.2 (1981): 224 - 241.
Burwick, Frederick. *Thomas De Quincey: Knowledge and Power*. New York: Palgrave, 2001.
Buxton, Jackie. "'What's love got to do with it?': Postmodernism and *Possession*". *Essays on the Fiction of A. S. Byatt: Imaging the Real*. Eds. Alexa Alfer & Michael J. Noble. Westport, Connecticut and London: Greenwood Press, 2001.
Byatt, A. S. *The Shadow of the Sun* (1964). San Diego, New

York and London: Harcourt, Inc., 1991.

—. *Degree of Freedom: The Novels of Iris Murdoch* (1965). London: Vintage, 1994.

—. *Unruly Times: Wordsworth and Coleridge in Their Times* (1970). London: Vintage, 1989.

—. *Iris Murdoch*. Harlow, Essex: Longman Group Ltd, 1976.

—. *The Virgin in the Garden* (1978). London: Vintage, 2003.

—. *Still Life* (1985). New York: Simon & Schuster Inc, 1996.

—. "Identity and the Writer". *Identity: The Real Me*. Eds. Homi K. Bhabha & Lisa Appignanesi. London: Institute of Contemporary Arts, 1987, pp. 23 – 26.

—. *Possession: A Romance* (1990). London: Vintage, 1991.

—. *Passions of the Mind: Selected Writings* (1991). New York: Turtle Bay Books, 1992.

—. *Angels and Insects* (1992). London: Vintage, 1995.

—. *The Game*. London: Vintage, 1992.

—. *The Matisse Stories* (1993). London: Vintage, 1996.

— & Ignés Sodré. *Imagining Characters: Six Conversation about Women Writers*. Ed. Rebecca Swift. London: Chatto & Windus, 1995.

—. *Babel Tower*. New York: Vintage, 1996.

—. "Memory and the Making of Fiction". *Memory*. Eds. Patricia Fara & Karalyn Patterson. Cambridge: Cambridge University Press, 1998.

—. *Letter to Author*, 16 June 2000.

—. *The Biographer's Tale* (2000). London: Vintage, 2001.

—. *On Histories and Stories: Selected Essays* (2000). Cambridge and Massachusetts: Harvard University Press, 2002.

—. *Portraits in Fiction*. London: Chatto & Windus Random

House, 2001.
—— & F. S. Saunders. "Strange and Charmed." *New Statesman*, Vol. 13, No. 600 (2000): 44 – 46.
——. *A Whistling Woman* (2002). London: Vintage, 2003.
——. "Fiction Informed by Science." *Nature*, Vol. 434, 17 Mar. 2005: 294 – 297.
——. *The Children's Book*. New York: Alfred A. Knopf, 2009.
——. "Author Statement." 29 Mar. 2006. 〈http://www.contemporarywriters.com/authors/? p=auth20〉.
——. "A. S. Byatt", in *The Pleasure of Reading*. Ed. Antonia Fraser. London: Bloomsbury Publishing, 2015, pp. 136 – 143.
——. *Peacock & Vine: On William Morris and Mariano Fortuny*. New York: Alfred A. Knopf, 2016.
Calinescu, Matei. *Five Faces of Modernity*. Durham: Duke University Press, 1987.
Calvino, Italo. *Six Memos for the Next Millennium*. Boston and New York: Mariner Books, 2016.
——. "Philosophy and Literature." *Times Literary Supplement*, September 28, 1967. (https://recap.study/books/uses/3.html)
Cameron, W. S. K. "Must Environmental Philosophy Relinquish the Concept of Nature? A Hermeneutic Reply to Steven Vogel". *Interpreting Nature: An Emerging Field of Environmental Hermeneutics*. Eds. F. Clingerman et al. New York: Fordham University Press, 2014, pp. 102 – 120.
Campbell, Jane. "The Hunger of the Imagination in A. S. Byatt's *The Game*", *Critique*, Spring 1988, pp. 147 – 162.
——. *A. S. Byatt and the Heliotropic Imagination*. Waterloo:

Wilfrid Laurier University Press, 2004.

Carroll, Noël. "Literary Realism, Recognition, and the Communication of Knowledge". *A Sense of the World: Essays on Fiction, Narrative and Knowledge*. Eds. John Gibson et al. New York and London: Routledge, 2007.

Cenoz, Jasone & Nancy H. Hornberger eds. *Encyclopedia of Language and Education*. Vol. 6. Springer Science & Business Media LLC, 2008.

Chamberlain, Alexander. *The Child: A Study in the Evolution of Man*. London: Walter Scott, 1900.

Compton-Rickett, Arthur & William Evan Freedman. *William Morris: A Study in Personality*. New York: E. P. Dutton and Company, 1913.

O'Connor, Erin. "Reading *The Biographer's Tale*", *Victorian Studies*, Vol. 44, No. 3 (Spring, 2002), pp.379-387.

Conrad, Joseph. *The Nigger of the "Narcissus"* (1897). Penguin Books, 1988.

Cosslet, Tess. "Childbirth from the Woman's Point of View in British Fiction: Enid Bagnold's *The Squire* and A. S. Byatt's *Still Life*". *Tulsa Studies in Women's Literature* Vol. 8, No. 2 (Autumn, 1989): pp.263-286.

Culler, Jonathan. *On Deconstruction: Theory and Criticism after Structuralism*. Cornell University Press, 1982.

Davis, C. B. "Distant Ventriloquism: Vocal Mimesis, Agency and Identity in Ancient Greek Performance". *Theatre Journal*, 2003(3): 45-65.

Davis, Steve. "Birds of Paradise". *The Independent Magazine*. 7 Sept. 2002.

Derrida, Jacques. *Dissemination*. Chicago: Chicago University

Press, 1981.
Dilley, Roy. *The Problem of Context*. New York: Berghahn Books, 1999.
Dilthey, Wilhelm. "Awareness, Reality, Time". *The Hermeneutics Reader*. Oxford: Basil Blackwell, 1986, pp.148 – 164.
Douglass, Paul. *Bergson, Eliot, & American Literature*. The University Press of Kentucky, 1986.
Dusinberre, Juliet. "Forms of Reality in A. S. Byatt's The Virgin in the Garden." *Critique* 24. 1 (Fall 1982): 55 – 62.
Eagleton, Terry. *Criticism and Ideology: A Study in Marxist Literary Theory*. London: NLB, 1976.
—. *After Theory*. New York: Basic Books, 2003.
—. *Literary Theory: An Introduction*. Minneapolis: University of Minnesota Press, 2008.
—. *The Event of Literature*. New Haven: Yale University Press, 2012.
Eliot, T. S. *Selected Prose of T. S. Eliot*. Ed. Frank Kermode. New York: HBJ Publishers, 1975.
Fielding, Henry. *Tom Jones* (1749). Wordsworth Editions Ltd, 1999.
Foucault, Michel. *The Order of Things*. New York: Vintage Books, 1973.
—. "What Is an Author". *Modern Criticism and Theory*. Ed. David Lodge. London: Longman, 1988, pp.174 – 187.
—. *Discipline and Punish: The Birth of the Prison* (1977). Trans. Alan Sheridan. New York: Vintage Books, 1995.
Franken, Christien. *A. S. Byatt: Art, Authorship, Creativity*. New York: Palgrave, 2001.

Frazer, Antonia ed. *The Pleasure of Reading*. London: Bloomsbury Publishing PLC, 1992.

Freeman-Moir, John. "William Morris and John Dewey: Imagining Utopian Education."*Education and Culture* 28. 1, 2012: 21-41.

Gadamer, Hans-Georg. *Truth and Method*. Eds. & Trans. J. Weinsheimer & D. G. Marshall. New York: The Crossroad Publishing Company, 2004.

Garnham, Nicholas. "The Media and Narratives of the Intellectual." *Media, Culture and Society* 17 July 1996: 359-384.

Gasiorek, Andrzej. *Post-War British Fiction: Realism and After*. London: Edward Arnold, 1995.

Gervais, David. *Literary Englands: Versions of "Englishness" in Modern Writing*. Cambridge: Cambridge University Press, 1993.

Gibson, Walker. "Authors, Speakers, Readers, and Mock Readers". *Reader-Response Criticism*. Ed. J. P. Tompkins. Baltimore and London: The Johns Hopkins University Press, 1984.

Gilmour, Richard & Bill Schwarz eds. *End of Empire and the English Novel since* 1945. Manchester and New York: Manchester University Press, 2011.

Gitzen, Julian. "A. S. Byatt's Self-Mirroring Art." *Critique* 36. 2 (Winter 1995): 83-95.

Golding, William. *Pincher Martin*. London: Faber and Faber, 1956.

Gossman, Lionel. "History and Literature: Reproduction or Signification". *The Writing of History: Literary Form and

Historical Understanding. Eds. Canary & Henry Kozicki. Madison: University of Wisconsin Press, 1978.

Guyer, Paul ed. *The Cambridge Companion to Kant*. Beijing: SDX Joint Publishing Company, 2006.

Haas, Philip. The Thalia Book Club Interview. 2003. (https://www.wnyc.org/story/44445-as-byatt/)

Hadley, Louisa. *The Fiction of A. S. Byatt*. New York: Palgrave Macmillan, 2008.

—. "Artists as Mothers: A Response to June Sturrock." *Connotations*, Vol. 22. 1 (2012): 148.

Haldane, E. S. & G. R. Ross eds. "Rules for the Direction of the Mind". *The Philosophical Works of Descartes*. London: Cambridge University Press, 1934.

Hall, Donald. *Subjectivity*. New York and London: Routledge, 2004.

Harland, Richard. *Literary Theory from Plato to Barthes: An Introductory History*. New York: St. Martin's Press, 1999.

Hartman, Geoffrey. *Beyond Formalism: Literary Essays 1958—1970*. New Haven: Yale University Press, 1970.

—. *The Fate of Reading and Other Essays*. Chicago: University of Chicago Press, 1975.

—. *Criticism in the Wilderness: The Study of Literature Today*. New Haven: Yale University Press, 1980.

Heath, Stephen. "Realism, Modernism, and 'Language-Consciousness'". *Realism in European Literature: Essays in Honour of J. P. Stern*. Eds. Nicholas Boyle & Martin Swales. London: Cambridge University Press, 1986.

Heffernan, James. *Museum of Words: The Poetics of Ekphrasis from Homer to Ashbery*. Chicago: University of Chicago

Press, 1993.

Heidegger, Martin. "Being and Time" (1927). *The Hermeneutics Reader*, Ed. Mueller-Vollmer, pp. 215-220.

—. "Höerlin and the Essence of Poetry" (1951). *Critical Theory Since 1965*, Eds. Adams & Searle. Gainesville: University Press of Florida, 1986.

Hicks, Elizabeth. *The Still Life in the Fiction of A. S. Byatt*. Newcastle: Cambridge Scholars Press, 2010.

Holland, Owen. *William Morris's Utopianism: Propaganda, Politics and Prefiguration*. Palgrave Macmillan, 2017.

Holub, Robert C. *Reception Theory: A Critical Introduction*. London and New York: Methuen, Inc., Methuen, 1984.

Husserl, Edmund. *The Idea of Phenomenology*. Trans. W. R. Boyce. New York: The Macmillan Company, 1974.

Hutcheon, Linda. "Traveling Stories: Knowledge, Activism, and the Humanities". *A Sense of the World: Essays on Fiction, Narrative and Knowledge*, Eds. John Gibson, Wolfgang Huemer & Luca Pocci. New York and London: Routledge, 2007.

Irwin, Michael. "Growing Up in 1953". *The Times Literary Supplement* 3 Nov. 1978.

Iser, Wolfgang. *The Act of Reading, A Theory of Aesthetic Response*. Baltimore and London: The Johns Hopkins University Press, 1987.

—. *Prospecting: From Reader Response to Literary Anthropology*. Baltimore and London: The Johns Hopkins University Press, 1989.

James, C. & P. Garrett, *Language Awareness in the Classroom*. New York: Longman, 1991.

Jameson, Fredric. "Metacommentary." PMLA, vol. 86, no. 1 (1971): 9 – 18.

—. *The Political Unconscious: Narrative as a Socially Symbolic Act*. Ithaca, New York: Cornell University Press, 1981.

Janik, Del Ivan. "No End of History: Evidence from the Contemporary English Novel". *Twentieth Century Literature* 41. 2 (1995): 160 – 189.

Jones, Steve. *The Language of the Genes: Biology, History and the Evolutionary Future*. London: HarperCollins, 1993.

Kearney, Richard. *On Stories*. London: Routledge, 2002.

—. *Paul Ricoeur: The Owl of Minerva*. London: Ashgate, 2004.

Kelly, Kathleen. *A. S. Byatt*. New York: Twayne Publishers, 1996.

Kenyon, Olga. *Women Novelists Today: A Survey of English Writing in the Seventies and Eighties*. New York: St. Martin's Press, 1988.

Kinna, Ruth. *William Morris: The Art of Socialism*. Cardiff: University of Wales Press, 2000.

Kristeva, Julia. *Desire in Language*, Trans. Thomas Gora, Alice Jardine & Leon S. Roudiez, Ed. Leon S. Roudiez. New York: Columbia University Press, 1977.

—. *Revolution in Poetic Language*, Trans. Margaret Waller. New York: Columbia University Press, 1984.

—. "Semiotics: A Critical Science and/or a Critique of Science". *The Kristeva Reader*. Ed. Toril Moi. New York: Columbia University Press, 1986.

Lamarque, Peter. "Learning from Literature". *A Sense of the World: Essays on Fiction, Narrative and Knowledge*. Eds.

John Gibson, Wolfgang Huemer & Luca Pocci. New York and London: Routledge, 2007.

Levin, Harry. "What Is Realism". *Comparative Literature*. Vol. 3, No. 3 (1951): 193-199.

Levinas, Emmanuel. *Totality and Infinity: An Essay on Exteriority*. Trans. Alphonso Lingis. Pittsburgh: Duquesne University Press, 1969.

Levine, George. "Realism Reconsidered". Ed. John Halperin, *The Theory of the Novel: New Essays*. New York: Oxford University Press, 1974, pp.233-256.

—. *The Realistic Imagination: English Fiction from Frankenstein to Lady Chatterly*. Chicago: University of Chicago Press, 1981.

—. "One Culture: Science and Literature". *One Culture: Essays in Science and Literature*. Eds. George Levine & Alan Rauch. Madison: University of Wisconsin Press, 1987, pp.3-32.

—. *Darwin and the Novelists*. Cambridge, Mass.: Harvard University Press, 1988.

Lively, Penelope. *Moon Tiger* (1987). New York: Grove Press, 1997.

Lock, John. *An Essay Concerning Human Understanding*. Oxford: Oxford University Press, 1924.

Lodge, David. *Modern Criticism and Theory*. London Publishers, 1988.

—. *Language of Fiction*. London: Routledge & Paul, 1996.

Lyotard, Jean-François. *The Postmodern Condition: A Report on Knowledge*. Trans. Geoff Bennington & Brian Massumi. Minneapolis: University of Minnesota Press, 1984.

Macdonald, Bradley. "William Morris and the Vision of Ecosocialism." *Contemporary Justice Review*, vol. 7, no. 3 (2004): 287 - 304.

McGurk, Barry. "Gentlefolk in Philistia—The Influence of Matthew Arnold on E. M. Forster's *Howards End*." *English Literature in Transition*, *1880—1920*, Volume 15. 3 (1972): 213 - 219.

Makaryk, Irena R. ed. *Encyclopedia of Contemporary Literary Theory*. Toronto: University of Toronto Press, 1993.

de Man, Paul. *Allegories of Reading: Figural Language in Rousseau, Nietzsche, Rilke, and Proust*. Yale University Press, 1982.

Markley, Robert. *Fallen Languages: Crisis of Representation in Newtonian England*, *1660—1740*. New York: Cornell University Press, 1993.

Marsh, Jan. *Back to the Land: The Pastoral Impulse in Victorian England from 1880 to 1914*. London: Quartet Books, 1982.

Massie, Allan. "Satirical Swing through the Sixties with a Modern George Eliot". *The Scotsman* 7 Sept. 2002.

Mayer, Robert. *History and the Early English Novel: Matters of Fact from Bacon to Defoe*. New York: Cambridge University Press, 1997.

McHale, Brian. *Postmodernist Fiction* (1987). London and New York: Routledge, 2001.

McKibben, Bill. *The End of Nature* (1989). New York: Random, 2006.

Miller, J. Hillis. *The Disappearance of God: Five Nineteenth-Century Writers*. Cambridge: Harvard University Press,

1963.

—. "Narrative". *Critical Terms for Literary Study* (2nd ed.). Eds. T. McLaughlin & F. Lentricchia. Chicago: University of Chicago Press, 2010, pp. 66 - 79.

Moi, Toril ed. "Semiotics: A Critical Science and/or a Critique of Science". *The Kristeva Reader*. New York: Columbia University Press, 1986, pp. 74 - 88.

Morris, William. *The Collected Works of William Morris*. Ed. May Morris. London: Longmans Green and Company, 1910—1915.

—. *News from Nowhere*. Oxford: Oxford University Press, 2009.

Murdoch, Iris. *Sartre: A Romantic Rationalist*. Cambridge: Bowes & Bowes, 1953.

—. *Under the Net*. London: Chatto and Windus, 1954.

—. *Metaphysics as a Guide to Morals*. London: Penguin, 1993.

—. *The Sovereignty of Good*. Abingdon: Routledge, 2001.

Murfin, Ross & Supryia Ray. *The Bedford Glossary of Critical and Literary Terms*. Boston: Bedford Books, 1997.

Nietzsche, Friedrich. "On Truth and Lie in an Extra-Moral Sense". *The Continental Aesthetics Reader*, Eds. C. Cazeaux. London: Routledge, 2000, pp. 53 - 62.

Norris, Pamela. "Foxy Sexuality". *Literary Review* Sept. 2002.

Nünning, Ansgar. "Fictional Metabiographies and Metaautobiographies: Towards a Definition, Typology and Analysis of Self-reflexive Hybrid Metaagenres". *Self-Reflexivity in Literature*. Eds. Werner Huber, Martin Middeke & Hubert Zapf. Würzburg: Königshausen & Neumann, 2005, pp. 195 - 209.

Parrinder, Patrick. "Thirty Years Ago." *London Review of Books*. 18 July 1985: 17.

Pereira, Margarida Esteves. "Cell by Cell, Gene by Gene, Galaxy by Galaxy: A. S. Byatt's Scientific Imagination". *XV Colóquio de Outono: As Humanidades e as Ciências*, Eds. A. G. Macedo et al. Braga: CEHUM/ Húmus, 2014.

Petit, Laurence. "Inscribing Colors and Coloring Words: A. S. Byatt's 'Art Work' as a 'Verbal Still Life'." *Critique: Studies in Contemporary Fiction*, vol. 49, no. 4, July 2008: 395-412.

Pizer, John. "Narration vs. Description in GeorgLukács's History and Class Consciousness." *Intertexts* (Lubbock, Tex.) 6.2 (2002): 145-164.

Ricoeur, Paul. *Time and Narrative* (Vol. 1). Trans. Kathleen McLaughlin & David Pellauer. Chicago: The University of Chicago Press, 1984.

—. *Oneself as Another*. Chicago: University of Chicago Press, 1992.

—. *The Rule of Metaphor: The Creation of Meaning in Language*. Trans. Robert Czerny, Kathleen McLaughlin, and John Costello. London: Routledge, 2003.

—. *Hermeneutics and the Human Sciences: Essays on Language, Action, and Interpretation*. Ed. & Trans. John B. Thompson. New York: Cambridge University Press, 2016.

Saguaro, Shelley. *Garden Plots: The Politics and Poetics of Gardens*. Ashgate Publishing, Ltd., 2006.

Sako, Katsura. "Others in 'Self-Conscious' Biography: A. S. Byatt's *The Biographer's Tale*". *Realism's Others*. Eds.

Geoffrey Baker & Eva Aldea. Newcastle: Cambridge Scholars Publishing, 2010, pp. 277 – 292.

de Saussure, Ferdinand. *Course in General Linguistics*. Eds. Charles Bally & Albert Sechehaye, Trans. Wade Baskin. New York: McGraw-Hill, 1966.

Schabert, Ina. "Fictional Biography, Factual Biography, and Their Contaminations." *Biography: An Interdisciplinary Quarterly*, 1982 Winter, Vol. 5(1): 1 – 16.

Schleiermacher, Friedrich D. "General Hermeneutics". *The Hermeneutics Reader*, Ed. Kurt Mueller-Vollmer. Oxford: Basil Blackwell, 1986, pp. 73 – 85.

Schütze, Anke. "An Interview with Peter Ackroyd." EESE 8/1995: 163 – 179. (http://webdoc.gwdg.de/edoc/ia/eese/articles/schuetze/8_95.html)

Self, Will. "Introduction". *Hawksmoor*, Peter Ackroyd. London: Hamish Hamilton, 2010.

Sentov, Ana. "The Postmodern Perspective of Time in Peter Ackroyd's Hawksmoor." *Linguistics and Literature* Vol. 7, No. 1, 2009: 123 – 134.

Shelly, Mary. *Frankenstein* (1881). New York: Bantam Books, 1981.

Shenk, Linda. *Learned Queen: The Image of Elizabeth I in Politics and Poetry*. New York: Palgrave Macmillan, 2010.

Shuttleworth, Sally. *The Mind of the Child: Child Development in Literature, Science, and Medicine*, 1840—1900. New York: Oxford University Press, 2010.

Silvey, Jane. "'We Wove a Web in Childhood' Angria Revisited: A. S. Byatt's *The Game*." *Revue Lisa* (E-Journal) 2010:

1-18.

Smith, Mack. *Literary Realism and the Ekphrastic Tradition*. Philadelphia: Pennsylvania State University Press, 1995.

Snow, C. P. *The Two Cultures: And a Second Look*. Cambridge: Cambridge University Press, 1964.

Sontag, Susan. *Illness as Metaphor and AIDS and Its Metaphors*. New York: Picardor USA, 2002.

Sorensen, Susan. "Verbal and Visual Language and the Question of Faith in the Fiction of A. S. Byatt". Diss. University of British Columbia, 1999.

—. "Death in the Fiction of A. S. Byatt." *Critique: Studies in Contemporary Fiction*, 43:2 (2002): 115-134.

—. "A. S. Byatt and the Life of the Mind: A Response to June Sturrock."*Connotations*, vol. 13.1-2 (2003): 180-190.

Stanley, Lynn. *The Island Garden: England's Language of Nation from Gildas to Marvell*. Notre Dame: University of Notre Dame Press, 2012.

Stern, J. P. *On Realism*. London: Routledge, 1973.

Stetz, Margaret D. "Enrobed and Encased: Dying for Art in A.S. Byatt's *The Children's Book*". Journal of Victorian Culture, 2012 (3).

Steveker, Lena. "Imagining the 'Other'—An Ethical Reading of A. S. Byatt's *Possession* and *The Biographer's Tale*". *The Ethical Component in Experimental British Fiction Since the 1960s*. Eds. Susana Onega & Jean-Michel Ganteau. Cambridge: Cambridge Scholars Publishing, 2007, pp. 117-130.

—. *Identity and Cultural Memory in the Fiction of A. S. Byatt: Knitting the Net of Culture*. New York: Palgrave

Macmillan, 2009.

Stevens, Benjamin. "Virgilian Underworlds in A. S. Byatt's *The Children's Book.*" *Classical Receptions Journal*, vol. 8, no. 4 (2016): 529–553.

Stewart, D. & A. Mickunas. *Exploring Phenomenology: A Guide to the Field and its Literature*. Chicago: American Library Association, 1974.

Stewart, Jack. "Art Nouveau and Interarts in A. S. Byatt's *The Children's Book*". *Symbolism* 2019. Eds. Rüdiger Ahrens, Florian Kläger & Klaus Stierstorfer. Berlin, Boston: De Gruyter, 2019, pp. 265–292.

Stoneman, Patsy. *Brontë Transformations: The Cultural Dissemination of Jane Eyre and Wuthering Heights*. Hemel Hempstead: Harvester Wheatsheaf, 1996.

Sturrock, June. "Angels, Insects, and Analogy: A. S. Byatt's 'Morpho Eugenia'." *Connotations*, vol. 12.1 (2002): 93–104.

—. "Artists as Parents in A. S. Byatt's *The Children's Book* and Iris Murdoch's *The Good Apprentice.*" *Connotations*, Vol. 20.1 (2010): 108–130.

Thompson, E. P. *William Morris: Romantic to Revolutionary*. New York: Pantheon, 1976.

Thoreau, Henry David. *Walden*. Princeton, New Jersey: Princeton University Press, 1971.

Todd, Richard. *A. S. Byatt*. Plymouth: Northcote House, 1997.

Treanor, Brian. "Narrative and Nature: Appreciating and Understanding the Non-Human World". *Interpreting Nature: An Emerging Field of Environmental Hermeneutics*,

Eds. F. Clingerman et al. New York: Fordham Princeton University Press, 2014, pp. 181 – 200.

Tredell, Nicolas. "A. S. Byatt". *Conversation with Critics*. Manchester: Carcanet, 1994, pp. 58 – 74.

Turner, Jack. *The Abstract Wild*. Tucson: The University of Arizona Press, 1996.

Vogel, Steven. "The Silence of Nature." *Environmental Values*, vol. 15, no. 2 (2006): 145 – 171.

Wallhead, Celia. "The Un-utopian Babelic Fallenness of Language: A. S. Byatt's *Babel Tower*". *Dreams and Realities: Versions of Utopia in English Fiction from Dickens to Byatt*. Eds. Annette Gomis Van Heteren & Miguel Martinez Lopez. Almeria: University of Almeria Press, 1997, pp. 1333 – 1350.

Weisberg, Gabriel. "Siegfried Bing and Industry: The Hidden Side of l'Art Nouveau." *Apollo* 78 (November 1988): 326 – 329.

Wellek, Reneé & Austin Warren. *Theory of Literature* (3rd Edition). New York: Harvest Books, 1984.

Westlake, Michael. "The Hard Idea of Truth." *PN Review*. Vol. 15, No. 4 (1989): 37.

White, Hayden. *Tropics of Discourse: Essays in Cultural Criticism*. Baltimore: Johns Hopkins University Press, 1978.

—. *The Content of the Form: Narrative Discourse and Historical Representation*. Baltimore: Johns Hopkins University Press. 1987.

White, Lana et al. eds. *Language Awareness: A History and Implementation*. Amsterdam: Amsterdam University Press,

2000.

Williams, Raymond. *Culture and Society: 1780—1950*. New York: Columbia University Press, 1983.

——. *Television: Technology and Cultural Form*. London and New York: Routledge, 2003.

Wittgenstein, Ludwig. *Remarks on Colour*. Ed. G. E. M. Anscombe, Trans. Linda McAlister & Margarete Schattle. Berkeley & Los Angeles: University of California Press, 1978.

Wolfe, Tom. *The Painted Word* (1975). New York: Picador, 2008.

Woolf, Virginia. *The Common Reader: First Series* (1925). Boston: Mariner Books, 2002.

Worton, Michael. "Of Prisms and Prose: Reading Paintings in A. S. Byatt's Work". *Essays on the Fiction of A. S. Byatt: Imagining the Real*. Eds. Alexa Alfer & Michael J. Nobel. Westport. Connecticut and London: Greenwood Press, 2001, pp. 15-29.

Yeo, Richard. *Defining Science: William Whewell, Natural Knowledge, and Public Debate in Early Victorian Britain*. New York: Cambridge University Press, 1993.

阿诺德:《文化与无政府状态》,韩敏中译,北京:生活·读书·新知三联书店,2012年。

艾布拉姆、大卫·凯里:《科学的世界与感观的世界:大卫·凯里对大卫·艾布拉姆的访谈》,《淮阴师范学院学报》(哲学社会科学版),2015年第6期,第725—731页。

艾柯:《诠释与过度诠释》,王宇根译,北京:生活·读书·新知三联出版社,2005年。

爱默生:《爱默生散文选》,上海:世界图书出版公司,2010年。

奥祖木(Aytül Özüm),《挑战文类疆界:论拜厄特的小说〈传记家的故事〉》,《外国文学研究》,2014年第4期,第69—77页。

克里斯·巴克:《文化研究:理论与实践》,孔敏译,北京:北京大学出版社,2013年。

拜厄特:《孩子们的书》,杨向荣译,海南:南海出版公司,2014年。

埃米利奥·贝蒂:《作为精神科学一般方法论的诠释学》,洪汉鼎译,《理解与诠释——诠释学经典文选》,北京:东方出版社,2001年。

迈克尔·波兰尼:《个人知识:迈向后批判哲学》,许泽民译,贵阳:贵州人民出版社,2000年。

路易斯·波伊曼:《知识论导论:我们能知道什么?》,洪汉鼎译,北京:中国人民大学出版社,2008年。

柏格森:《创作进化论》,肖聿译,北京:华夏出版社,1999年。

陈姝波:《传记是这样"出炉"的:理论的想象和虚构》,《外国文学》,2008年第4期,第3—11页。

德里达、瓦蒂莫:《宗教》,杜小真译,北京:商务印书馆,2006年。

董洪川:《走出现代人困境:"只有沟通":试论福斯特小说创作中的人学蕴涵》,重庆师范学院学报,2001年(2),第61—67页。

方维规:《"病是精神"或"精神是病"——托马斯·曼论艺术与疾病和死亡的关系》,《北京大学学报》(哲学社会科学版),2015年第2期,第57—66页。

佛克马·伯顿斯编,《走向后现代主义》,王宁等译,北京:北京大学出版社,1991年。

丛子钰:《生存还是毁灭》,《文艺报》,2018年5月。

村上春树:《巴黎评论·作家访谈》之村上春树,2012年2月6日。https://www.bimuyu.com/blog/archives/162063239.shtml.

杜建国:《语境论与哲学的诠释转向》,《科学技术哲学研究》,2015年第6期,第17—21页。

段德智:《西方死亡哲学》,北京:北京大学出版社,2006年。

米歇尔·福柯:《知识考古学》,谢强,马月译,北京:生活·读书·新知三联书店,2007年。

高宣扬:《解释学简论》,北京:生活·读书·新知三联书店,1988年。

郭贵春:《论语境》,《哲学研究》,1997年第4期,第46—52页。

琳达·哈钦:《后现代主义诗学:历史·理论·小说》,李杨,李锋译,南京:南京大学出版社,2009年。

海德格尔:《林中路》,孙周兴译,上海:上海译文出版社,2008年。

海德格尔:《存在与时间》,陈嘉映,王庆杰译,北京:生活·读书·新知三联书店,2006年。

荷马:《伊利亚特》,罗念生译,北京:人民文学出版社,2003年。

何宁:《论当代英国动物诗歌》,《当代外国文学》,2017年(2),第79—86页。

何宁:《论当代英国植物主题诗歌》,《当代外国文学》,2018年(2),第51—58页。

弗里德里希·黑格尔:《美学》(第三卷下),朱光潜译,北京:商务印书馆,1981年。

洪汉鼎:《文本、诠释与对话》,《中国诠释学》(第五辑),洪汉鼎、傅永军主编,济南:山东人民出版社,2008年,第1—50页。

洪汉鼎:《一个诠释学经典范例:伽达默尔对柏拉图的解释》,《河北学刊》,2017(4),第18—24页。

洪汉鼎:《真理与方法解读》,北京:商务印书馆,2018年。

伽达默尔:《诠释学I、II:真理与方法》,洪汉鼎译,上海:上海译文出版社,2007年。

伽达默尔:《哲学解释学》,夏镇平,宋建平译,上海:上海译文出版社,1994年。

伽达默尔:《伽达默尔集》,严平编选,邓安庆等译,上海远东出版社,2002年。

伽达默尔、杜特:《解释学、美学、实践哲学——伽达默尔与杜特对话录》,金惠敏译,北京:商务印书馆,2005年。

伊塔洛·卡尔维诺:《未来千年文学备忘录》,杨德友译,大连:辽宁教育出版社,1997年。
史蒂文·康纳:《后现代主义文化——当代理论导引》,严忠志译,北京:商务印书馆,2002年。
拉·科拉柯夫斯基:《柏格森》,牟斌译,中国社会科学出版社,1991年。
布拉德利·柯林斯:《凡·高与高更:电流般的争执与乌托邦梦想》,陈慧娟译,桂林:广西师范大学出版社,2006年。
贝奈戴托·克罗齐:《美学原理·美学纲要》,朱光潜等译,北京:人民文学出版社,2008年。
利科:《解释学和人文科学》,陶远华等译,石家庄:河北人民出版社,1987年。
利科:《诠释学的间距化功能》,洪汉鼎译,《中国诠释学》(第七辑),洪汉鼎、傅永军主编,济南:山东人民出版社,2010年,第1—11页。
刘峰:《读者反应批评——当代西方文艺批评的走向》,《文艺理论与批评》(人大复印资料)1988(2):第129—138页。
罗素:《西方哲学史》,马元德译,商务印书馆,1976年。
罗素:《哲学问题》,何兆武译,北京:商务印书馆,2009年。
朱利叶斯·迈耶-格雷夫:《文森特·凡·高的一生》,张春颖译,北京:北京大学出版社,2010年。
苗立田主编:《亚里士多德全集》(第一卷),北京:中国人民大学出版社,1997年。
威廉·莫里斯:《乌有乡消息》,黄嘉德译,北京:商务印书馆,2015年。
纳博科夫:《文学讲稿》,申慧辉等译,上海:上海译文出版社,2005年。
弗里德里希·尼采:《古修辞学描述》,屠友祥译,上海:上海人民出版社,2001年。
潘德荣:《西方诠释学史》,北京:北京大学出版社,2003年。
梅洛·庞蒂:《眼与心·世界的散文》,杨大春译,北京:商务印书馆,2019年。

罗德里克·奇泽姆:《知识论》,邹惟远,邹晓蕾译,北京:生活·读书·新知三联书店,1988年。

让-保罗·萨特:《恶心》,《萨特文集》(第一卷),桂裕芳译,北京:人民文学出版社,2019年。

拉曼·塞尔登:《文学批评理论:从柏拉图到现在》(第二版),刘象愚、陈永国等译,北京:北京大学出版社,2003年。

叔本华:《爱与生的苦恼》,陈晓南译,北京:台海出版社,2017年。

费尔迪南·德·索绪尔:《普通语言学教程》,高名凯译,北京:商务印书馆,1999年。

孙周兴:《在思想的林中路——海德格尔的哲学》,《海德格尔选集》,上海:三联书店,1996年。

雷蒙·威廉斯:《乡村与城市》,韩子满、刘戈、徐珊珊译,北京:商务印书馆,2013年。

维特根斯坦:《哲学研究》,陈嘉映译,北京:商务印书馆,2016年。

维特根斯坦:《逻辑哲学论》,韩林合译,北京:商务印书馆,2021年。

魏因斯海默:《哲学诠释学与文学理论》,郑鹏译,北京:中国人民大学出版社,2011年。

吴子林:《"用脊背读书":重构文学阅读的意义境遇》,《小说评论》,2013年第4期,第4—15页。

萧莎:《西方文论关键词——如画》,《外国文学》,2019年第5期,第71—84页。

谢林:《先验唯心论体系》,梁志学、石泉译,商务印书馆,1976年。

谢林:《学术研究方法论》,先刚译,北京:北京大学出版社,2019年。

谢林:《艺术哲学》,先刚译,北京:北京大学出版社,2021年。

徐蕾、拜厄特:《神话·历史·语言·现实:A. S. 拜厄特访谈录》,《当代外国文学》,2013年第1期,第158—165页。

徐瑞青:《电视文化形态论——兼议消费社会的文化逻辑》,北京:中国社会科学出版社,2007年。

颜翔林:《死亡美学》,上海:上海人民出版社,2008年。

汉斯·姚斯、霍拉勃:《接受美学与接受理论》,周宁,金元浦译,沈阳:辽宁人民出版社,1987年。

汉斯·姚斯:《审美经验与文学解释学》,顾建光,顾静宇,张乐天译,上海:上海译文出版社,1997年。

张晶晶:《自然文学:探荒野之美,寻心之本源》,《中国科学报》,2017年2月17日,第5版。

张隆溪:《道与逻各斯:东西方文学阐释学》,冯川译,南京:江苏教育出版社,2006年。

张琦:《小议"文化"》,《当代外国文学》,2014年第4期,第138—144页。

张首映:《姚斯及其〈审美经验与文学阐释学〉》,《文艺研究》,1987年第1期,第140—142页。

朱立元:《当代西方文艺理论》,上海:华东师范大学出版社,1999年。

朱立元、王文英:《真的感悟》,上海:上海文艺出版社,2001年。

后　记

　　2023年11月，就在我准备将书稿交给出版社时，忽闻拜厄特与世长辞的消息，不免叹息一回。如果从2008年博士论文研究选题算起，拜厄特已经陪伴我走过了近十六个年头。这期间也时常流连于这里那里，却始终会归守于她的文字中，仿佛其他种种，不过是在鼓励我，不断用新的眼光去打量这位优雅的英国老太太，探索她作品字里行间闪烁的幽光。这样说来，只要作品在，她便永远都在，她的具身已然化作微烛，用文字的形式继续着同读者、同世界的对话。

　　能将她的作品作为我的学术起点，想来是不胜幸运的事。借用拜厄特作品版权经纪人山姆·伊登伯勒的话说，拜厄特"以一种深刻的方式触动了许多生命，包括我自己的生活"。是的，毫无疑问，包括我自己的生活。拜厄特最初吸引我的，是她超凡的智慧和对文字的热情，写作是她的头等大事，完成论文显然也是博士生期间的我的第一要务。尽管她常说自己以写作为生，只不过碰巧做了文学教师，碰巧做了些文学研究——正像弗莱德丽卡，但她的学术著作实在不逊于任何一部小说。因为哪怕是批评作品，她也永远把根须牢牢扎在文本的土壤里，竭尽全力去汲取养分，让批评之树延展于叶脉之间，而不是仅仅勾勒出枯涩的枝干。随着年龄渐长，生活经验愈加丰富，我则为她身上散发出的蓬勃的生命力所折服。这不仅是斯黛芬妮那种孕育生命的意味，更重要的是，她永远向他者张开双臂，真诚地拥抱不同时代的作家和艺术家，以及他们的艺术作品，期待与过去和现在的思想、观念展开一场场对话与合作。拜厄特笔下的人物和故事就是生活，我会深深怀念她。

生活中也总有那些潜心治学的前辈，他们同样用超凡的智慧和学术热情感染着身边的后生。这其中最重要的一位，是我的博士导师王守仁教授，虽则我早已于2011年从南京大学外国语学院毕业，但老师多年来一直关心、指点我的教学和研究工作。记得毕业后不久参与他主持的国家社科重大项目时，仅仅一个章节，老师就提出了不下五次整体修改意见，还通过各种学术活动的见面机会反复讨论细节，最终定稿；合作撰写的《英美文学批评史》准备定稿时恰逢疫情，便通过频繁的邮件往来商议修改，它们至今仍保留在我的邮箱里，时时提醒我向老师学习，严谨治学、一丝不苟。类似的经历不胜枚举，每每想起，总能获得继续前行的勇气和力量。如果说短短三年的博士生涯是人生的转折点，那么，博士毕业之后的学习生涯才是一生要做的功课。

我的硕士导师秦明利教授是我最初走上学术道路的领路人。博士毕业时，他告诫我，学术之路艰难，歧路也多，要坚持下来不容易，而他自己便是坚持这条道路的榜样。多年来，秦老师潜心读书、诲人不倦。他的办公室聚满藏书，是学生们心目中的圣地。方方正正的房间被书籍分划成曲径通幽之地，他则在书山搭建起的乌托邦里享受远离尘世的宁静。

感谢我的学生赵琳、陈小阳帮助我校对书稿，花费了不少时间和精力。她们具备认真、敬业的品质，祝福她们在各自的工作、学习、生活道路上一切顺利。

感谢南京大学出版社的董颖师姐为本书出版付出的努力。十多年来，每次见她都是笑意盈盈的样子，令人如沐春风，她的耐心细致让我们的沟通一直愉快顺畅。

感谢北京师范大学外国语言文学学院对本书出版的支持。学院对教师的学术追求满怀鼓励和包容，尽力提供宽松的科研环境，感恩同心同仁大家庭带来的温暖。

感谢我的家人，他们不大理解我的研究内容，但他们给了我生命、塑造了我的个性、磨练了我的意志。生活中的陪伴与情感上的支持让我变得越来越淡定从容。

  随着本书付梓,我又要与拜厄特短暂告别,虽极不情愿,然心下清楚,她原来不曾、今后也不会远离。只要我一回头,就能够看到她——嘴角柔和、目光坚定。

姚成贺
2024 年 12 月于北京

图书在版编目(CIP)数据

叙事性诠释与文学认知：A. S. 拜厄特创作思想研究／姚成贺著． — 南京：南京大学出版社，2024.12.
ISBN 978-7-305-28354-3

Ⅰ．I561.074

中国国家版本馆 CIP 数据核字第 2024G679N6 号

出版发行	南京大学出版社
社　　址	南京市汉口路 22 号　　邮　编　210093
书　　名	叙事性诠释与文学认知——A. S. 拜厄特创作思想研究 XUSHIXING QUANSHI YU WENXUE RENZHI ——A. S. BAIETE CHUANGZUO SIXIANG YANJIU
著　　者	姚成贺
责任编辑	曹思佳　　　　　　　　编辑热线　025-83596997
照　　排	南京南琳图文制作有限公司
印　　刷	苏州市古得堡数码印刷有限公司
开　　本	880 mm×1230 mm　1/32　印张 9.875　字数 265 千
版　　次	2024 年 12 月第 1 版　2024 年 12 月第 1 次印刷
ISBN 978-7-305-28354-3	
定　　价	58.00 元

网址：http://www.njupco.com
官方微博：http://weibo.com/njupco
官方微信号：njupress
销售咨询热线：(025) 83594756

* 版权所有，侵权必究
* 凡购买南大版图书，如有印装质量问题，请与所购
　图书销售部门联系调换